国家社会科学基金项目（*11BWW033*）

江苏省高校优势学科建设工程资助项目（PAPD）

伍尔夫小说
美学与视觉艺术

杨莉馨 著

中国社会科学出版社

图书在版编目（CIP）数据

伍尔夫小说美学与视觉艺术/杨莉馨著．—北京：中国社会科学出版社，2015.7

ISBN 978 - 7 - 5161 - 6677 - 2

Ⅰ．①伍…　Ⅱ．①杨…　Ⅲ．①伍尔夫，V.（1882~1941）—小说研究

Ⅳ．①I561.074

中国版本图书馆 CIP 数据核字（2015）第 166921 号

出 版 人	赵剑英	
责任编辑	曲弘梅	
特约编辑	薛敏珠	
责任校对	石春梅	
责任印制	戴　宽	

出　　　版	中国社会科学出版社	
社　　　址	北京鼓楼西大街甲 158 号	
邮　　　编	100720	
网　　　址	http://www.csspw.cn	
发 行 部	010 - 84083685	
门 市 部	010 - 84029450	
经　　　销	新华书店及其他书店	

印刷装订	北京君升印刷有限公司	
版　　　次	2015 年 7 月第 1 版	
印　　　次	2015 年 7 月第 1 次印刷	

开　　　本	710 × 1000　1/16	
印　　　张	15.75	
插　　　页	2	
字　　　数	239 千字	
定　　　价	56.00 元	

凡购买中国社会科学出版社图书，如有质量问题请与本社联系调换

电话:010 - 84083683

弗吉尼亚·伍尔夫

（Virginia Woolf, 1882–1941）

三人行 必有吾师(代序)

瞿世镜

拜读杨莉馨教授《伍尔夫小说美学与视觉艺术》书稿，不知不觉开启了记忆的闸门，当初走进学术研究殿堂的景象，在我的意识屏幕上又重新浮现。

通过考试，我被上海社科院文学所录取为助理研究员。主持外国文学研究的副所长王道乾先生并不立即布置研究任务，每天陪我饮茶闲聊，详细询问我的求学经历与家庭背景。他问我是否喜欢西方古典音乐。我说十分喜欢。我学过小提琴，老师是中央乐团交响乐队首席小提琴家韦贤彰先生。他问我是否欣赏中西绘画。我告诉他曾经受过正规的西洋画素描训练。我祖父是外科手术家，又是业余国画鉴赏者，家中藏画甚多。我曾拜杨澄甫宗师入室弟子黄景华大夫为师学太极拳。黄老毕业于上海美专国画系，经常与我一起鉴赏国画。对于中西绘画理论，我也略知一二。他问我是否读过精神分析学著作。我说弗洛伊德、荣格、阿德勒的著作我在念高中时都读过。他又详细询问每本书的译者和版本，我都如实回答。王先生的语调轻柔平稳，然而他的目光犀利、专注而又警觉。

经过多次闲聊，他的目光柔和了，放射出喜悦的光芒。他说："终于找到合适的人选了！"他选中我去承担伍尔夫意识流小说研究课题。我至今难以忘怀他的谆谆告诫："板凳一坐十年冷！不要急于求成。收集资料，通读原著，翻译作品，一步一个脚印往前走。最后写专著，是表述自己独到的学术见解，决不是为了评职称。"

随着研究工作步步深入，我发觉王先生的"闲聊"决非无的放矢。我必须调动我早年在各方面积累起来的全部知识储备，才能应对这个研究课题。采取历史唯物主义视角来考察，伍尔夫的小说理论和创作技巧决非孤立个案，它是西方绘画、音乐、文学整体文艺思潮由近代向现代转变过程中，在某个时间节点上的一个综合性标本。我的两部专著并不局限于文学，它们涉及比较文艺学。

在研究过程中，我身患癌症，手术后放疗过量，极度虚弱。王道乾先生并不因此而对我网开一面，放低要求。在我的第一部译著《论小说与小说家》中，有一篇我撰写的阐述伍尔夫小说理论的论文。原稿是6万字。王先生审阅后，嘱我把例证大量删节，压缩成3万字。我的第一部专著原来打算写40万字，王先生嘱我压缩到20万字之内。我的第二部专著原订规划是20万字。王先生认为10万字就足够了。我尽量削减引文例证，终于将书稿压缩到14万字之内。在王先生督促之下，我养成了字斟句酌、惜墨如金的习惯。

我时刻关注着伍尔夫作品的翻译、研究成果。《论小说与小说家》出版之后，出现了不少伍尔夫论文与随笔译本，中国社会科学院出版社出版了四卷本《伍尔夫随笔全集》。《到灯塔去》全译本出版之后，伍尔夫小说译本陆续问世，上海译文出版社推出了《伍尔夫文集》。我获得了向译界同行们学习的宝贵机会，不胜欣喜。然而，具有独特视角的伍尔夫研究专著，却姗姗来迟。我耐着性子，翘首以待。

2009年，杨莉馨的专著《弗吉尼亚·伍尔夫在中国》出版，我心中一动。作者详细搜集史料，条分缕析，勾勒近百年来伍尔夫进入中国文坛的历程。此人肯下这番苦功，恐怕不是把专著作为评职称的敲门砖，而是真心实意想为学术大厦添砖加瓦。

2012年，杨莉馨的译作《文尼莎与弗吉尼亚》出版，我又是心中一动。搜集资料，翻译外文著作，都是在为深入研究作准备。看来此人正在一步一个脚印往前走。有关伍尔夫的英文著作汗牛充栋，为什么她唯独选译此书？她的下一部专著，是否有可能从比较文艺学视角切入？

2013年12月初，杨莉馨教授寄来《伍尔夫小说美学与视觉艺术》书稿，请我作序。我含笑点头。果然不出我所料！这是一部比较文艺学专著！1989年我就在《意识流小说家伍尔夫》的序言中表明我不过是一个普普通通的开拓者，我热切期待着青年学者的后续研究成果。不料这个等待的过程竟长达二十余年！

我阅读专著，总是先看前言、目录和参考文献。前言、目录，可以帮助我把握全书的主旨和结构。参考文献，可以显示出作者学术研究的准备工作是否充分。我对伍尔夫的比较文艺学研究，涉及绘画、音乐、戏剧、诗歌、电影、心理学、哲学诸多领域，其中最着重的部分是绘画，也就是杨莉馨教授所说的视觉艺术。因为伍尔夫的小说美学、形式实验、技巧创新都渊源于布鲁姆斯伯里美学观。我在两部专著中曾反复加以阐述。杨莉馨的专著从布鲁姆斯伯里美学观破题，然后沿着内在真实、存在瞬间、结构设计、光色之美、有意味的形式、情感与智性的和谐这样一条路径，一步一步往前推进，最后的结论可谓瓜熟蒂落，水到渠成。论述伍尔夫小说艺术与视觉艺术的关系这个相同的命题，杨莉馨教授比我更加系统、更加深入。除了伍尔夫的原著之外，我的第一本专著参考的英文著作仅 18 种，第二本专著的英文参考书目也只有 24 种。杨教授此书的英文参考书目竟有 64 种之多！1980 年，我承担意识流小说研究课题，王道乾先生特批 400 元课题费，外国文学研究室同仁们十分羡慕。这 400 元用了八年之久，每年仅 50 元而已。我没有一分钱外汇，英文参考书都是国外亲友捐赠的。当时在我的斗室中只有一张书桌。我将书桌让给女儿写作业，把稿纸铺在床板上，坐在小板凳上写我的专著。我为年青一代的学术成果感到欣慰，我也为他们优越的科研条件由衷地感到高兴！

　　杨莉馨教授这本专著中最吸引我的部分，是第八章"文尼莎拥有我渴望拥有的一切"和第九章"以光华灿烂的词汇去模仿文尼莎的绘画之美"。当初我论述布鲁姆斯伯里与伍尔夫小说理论、小说创作的渊源关系，聚焦于罗杰·弗莱与克莱夫·贝尔，忽略了她的姐姐文尼莎。这个缺憾被杨莉馨教授弥补了。她事先翻译了苏珊·塞勒斯的专著《文尼莎与弗吉尼亚》，作了非常充分的准备工作。这两章写得细腻、温馨、有说服力，给我留下了深刻印象。王道乾先生是前辈，他不研究伍尔夫，但他十分关注这个课题，我在研究过程中不断与他"闲聊"，获益匪浅。杨莉馨教授是后辈，她研究伍尔夫，我读她的专著，获益良多。"三人行必有吾师"，此言不虚！

　　如果允许我对这部专著提一点建设性意见，不知杨莉馨教授是否可以考虑将布鲁姆斯伯里的美学观与中国绘画理论作一点比较研究。我曾经以此为题在斯坦福大学做学术报告，很受欢迎。欧阳修《盘车图诗》有"古画画意不画形""忘形得意知者寡"之说。"论画以形似，见与儿童邻"是苏东坡的名言。中国画与西洋画一样，都经历了从写形到写意，从外表真实到内在真实的发展过程。然而，中国的文人写意画，与西方后印象派绘画、伍尔夫意识流小说大异其趣。这是不同的民族文化传统使然。

　　个人是渺小的，人生是短暂的。我所能做的，不过是给学术大厦的基底放一块砖。但愿此砖比较结实，不至于给整幢大厦带来安全隐患。如今人人都在言说中国梦。13 亿人的中国梦各不相同。作为一名学者，我的中国梦是让年轻学者踩着我的肩膀向上攀登，在我放下的砖块上添砖加瓦，建造学术大厦。王道乾先生也曾经有过这样的梦想。他的雄心是在上海社科院建立强大的外国文学研究队伍。由于官本位家长制管理模式，文学所换一位领导，就要调整一次科研方向。外国文学研究室解散了，英国文学研究中心也只剩下两位研究员。王老在临终之际还为此痛心疾首。有意栽花花不发，无心插柳柳成荫。杨教授是南师大博导，在她周围或许会有一群甘坐冷板凳的莘莘学子。我期待着她的下一部专著。我更期待着她的研究生写的专著。我深信我的中国梦决非空中楼阁！

2013 年 12 月 21 日

目　　录

前　言

如玛吉·休姆所言："在现代主义的主要阶段即 20 世纪的第一个十年，新的视觉词汇正在改变文学与文化文本。"[①] 20 世纪现代主义文学与视觉艺术的关联，在英国小说家弗吉尼亚·伍尔夫（Virginia Woolf，1882－1941）的身上表现得尤为明显。作为以视觉艺术为关注中心的精英知识分子聚合"布鲁姆斯伯里团体"（Bloomsbury Group）或称"布鲁姆斯伯里文化圈"（Bloomsbury Circle）的核心成员，伍尔夫的现代主义美学观念与小说艺术实践深受以绘画为代表的视觉艺术的濡染，甚至可以说是先锋派视觉艺术在小说领域的回声。虽说文学与艺术之间的互动与影响关系在中西文化发展史上均可以举出众多实例，我们亦可以引出有关诗画关系的一系列名家表述，如古希腊诗人西摩尼德斯即云："画是一种无声的诗，诗是一种有声的画。"古罗马诗人贺拉斯亦称："诗是文字的画。"19 世纪英国美术评论家约翰·罗斯金在《现代画家》一著中，甚至使用了"word-painting"（"以文绘画"或"文字画"）一词，用以说明文字通过对光、色、影、形等客观外在物的描写，可以达到的刺激感官、诱发联想、营造平面或立体图景的效果，然而，伍尔夫所受视觉艺术的影响还是十分突出和具有代表性的。尤其是绘画艺术，成为伍尔夫形成其独特的美学观念与艺术风格的关键性因素之一。而她身在其中的英国现代主义文化与艺术团体"布鲁姆斯伯里文化圈"中的诸多成员，正是为伍尔夫提供了视觉艺术滋养的主要力量。有关伍尔夫与"布鲁姆斯伯里文化圈"的关联，以及视觉艺术元素在她小说艺术中所发挥的巨大作用，学界之前的

[①] Maggie Humm, *Modernist Women and Visual Arts*: *Virginia Woolf*, *Vanessa Bell*, *Photography and Cinema*, Edinburgh: Edinburgh University Press, 2002, p. 1.

研究尚不充分，故本书力图在此方面有所突破。

1904 年，在父亲莱斯利·斯蒂芬爵士去世之后，弗吉尼亚①的姐姐文尼莎（Vanessa Bell，1879－1961）②带领弟妹们从伦敦海德公园门 22 号（22 Hyde Park Gate）的旧寓搬入了东部毗邻大英博物馆的布鲁姆斯伯里区戈登广场46 号（46 Gordon Square）。在戈登广场的新居以及布鲁姆斯伯里的其他寓所，以文尼莎、弗吉尼亚和她们的兄弟、剑桥才子托比③为中心，逐渐汇聚起一批才华卓越、崇尚智性与美、追求真理、具有自由思想的青年知识分子。这些"布鲁姆斯伯里人"（Bloomsburian）中包含一系列日后将在英国现代文学、艺术、思想与经济史上熠熠生辉的人物，如最先将法国后印象派绘画引入英国的艺术鉴赏与评论家罗杰·弗莱（Roger Fry，1866－1934）、艺术史家与艺术批评家克莱夫·贝尔（Clive Bell，1881－1964）、画家文尼莎·贝尔、经济学家约翰·梅纳德·凯恩斯（John Maynard Keynes，1883－1946）、小说家 E. M. 福斯特（E. M. Foster，1879－1970）、传记大师利顿·斯特拉齐（Lytton Strachey，1880－1932）、小说家与社会活动家伦纳德·伍尔夫（Leonard Woolf，1880－1969）、作家德斯蒙德·麦卡锡（Desmond MacCarthy，1877－1952）、画家邓肯·格兰特（Duncan Grant，1885－1978）等。虽说圈中多有在语言艺术领域才情卓异，并在日后取得杰出成就之人，如属于"老布鲁姆斯伯里"的弗吉尼亚、福斯特和斯特拉齐，以及新一辈的布鲁姆斯伯里作家，但是，总体而言，"布鲁姆斯伯里文化圈"的核心兴趣却并非语言艺术，而是以绘画为代表的视觉艺术。

J. K. 约翰斯顿写道："在这个圈子里，几乎没有人对视觉艺术没有浓厚的兴趣；而这一兴趣的领袖人物是罗杰·弗莱。"④ 伍尔夫在日后为弗

---

① 弗吉尼亚·伍尔夫婚前的闺名为艾德琳·弗吉尼亚·斯蒂芬，为莱斯利·斯蒂芬和朱莉亚·普林塞普·斯蒂芬的第二个女儿。因此，本书在提及伍尔夫婚前的生活与写作时，将酌情运用"弗吉尼亚"或"斯蒂芬小姐"的称呼。

② 文尼莎·贝尔婚前的闺名为文尼莎·斯蒂芬，为莱斯利·斯蒂芬和朱莉亚·普林塞普·斯蒂芬的长女。后与艺术史家和艺术评论家克莱夫·贝尔结婚。本书在提及文尼莎·贝尔婚前的生活与艺术活动时，同时为与克莱夫·贝尔相区别，将酌情运用"文尼莎"的称呼。国内另有译名"范尼莎"、"瓦奈萨"等。"尼莎"为她的昵称。

③ 国内另有译名"索比"。现依正确发音改译。

④ J. K. Johnstone, *The Bloomsbury Group: A Study of E. M. Forster, Lytton Strachey, Virginia Woolf, and their Circle*, London: Secker and Warburg, 1954, p. 11.

莱所做的传记中尊弗莱为"现代英国绘画之父"，① 称他为"一位伟大的批评家，一个拥有深刻的情感，同时又极度真诚的人"，② 指出"他通过自己的写作改变了身处的那个时代的趣味，以他在后印象派人物当中的领袖地位改变了当下英国的绘画，并用自己一系列的讲座无与伦比地提升了人们对艺术的热爱"③。关于他对自己的影响，伍尔夫亦深情写道："在我所有的朋友当中，他是最活跃、最富于想象力，因而也最有帮助的一位。"④ 早期伍尔夫研究著名学者哈维娜·瑞恰写道："正如伯纳德·布莱克斯通注意到的那样，弗吉尼亚·伍尔夫从她的画家朋友们，尤其是姐姐文尼莎·贝尔、克莱夫·贝尔和罗杰·弗莱那里，学到了大量关于如何'看'自然形式的知识。"⑤ 正是以罗杰·弗莱、克莱夫·贝尔和他日后的妻子文尼莎·贝尔等为代表的视觉艺术理论探索与实践，以及他们共同推崇与倡导的法国画家保罗·塞尚的后印象主义绘画艺术等等，为伍尔夫走上文学创作道路、体现出鲜明的精神主义追求与视觉艺术倾向奠定了基础。

　　本书将首先对"布鲁姆斯伯里文化圈"的形成、发展，主要成员在视觉艺术方面的造诣以及对伍尔夫的影响进行综述，然后聚焦于伍尔夫的创作，分章讨论作家在不同方面接受的影响及其在文本中的具体体现，由此呈现以绘画为中心的视觉艺术之于形成伍尔夫创作个性与特色的重要意义，同时探索伍尔夫在语言艺术领域所进行的扬弃与创新。

---

① Virginia Woolf, *Roger Fry*: *A Biography*, London: Hogarth Press, 1940, p. 182.
② Ibid., p. 263.
③ Ibid., p. 294.
④ Ibid., p. 292.
⑤ Harvena Richter, *Virginia Woolf*: *The Inward Voyage*, Princeton, New Jersey: Princeton University Press, 1970, p. 74.

第一章

"布鲁姆斯伯里文化圈"
与伍尔夫

　　作为推进英国现代主义文学艺术发展的中坚力量，"布鲁姆斯伯里文化圈"中人为 20 世纪英国文化的发展做出了重要贡献。正如文化史家指出的那样，在文化体制的历史上，"布鲁姆斯伯里团体"标志着一个时代的结束："这是在英国史上的最后一个时期，一个如此杰出的知识分子群体能够聚集在大学体系之外的伦敦。"① 关于这个团体的形成、成员构成与阶段性发展，不仅有伍尔夫夫妇、贝尔夫妇及其长子朱利安·贝尔（Julian Bell）与次子昆汀·贝尔（Quentin Bell）、E. M. 福斯特、罗杰·弗莱、德斯蒙德·麦卡锡、戴维·加尼特（David Garnett）等核心成员的深情回忆，有传记家昆汀·贝尔在《伍尔夫传》（*Virginia Woolf*）、林德尔·戈登（*Lyndall Gordon*）在《弗吉尼亚·伍尔夫：一个作家的生命历程》（*Virginia Woolf：A Writer's Life*）、莱昂·艾德尔（Leon Edel）在《布鲁姆斯伯里：群狮之家》（*Bloomsbury：A House of Lions*）、赫麦尔妮·李（Hermione Lee）在《弗吉尼亚·伍尔夫》（Virginia Woolf）等著名传记中的详细阐释，我们还可见到更多以之为专门研究与回忆对象的专著、编著、回忆录与画册等②，对它的研究，已经成为一门专门的学科。

---

① Robert Skidelsky, *John Maynard Keynes：Hopes Betrayed*, 1883 – 1920, New York：Viking, 1983，p. 248.

② 可参阅加拿大学者 S. P. 罗森保鲍姆编著的《岁月与海浪："布鲁姆斯伯里文化圈"人物群像》或《回荡的沉默："布鲁姆斯伯里文化圈"侧影》中《参考书目》所列关于"布鲁姆斯伯里文化圈"的研究书目等。江苏教育出版社 2006 年版。

第一节　"布鲁姆斯伯里文化圈"的形成

伍尔夫在 1921 年末与 1922 年初为德斯蒙德·麦卡锡的妻子、作家莫莉·麦卡锡于 1920 年发起成立的"传记俱乐部"（The Memoir Club）撰写并朗读的回忆性文字《老布鲁姆斯伯里》（*Old Bloomsbury*）和 1936 年 12 月 1 日在俱乐部朗读的《我是势利之徒吗?》（*Am I a Snob?*），以及在 1939 年 4—7 月间和 1940 年 6—11 月间断续写成的长文《往事素描》（*Sketch of the Past*）等中，都对布鲁姆斯伯里圈中人和事作了栩栩如生的追溯。尤其在《老布鲁姆斯伯里》中，伍尔夫对所谓的"老布鲁姆斯伯里"的成型时间做了界定，即 1904—1914 年间。文中深情回忆了姐姐文尼莎带领姐弟兄妹四人从父亲去世后海德公园门 22 号阴郁、沉闷、压抑的生活中解放出来，迁往布鲁姆斯伯里区戈登广场 46 号的快乐过程。作家开心地写道："我可以向你们保证：1904 年 10 月，它（指戈登广场 46 号）是世界上最漂亮、最激动人心和最罗曼蒂克的地方。"[1]在那里，"在红色长毛绒上用黑色涂料的瓦特 - 威尼斯传统被推翻了；我们进入了萨金特 - 福尔斯的时代；白色和绿色的印花棉布到处都是；我们弃用了莫里斯的那种有着繁复图案的墙纸，而用朴素的水粉颜料涂抹的淡水彩画装饰墙面。我们充满了试验性与革新性。"[2]

由于摆脱了同母异父的达克渥斯兄弟的骚扰、限制和压迫，逃离了不堪忍受的上流社会茶会与舞会，文尼莎和弗吉尼亚两姐妹终于获得了新生，可以更自由地拥抱精神生活，聆听音乐会、观赏芭蕾舞、参观心仪的画廊，不受打扰地绘画与写作，结识新的朋友，并畅谈艺术、哲学与人生直至深夜。托比将他在剑桥大学的好友们带回家中，美丽聪慧、超尘脱俗的两姐妹也像磁石般深深吸引了年轻的才子们。戈登广场"星期四之夜"聚会、畅谈的格局由此逐渐形成。

伍尔夫曾生动忆及"星期四之夜"的年轻人不倦探讨何为真善美的

---

① Virginia Woolf, *Moments of Being*：*Autobiographical Writings*, edited by Jeanne Schulkind and with a new introduction by Hermione Lee. Pimlico edition. Random House, 2002, p.46.

② Ibid. .

情景。正是在这里，被剥夺了在高等学府接受系统规范学习机会的弗吉尼亚获得了良好的智识训练，迅速打开了知识视野。伍尔夫后来回忆说："从那些讨论中，文尼莎和我得到的快乐可能正与那些本科生第一次遇到自己的朋友时的快乐相似。在布斯们和马克斯们的世界中，我们并不被要求太多地用脑。而在这里，我们所需要磨砺的只有头脑。"① 她们的客人包括克莱夫·贝尔、利顿·斯特拉齐、梅纳德·凯恩斯、德斯蒙德·麦卡锡、邓肯·格兰特和爱德华·摩根·福斯特等人。关于克莱夫·贝尔，伍尔夫是这样忆及这位很快将成为她的姐夫、并对她走上文学创作道路产生重要影响的人物给她的第一印象的："'有个叫贝尔的令人惊奇的家伙，'托比一回家就径直说道，'他身上可说混合了雪莱和爱好体育的乡绅的特性。'"② 而文尼莎则开始组建"星期五俱乐部"（Friday Club），活动内容与自己感兴趣的艺术有关。③

1906 年，斯蒂芬姐妹挚爱的兄弟托比因伤寒症去世。1907 年，为了寻求精神支持与安慰，文尼莎与托比的好友克莱夫·贝尔结婚。弗吉尼亚和弟弟阿德里安则迁居不远处的费兹罗伊广场 29 号（29 Fitzroy Square）。随着文尼莎的结婚，布鲁姆斯伯里的聚会以两姐妹的住所为据点，分别形成了两个中心，而讨论的内容也由抽象的哲学问题转而更加直面生活。维多利亚时代以来虚伪的性禁忌被打破，这些大都未婚的青年男女们甚至公开地讨论了有关性与鸡奸等方面的问题。许多陈规旧俗与信仰在这里受到挑战，而"布鲁姆斯伯里人"也因自己的惊世骇俗变得"臭名昭著"起来。

1910—1914 年间，随着新人的不断加入，团体进一步扩大，其中最有标志性意义的事件是罗杰·弗莱的加盟。此时的弗莱刚刚辞去纽约大都会博物馆油画厅主任一职，返回英国，并出任《伯灵顿杂志》（Burlington Magazine）的编辑。他以沉稳敦厚的人品、深厚的艺术史造诣、独到的艺术品鉴赏眼光和高雅的审美趣味迅速成为深受戈登广场和费兹罗伊广场欢迎和爱戴的人物。在《老布鲁姆斯伯里》一文中，弗吉尼亚曾浓墨重彩

---

① Virginia Woolf, *Moments of Being: Autobiographical Writings*, p. 51.
② Ibid., p. 49.
③ 1905 年 10 月，斯蒂芬姐弟四人在搬入布鲁姆斯伯里戈登广场 46 号后不久，文尼莎便开始了她的"星期五俱乐部"活动。这是一个每周碰头的关于美术的社团，成为布鲁姆斯伯里将会关注视觉艺术的第一个征兆。这个俱乐部似乎一直延续到 1912 或 1913 年。

地写到自己与弗莱的结识和弗莱来到家中时的情景："我想，一定是在 1910 年，克莱夫某晚奔上楼来，无比激动的样子。他刚刚经历了有生以来最最有趣的交谈之一。他是和罗杰·弗莱谈的话。他们一连好几个小时讨论了艺术。他觉得罗杰·弗莱是自己在离开剑桥之后遇见过的最有趣的人物。后来罗杰就出现了。我好像觉得，他来的时候穿的是一件大大的乌尔斯特大衣，每一只口袋里都塞着一本书、一只画盒或别的什么搞不清楚的东西；还有那些他从后街某个小个子男人那里买来的特别的插图；他胳膊底下夹着油画布；他的头发翘了起来；双眼闪闪发光。他的知识和经验比我们所有人加起来的还要多。"①

　　由于弗莱经常在"星期五俱乐部"发表有关艺术的演说，他对艺术的不倦热情对大家产生了巨大的感染力量。1910 年 11 月—1911 年 1 月间，弗莱在克莱夫·贝尔和德斯蒙德·麦卡锡的帮助下，在伦敦格拉夫顿美术馆（Grafton Gallery）组织了在现代英国艺术史上具有划时代意义的第一次"后印象派画展"。自此，以绘画为中心的视觉艺术不仅成为整个"布鲁姆斯伯里文化圈"的兴趣中心，亦成为英国先锋派艺术的大本营。

第二节　弗莱·后印象派画展·伍尔夫

　　"布鲁姆斯伯里文化圈"中的艺术家，首推罗杰·弗莱。弗莱出生于 1866 年，先后在布里斯托克利夫顿学院和剑桥大学国王学院接受教育，曾于 1888 年荣获剑桥大学自然科学专业的一等荣誉毕业证书。但毕业后的弗莱并未继续从事自然科学研究，反而投身于心仪的绘画创作，并进一步赴巴黎学习绘画。虽然作为画家的他成就并不突出，但艺术实践和深厚的艺术史素养却赋予他出众的艺术感悟力与独到的审美鉴赏水准。

　　弗莱早年醉心于意大利艺术，后来则致力于倡导现代艺术，迅速成为 20 世纪英国优秀的艺术鉴赏与批评家。他著述丰富，重要批评与理论著作包括《乔万尼·贝利尼》（*Giovanni Bellini*，1899）、《视觉与设计》（*Vision and Design*，1920）、《艺术家与精神分析》（*The Artist and Psychoanalysis*，1924）、《艺术与商业》（*Art and Commerce*，1926）、《变

---

① Virginia Woolf, *Moments of Being: Autobiographical Writings*, p. 57.

形》(*Transformations*, 1926)、《塞尚》(*Cezanne*, 1927)[1]、《弗兰德斯艺术》(*Flemish Art*, 1927)、《亨利·马蒂斯》(*Henri Matisse*, 1930)、《法国艺术的特征》(*Characteristics of French Art*, 1932)、《反思英国绘画》(*Reflections on British Painting*, 1934)、《最后的演讲》(*Last Lectures*, ed. Clark, 1939)等。其中最具影响的是两部艺术评论集《视觉与设计》《变形》,以及研究塞尚画风发展的厚重专著《塞尚》。

弗莱高度重视形式(form)与设计(design)。在其艺术观念的发展过程中,法国画家保罗·塞尚具有关键意义。1905年,弗莱第一次见到塞尚的作品,便震惊于法国现代主义艺术与意大利文艺复兴时代绘画之间的契合关系:"只有在提香最晚期的作品中,我才能找出某种与此类似的东西,在所有表达形式的常见方法中发现某种相似的会通性。"[2] 塞尚静物画与风景画中鲜明强烈的色彩、对装饰效果的重视以及对光线与阴影的处理方式等都给他留下了异常深刻的印象。他如此写道:"他能以某种魔力使群山、房舍、林木拥有稳固的有机性,他能在一个让人清晰感觉到的空间中表达它们,同时又使整个画幅保持一种几乎难以言说的造型运动的韵律。"[3] 在对塞尚及其他欧陆先锋派画家作了更加深入的研究之后,弗莱决心将他们的作品引入英国,改变保守的维多利亚时代画风。

在克莱夫·贝尔、戴斯蒙德·麦卡锡等人的帮助下,弗莱在欧洲大陆挑选出21幅塞尚、37幅高更、20幅梵高,还有德兰、毕加索、马蒂斯、马奈等的画作,以"马奈与后印象画派"("Manet and the Post-Impressionists")[4] 为题,于1910年11月8日—1911年1月15日间在格拉夫顿美术馆举办了震惊伦敦艺术界的第一次后印象派画展。画展在英国社会掀起了巨大波澜,弗莱由此遭到习惯于传统绘画的英国公众的唾骂,但也获得了一大批急于突破陈规、呼应欧陆现代新风的追随者的支持。"后印象主

---

① 中译本题名为《塞尚及其画风的发展》,沈语冰译,广西师范大学出版社2009年版。

② 转引自 Leon Edel, *Bloomsbury: A House of Lions*, London: The Hogarth Press, 1979, p. 161.

③ Ibid..

④ 1910年10月,弗莱和戴斯蒙德·麦卡锡前往巴黎和克莱夫·贝尔会合,打算搜集最好的现代法国艺术品介绍至英国。当所有被选中的画作运到伦敦之后,弗莱起初为它们的创作者确定的术语是impressionists(印象主义者),但遭到当时与之讨论的一位年轻记者的反对。于是,弗莱决定用post-impressionists这一术语:"噢,让我们就叫他们后印象主义者吧;无论如何,他们出现在印象主义之后。"所以,展览冠名为"Manet and the Post-Impressionists"。

义"（Post-Impressionism）一词由此进入现代艺术与艺术批评史，弗莱也一跃而为年青一代英国艺术家的旗帜与精神领袖。

"布鲁姆斯伯里文化圈"的年轻人都被弗莱引发的这场艺术地震激动与鼓舞。画展甫一揭幕，弗吉尼亚即与姐姐前往参观、助阵，并由此体味到离经叛道的强烈兴奋感。昆汀·贝尔后来在《伍尔夫传》中忆及当年圈中人因外部攻讦而更加团结，以及圈中的关注热点向绘画艺术转移的变化时写道："他（指弗莱。——笔者注）和这次画展所酿就的气氛使她（指弗吉尼亚。——笔者注）的小圈子更向心了一些，对自己的革命性和狼藉声名也更有意识了一些。布鲁姆斯伯里已经成了一个公众反感的对象，一个不满的中心，一个阿比西尼亚皇帝们和无法理解的美学的中心。其次，布鲁姆斯伯里自身的智性特征开始发生变化。当塞尚成为交谈的主题时，G. E. 穆尔的教旨似乎就不那么重要了，而跟罗杰·弗莱比较起来，利顿·斯特雷齐也许看起来是逊色了一些。"① 而在形容斯蒂芬姐妹在画展开幕后兴高采烈并触发众怒的反应时，昆汀·贝尔又饶有趣味地回忆道："瓦奈萨和弗吉尼亚已经打扮成高更画中的光肩膀光腿女孩出席过后印象派舞会了，几乎——在那些昂首阔步表示抗议的愤怒女士们看来——是全裸的。"② 因此或许可以说，自从弗莱加入之后，布鲁姆斯伯里的朋友圈才真正成为了一个"团体"，视觉艺术成为圈中人关注的中心，而现代主义则成为了他们基本的美学取向。如伍尔夫后来的密友薇塔·萨克维尔–韦斯特与丈夫哈罗德·尼克尔森的次子、伍尔夫书信集的编者之一奈杰尔·尼克尔森（Nigel Nicolson）的名言所说："在所有有关布鲁姆斯伯里的遗产当中，最为出众的是其成员有关友情的观念。没有任何东西——无论是年龄、成功、在艺术和爱情方面的竞争关系，还是战争、旅行或职业造成的长时间的分离——能够将这些自年轻时代就聚到一起的人分开。"③ 此后，这批年轻人保持了终身的友谊，在共同的价值取向与美学趣味的影响下，在各自领域取得了卓越的成就。

1911 年 4 月初，在弗莱的带领下，贝尔夫妇和剑桥的一位数学家 H. T. J. 诺顿开始了前往君士坦丁堡的拜占庭艺术之旅。弗莱与文尼莎之

---

① 昆汀·贝尔：《伍尔夫传》，萧易译，江苏教育出版社 2005 年版，第 177 页。

② 同上书，第 179 页。

③ Tony Bradshaw ed, *A Bloomsbury Canvas*: *Reflections on the Bloomsbury Group*, Lund Humphries, 2001.

间长达两年的恋情亦于这次远征中开始。在遥远的土耳其，文尼莎病倒了。弗吉尼亚火速赶来与姐姐团聚，并进一步加深了对弗莱宽厚富饶的天性的理解。昆汀·贝尔写道："他的交谈，他的举动，他对各种理念的愉快兴趣，这些都让她震惊和感动。罗杰是力量之塔。更甚于此，他是永恒的欢乐之泉。"[①]

同年，伦纳德·伍尔夫从锡兰休假归来，回到了布鲁姆斯伯里的朋友圈中。在斯特拉齐的鼓励下，伦纳德向弗吉尼亚求婚成功，两人于1912年8月完婚。她的爱侄昆汀·贝尔日后在《伍尔夫传》中感慨："这是她一生中所做的最明智的决定。"[②] 蜜月归来，伦纳德担任了弗莱组织的第二次"后印象派画展"的秘书。画展于1912年10月到1913年1月间再度于格拉夫顿美术馆举行，只不过内容上除了欧陆画家的先锋派画作外，又加入了文尼莎·贝尔、邓肯·格兰特等一批年轻英国画家及俄罗斯画家如米·拉里翁诺夫（Mikhai Larionov）和娜·贡恰洛娃（Natalya Goncharova）夫妇的作品。这次画展亦可称为一次专属布鲁姆斯伯里的展览，因为除伦纳德担任秘书外，弗莱为画展目录撰写了"前言"，邓肯·格兰特和文尼莎设计了海报。画展再度遭到了保守派的嘲笑与攻击，但其在年轻一代艺术家心中的影响却日渐扩大。关于第二次后印象画派展引发的骚动与产生的反响，伦纳德·伍尔夫后来在自传中回忆说："生活在1911年的伦敦是一件多么令人激动的事"，"因为我们都有一种从维多利亚的迷雾中走出来的轻松感"，一种"从军国主义，帝国主义和反犹主义中走出来的"感觉，还有"塞尚、马蒂斯和毕加索的深刻革命"[③] 的感觉。艺术批评家兼传记家弗朗西斯·斯帕丁（Frances Spalding）在《20世纪英国艺术》中这样写道："'第二届后印象主义展览'成功地强化并扩展了第一届的影响。1910年的展览上，高更、梵高和塞尚的作品是主要代表，而1912年的展览却是由毕加索和马蒂斯占主导地位。这两次展览的综合效应表明，一个伦敦的观众必须在两年时间内跟上在法国已持续了三十多年的艺术发展进程。……后印象主义者不再满足于记录流变着的外界图式，而是追寻更持久更主观的效果，要么构建更突出更基本的结构，如塞尚的

---

① 昆汀·贝尔：《伍尔夫传》，第178页。

② 同上书，第199页。

③ Leonard Woolf, *Beginning Again: An Autobiography of the Year* 1911－1918, London: The Hogarth Press, 1963, pp. 36－37.

作品，要么强调他们自己的反应，并由此选择、在某种程度上是重组视觉
事实。罗杰·弗莱在第二届后印象主义展览目录中对这一区别作了十分简
明的阐述；这些艺术家毕竟并不寻求表现那种除了实际事物外观的苍白映
像以外最终还会是何物的东西，而是要激起对新的确定现实的坚信不疑。
他们不寻求摹仿形状，而是要创造形状；并不摹仿生命，而是找到生命的
对等物。"①

1913 年，弗莱在费茨罗伊广场创办了欧米茄工作室（Omega work-
shop），雇用年轻艺术家们从事室内装饰、现代家具设计、毛毯与瓷器上
的图案设计以及住宅的壁画装饰等，体现出将现代主义美学风格引入日常
生活的努力。斯蒂芬姐妹会不时前往工作室，挑选那些体现出先锋美学风
范的衣饰并加以穿戴。1920 年，收集了弗莱在 1900 年到 1920 年间先后
发表于《伯灵顿杂志》《雅典娜神殿》等刊物上的重要艺术评论，如《论
美感》（1909）、《法国后印象派画家》（1912）、《艺术与生活》（1917）、
《保罗·塞尚》（1917）及《艺术家的视觉》（1919）等的艺术评论集
《视觉与设计》首度印行。除了著书立说、组织展览与指导艺术鉴赏外，
弗莱还举办各类艺术讲座等，推介塞尚和世界各国、各种文化中的造型艺
术，包括中国的青铜艺术等，后成为剑桥大学斯雷德艺术讲座教授。

由于弗莱在公众面前不遗余力地解释、宣讲后印象派绘画的美学追求
与成就，以绘画为代表的视觉艺术迅速成为"布鲁姆斯伯里文化圈"的
美学中心与形象标识。邓肯·格兰特日后的同性情人、作家戴维·加尼特
将布鲁姆斯伯里看成"一个画家的世界"，其中，人人都"一直在欣赏绘
画，并聆听那些始终是关于视觉艺术而不是文学的美学讨论"。在他看
来，弗吉尼亚·伍尔夫正是通过观看与倾听画家们而学会了使用作为一名
作家的"调色板"的。②克莱夫·贝尔更是明确指出，伍尔夫"纯粹
的……几乎像是画家一般的视觉……正是将她与其他所有同时代人区别开
来的东西"③。关于这一"纯粹的""视觉"，哈维娜·瑞恰认为其指的即
是"对客体与其周围环境关系（图案与感知）、对形状与情感、对并非只

① 弗朗西斯·斯帕丁：《20 世纪英国艺术》，陈平译，上海人民美术出版社 1999 年版，第
39—40 页。

② David Garnett, "Virginia Woolf." *The American Scholar*, summer 1965, pp. 380 – 381.

③ Clive Bell, "Virginia Woolf." Dial, LXXVII, December 1924, pp. 451 – 465.

是表面色彩的概念的感觉"①。莱昂·艾德尔在他描摹"布鲁姆斯伯里团体"群像的著作中的归纳则更为全面："由此,布鲁姆斯伯里将范围拓展至现代绘画。此后,它还将覆盖先锋小说、现代传记——我们或许还可以补充说,经济学领域和政治科学。"②

具体到对伍尔夫的创作影响,我们可在作家的日记、书信和作品中找到大量实证:1914 年 4 月,弗莱带伍尔夫参观了非洲黑人雕塑展,伍尔夫很喜欢黑人艺术那种"沉郁的、感人的"风格,并向姐姐感叹"上帝知道,听了罗杰的演讲后,我对任何事物都产生了多么真实的感情"③;在构思小说《到灯塔去》期间,她一直在与弗莱的通信中谈论自己的创作进展:她喜欢其中的宴会场景、对中间的"时光流逝"部分感到棘手,而在最后部分即如何处理莉丽作画的场景和拉姆齐先生与孩子们在船上的场景之间的关系时感到了平衡的困境,觉得船上部分的描写没有莉丽在草地上的部分那么丰富,等等。在弗莱的启发下,她在 1926 年 9 月 5 日的日记中表达了创造两个同步场景的愿望:"我可以在一个圆括号中加以处理吗? 这样别人就会获得在同一时间内阅读两件事的感受吗?"④ 1926 年10 月到 1927 年 1 月间,她对小说进行了修改。1927 年 5 月,《到灯塔去》正式出版。弗莱迅速阅读了小说并给予了高度的评价,同时敏锐地注意到了作品中的关键意象"灯塔"。5 月 27 日,伍尔夫在回复弗莱关于灯塔的象征含义的信中解释道:"对于灯塔,我并没有赋予什么含义。在书的中间,你得有一条中心线,以便将设计合为一个整体。"⑤ 这一围绕着一条"中心线","将设计合为一个整体"的理念,正是出自弗莱一直强调的、以塞尚为代表的后印象派绘画艺术的构图原则。而对于弗莱长期以来的关注、支持与呵护,伍尔夫充满感激地进一步写道:"就写作这一点而言,

---

① Harvena Richter, *Virginia Woolf*: *The Inward Voyage*, p. 75.

② Leon Edel, *Bloomsbury*: *A House of Lions*, p. 165.

③ Virginia Woolf, *The Letters*. Vol. 2: *The Question of Things Happening* 1912 – 1922, Nigel Nicolson and Joanne Trautmann eds. London: Chatto and Windus, 1976, p. 429.

④ Virginia Woolf, *The Diary of Virginia Woolf*, Vol. 3. 1925 – 1930, Anne Olivier Bell ed. New York: Harcourt Brace Jovanovitch, 1980, p. 106.

⑤ Virginia Woolf, *The Letters*. Vol. 3: *A Change of Perpective* 1923 – 1928, Nigel Nicolson and Joanne Trautmann eds. London: Chatto and Windus, 1977, p. 385.

是你……使我一直走在正道上，你的影响超过了其他任何人。"①

1927 年 10 月，伍尔夫又开始了另一部小说《奥兰多》的写作。这部于 1928 年面世、堪称献给女友薇塔的"情诗"的作品同样表现出弗莱在伍尔夫心中的重要地位，因为在《奥兰多》的扉页上她是这样写的："如果说我可能还有一点有关绘画艺术的理解，那都是缘自罗杰·弗莱先生无与伦比的同情和想象力。"② 1932 年 4 月，伍尔夫夫妇和弗莱兄妹等又同游希腊。两位弗莱"对希腊的艺术、建筑、民间传说、动植物、地理、地质和历史方面能了解得到的东西都了如指掌"③，令伍尔夫眼界大开。她承认："罗杰如此杰出，我是那么钟情于他。"④ 1934 年 9 月 9 日，弗莱因心脏病突发去世，斯蒂芬姐妹深感悲痛。伍尔夫在 1934 年 9 月 12 日的整则日记中，记下了自己在罗杰逝世后的迟钝与茫然。9 月 15 日在日记中再次回溯了两天前的葬礼以及当时的心情："和自己的老友待在一起是一种强烈的本能。我过去也曾不时地想到他。他体面、诚实、心胸宽广——是'一颗宽广而温柔的灵魂'——个性成熟、喜欢音乐——有趣的是，在世时他活得丰富多彩、慷慨大方并富有好奇心。我想的就是这些。"⑤弗莱之死让她再度深感生之渺小与脆弱，并努力以写作来缓解自己的伤感、对抗死亡"这无形的力量"，在 9 月 18 日的日记中她写道："我再次进入写作所带来的超越时间、超越死亡的那种崇高境界。据我所知，这并不是一种幻觉。当然，我有一种强烈的感觉，对此罗杰是会激动地站到我一边的。不管这无形的力量干了些什么，我们都能超越它。"⑥

弗莱的遗骨被安葬于剑桥大学国王学院教堂前，文尼莎亲手装饰了他的棺椁。伍尔夫则延续着自己不愿承认深爱之人已永远离去的习惯，又受到弗莱的亲人们请她为弗莱撰写传记的重托，通过仔细研读弗莱的著述进一步发展着同他的所谓死后的友谊。她在 1935 年 12 月 30 日的日记中甚

---

① Virginia Woolf, *The Letters. Vol.* 3: *A Change of Perpective.* 1923 – 1928, Nigel Nicolson and Joanne Trautmann eds. London: Chatto and Windus, 1977, p. 385.

② Virginia Woolf, *Olando*, New York and London: Harcourt Brace Jovanovich, 1956, p. vii.

③ 昆汀·贝尔：《伍尔夫传》，第 382 页。

④ Virginia Woolf, *The Letters. Vol.* 5: *The Sickle Side of the Moon.* 1932 – 1935, Nigel Nicolson and Joanne Trautmann eds. London: Chatto and Windus, 1979, p. 285.

⑤ Virginia Woolf, *A Writer's Diary*, Edited by Leonard Woolf. London: The Hogarth Press, 1954, p. 224.

⑥ Ibid. , p. 225.

至写道，这一友谊"在某些方面比我在生活中所享有的友谊更亲密"。她大量地阅读他的日记与书信，感慨"我曾猜测的东西现在显露出来了；然而真正的声音却消失了"①。1935 年 7 月 12 日，在布里斯托博物馆和艺术画廊举行的罗杰·弗莱纪念画展揭幕仪式上，伍尔夫作了感人至深的纪念演讲，邀请大家和她一同进行"一次永远以他为我们的伟大导师和伟大船长之一的远航"②。1938 年 4 月 1 日，她正式开始了《罗杰·弗莱：一部传记》（Roger Fry：A Biography）的撰写。作品于 1940 年 7 月出版。传记回溯了弗莱从维多利亚式的家庭走出，到在剑桥获得解放，通过艺术发现欧洲，再到以两次画展及后来的诸多艺术活动，催生了整个现代英国艺术的转折的过程，读来鲜活、生动，充满了深沉的情感。尽管伍尔夫出于对逝者与姐姐隐私的尊重而隐去了他们之间的感情联系，但还是为初版的传记封面选择了 1933 年文尼莎为弗莱所绘的肖像画。在 1940 年 7 月 25 日的日记中，伍尔夫感慨："此时，我与罗杰的关系多么奇怪呀——我在他身后为其创造了某种形象。他本人与之相像吗？此刻我强烈地感到仿佛就站在他面前，仿佛与他紧密相连：就好像是我们俩协同创造出他的这一形象：这是我们共同的孩子。"③

这段时期，亦正是伍尔夫以批评随笔开始其文学生涯，逐渐摆脱以赫伯特·乔治·威尔斯（1866—1946）、阿诺德·贝内特（1867—1931）和约翰·高尔斯华绥（1867—1933）等为代表的传统现实主义或自然主义写作方法，探索内在真实，形成其独特的文学思想的时期。除了《现代小说》（1919）、《贝内特先生与布朗夫人》（1924）、《狭窄的艺术之桥》（1927）等重要美学著述外，经历了《美琳布罗西娅》④ 和《夜与日》（1919）中较为传统的现实主义手法的尝试，伍尔夫逐渐在《墙上的斑点》（1917）、《邱园记事》（1919）与《雅各的房间》（1922）等短篇与长篇小说中探索意识流技巧，终至完成了意识流小说的华彩之作、被称为

---

① Virginia Woolf, *The Diary of Virginia Woolf*, Vol. 4. 1931 – 1935, Anne Olivier Bell ed. New York：Harcourt Brace Jovanovitch, 1982, p. 361.

② 弗吉尼亚·伍尔芙：《罗杰·弗赖》，见《伍尔芙随笔全集》第 2 卷，王义国等译，中国社会科学出版社 2001 年版，第 685 页。

③ Virginia Woolf, *A Writer's Diary*, p. 339.

④ 1906 年，24 岁的弗吉尼亚在远游希腊归来后，开始筹划《美琳布罗西娅》（*Melymbrosia*）的写作。小说从构思到正式出版历时近九年，中间七易其稿，经历了一次次艰难的重写与改写，终于在 1915 年出版，定名《远航》（*The Voyage Out*）。

"生命三部曲"的《达洛卫夫人》（1925）、《到灯塔去》（1927）与《海浪》（1931）。几乎可以这样说，伍尔夫作为现代主义小说美学身体力行的实践者的探索，几乎是与弗莱的艺术探索同步，并在其艺术美学滋养下发展起来的。

第三节　贝尔夫妇与伍尔夫

除弗莱之外，作为现代艺术热烈的推崇者、倡导者与实践者，伍尔夫的姐夫克莱夫·贝尔与姐姐文尼莎·贝尔也对她产生了重要影响。

克莱夫·贝尔（下称克莱夫）于 1881 年出身于一个煤矿主的家庭，毕业于剑桥大学三一学院，为托比·斯蒂芬的好友。曾先后研究过历史与法律，后于巴黎专攻绘画，具有精深的文学素养，热爱法国文学。1907年与文尼莎·斯蒂芬结婚。

如前所述，作为罗杰·弗莱的学生与助手，克莱夫在两次后印象画派展览中，均起到了重要的作用。1914 年，他在弗莱的启发与委托下撰写并出版了一本题为《艺术》（*Art*）的美学小册子。两次后印象派画展之后，公众一直困惑地看着新画，期待着对于它们的创作理念、方法以及意义作出阐释，《艺术》适时地满足了这一要求，因而在读者中引起轰动。在弗莱思想的基础上，克莱夫在《艺术》第一章《审美假说》中即郑重提出了"有意味的形式"（significant form）这一概念。他认为照相式的复制并不能称之为艺术，相反，创造"有意味的形式""不依赖于猎鹰般锐利的眼光，而是依赖于奇特的精神和情感力量"[①]，强调只有拥有高度艺术敏感的人、原始人、野蛮人和保有童真的儿童才更能创造出"有意味的形式"。在著作中，由于克莱夫调动了自己早年在巴黎卢浮宫等地研究绘画、在意大利和小亚细亚地区研究艺术的丰富体验，历数多种艺术作品以作例证，对艺术本质作出了才情横溢的新界定，遂使艺术乃"有意味的形式"的观念深入人心，附着于传统绘画的叙事性与故事性成分被剥离，艺术的情感性与主体性得以凸显。莱昂·艾德尔写道："参观美术馆的人认识到，正是由于有了克莱夫，以某种方式获得和谐的色彩未必看起

---

① 克莱夫·贝尔：《艺术》，薛华译，江苏教育出版社 2005 年版，第 34 页。

来必须先像鲜花那般逼真；它们可以让人联想到花儿，并唤起类似于看见插满了鲜花的真正花瓶时的种种情感。"① 英国著名画家沃尔特·西克特赞其为"绘画思想的光源"，包含某些"最为深刻、最为真实和最富于勇气的思想"②；弗莱称之为"一股新鲜气息"；伍尔夫的印象是此书尽管有一点点"太过时髦"，却"清晰而又生气勃勃"。③ 艺术品的本质在于以"有意味的形式"激发起读者、听众或观众的审美情感的观点的大胆提出，确立了克莱夫作为艺术批评家的地位。

1933—1943 年间，克莱夫任《新政治家》（*New Statesman*）和《民族》（*Nation*）杂志的艺术评论家。他的重要著作还有《诗歌》（*Poems*，1921）、《塞尚之后》（*Since Cezanne*，1922）、《关于不列颠的自由》（*On British Freedom*，1923）、《19 世纪绘画的里程碑》（*Landmarks in Nineteenth Century Painting*，1927）、《文明》（*Civilization：An Essay*，1928）、《普鲁斯特》（*Proust*，1928）、《关于法国绘画》（*An Account of French Painting*，1931）、《欣赏绘画：在国家美术馆以及其他地方的沉思》（*Enjoying Pictures：Meditations in the National Gallery and Elsewhere*，1934）、《老朋友：个人回忆》（*Old Friends：Personal Recollections*，1956）等。

对克莱夫这位与姐姐最为亲近的人以及已故哥哥托比的挚友，弗吉尼亚一直保有亲近、信任而复杂的联系。一方面，弗吉尼亚对他敏锐的艺术感受力、丰富的艺术史知识和深厚的文学修养深表钦佩；另一方面，由于他分走了自己生命中最重要的姐姐的部分爱与关心，弗吉尼亚对他又怀有微妙的嫉妒和报复心理。这种复杂的心理甚至使得弗吉尼亚在一段时间内以言语与书信的形式与姐夫调情，借以刺激姐姐，激起姐姐的痛苦，以宣泄自认为被冷落到一边的心理。从克莱夫那边来说，与妻子同样美貌与富有魅力，同时有着独特的才华，并在文学上跃跃欲试的妻妹当然也激起了他的好感与钦慕，加之文尼莎怀孕、生子后的无暇他顾等因素，都使渴望从同一个人那里获得更多的关注与疼爱的两个人之间有了更多的共同语言。1908 年 2 月，贝尔夫妇的长子朱利安出生后，两人关系进一步密切，常一起在康沃尔的海边散步。克莱夫扮演起弗吉尼亚导师的角色。他还是

---

① 转引自 Leon Edel, *Bloomsbury：A House of Lions*, p. 194.
② Ibid. , p. 193.
③ Ibid. .

一个快乐的伴侣，不仅聪慧与博览群书，还善解人意，和善有趣。弗吉尼亚这样评价她的姐夫：他有"一种非常甜美和真诚的天性，出色的大脑和了不起的艺术情感"①。昆汀·贝尔在传记中写道："他们会谈论书籍和朋友，在这么做时怀着一种同志和结盟的感受，来对抗可怕的家庭生活暴政。"② 弗吉尼亚另一则题为《山头对话》（*A Dialogue on a Hill*）的随笔片段也表明了她与一个充满智慧的人单独交谈、发现"可以彼此交流很多与同性无法说的事情"③ 的快乐。加之这段时期又是弗吉尼亚开始走上创作之路的尝试期，克莱夫的鼓励、赞美，以及作为耐心的第一位读者、有鉴赏力的批评家与坚定的支持者的特殊身份，均使弗吉尼亚对他产生了无可替代的依赖之情。对此，昆汀·贝尔分析说："克莱夫能够讲得出上路子的批评。在这方面，他其实比利顿要有帮助得多。总的来说，利顿讨论起文学来是让人倾服的，可谈到弗吉尼亚·斯蒂芬的写作时就不成了。当时他是一个劲敌。"克莱夫"能提供一些有用的建议，对《美琳布罗西娅》的写作能做出一些真正的贡献"④。他们之间大约持续了两年的这种亲密的文学交谈关系，后来成为伍尔夫的长篇小说处女作《远航》中雷切尔与特伦斯关系的部分原型。而《远航》也成为伍尔夫一生创作中，唯一或多或少在公开情形下写作，咨询意见，向别人出示部分手稿，并和朋友讨论进展的小说。

因此，克莱夫填补了弗吉尼亚在失去哥哥之后和与伦纳德·伍尔夫相爱结婚之前的智性交流真空，这一点构成了两人之间关系的本质。1908年夏，弗吉尼亚不断对克莱夫谈起自己的写作雄心和赋予小说以新的形式的理想。当年9月，弗吉尼亚再次与姐姐、姐夫前往意大利游览，去了米兰、帕维亚、锡耶纳、佩鲁贾等地。弗吉尼亚携带了一本笔记本，以便随处描摹风景，并随时与贝尔夫妇讨论参观心得。她被佩鲁贾的坎比奥书院的壁画所吸引，感动之余写下了一些迅疾、不连贯的笔记，其中也包含着对自己未来文学事业的思考。"我瞅着一幅佩鲁奇诺的壁画。我想他眼中的事物是成组的，被包括在确定、不变的形式中；被表达在脸上和行动中——所有的美都包容在人物稍纵即逝的显现里。可以说，他认为它是密

① Leon Edel, *Bloomsbury: A House of Lions*, p. 137.
② 昆汀·贝尔：《伍尔夫传》，第142页。
③ 转引自 Hermione Lee, *Virginia Woolf*, New York: Vintage Books, 1996. p. 244.
④ 昆汀·贝尔：《伍尔夫传》，第144页。

封的，它所有的价值都在它本身中，不暗示着恐惧或未来。他的壁画在我看来似乎是无边的寂静，好像美飘浮到顶端，停留在那儿，在所有别的事物之上，语言、延伸的路、头脑与头脑之间的联系，这些都不存在。每一部分和其他部分都有着一种相互依赖；它们在他的头脑中构成了一个理念。那个理念根本无法用语言表达出来。这伙人和上帝的形象毫无关系。那么，他们聚集到一起是因为他们的线条和颜色是相关的，并表达了他头脑中的一种美的见解。至于写作——我也想表达美——不过是动态生活和世界的美（匀称?）矛盾? 是这样吗? 如果绘画中有一种动态，它只在于呈现线条；但是考虑到美的目的。不存在一种不同类型的美吗? 这并不矛盾。我得到了一种不同类型的美，通过无限的不和谐达到一种匀称，展现了思绪在这个世界上全部游历的踪迹，最终获得了一种由颤抖的碎片组成的完整；在我看来这恰恰是自然而然的步骤，思绪的飞翔。他们真的也达到了同样的东西吗?"①

也就在这段时期，她请克莱夫·贝尔阅读了长达 100 页的《美琳布罗西娅》的手稿；次年 2 月，她又给他看了 11 章重写的章节，同时详细述及自己的写作，告诉他自己所希望的叙述方式是怎样的，她有关女性主义和小说的看法："我是在一种近乎做梦的状态下开始写它的，而这个梦无论如何至今未醒。现在我的意图是径直往下写，直到完成全书。然后，如果真有这一天，假如可能，我会抓住最初的想象，不断修饰以重温开头，保留大部分原稿，并尝试深化气氛——创造出流动的水的感觉，别的倒不用太多……我没打算布道，而且同意人不该那么做，除非他是上帝。出于非常有趣的心理原因，我感觉很可能一个男人处身目前这样一个世界，并非是他那一性的好的裁判；一种'创造'对他来说似乎意味着'说教'……写下所有这一切的唯一可能的原因，是因为这一创造只能大体代表个人的观点。我的勇敢把我自己吓坏啦。我觉得自己缺乏那种能使小说变得有趣的天分……我希望能在一种背景上，表现出活生生的男男女女的骚动状态。我觉得自己做这样的尝试是正确的，不过真正做起来却很难。哎，你是多么激励着我呀! 这就使一切变得全不相同。"② 面对妻妹

---

① 昆汀·贝尔:《伍尔夫传》，第 147—148 页。

② AVS to CB, 7 Feb 1909. Virginia Woolf, *The Letters*. Vol. 1: *The Flight of the Mind* 1888 – 1912, Nigel Nicolson and Joanne Trautmann eds. London: Chatto and Windus, 1975, p. 383.

的信赖,克莱夫当然作出了积极、温暖的回应。如他在 1908 年 8 月 12 日的信中写道:"现在,在 3 点半的时候,弗吉尼亚在干什么呢?是在琢磨一句具体精致的、让我想起手中一只活生生的、心跳得很快的小鸟儿的表述吗?或者,当我们手中空空,只是白伸着,站在那儿瞪着、谛听着,而它则心醉神迷地向上飞去,发出优美的叫声?"① 昆汀·贝尔写道:"当时,克莱夫的意见是她唯一寻找与看重的。他的鼓励对她而言至关重要,因为他相信她有独一无二的视觉,以及以非同凡响的畅达的语言捕捉情境与感觉的转瞬即逝的本质的能力。"②

作为处女作,《远航》是伍尔夫写得最困难的一部作品。为这部处女作,伍尔夫投入了最多的时间,并经受了常人难以想象的精神折磨。小说出版前她至少两次精神崩溃、一次试图自杀,一段时间内甚至很狂暴,不愿和丈夫伦纳德·伍尔夫说话,还断续地拒绝进食。伦纳德说她烧掉了"5 或 6 部"完整的《远航》手稿。昆汀·贝尔在《伍尔夫传》中说是 7 部。③ 路易丝·A. 德萨尔沃则通过对《远航》写作过程与各版本差异的细致研究,指出如果将 1919 年与 1920 年伍尔夫分别为美国首版与英国二版所作的修订也算在内的话,该作的修订至少达到十次。以作者本人为原型的女主人公雷切尔的病与死的关键部分,伍尔夫的修改达到了七次以上。④ 而在这整个过程中,克莱夫一直是她忠实的读者与陪伴者。昆汀·贝尔写道:"克莱夫这时是她的权威,在阅读法国现代文学方面对她有所指引。还有(这一点要重要得多),对于《远航》的初稿,他提供了详尽的、篇幅很长的批评,她收下了它们。"⑤ 总之,克莱夫提供了无价的鼓励和准确的判断。关于前引伍尔夫在给克莱夫的信中提及的想在《远航》中表现"流动的水的感觉"的努力,简·丹认为:"弗吉尼亚为自己的艺术技巧进行的努力,还有她揭示流动的、印象主义的整体的尝试,这一整体试图要在一个整体结构中产生'流动的水的感觉',半透明而又要具有活力,平衡而又要体现出三维的立体特征,在这段时期,只有克莱夫能够

---

① CB TO AVS, 12 Aug 1908, MHP, Sussex. 转引自 Hermione Lee, *Virginia Woolf*, p. 250.

② Jane Dunn, *A Very Close Conspiracy: Vanessa Bell and Virginia Woolf*, London: Jonathan Cape, 1990, p. 141.

③ 昆汀·贝尔:《伍尔夫传》,第 136 页。

④ Louise A. Desalvo, *Virginia Woolf's First Voyage: A Novel in the Making*, London: The MacMillan Press LTD., 1980.

⑤ 昆汀·贝尔:《伍尔夫传》,第 149 页。

欣赏这一切。"①

林德尔·戈登在《弗吉尼亚·伍尔夫：一个作家的生命历程》中指出，弗吉尼亚在哥哥托比于 1906 年底去世和她于 1912 年同伦纳德·伍尔夫订婚之间的 5 年时间内，生活中最重要的影响来自姐夫克莱夫·贝尔。克莱夫是第一个认真对待她的写作的人。对于一个尤其需要得到承认的具有敏锐谦逊感的年轻姑娘，他是一个理想的忠告者。认为在伍尔夫接受艺术训练的漫长的过渡阶段的若干年里，克莱夫·贝尔是一种至关重要的催化剂，因为他给了她既作为女人也作为艺术家的自信心，使她敢于从既定规范中去寻求独立。②

难怪弗吉尼亚如此表达了对克莱夫的感激之情："我有一百件事情渴望着对你说或问你……你有揭开面纱、显示的力量（对此我自觉总是有着公正的判断）……"③ 小说出版后，1917 年 7 月 24 日，弗吉尼亚又在给克莱夫的信中写道："你是认为我能写得好的第一人。"④ 而从小说文本来看，由于作品创作期与弗吉尼亚从接受利顿·斯特拉齐的求婚又取消婚约、与克莱夫·贝尔调情，后接受伦纳德·伍尔夫的求婚并与之结婚等多种体验同步，她与姐姐、姐夫之间复杂的情感状态，她对"布鲁姆斯伯里文化圈"中诸人的印象，她对婚姻和生活的恐惧与渴望，以及她立志成为一名小说家的意愿等都在小说中有所体现。所以莱昂·艾德尔写道："弗吉尼亚的'出航'实际上是她从海德公园门前往戈登广场、再到费兹罗伊广场的旅程，同时也是她作为一个人探索她的两个世界的内在的航程。"⑤ "在《远航》中，我们可以看到一位作家是如何将个人生活的体验渗透于笔下不同的人物形象身上的。特伦斯·黑韦特在谈及自己成为小说家的雄心和发现那些表达出人类沉默背后的内涵的词汇的渴望时，他就是弗吉尼亚；他亦是克莱夫·贝尔的一个版本。特伦斯·黑韦特对雷切尔

---

① Jane Dunn, *A Very Close Conspiracy*: *Vanessa Bell and Virginia Woolf*, p. 143.

② 林德尔·戈登：《弗吉尼亚·伍尔夫：一个作家的生命历程》，伍厚恺译，四川人民出版社 2000 年版，第 127 页。

③ 转引自 Jane Dunn, *A Very Close Conspiracy*: *Vanessa Bell and Virginia Woolf* 的第 313 页第 31 条注释。

④ Virginia Woolf, *The Letters. Vol. 2*: *The Question of Things Happening 1912 - 1922*, Nigel Nicolson and Joanne Trautmann eds. London: Chatto and Windus, 1976. 转引自 *A Very Close Conspiracy* 第 313 页的第 33 条注释。

⑤ Leon Edel, *Bloomsbury*: *A House of Lions*, p. 154.

的爱恰与克莱夫与弗吉尼亚的调情相呼应，正是在这种调情关系中，弗吉尼亚第一次发现了由那些尚未被意识到的爱情所导致的令人震颤的情感，并在小说中表现了出来。她写的是一部奇特的、神话般的小说。布鲁姆斯伯里漂浮到了南美的海岸，又被分成了一座旅馆和一栋别墅——那就是戈登广场和费兹罗伊广场。"①

这一时期，克莱夫对法国绘画和 18 世纪法国、英国文学的热情，也都深刻地影响了弗吉尼亚。他在 1907 年的第一封信里，就指导她把注意力从维多利亚时代的作家那里转移到法国作家身上去。在收于萨塞克斯大学僧舍文件（Monk House Paper）中的 1907 年 8 月 11 日的信中，又建议她读马拉美、保罗·布尔热与福楼拜。1908 年夏，在克莱夫推荐下，弗吉尼亚开始读 G. E. 穆尔（G. E. Moore）的《伦理学大纲》（Principia Ethica），这是克莱夫、伦纳德、凯恩斯以及斯特拉齐等剑桥人的"圣经"。穆尔的乐观主义、对真理与理性的坚持、对原罪的拒斥以及对真善美的重视，将克莱夫等人从丑陋的功利主义信条中解放了出来，使他们更多地趋向于精英主义与文化上的优越感，同时，也使得他们追求艺术对社会的重要性。这一点也深深感染了弗吉尼亚。

小说《远航》的出版，成为女作家文学处女航的起点。而随着 1912 年 8 月 10 日弗吉尼亚·斯蒂芬与伦纳德·伍尔夫的结婚，伦纳德在弗吉尼亚日常生活与精神世界中的重要性愈益增强。自 1912 年直到 1941 年弗吉尼亚自溺弃世，伦纳德成为弗吉尼亚最亲密的伴侣和最忠实的帮助者。因此，在此后近 30 年的时光中，克莱夫·贝尔对他妻妹的影响力逐渐减弱，但作为弗吉尼亚亲密的家人和始终不渝的支持者，他的影响力依然不容小觑。

弗吉尼亚的姐姐文尼莎·贝尔（下称文尼莎），则是在弗吉尼亚生活中的重要性与伦纳德平分秋色的另一个人物。而由于她作为"布鲁姆斯伯里文化圈"中女王的特殊地位以及画家的身份，她所给予妹妹的影响亦是长久而深刻的。

文尼莎出生于 1879 年，是 20 世纪早期英国著名的画家和装饰艺术家，以对色彩的自由探索与大胆使用、朴质无华的几何图案设计，以及缺乏面部细节特征的人物肖像画勾勒等，在英国绘画向现代主义的转型过程

---

① Leon Edel, *Bloomsbury: A House of Lions*, p. 155.

中占有独特的一席之地。

文尼莎从小酷爱绘画,17 岁开始接受专业绘画训练,曾在南肯辛顿的考柏先生学校师从阿瑟·考柏爵士(Sir Arthur Cope)。1901—1904 年间在著名的皇家艺术学校(Royal Academy Schools)中的绘画学校学习,师从绘画大师查尔斯·福尔斯(Charles Furse)和 J. S. 萨金特(John Singer Sargent)。后进入斯雷德艺术学校(Slade School of Fine Art)师从亨利·汤克斯(Henry Tonks)继续深造。1904 年在巴黎游览期间,结识多位欧洲大陆画家,受到以法国先锋派艺术为代表的欧陆画风的濡染。1905 年,她在"布鲁姆斯伯里文化圈"中创办了讨论视觉艺术的"星期五俱乐部"。

1907 年,文尼莎和克莱夫·贝尔结婚,后育有二子。长子为剑桥才子、诗人,曾在国立武汉大学任教,后在支援西班牙反法西斯战争的前线牺牲的朱利安·贝尔;次子为艺术批评家、画家、作家,曾任萨塞克斯大学历史与艺术理论教授,著有《伍尔夫传》等作的昆汀·贝尔;舞蹈家安吉莉卡·贝尔(Angelica Bell)则是文尼莎与后来的情人、画家邓肯·格兰特所生的女儿,后嫁给布鲁姆斯伯里作家戴维·加尼特。

文尼莎的绘画艺术深受罗杰·弗莱艺术观的影响。大约在 1905—1906 年间,文尼莎与弗莱在戴斯蒙德·麦卡锡与莫莉·麦卡锡夫妇举办于切尔西(Chelsea)的一次宴会上首度见面,彼此都留下了美好的印象。1910 年 1 月,贝尔夫妇在从剑桥前往伦敦的火车站与弗莱再度相遇。在火车上,弗莱畅谈了艺术。在他看来,绘画并非仅仅只能发挥照相机的功能。画家要在画布上表现自己的真切感受,以色彩与形状来创造与表达激情。对文尼莎来说,弗莱表达的正是她一直心有所感、但却未能获得清晰表达的观念。文尼莎尤其喜欢弗莱温暖的人情味和他的勃勃生机,于是邀请他来戈登广场发表演讲。1910 年 2 月 25 日,弗莱在"星期五俱乐部"发表了他的首次演说,并迅速以热情与博学获得了他在"布鲁姆斯伯里文化圈"中年轻朋友们的拥戴。

第一次后印象派绘画展可说改变了文尼莎的生活与艺术发展轨道。关于这一时期,文尼莎日后在《回忆录》中如此写道:"1910 年秋天对我来说是一个似乎一切都进入新生活的时期——这一时期,一切都显得那么激动、兴奋,新的关系、新的观念、不同的和强烈的情感似乎都喧嚣着进入了一个人的生命,""也许,那时我尚未意识到罗杰是如何处于这一切的中心位置"①。对她来说，马奈、莫奈、塞尚、梵高们那种粗俗而生机勃勃的用色，对现实主义素描和多愁善感的习俗的抛弃，正是自己所追求的艺术自由的绝好榜样。

画展结束后，贝尔夫妇等人跟随弗莱开始了前往拜占庭的艺术朝圣之旅。途中，由于怀孕和水土不服的劳顿，文尼莎病倒了，后在弗莱的悉心照料下康复，随后两人开始了长达两年的爱情生活。然而，由于弗莱比文尼莎年长 13 岁，于后者而言更多的是类似于父兄的角色，而热情活泼的文尼莎是一个大家庭的长女，拥有更多的母性气质，因此，文尼莎逐渐与小她 6 岁的画家邓肯因拥有更多的共同爱好，生活追求和生活方式也更为相近而逐渐走到了一起。她与邓肯在运用感觉进行绘画方面也拥有更多的相似之处。此后，文尼莎与弗莱保持了终身的挚友关系。

一战期间，文尼莎搬家到萨塞克斯乡间，那里也便成为"布鲁姆斯伯里文化圈"的新的中心。她和邓肯·格兰特从此定居于此并专心绘画。

一战结束后，文尼莎和邓肯前往法国南方普罗旺斯的卡西斯（Cassis），在塞尚住过和梵高画画的地方绘画。1922 年，文尼莎在"独立画廊"（Independent Gallery）举办了个人画展，大获成功。弗莱赞美了她的"庄严"，以及绘画中体现出来的尊严感。在以后的 40 年中，文尼莎和邓肯每年都举办画展。此后虽先后遭受了爱子朱利安牺牲与妹妹弗吉尼亚自杀的沉重打击，但文尼莎还是坚强地生活与绘画，留下了大量画作，并于82 岁高龄去世。

以上我们梳理了伍尔夫与"布鲁姆斯伯里文化圈"主要成员间密切的交往关系。关于文尼莎·贝尔作为职业画家对伍尔夫写作的影响及其在文本中的具体体现，本书将在后面列专章分析。

---

① Vanessa Bell, *Memoir VI*：AVG 转引自 Frances Spalding, *Vanessa Bell*, New Haven and London：George Weidenfeld & Nicolson Limited. 1983, pp. 92 – 93.

第二章

共同捕捉"人类精神生活的韵律"

在伍尔夫的现代主义美学观念中，"精神主义"是其最突出的旗帜。1917 年，伍尔夫在《泰晤士报》文学副刊上发表了一篇未署名的书评，第一次提出了"爱德华时代"① 作家这一称呼，暗示了阿诺德·贝内特等老一辈作家的过时。不久，伍尔夫公开与赫伯特·乔治·威尔斯、贝内特和约翰·高尔斯华绥这三位世纪之交的写实主义或自然主义作家就现代小说问题展开辩论，此即为伍尔夫最早发表于 1919 年 4 月 10 日《泰晤士报》文学副刊、后以《论现代小说》为题收入 1925 年出版的随笔集《普通读者》的著名论文，堪称伍尔夫探索现代小说观念与技巧革新最早的重要论著。文中，她将威尔斯、贝内特和高尔斯华绥忠实摹写现实到了连人物"外衣的最后一个钮扣都正符合当时流行的款式"的做法称作"遮蔽与抹杀了思想的光芒"的"物质主义"，批评"物质主义者""写了些无关紧要的事情；他们浪费了无比的技巧和无穷的精力，去使琐屑的、暂时的东西变成貌似真实的、持久的东西"②。

1923 年 12 月 1 日，伍尔夫又在《雅典娜神殿》上发表了针对贝内特有关人物塑造观点的长文《贝内特先生与布朗夫人》③。文中，伍尔夫虚构了某位乘火车穿越时空旅行的布朗夫人，认为贝内特先生的小说只会告

① 即英王爱德华七世在位的年代（1901—1910）。与爱德华时代的作家相对，伍尔夫将 E. M. 福斯特、D. H. 劳伦斯、利顿·斯特拉齐、詹姆斯·乔伊斯和 T. S. 艾略特称为乔治时代（即英王乔治五世在位的时代，1910—1936）的作家。

② 弗吉尼亚·伍尔夫：《论现代小说》，见瞿世镜编选《伍尔夫研究》，上海文艺出版社 1988 年版，第 523 页。

③ 伍尔夫于 1924 年 5 月在剑桥大学演讲时宣读了该文的修改稿，1925 年又将之收入《普通读者》。

诉读者这位夫人的房租是多少；威尔斯先生会进一步说明她的房租应该是多少；而高尔斯华绥则会宣称她不可能付得起房租。伍尔夫认为：这三位作家中没有一个描绘出了真正的布朗夫人。而乔治时代小说家的任务，就是要撇开贝内特的环境证据，威尔斯和高尔斯华绥的讲道和教化，探讨主要的奥秘，即布朗夫人本人："她是一位具有无限的可能性和无穷的多样性的老太太；她可以在任何地方出现，穿任何衣服，说任何语言，并且天晓得会做出什么事情。但是，她说的话，她做的事，她的眼睛、鼻子、语言、沉默都有一种压倒一切的魅力，因为，她当然就是我们赖以生存的灵魂，她就是生活本身。"[①] 由此，伍尔夫赋予了"布朗夫人"、人的"赖以生存的灵魂"与"生活"三者之间以本质关联。《贝内特先生与布朗夫人》再次表明了伍尔夫的内在真实观，即小说家要摒弃外部的物质表象，摹写人的灵魂的深度，这样才能抓住生活的本质，表达真正的真实。该文被誉为伍尔夫有关"现代小说"的美学宣言。昆汀·贝尔认为，"《贝内特先生和布朗太太》其实是弗吉尼娅自己的私人宣言。她大致描述了自己未来十年里的计划。在某种程度上，她概述了自己的毕生事业"[②]。而这一"美学宣言"的生成或"毕生事业"的发展，均与罗杰·弗莱的视觉艺术理念的影响直接相关。

第一节　弗莱的视觉艺术理念与
伍尔夫的"内在真实"观

初入文坛不久的伍尔夫敢于以"内在真实"观叫板贝内特等三位前辈大师，既与她熟读本国与欧陆的文学经典，急于在新的时代开启文学新风的见地与勇气有关，亦源自弗莱等的视觉艺术理念潜移默化的影响。

阿兰·麦克劳林指出，"艺术家并不描绘一种给定的、客观的现实的信念隐含于弗莱对绘画中的'幻象主义者'（illusionists）和弗吉尼亚·伍尔夫对小说中的'物质主义者'（materialists）的抨击之中"[③]。可以

---

① 弗吉尼亚·伍尔夫：《贝内特先生与布朗夫人》，见瞿世镜编选《伍尔夫研究》，第565页。

② 昆汀·贝尔：《伍尔夫传》，第312页。

③ Allen McLaurin, *Virginia Woolf: The Echoes Enslaved*, Cambridge: Cambridge University Press, 1973, p. 44.

说，对精神性因素的强调贯穿于弗莱与伍尔夫从生活到艺术的思考。我们可从多处论述中发现两人间的呼应关系。

首先，就生活观而言，1909 年，弗莱在《新季刊》（*New Quarterly*）上发表了著名论文《论美感》（又译为《一篇美学论文》，"An Essay in Aesthetics"），提出了关于"两重生活"的论述。他写道："人具有两重生活的可能性，一种是现实生活，另一种是想象生活。两种生活之间有很大的差别，自然选择的过程带来本能反应，例如从危险中逃跑，将是整个过程的重要组成部分，人把全部自觉意识的努力转向这种反应。但在想象生活中这种行动是不必要的，因为整个意识可能集中在经验的感觉和感情方面，通过这种方式我们从想象生活中得到不同层次的价值标准和不同类型的感觉。"① 接着，弗莱用照片上的画面与实际生活的差异，以及反映街景的镜子中的内容与实际生活的差异作比较，举例说明了"两重生活"的差异性，得出了这样的结论："绘画艺术是想象生活的表现而不是模仿现实生活。"② "艺术是作为想像生活的表现。"③ "我们必须放弃根据艺术对生活的反应来评价艺术的意图，而将它看做以自身为目的的一种感情表现。"④ 由此，弗莱提出了反对逼真模拟现实、而注重主体想象能力与情感表达的艺术创作观与审美观。

倾心于想象生活的弗莱甚至在言谈中将"生活"与"想象生活"合为了一体。伍尔夫日后在《罗杰·弗莱传》中曾记下了他的这一说法："在我看来，生活……指的是任何时期的人们对他们周边事物的总体与本能的反应，这些人希望能将自我意识、他们对宇宙的观点合为一个整体。"⑤ 而在将这种异常丰富、驳杂的"反应""意识"与"观点""合为一个整体"的艰巨任务面前，他深感"我们对人类精神生活的韵律实在是知之太少"⑥。由此，弗莱以自己的"想象生活"观，与数个世纪以来在西方绘画界流行的传统写实主义艺术理念划出了鲜明的分野，标志着他从文艺复兴时代的意大利绘画、世界各民族早期艺术以及欧陆新兴的现代

---

① 罗杰·弗莱：《视觉与设计》，易英译，江苏教育出版社 2005 年版，第 12 页。
② 同上书，第 13 页。
③ 同上书，第 18 页。
④ 同上。
⑤ Virginia Woolf, *Roger Fry：A Biography*, p. 289.
⑥ Ibid. , p. 293.

主义艺术中汲取滋养，而向保守的英国艺术界宣战的开端。

伍尔夫同样认为生活与生命的本质存在于心灵和精神当中："把一个普普通通的人物在普普通通的一天中的内心活动考察一下吧。心灵接纳了成千上万个印象——琐屑的、奇异的、倏忽即逝的或者用锋利的钢刀深深铭刻在心头的印象。它们来自四面八方，犹如不计其数的原子在不停地簇射；当这些原子坠落下来，构成了星期一或星期二的生活，其侧重点就和以往有所不同；重要的瞬间不在于此而在于彼。"① 她进而指出：如果作家是个自由人而不是奴隶，如果他能随心所欲而不是墨守成规，如果他能够以个人的感受而不是以因袭的传统作为他工作的依据，那么，就不会有约定俗成的那种情节、喜剧、悲剧、爱情的欢乐或灾难，而且也许不会有一粒纽扣是用邦德街的裁缝所惯用的那种方式钉上去的。她还提出了著名的"封套"说："生活并不是一副副匀称地装配好的眼镜；生活是一圈明亮的光环，生活是与我们的意识相始终的、包围着我们的一个半透明的封套。"② 因此，生活即是如不停"簇射"的"原子"般的"心头的印象"、"与我们的意识相始终的""明亮的光环"、"半透明的封套"。伍尔夫以诗意的文学语言所表达的，与弗莱以质朴的推理语言所倡导的，其实并无二致。

其次，关于艺术，1910 年 11 月，弗莱在"马奈与后印象画派"展览目录的"前言"中，已简洁勾勒了马奈、塞尚、梵高、高更与马蒂斯们不满于绘画艺术的机械再现，由印象派向后印象派转变的艺术轨迹。他赞美原始艺术"不是再现眼睛所见的东西，而是在一个为心灵所把握的对象上画下线条"③，认为后印象派画家们不仅继承了文艺复兴绘画的传统，而且与原始艺术本质相通。他指出印象派画家对于事物现象那种消极被动的态度，会妨害他们传达事物的真正意义："印象主义鼓励一个艺术家画一棵树，如其在某一刻、某一特定情景中显现在他面前那样将它画下来。印象主义者坚持精确地再现其印象的重要性，以至其作品经常完全无法表现一棵树；因为转移到画布上之后，它成了一堆闪闪烁烁的光线和色彩。树之'树性'完全没有得到描绘；在诗歌里可以传达的有关树的一切情

---

① 弗吉尼亚·伍尔夫：《论现代小说》，见瞿世镜编选《伍尔夫研究》，第 524 页。
② 同上书，第 525 页。
③ 罗杰·弗莱：《弗莱艺术批评文选》，沈语冰译，江苏美术出版社 2010 年版，第 102 页。

感及联想，统统被舍弃了。"①

其实，在19世纪后期风靡法国乃至整个欧洲的印象主义绘画，是已经由强调画家的"第一印象"而部分实现了由模拟现实的传统绘画向呈现主观感受、印象、记忆的突破的。印象主义画家主张师法自然，喜爱"阳光下的色彩构成"，把画架搬到户外，在阳光下对景写生，以捕捉和描绘物体在阳光照耀下变幻色彩的微妙效果，已经实现了对西方人数百年来在画室中作画的绘画方式的重大革新。事实上后印象派绘画从印象主义绘画中也获益良多，诸多后印象派大师本身即是从印象主义画派中发展、演变而来。弗莱的这段论述通过竭力拉开印象主义与后印象主义的分野，其实要批评的是印象主义绘画以"色彩写实"取代"形体写实"的特点，及其对"情感"与"联想"，即上述引文中所谓"树性"表现之不足。即如他在同一篇文章中明确指出的："印象派主流沿着记录此前未曾记录过的对象侧面的轨迹行进；他们感兴趣的是对光影的嬉戏进行分析，将它们转变为丰富的鲜明色彩；对大自然中已然十分迷人的东西加以提炼。……然而，后印象派画家并不关注记录色彩或光线印象。"② 这里，弗莱的用语十分准确。以塞尚等为代表的后印象派画家确实"并不关注记录色彩或光线印象"，塞尚更多倾向于将光线转化为色彩，而他笔下丰富又具有冲击力的色彩并非是外部世界的忠实对应物，而是经过画家主体情绪的过滤，成为了表达主体强烈情感的最直接的手段。由此，弗莱清晰界定了印象派与后印象派绘画的区别。

1910年11月19日，弗莱针对美术界与公众的批评与不解，在《民族》杂志上发表了为后印象派辩护的《格拉夫顿画廊——系列Ⅰ》③，再一次对印象主义绘画与后印象主义绘画的区别做出了阐释："如今，现代艺术已经发展到了印象主义阶段，在那里，它能够以前所未有的便捷与精确描绘任何可见的东西，同时也是在那里，在赋予绘画的任何一部分以精确的视觉价值的同时，它在述说被描绘的事物的任何人性意义时却陷于无

---

① 罗杰·弗莱：《弗莱艺术批评文选》，沈语冰译，江苏美术出版社2010年版，第100页。
② 同上。
③ 弗莱为《民族》杂志共写了三篇文章，并在格拉夫顿画廊作了题为《后印象派》的讲座。三篇文章形成一个系列：《格拉夫顿画廊——系列Ⅰ》重开形式主义理论之争、《后印象画派——系列Ⅱ》评论了画展中的个别画家、《关于后印象画派的一则后记》，则对编辑部收到的各种恶意的来信做出了回应。

能为力的境地。它并不能从物质上改变事物的视觉价值，因为整体统一于此，而且仅止于此。要赋予对大自然的描绘以回应人类激情与人类需求的能力，就要求重估现象，不是根据纯粹的视觉，而是根据人类理智预定的要求。"① 这里，弗莱对新一代画家提出了更高的要求，不仅强调要有"激情"，还提出绘画要诉诸"理智"，这是与他对塞尚绘画的理解直接相关的。这一点也深刻地影响了伍尔夫对小说"理智"与"情感"的中和境界的追求。这一点将在后文中专门论述，此处不做展开。

1912 年 1 月，在为格拉夫顿画廊举行的第二届后印象派画展目录所撰的"前言"② 中，弗莱再次肯定了参展画家"技巧完全服从于感情的直接表现"、"表达某种精神体验"③ 的追求，指出："这些艺术家们不追求毕竟是苍白地反映真实表象的东西，而是去唤起一种新颖明确的真实的信念。他们不求模仿形式，而是创造形式；不模仿生活，而是发现一种生活的代码。我意指，他们希望通过逻辑的清晰结构和质感的严密统一所创造的形象，引起我们对同样生动的某些事物无利害感的和观照的想象，如同现实生活的事物引起我们的实践行为一样。他们的实际目标不在幻觉而在真实。"④ 他甚至宣称："所有的艺术都取决于在多大程度上脱离对日常生活感觉的实际反映，而释放出一种纯粹的、脱离现实的精神功能。"⑤ 由此，弗莱再度拉开了印象派与后印象派绘画的距离，并将"精神功能"的"释放"提升到了相当的高度。

那么，艺术家如何实现"精神功能"的"释放"呢？如前所言，弗莱关于生活提出了"现实生活"与"想象生活"存在两重性的看法；与此对应，关于艺术，他在 1919 年发表的另一篇著名论文《艺术家的视觉》中，提出了"日常视觉"与"创造视觉"存在对比的观点，并通过对创造主体如何在"日常视觉"基础上生成"创造视觉"、即完成艺术品创造的全过程的详细描绘，回答了这一问题："它要求最彻底地脱离表象的任何意义和含义。自然万花筒的任何转动几乎都在艺术家那儿产生这种超然的与不带感情的视觉；同时，当艺术家观照特殊的视觉范围时，（审

---

① 罗杰·弗莱：《弗莱艺术批评文选》，第 105 页。
② 该文原题为《法国画派》。后在收入《视觉与设计》时改名为《法国后印象派画家》。
③ 罗杰·弗莱：《视觉与设计》，第 153 页。
④ 同上书，第 154 页。
⑤ 同上书，第 156 页。

美的）混沌与形式和色彩的偶然结合开始呈现为一种和谐；当这种和谐对艺术家变得清晰时，他的日常视觉就被已在他内心建立进来的韵律优势所变形了。线条运动方向的某种关系对他来说变得充满意味，他不再仅是偶然好奇地理解它们，而是富于热情，开始得到重点强调的这些线条，极其清晰地从静止中突现出来，与第一印象相比，他更清楚地看到了它们。色彩也是如此，在自然中色彩总是不明确的、难以捉摸的，但在艺术家眼中却非常明确和清楚，这取决于色彩之间的必然联系，如果他决定表现他的视觉，就能明确而清楚地表现色彩。在这种创造视觉中，物体则因此趋于解体，其独立的各个部分变得模糊不清，在整体上它们好像被置于由许多视觉斑点构成的镶嵌画中。整个视野内的各种物体变得如此接近，统一个别物体中的色调与颜色的分散块面被忽视了，只注重大范围内每一色调与颜色的一致性。"① 在这篇长文中，弗莱不仅以清晰的语言呈现了艺术创造的微妙过程，还指出现代艺术家对主观审美情感的强调不仅是艺术革新的自然要求，亦是使艺术从消费文化专制中解放出来的尝试，是历史的产物与时代的必然。

其实，早在1910年为第一次后印象派画展做辩护时，弗莱便已经指出了传统现实主义艺术与更为抽象的艺术之间并非非此即彼的关系，问题在于抽象的艺术"在现阶段"是合适的。现实主义法则在它被发明的时代，曾经"充满了狂热和激情"，但是到了19世纪，它们已经成为"与想象无缘的、死去了的事实的僵尸"。因此，像塞尚和马奈那样的艺术家放弃了"再现的科学"，转向"表现性构图的科学"②。所以，弗莱强调的是一时代有一时代的艺术，以后印象主义绘画为代表的先锋派艺术是时代与文化发展的必然要求。

伍尔夫同样敏锐地感到并顺应了文学变革的时代呼声。在《贝内特先生与布朗夫人》中，伍尔夫宣称："我们正在英国文学的一个伟大的新时代的边缘颤抖。但是，我们只有下定决心永远不抛弃布朗夫人，我们才能达到那个时代。"③ 其除旧布新、革除积弊的理念与弗莱可说彼此呼应。

---

① 罗杰·弗莱：《视觉与设计》，第32页。

② 沈语冰：《20世纪艺术批评》之第一章《罗杰·弗莱与形式主义批评》，中国美术学院出版社2003年版，第64页。

③ 弗吉尼亚·伍尔夫：《贝内特先生与布朗夫人》，见瞿世镜编选《伍尔夫研究》，第566页。

值得注意的是，伍尔夫还在该文中提出了一个著名的断言："在一九一〇年十二月，或者大约在这个时候，人性起了变化。"① 那么，女作家为什么会这么说？又何以将"人性起了变化"的时间确定在"一九一〇年十二月"？回溯历史，我们不难发现，1910 年正是爱德华时代终结、乔治时代肇始之年。这一年的 12 月，弗莱等人组织的第一次后印象派画展刚刚揭幕不久，尘埃尚未落定；1910 年前后，也恰值弗洛伊德学说在英国知识界开始流行。伍尔夫不仅阅读过他的著作，还在霍加斯出版社出版了其著作最早的英译本。弗洛伊德将人的意识结构分成三个层次的观点等，对伍尔夫的创作是有影响的。因此，有学者认为伍尔夫所谓"人性起了变化"的说法与弗洛伊德的学说亦有着密切联系。② 还有学者认为，所谓"人性起了变化"，按照其英文直译，应该是"人物形象起了变化"，伍尔夫在当时的语境之中想表达的意思，其实是作家、艺术家在这一时期理解、塑造和表现人物形象的方式发生了变化。而在这一变化之后，当然有着作家、艺术家们变化了的美学观念的支撑。③ 但无论伍尔夫将"人性起了变化"的时间确定为 1910 年 12 月的初衷如何，总体而言，这确实是一个除旧布新的时代，对文学的发展也提出了更高的要求。机械地提供外部现实的自然主义图像的文学创作，正如艺术品一样，均已无法适应时代的需求。所以伍尔夫在《论现代小说》中提出，艺术的任务并非为生活提供自然主义式的"复制品"，而是要揭示人对生活的想象、理解和感悟。伍尔夫亦明确指出小说家的使命在于"把这种变化多端、不可名状、难以界说的内在精神——不论它可能显得多么反常和复杂——用文字表达出来，并且尽可能少羼入一些外部的杂质"④，方法则是"让我们按照那些原子纷纷坠落到人们心灵上的顺序把它们记录下来；让我们来追踪这种模式，不论从表面上看来它是多么不连贯、多么不一致；按照这种模式，每一个情景或细节都会在意识中留下痕迹"⑤。她的这些表述背后，显然是

① 弗吉尼亚·伍尔夫：《贝内特先生与布朗夫人》，见瞿世镜编选《伍尔夫研究》，第 543 页。
② 参见瞿世镜《伍尔夫·意识流·综合艺术》，见《当代文艺思潮》1987 年第 5 期，第 142 页。
③ 盛宁：《关于伍尔夫的"1910 年的 12 月"》，见《外国文学评论》2003 年第 3 期，第 33 页。
④ 弗吉尼亚·伍尔夫：《论现代小说》，见瞿世镜编选《伍尔夫研究》，第 525 页。
⑤ 同上。

表现出弗莱思想的强大影响的，是伍尔夫在"布鲁姆斯伯里文化圈"中人的先锋视觉艺术理念与实践的耳濡目染之下，有意在文学领域所作的尝试性拓展与延伸。安妮·班菲尔德指出，由于伍尔夫本人未受过逻辑训练，正是弗莱的后印象主义理论在剑桥"使徒社"的知识理论和她本人的"现代小说"理论之间，建立起了关键的桥梁。[1] 约翰·霍莱·罗伯茨在《伍尔夫小说中的"视觉与设计"》一文中，亦集中分析了弗莱《论美感》与伍尔夫在《贝内特先生与布朗夫人》中否定传统现实主义的主张之间的神似之处。[2] 罗伯茨认为，《论美感》详细讨论了画家通过线条的节奏、色彩和空间构图等手段以表达"感情因素的力量与强度"[3] 的方法。而由于《达洛卫夫人》和《到灯塔去》创作于伍尔夫与弗莱关系最为亲密的时期，弗莱思想的影响似乎亦最为明显地体现于这两部小说之中。[4] 罗伯茨还将《达洛卫夫人》中"对秩序的认同"与弗莱最为推崇的画家塞尚在《高脚果盘》一画中对描摹对象"精确无误的位置安排"进行了比较[5]。在他看来，《达洛卫夫人》表现的正是弗莱在塞尚的作品中发现的那种"栩栩如生的生活感、弹性与运动"[6]。由此，作者在《达洛卫夫人》的实验性结构与塞尚画作的线条、色彩、结构的形式关系之间，找到了内在的呼应。

第二节 艺术文本与文学文本的同一性

除了生活观、艺术观方面的基本判断的一致性之外，具体到对艺术与文学文本的分析以及有关艺术与文学关系的认识等方面，弗莱对伍尔夫的

---

① Ann Banfield, *The Phantom Table: Woolf, Fry, Russell and the Epistemology of Modernism*, Cambridge: Cambridge Uiniversity Press, 2000.

② John Hawley Roberts, "Vision and Design" in Virginia Woolf, *Publications of the Modern Language Association*, Edited by Percy Waldron Long, Vol. 61. 1946, pp. 835 – 836.

③ 罗杰·弗莱：《视觉与设计》，第 24 页。

④ John Hawley Roberts, "Vision and Design" in Virginia Woolf, *Publications of the Modern Language Association*, Edited by Percy Waldron Long, Vol. 61. 1946, pp. 835 – 847.

⑤ Ibid., pp. 839 – 841.

⑥ Ibid., p. 842.

影响也是明显的。

画家是拘泥于对琐细外表的机械临摹，还是抓住对象的本质，赋予其生命与灵魂，是弗莱评判一幅画的艺术水准高下的重要标尺。在发表于1910 年 12 月 3 日的《民族》杂志、再度为后印象派画家辩护的《后印象派画家（之二）》中，他称赞塞尚为妻子画的肖像画"有着那种自我包含的内在生命，有着那种真实图像的拒斥力与确定性，而不仅仅是对某种更加持久的现实的反映"，因而"拥有早期艺术，拥有皮耶罗·德拉·弗兰切斯卡或曼泰尼亚的那种伟大的纪念碑品质"①；他认为梵高也是一个描绘灵魂的肖像画家，"他描绘了诸如《摇篮曲》中那个残疾不全、佝偻驼背、笨拙不雅的老妇人的灵魂（其伟大之处却在对她那双交叉的手的温柔的处理中闪光）；描绘了为赤贫所摧残却敢于蔑视命运的少女的灵魂。还有事物的灵魂——现代工业化的灵魂"。尤其是他笔下的向日葵，能使观者感受到隐藏其中的"傲慢精神"，他的鸢尾花则能使观者体察到其"骄傲而又细腻的灵魂"②。反面的例子，则可见伍尔夫在《罗杰·弗莱传》中所记载的弗莱对画家 J. S. 萨金特（J. S. Sargent）所绘波特兰公爵肖像画的直言不讳的批评："萨金特先生仅仅是精确描摹外表的作家。"③在晚年的斯雷德艺术讲座中，弗莱批评一幅古埃及肖像画的理由，亦是因为"它的现实主义具有那种外部和描述的性质"，指出其创造者"依赖的是对琐碎的细节的精细描摹，而不是深厚的内部韵律"④。

能否"穿透事物的表面"⑤，捕捉人类大脑深刻、内在、立体的韵律，达到某种对于生命的亲密而又直觉的理解，亦成为伍尔夫臧否文学家地位的基本标杆。比如，她在为纪念《鲁滨逊漂流记》问世 200 周年而撰写的随笔《论笛福》中之所以盛赞《鲁滨逊漂流记》、《摩尔·弗兰德斯》和《罗克萨娜》等作，是认为笛福追求的真实达到了"一种洞悉事实真相的真实（truth of insight），它要比那种他称之为他的目标的外表事实的真实远为珍贵和持久"，因而她认为"他确实属于那些伟大而朴素的作家

---

① 罗杰·弗莱：《弗莱艺术批评文选》，第 109 页。

② 同上书，第 111 页。

③ Virginia Woolf, *Roger Fry: A Biography*, p. 111.

④ Roger Fry, *Last Lectures*, with an introduction by Kenneth Clark, Cambridge: Cambridge University Press, 1939, p. 63.

⑤ Ibid..

的行列"①；虽然伍尔夫对乔伊斯的《尤利西斯》颇有微词，并讥笑过乔伊斯的粗俗，但在《论现代小说》中却因其"是精神主义者"而旗帜鲜明地肯定了他的创作，指出"他不惜任何代价来揭示那种内心火焰的闪光"，同时赞美了《尤利西斯》中对公墓场面的描写，认为"它那辉煌的光彩，它那粗俗的气氛，它的不连贯性，它像电光一般突然闪现出来的重大意义，毫无疑问确实接近于内心活动的本质"②。

除了研读古希腊文学、本国经典作家的作品和法国文学之外，伍尔夫还对19世纪俄罗斯文学怀有特殊的感情。在20世纪初英国的俄罗斯文化热中，女翻译家康斯坦丝·加内特对19世纪俄罗斯名家名作的翻译，为英国读者呈现了一幅迷人的俄罗斯文学图景。她的译本也成为伍尔夫亲近俄罗斯文学大师的基本中介。布兰达·R.西尔弗整理的《弗吉尼亚·伍尔夫阅读笔记》告诉我们，仅在阅读笔记中，伍尔夫提及屠格涅夫之处即达12次之多，阅读作品广涉《罗亭》、《贵族之家》、《前夜》、《父与子》、《烟》、《处女地》、《春潮及其他故事》等多部；关于陀思妥耶夫斯基《被欺凌与被侮辱的》一著，笔记中至少也有三处提及；托尔斯泰的《安娜·卡列尼娜》、《战争与和平》等当然更是伍尔夫精心研读的对象。③ 对于上述三位作家还有契诃夫等，伍尔夫还在相关书评或随笔中有精彩论述，并在自己的批评实践、小说探索中或多或少留下了参照与借鉴的痕迹。正如她在《重读梅瑞迪斯》一文中所言："那些俄国人大有可能征服我们，因为他们似乎拥有一种全新的小说概念，而且是一种比我们的概念更大、更清醒和深刻得多的概念。那种概念允许人类生活——以其一切宽度和深度、以其每一个层次的感情和细腻的思想——流进他们的作品之中，而又并不歪曲个人的怪癖或者习性。"④ 她之所以特别推崇屠格涅夫、陀思妥耶夫斯基、托尔斯泰和契诃夫，正是因为他们在人性，即"我们赖以生存的灵魂"和"生活本身"的表现方面异常出色的缘故。她在《论现代小说》中如此写道："如果我们想了解灵魂和内心，那么除了

---

① 伍尔夫：《论笛福》，见瞿世镜编选《伍尔夫研究》，第539页。
② 伍尔夫：《论现代小说》，见瞿世镜编选《伍尔夫研究》，第526页。
③ Brenda R. Silver, *Virginia Woolf's Reading Notebooks*, Princeton: Princeton University Press, 1983.
④ 弗吉尼亚·伍尔芙：《伍尔芙随笔全集》Ⅳ，王义国等译，中国社会科学出版社2001年版，第1594页。

俄国小说之外，我们还能在什么别的地方找到能与它相比的深刻性呢?"①
在《贝内特先生与布朗夫人》中，她进一步说："俄国作家的目光会穿透
血肉之躯，把灵魂揭示出来——只有那个灵魂，在滑铁卢大街上徘徊游
荡，向人生提出一些极其重大的问题。"② 具体说来，伍尔夫高度赞扬了
屠格涅夫不仅"公正地观察事实"，而且"破译事实"的才能，指出他的
小说"蕴含了诸多对立物，在同一页上我们能够得到嘲讽与激情，诗意
与平庸，自来水的嘀哒与夜莺的歌声"③。她高度肯定了屠格涅夫"捕捉
情感"的洞察力："屠格涅夫并不将作品视作不间断的事件流动，而将它
们当成是从某个中心人物身上流露出的情感的连续过程。"④ 认为"尽管
屠格涅夫在叙事上有点缺憾，但他捕捉情感的耳朵却十分灵敏，虽然他用
不连贯的对比物，或从人物身上游离开去转而描绘天空森林什么的，但他
真实的洞察力却将一切紧抓在一处"⑤。根据爱德华·比肖所著《弗吉尼
亚·伍尔夫年谱》⑥，我们发现，1933 年 4 月—10 月间，伍尔夫一直在潜
心研究屠格涅夫，同年 12 月 14 日在《泰晤士报》文学副刊发表的题为
《屠格涅夫的小说》的书评，更是对屠格涅夫的艺术作出了较为全面的
论述。

　　从时间上看，陀思妥耶夫斯基作品对伍尔夫产生的影响较之屠格涅夫
可能更早，主要的原因亦在于陀思妥耶夫斯基小说表现人物内心黑暗的非
凡才能为弗莱的精神主义艺术观提供了在文学领域获得成功的范例和榜
样。伍尔夫发表于 1917 年 2 月 22 日《泰晤士报》文学副刊的《再论陀
思妥耶夫斯基》一文开始的一段话，即侧面反映了陀氏小说当时在英国
受欢迎的程度："曾几何时，他以一种奇异的力量悄然潜入我们的生活。
如今，他的书可以在英国最不起眼的图书馆的架子上找到；它们已成为我
们日常家居陈设中不可或缺的一部分，也成为我们日常思想的一部分，这
是我们的幸运。"⑦ 1917 年，伍尔夫发表了两篇有关陀氏的专论：《未成
年的陀思妥耶夫斯基》和《再论陀思妥耶夫斯基》。在《再论陀思妥耶夫

---

① 伍尔夫：《论现代小说》，见《论小说与小说家》，第 12 页。
② 伍尔夫：《贝内特先生与布朗夫人》，见《论小说与小说家》，第 297 页。
③ 弗吉尼亚·伍尔芙：《伍尔芙随笔全集》Ⅱ，第 865—866 页。
④ 同上书，第 867 页。
⑤ 同上书，第 867—868 页。
⑥ Edward Bishop, *A Virginia Woolf Chronology*, London: The MacMillan Press, 1989.
⑦ 弗吉尼亚·伍尔芙：《伍尔芙随笔全集》Ⅳ，第 1943 页。

斯基》中，她评价了陀氏在创作《白痴》与《群魔》间隙写成的《永恒的丈夫》，指出它虽然无法也无须与他的巨著相比，却"同样具有一种非凡的力量"①。文中分析维尔切尼诺夫心理的一段话，很容易让我们联想到伍尔夫发表于同年的实验小说《墙上的斑点》："在故事中，当维尔切尼诺夫面对血迹斑斑的剃须刀陷入沉思之时，一系列纷繁复杂的念头乃是如信马由缰般纷至沓来，这情形就像我们日常平静的意识之湖中忽然掉进一件吓人的东西，意识中各种念头开始搅动翻腾起来一样。从蜂拥而至的众多事物中我们时而选择这个、时而撷取那个，如此把它们毫无逻辑地编织进我们的思绪中；由一个词生发出的联想可以绕一大圈，最后又跳回到我们原来思想的主线中，进入下一段继续前进，而整个过程还让人觉得必然如此、清晰无比。但如果过后我们想要回忆起这个过程，就会发现各段念头之间的联系已隐没。连接的一环已沉入黑暗，只有各个思想的要点浮现在记忆中，标出所走过的路线。"② 我们或许可以说，《墙上的斑点》几乎就是伍尔夫在感悟了陀思妥耶夫斯基意识流描写的精髓之后自己所展开的一次模仿性实验：如果我们以 A 代表投入"日常平静的意识之湖"的一件外部刺激物，即客观现实，以 B 代表叙述者"我"因之被"搅动翻腾起来"的意识活动，即主观或内在真实的话，《墙上的斑点》的叙述线索与主体内容即是叙述者由外部刺激物 A 而触发的一次次丰富、杂乱的内心活动 B，整篇作品就是由一连串的 A 和 B 之间的回环交叉所构成，只不过此处"生发"出"联想"的"一个词"是那个"斑点"罢了。根据瞿世镜先生的概括，《墙上的斑点》中主人公的意识流程大体如下：A1——第一次看见斑点，当时炉子里生着火。B1——叙述者的眼光落在炭火上，产生红色骑士跃登岩坡的联想。A2——如果斑点是一只钉子。B2——叙述者由钉子想到挂肖像画的前住房客，以及这位房客保守的艺术趣味。A3——弄不清斑点到底是什么。B3——叙述者想到生活飞快变化，充满着偶然性；生命、思想、人类、宇宙到底是什么，也无从捉摸。A4——斑点可能是夏天残留的玫瑰花瓣。B4——叙述者希望思想能离开外表的个别事实，往深处下潜。希腊人和莎士比亚的艺术都探索深处、追逐幻影、排除现实。如果幻影消失，只留下现实的外壳，世界将会是令人

---

① 弗吉尼亚·伍尔芙：《伍尔芙随笔全集》Ⅳ，第 1944 页。
② 同上书，第 1946 页。

烦闷的、肤浅的。因此，维多利亚时代的传统规范和尊卑序列毫无价值。A5——在某种光线下看斑点，它像个凸出的圆形物。B5——叙述者联想到古冢，又想到考古学者什么也不能证明，学者无非是愚弄人的巫婆和隐士的后代而已。因此，她想象出一个没有学者的、思想自由的感性世界。A6——斑点是否木块上的裂纹？B6——叙述者联想到一棵树的生命，它虽然被雷雨击倒，却化为千百条生命分散到世界各处。有的在卧室里，有的在船上，有的在人行道上，还有的变成房间的护壁板，勾起人们的联想。A7——斑点原来是一只蜗牛！B7——叙述者的意识流动就此结束。如此，在这篇短篇小说中，客观真实是墙上的斑点，叙述者由瞥见这个斑点到最后发现它原来是一只蜗牛，这一过程构成了作品的主轴线。主观或内在真实即叙述者的想象活动不断地由这条主轴线蔓延开去，再返回到主轴线本身，正对应了前文所引"由一个词生发出的联想可以绕一大圈，最后又跳回到我们原来思想的主线中，进入下一段继续前进"的特征。

在伍尔夫看来，俄罗斯作家中唯有陀思妥耶夫斯基一人能够重新构想出那些昙花一现、刹那间的复杂的精神状态，重新把握瞬息万变的思想之流，捕捉它时现时隐、逝去的轨迹，还能描画出大脑意识之下那个阴暗而隐约中似有无数不明之物攒动着的地下世界，那个"欲望和冲动于黑暗中盲目驰骋的所在"①，并使其跃然纸上、在文字中定格。在伍尔夫看来，这些才是真实的生活。

契诃夫同样是伍尔夫心仪的作家。1918 年 5 月 16 日，伍尔夫在《泰晤士报》文学副刊发表了关于契诃夫《〈妻子〉及其他故事》的书评《契诃夫的问题》。1919 年 8 月 14 日，伍尔夫发表了关于契诃夫小说集《〈主教〉及其他故事》的另一篇书评《俄国背景》。1920 年，伍尔夫夫妇和 S. S. 科特兰斯基合译过契诃夫的作品，1921 年由霍加斯出版社出版。1923 年 8 月 10 日的日记表明，她又在阅读契诃夫。② 除了专门的书评和翻译外，伍尔夫亦在《论现代小说》、《俄国人的观点》等文中一再论及契诃夫的小说，尤其推崇契诃夫淡化情节和设置开放式结局的小说艺术。在《论现代小说》中，在分析契诃夫的短篇小说《古雪夫》时，伍尔夫指出："契诃夫按照他自己心目中想象的情景，多么忠实地选择了

①　弗吉尼亚·伍尔芙：《伍尔芙随笔全集》Ⅳ，第 1946 页。
②　Edward Bishop, *A Virginia Woolf Chronology* , London：The MacMillan Press, 1989.

'这一点'、'那一点'以及其他细节,把它们综合在一起,构成了某种崭新的东西。"① 伍尔夫不仅认为"灵魂"在契诃夫小说中扮演着举足轻重的角色,还敏锐地看到了他与陀思妥耶夫斯基在表现"灵魂"方面的差异并作出了准确的比较。在《俄国人的观点》中,她如此评价:"在契诃夫的作品中,灵魂是细腻微妙的,容易被无穷无尽的幽默和愠怒所左右";而在陀氏那里,它"易患剧病和高热,……与理智关系甚微。"② 她对契诃夫、陀思妥耶夫斯基和托尔斯泰在个性、气质与文学表现上的差异性的准确概括,表现出一位具有非凡的艺术直觉与纯正的艺术品位的批评家的洞察力。

因此,伍尔夫在弗莱影响下捕捉"人类精神生活的韵律"的信念在19世纪俄罗斯经典作家的杰作中获得了出色的印证;而俄罗斯大师们穿透生活表层的"深度"和"追问人生的意义"③的特点,又进一步激励了伍尔夫的艺术追求。这些精神资源在她创作的早期阶段,尤其具有特殊的意义。她的意识流小说代表作如《墙上的斑点》、《达洛卫夫人》、《到灯塔去》与《海浪》等以人物飘忽无定、流动不居的意识之流作为基本内容,打破传统小说忠实于物理时间的线性逻辑,依据心理时间的跳跃性将过去、现在和将来穿插交叉,凸显人物内在生活的丰富性的特征,正是这一美学观念的产物。

除了艺术批评的启示之外,名门出身的弗莱本身亦有深厚的文学修养。他热爱柯勒律治、斯丹达尔、福楼拜、里尔克、亨利·詹姆斯等众多文学大师的作品,多有书信谈及对他们的阅读感受。他还亲自翻译过马拉美的诗歌,和诗人叶芝讨论过美学问题。因此,他是经常有机会与伍尔夫直接讨论美学与小说创作问题的。《罗杰·弗莱传》中即大量援引了他们之间有关文学的通信。他打破视觉艺术与语言文字艺术壁垒的努力,以及他的文学批评思想,同样对伍尔夫产生了重要的影响。弗莱认为,由于艺术与文学彼此相通,艺术革新堪为文学变革提供助力:"文学正在罹患'多血症',一种穿着太多旧衣服的'多血症'。塞尚和毕加索已经为我们指明了出路,作家们应该把再现手法抛到九霄云外,为自己换上新套

---

① 伍尔夫:《论现代小说》,见瞿世镜编选《伍尔夫研究》,第528页。
② 伍尔夫:《俄国人的观点》,见《论小说与小说家》,第244页。
③ 弗吉尼亚·伍尔芙:《伍尔芙随笔全集》Ⅱ,第868页。

装。"① 他感慨："很少有小说家能够把小说视为一个完美的有机审美整体。"质疑为什么"没有英国小说家能够严肃地对待艺术？为什么他们全都只对孩子气的照相式呈现这一问题感兴趣？"他一直存有论述现代绘画对文学的影响，以及二者之间相通美学属性的雄心，认为绘画中的新趋向值得小说家加以仿效。关于这一点，伍尔夫后来不无遗憾地在《罗杰·弗莱传》中写道，是时间与金钱两方面的匮乏，使他无法"完成他有关后印象主义对于文学产生的影响的理论"②。其实，虽然这一建构理论的宏愿未能完成，在实践方面，弗莱已经启发并通过伍尔夫做到了这一点。

　　弗莱亦甚为欣赏法国友人查尔斯·莫隆（Charles Mauron）在《艺术与文学之美的本质》（The Nature of Beauty in Art and Literature）一文中有关文学精神性的论述。莫隆写道："一首诗的现实就是它所提供给我们的精神形态。""文学所承认的最为简单的本质"，"是心灵的状态，或者某人应当说是精神的瞬间。它们是在一瞬间我们所获得的东西……外部的现实［在心灵中］与内在的东西彼此交融，或者说事实上只有一种现实。那些对于行动的生活而言足够有用的部分进入了外部的物体之中，感觉与情绪就消失了。这就是所有抒情诗的中心原则。"③ 1926 年，弗莱亲自将这位志同道合的友人的论文翻译成英语，交由伍尔夫夫妇的霍加斯出版社出版。由于霍加斯出版社出版的著作均由伍尔夫夫妇严格挑选、亲自审阅乃至亲手排版，莫隆的观点亦经由弗莱深深地印入了女作家的脑海之中，使她在普鲁斯特的作品之外，又在法国理论家的论著中找到了精神上的共鸣。伍尔夫晚年在回忆录《往事素描》中提出的、认为作家应善于捕捉与表现生命中精神性的火花四溢的"有意味的瞬间"（significant moments）的观点与之一脉相承。关于伍尔夫的"有意味的瞬间"这一表述的由来、内涵发展及其在创作文本中的体现，本书将在下一章中专门论述。

　　晚年的弗莱尽管在形式主义美学思想方面有所修正，但坚持艺术创造的情感性与主观性的原则始终不变。1933—1934 年间，弗莱在剑桥大学担任斯雷德艺术讲座教授。其间，他系统进行了有关埃及艺术，美索不达

---

①　Virginia Woolf, *Roger Fry: A Biography*, p. 172.

②　Ibid. , p. 206.

③　Charles Mauron, *The Nature of Beauty in Art and Literature*, translated from the French by Roger Fry, London: Hogarth Press, 1927, p. 46.

米亚与爱琴艺术，黑人艺术，美洲艺术，中国殷商、秦汉与佛教艺术，印度艺术与希腊艺术的讲座。他坚持认为艺术创造过程中有两个基本元素：一是情境（situation），即外部的刺激物（external stimulus）；二即艺术家对它的反应。他高度重视艺术家的反应之于艺术品的"魔力"与"能量"的意义，指出：艺术家的"反应被各种潜意识中的联系与感情涂抹上了色彩，对这些联系与感情，他自然没有意识到，但是，它们却深刻地影响了艺术品所采取的形式，拥有唤起观众相同的潜意识感情的能力。正是艺术品成为艺术家与我们自己的潜意识本质之间的中介这一事实，使得艺术品拥有了对我们而言特殊的、如我们所说'具有魔力的'能量"①。我们看到，伍尔夫后来在小说《到灯塔去》中，通过女画家莉丽沉浸在艺术构思之中的意识流动表现的，也正是这样一个过程："毫无疑问，她正在失去对于外部事物的意识。而当她对于外部事物，对于她的姓名、人格、外貌，对于卡迈克尔先生是否在场都失去了意识的时候，不断地从她的心灵深处涌现出各种景象、姓名、言论、记忆和概念，好像她用绿色和蓝色在画布上塑造图像之时，一股出自内心的泉水洒满了那一片向她瞪着眼的、可怕地难以对付的、苍白的空间。"② 这位和女作家几乎同龄的艺术家，身上既有姐姐文尼莎的影子，毫无疑问也是伍尔夫自己的某种化身。她的绘画理念是后印象主义的，她的艺术创造过程正是弗莱式的。

关于艺术神奇的创造过程以及文学、艺术的同一性，弗莱又指出："艺术家因此是这样一个人，他有了这样或那样的某些经验，这些经验激动着他，以至于首先他为了使自己满足，就希望能全神贯注地把握住它们，直到他准确地欣赏了它们的品质，这种全神贯注的把握会产生艺术品、诗歌、绘画或其他。大部分人都会经历一个又一个经验，却不会停下生活之流以质询其更深层的东西——而对于艺术家，某些经验会拥有吸引住他的注意力的那种力量，使他从生活之流中转向一边，直等到他能够在意识之中完全固定住那一经验，提取出其全部的滋味。"③ 在《到灯塔去》中，莉丽经历了长达十年的迁延重返圣艾维斯，在人届中年、终于能够更好地理解拉姆齐夫妇的性格及其相互关系之后，在拉姆齐先生带领一双儿

---

① Roger Fry, *Last Lectures*, with an introduction by Kenneth Clark, p. 13.
② 弗吉尼亚·伍尔夫：《到灯塔去》，瞿世镜译，上海译文出版社 1997 年版，第 372 页。
③ Roger Fry, *Last Lectures*, with an introduction by Kenneth Clark, p. 12.

女完成心愿、航海即将抵达灯塔的一瞬间，落下了她为拉姆齐夫人所绘的母子图的最后一笔，自己也实现了精神上的升华。整部小说的线索之一，是作为伍尔夫替身的女画家对艺术的艰难追求历程和精神上的成长，这一过程亦是弗莱上述表达的出色的文学演绎。

弗莱在晚期演讲中还频频提及"精神经验"（spiritual experience）这一表述，以及它们对于艺术创造的独特价值："感情拥有无数的阴影，我们的日常生活也有许多微妙之处，假如艺术家没有将它们带入我们的意识领域的话，我们原是绝无可能意识到它们的。拥有如此敏锐的理解力是一个有教养的人的标志，是对拥有一个蕴藏丰富并有逻辑性的大脑的必要补充。"[1] 他还以文艺复兴时期画家波提切利著名的油画《维纳斯的诞生》为例，详细解读了作品是如何打上画家的精神印记、又是如何引发了观者的审美快感的[2]。弗莱强调："我认为，只有通过培育这样的一种态度，我们才能最大程度地增进接受当代艺术家带给我们的信息的那种雅致和敏感的能力。在面对艺术品时，只有我们感情中的充实、丰富和深刻才是真正重要的——我们从中获得的判断只有在能够向他人揭示出体验相似的情感的可能性时，才是真正有价值的。"[3] 因此，在弗莱看来，"精神经验"的呈现不仅是甄别文学艺术品优秀与否的标志，也是联系读者、听众与观众，激发与调动他们的审美快感、培养雅致与敏感的审美情操的中介与桥梁。而在伍尔夫那里，从《远航》与短篇小说《墙上的斑点》、《邱园记事》开始，直到其"生命三部曲"，尤其是《海浪》的问世，我们看到，这其实就是一个不断通过人物形象的塑造而探索人类的"精神经验"、追求艺术的独立与完美的过程。弗莱终其一生孜孜不倦地倡导艺术的独立性与精神性，伍尔夫同样如此，至死无悔。

综上，弗莱对"人类精神生活的韵律"的执着探寻，对诗画相契美学品格的探索，对文学中绘画效果的推崇，对各艺术门类之间内在联系的研究，乃至对各文学、艺术文本的具体阐释等，对伍尔夫将"布鲁姆斯伯里"的视觉艺术美学平移到文学领域的实验，均具有重大的启示意义。伍尔夫现代小说理论的提出与文本实验，既是她在继承文学传统基础上创

---

① Roger Fry, *Last Lectures*, with an introduction by Kenneth Clark, p. 17.

② Ibid., p. 19.

③ Ibid., p. 21。

新求变的结果,是其接受多元文化与文学资源启示的结果,亦源自以弗莱为代表的"布鲁姆斯伯里文化圈"中视觉艺术家们新的视觉艺术理念的影响。朱莉亚·克里斯蒂娃有言:"任何文本都是作为各种引文的嵌合体被建构起来的;每一文本都是对另一文本的吸收与变形。"① 从此意义上说,伍尔夫的众多文学文本或许可以说是对弗莱艺术批评文本的吸收与变形。结合弗莱第二部重要的艺术评论集恰题为《变形》的事实,我们不得不认为这其中或许有着某种冥冥中的巧合。无论如何,文学观念的转变,预示着一个新的文学时代的到来。而在伍尔夫率先走向这一新时代的过程中,弗莱的影响是无可置疑的。

---

① Julia Kristeva, "Word, Dialogue and Novel." (1966), in *The Kristeva Reader*, ed. Toril Moi, Oxford: Blackwell, 1986, p. 37.

第三章

关于"存在的瞬间"

本书上一章已重点讨论了罗杰·弗莱在探求"人类精神生活的韵律"方面对伍尔夫"内在真实"观的影响。对精神世界的关注与呈现体现在伍尔夫的生命哲学及写作观念中，又具体凝结为一个核心的表述："存在的瞬间"（moments of being）。也就是说，对作家而言，精神世界又是异常丰沛、绵延而驳杂的。既然对外部世界不必做自然主义的机械实录，对内在世界的呈现同样不能是被动而无选择的。这就涉及对属于更高一个层次的"存在的瞬间"的理解与把握问题。由于学界中人在引述与发挥这一重要观念时常常有所误解，故本章集中对此表述的来龙去脉、内涵及其在作家文本中的体现展开考察。

"存在的瞬间"在中文中又被译为"存在的时刻"。与此相关的表述还有"有意味的瞬间"（significant moments）"有意味的时刻""重要的瞬间"和"重要的时刻"等。在英国学者林德尔·戈登于 1984 年初版、1991 年增订再版的《伍尔夫传记》（*Virginia Woolf: A Writer's Life*）被引进中国后，我们在其译本《弗吉尼亚·伍尔夫：一个作家的生命历程》中，又看到了第三种相关的中文表述："通过模仿她父亲的业余消遣，她后来突然发现了一种小说结构原则，它在 20 年代臻于完成。那就是在小说情节中忽略出生、婚姻、死亡等路标，从而寻找到那些形成我们生命的出乎意料的瞬间。"① 这里，"出乎意料的瞬间"的原文为"exceptional moments"，和前述"存在的瞬间"一样，同样出自于伍尔夫晚年的回忆录《往事素描》。

---

① 参见林德尔·戈登《弗吉尼亚·伍尔夫：一个作家的生命历程》，伍厚恺译，四川人民出版社 2000 年版，第 110 页。

　　而以上三种表述又多被人不求甚解地用以阐释伍尔夫的创作技巧，并与詹姆斯·乔伊斯的"顿悟"（epiphany）比附甚至混同。在《一个青年艺术家的肖像》的初稿中，乔伊斯对"顿悟"是如此界定的："所谓顿悟，指的是突然的精神感悟。不管是通俗的言辞，还是平常的手势，或是一种值得记忆的心境，都可以引发顿悟。"还有人因有关伍尔夫的多种传记与论著常从《存在的瞬间》一著中征引史料，而误以为《存在的瞬间》就是伍尔夫本人为自己的数篇回忆录合集所拟定的标题。因此，我们应从"存在的瞬间"等表述出自的源头，还原至伍尔夫当年的语境，并结合伍尔夫的生命、思想与创作历程来准确地释读其意义。

　　具体说来，"存在的瞬间"应该包含伍尔夫的生命哲学与写作观念两个层面的内涵，两个层面之间密切相关，而不仅仅就是艺术技巧。就第一个层面而言，"存在的瞬间"原意指伍尔夫个人生活中为数不多的一些重要而特殊的时刻。伍尔夫又推己及人，认为在每个人的生命历程中，总会出现一些关键性的时间节点。至于哪些属于这些时间节点，则首先必须涉及对"存在"（being）的理解。她在《往事素描》中写道："我努力寻求我之称为哲学的东西；无论如何它是我的一种长久不变的观念；在原棉的后面隐藏着某种图式；我们——我是指所有人——都因这一团而联系在一起；整个世界就是一件艺术品；我们都是这件艺术品的组成部分。"① 就第二个层面而言，作为一个力主"生命写作"（life-writing）② 的作家，伍尔夫认为写作时要摒弃纷繁的物质表象，在对自然与生命本质的探求中捕捉与定格人类"存在的"或"有意味的""瞬间"与"时刻"。因此，她笔下的人物常会在经历一段时间的精神探索之后产生如电光火石般的精神顿悟时刻，从而更好地理解时间、生命、宇宙与永恒。

第一节 "在原棉的后面隐藏着某种图式"

　　从源头上说，"存在的瞬间"并非伍尔夫为自己的片段式回忆录确定

① Virginia Woolf, *Moments of Being*, J. Schulkind ed, London: Hogarth Press, 1976, p. 81.
② Virginia Woolf, *Moments of Being*: *Autobiographical Writings*, edited by Jeanne Schulkind and with n new introduction by Hermione Lee, Pimlico edition. Random House, 2002, p. 92.

的书名。虽然她的父亲莱斯利·斯蒂芬爵士是英国著名的传记作家、《英国名人传记辞典》的主撰者,伍尔夫本人亦对传记这一文体情有独钟,撰写过献给女友薇塔·萨克维尔-韦斯特的情诗、假托为传记的《奥兰多》、视角独特的传记小说《弗勒希》、纪念老友罗杰·弗莱的《罗杰·弗莱:一部传记》,以及大量传记性小品,却并未有完整的自传传世,仅有写于1907—1908年间的《回忆录》(*Reminiscences*),为作家莫莉·麦卡锡于1920年发起成立的"传记俱乐部"撰写的三篇回忆性文字《海德公园门22号》《老布鲁姆斯伯里》和《我是势利之徒吗?》[①],以及在1939年4—7月间和1940年6—11月间断续写成的《往事素描》。《往事素描》没有分章,而是根据日期进行了结构排序,内容覆盖1895年5月到1939年5月,以及1897年7月到1940年6月之间两个时段。该回忆录的写作既是伍尔夫从为弗莱作传的沉重工作中获得的一种调剂,亦可被视为年届六旬的作家将当下"作为一个平台"[②] 对过去进行的审视。

　　1976年,珍妮·舒尔坎德(Jeanne Schulkind)首次对这创作时间跨度长达33年的5篇回忆录进行了编辑整理,将伍尔夫为"传记俱乐部"撰写的3篇文章合称为《传记俱乐部文稿》(*The Memoir Club Contributions*),并从《往事素描》这一伍尔夫回忆录中最长、写作时间最晚、也是分量最重的一篇中提取了"存在的瞬间"这一短语作为总标题,将文集交由保存着伍尔夫夫妇珍贵档案即"僧侣屋文档"(Monk House Paper)的萨塞克斯大学出版社出版。舒尔坎德以"存在的瞬间"为题,是为了强调伍尔夫有关两种"存在"层次的看法。1985年,编者又对文集进行了修订与扩充,在长达70页的打字稿基础上形成了《往事素描》的新版本,交由霍加斯出版社出版。在此版"导言"中,舒尔坎德进一步表达了自己对伍尔夫创作的理解,将"存在的瞬间"视为连接伍尔夫回忆录与小说的纽带,认为在伍尔夫看来,只有当物质的、社会的自我被超越、"个体意识成为一个更大的整体之中无差别的部分"时,才达到了伍尔夫所谓的"存在的瞬间"。[③]

---

　　① 其中的两篇写于20世纪20年代早期,一篇始自1936年。

　　② Virginia Woolf, *Moments of Being*: *Autobiographical Writings*, edited by Jeanne Schulkind and with n new introduction by Hermione Lee, p. 96.

　　③ Virginia Woolf, *Moments of Being*: *Autobiographical Writings*, edited by Jeanne Schulkind, London: Horgarth Press, 1985, p. 18.

2002 年，《存在的瞬间》由著名的伍尔夫传记作家赫迈尔妮·李撰写了新的导言，在兰登书屋出了第三版，其中，《往事素描》进一步扩充为在僧侣屋手写稿与大英图书馆打字稿基础上合成的 77 页。其中，伍尔夫对"存在"与"非存在"（non-being）、"存在的瞬间"究竟是什么有着清晰的表达。

在伍尔夫看来，生活似乎可以被分为大量普通的、不能给人留下印象的、常规的活动，以及"突如其来的震惊"（sudden violent shocks）或"罕见的时刻"（exceptional moments）两种层次。对于前者，她称为"原棉，或非存在"（cotton wool, or non-being）；对于后者，她认为是引发"发现"（revelation）的一种形式。正是"存在"与"非存在"两种层次间的对立与对比，导致她独特的生命哲学、以及有关写作的"概念"的生成："在原棉的后面隐藏着某种图式"（that behind the cotton wool is hidden a pattern）①。

在《往事素描》中，伍尔夫栩栩如生地回忆了自己童年时代在圣艾维斯的幸福时光。圣艾维斯的夏日海滨成为伍尔夫终其一生刻骨铭心的记忆，康沃尔的海浪也成为响彻小说家日后的几乎所有作品的主旋律。她这样写道："假如生命有一个建立于其上的根基，假如它是一只某人不断往里倾倒的碗——那么毫无疑问，我的碗就建立在这一记忆基础上。它就是半睡半醒地躺在圣艾维斯育儿室的床上。它就是听见海浪撞击，一、二，一、二，在沙滩上溅起浪花；然后又是撞击，一、二，一、二，从一面黄色的窗帘后传来……"② 因此，圣艾维斯的夏日与伦敦海德公园门 22 号寓所那阴郁、压抑、凄凉（尤其是在 1895 年伍尔夫的母亲朱莉亚·普林塞普·斯蒂芬去世之后）的气氛形成了鲜明的对比。在伦敦度过的时光中，"非存在"构成了很大的比例。而即便是到了晚年，在伍尔夫的心目中，"那些时刻——在育儿室，在通往海滩的路上——依然能够比现在的时刻还要真实"③。

为了具体说明生命中那种"突如其来的震惊"，伍尔夫举出了三件她终其一生记忆清晰的事情。第一，"我和托比在草地上打架。我们用拳头彼此打来打去。我正要挥起拳头打他，忽然意识到：为什么要伤害别人

---

① Virginia Woolf, *Moments of Being*: *Autobiographical Writings*, edited by Jeanne Schulkind and with n new introduction by Hermione Lee, pp. 85 – 86.

② Ibid., p. 78.

③ Ibid., p. 80.

呢？我马上放下了手，站在那里，任由他打我。我还记得那种感觉。那是一种无望的悲哀感。好像我开始意识到了某种恐怖的东西；意识到了自己的无力。我偷偷地走开了，感到可怕地沮丧。"①

第二件事同样发生在圣艾维斯的花园内："我正在前门口看着花床；'那就是全部，'我说。我看着一株叶子铺展开来的植物；一切似乎突然变得一目了然，花朵本身就是大地的一部分；外沿包裹着花朵；那是真实的花朵；大地的一部分；花朵的一部分。我带走了这一想法，觉得它日后会对我十分有益。"②

第三个例子还在圣艾维斯。"某个叫瓦尔比的人一直待在圣艾维斯，后来离开了。某天晚上我们正在等待晚餐，然后我就听到父亲或是母亲说瓦尔比先生自杀了。我记得的又一件事情是晚上待在花园里，在苹果树旁的小路上散步。我似乎觉得苹果树和瓦尔比先生自杀的可怕的事情联系在一起。我无法从这棵树旁走过。我站在那里看着树干灰绿色的褶皱——那是一个有月亮的夜晚——沉浸在恐怖之中。我似乎被拖进了一个充满失望而又无法逃离的泥潭，是那么的绝望。我的身体似乎瘫痪了。"③

在回忆了童年时代在圣艾维斯的这三次经历之后，伍尔夫明确地告诉我们，对她而言，"这就是三次罕见的时刻（exceptional moments）"④。在这些时刻，对于人与人之间的关系、个体生命之与整个世界的关联，以及突如其来的死亡、绝望与恐怖等等，她似乎都有了某种"发现"。伍尔夫反复提到生命的高峰点并不是出生、婚姻和死亡这些传统的标志物，而是被普通生活中的普通事件掩藏着。在这些似乎窥见了生命与宇宙的秘密的"罕见的时刻"，"伴随而来的是一种奇特的恐惧或身体上的瘫痪；它们似乎是霸道的；而我本身则是被动的"。⑤

这里值得顺便一提的是，日后，伍尔夫将把她童年时代的这些"罕见的时刻"、这些铭心刻骨的记忆均化为作品，其中又尤以"苹果树旁的小路上散步"的插曲与《海浪》中奈维尔生命中"存在的瞬间"之间的

① Virginia Woolf, *Moments of Being: Autobiographical Writings*, edited by Jeanne Schulkind and with n new introduction by Hermione Lee, p. 84.
② Ibid..
③ Ibid..
④ Ibid..
⑤ Ibid., p. 85.

联系最为清晰：小说六位主人公之一的奈维尔有一个对于"苹果树下的惨死"的记忆："天上飘着灰白色的云；下面是这棵无情的树；是带着像裹腿似的银白色树皮的恶狠狠的树。我这个小小的生命浪花是脆弱无力的。"① 随后，在奈维尔的意识中，这一画面不断出现，参与着小说对生命与死亡主题的呈现。

如果伍尔夫自小如乔伊斯一般浸润在爱尔兰的天主教精神氛围中，日后，她或许亦会以"神启"来阐释自己生命中那些罕见的、能够体悟或直达本质的时刻，恰如"顿悟"一词本就具有浓厚的宗教色彩，原指基督教中纪念耶稣向世人显现的主显节，后引申为神灵的显现与对事物真谛的瞬间领悟一般。但伍尔夫是在 G. E. 穆尔、罗素、父亲斯蒂芬以及"布鲁姆斯伯里团体"知识分子为代表的剑桥理性主义传统中成长起来的②，所以她相信随着年龄的增长和理性的增加，可以为那些"罕见的时刻"提供阐释。而正是以理性来阐释那些生命中奇异的时刻，并以艺术家的敏锐捕捉与再现它们的冲动，才决定了伍尔夫探究生命与宇宙奥秘的艺术追求与特色："我相信这是真的，因为尽管我在遭遇这类突然的震惊时依然会有奇异之感，但它们现在却一直是受到欢迎的；在起初的惊讶过后，我总是立即感觉到它们尤其具有价值。因此，我接着猜想正是那种接受震动的能力（shock-receiving capacity）使我成为一名作家。"③

作为熟悉弗洛伊德著作，又在霍加斯出版社出版过精神分析学著作最早的英文译本的作家，伍尔夫对自己的创作动机进一步作出了专业的心理学阐释："我感到自己受到了攻击；但在我当时作为孩子的心里，它却并不简单地就是来自一个藏身于日常生活的原棉背后的敌人的攻击；它是或将成为某种秩序的展现；它是藏身于表相背后的某种真实事物的标志；而我通过使之进入文字的方法使它成为真实。只有通过进入文字我才能使之成为整体；这一整体性意味着它失去了伤害我的能力；或许是由于这样我

---

① 弗吉尼亚·吴尔夫：《海浪》，吴均燮译，人民文学出版社 2003 年版，第 14 页。

② 关于剑桥理性主义传统、穆尔的方法论对伍尔夫的影响，可参阅 S. P. Rosenbaum，"Virginia Woolf's Philosophical Realism."See S. P. Rosenbaum ed，*English Literature and British Philosophy*，Chicago：University of Chicago Press，1971，pp. 316 – 356. 关于罗素对伍尔夫的影响，可参阅 Jaakko Hintikka，"Virginia Woolf and Our Knowledge of the External World."See *Journal of Aesthetics and Art Criticism*，38（Fall，1979 – 80），pp. 5 – 14.

③ Virginia Woolf，*Moments of Being：Autobiographical Writings*，edited by Jeanne Schulkind and with n new introduction by Hermione Lee，p. 85.

就拂去了痛苦，它给予我极大的快乐使严峻的部分成为整体。"① 于是，"存在"即是暗藏的"某种秩序""藏身于表相背后的某种真实事物的标志"；写作则是使这些灵光乍现的时刻通过艺术而获得永恒的努力。伍尔夫的生命哲学与生命写作由此获得了自然的勾连。

这种生命写作反过来对伍尔夫似乎亦产生了"移情"、"疗救"乃至升华的作用。这方面众所周知的例证，当然首推伍尔夫在长期思念双亲、并在精神上备受对他们的记忆的困扰之后，终于以《到灯塔去》完成了对父母性格、童年和圣艾维斯生活的描画，亦完成了自我"救赎"的事实。而《到灯塔去》的具体构思与灵感也是伍尔夫生命中又一个"存在的瞬间"的结果，如伍尔夫在《往事素描》中所回忆的："一天正在塔维斯托克广场周围散步，就像我有时构思我的小说一样，我构思出了《到灯塔去》：在一种强烈的、显然不由自主的冲动之中。一件事猛然引发另一件事。我脑海中迅速涌出各种各样的思想和场景，那种感觉就像从一根吸管中往外吹气泡，以致我在行走时双唇似乎在自动吐出语句来。是什么在吹那些气泡？为什么是在那个时候？我一无所知。但是我书写得极快；"② "而在写完后，我不再被母亲所困扰。我不再听到她的声音；我看不见她了。"③ 作为"存在的瞬间"启发创作冲动的产物，《到灯塔去》成为伍尔夫众多长篇作品中写得最为流畅的一部。

因此，作为一位在少女走向青春的时代备受挚爱的亲人死亡的连连重击④的作家，伍尔夫在终其一生的写作中都执着于对生命与死亡的质询，体现出生命脆弱、世事无常的危机感。她有强烈的时间流逝的意识。作为一位以艺术为终身追求并在艺术的完美中寻求抵抗外部世界的平庸与丑恶的作家，伍尔夫自然希望将短暂生命中那些珍贵的"存在的瞬间"在作品中定格，使之永恒。如她所说："在原棉的后面，隐藏着某种图式，我们——我是指所有人——都因此而彼此相连；整个世界是一件艺术品；我们都是这件艺术品的组成部分。《哈姆莱特》或贝多芬的一部四重奏代表

---

① Virginia Woolf, *Moments of Being*: *Autobiographical Writings*, edited by Jeanne Schulkind and with a new introduction by Hermione Lee, p. 85.

② Ibid. , pp. 92 – 93.

③ Ibid. , p. 93.

④ 1895 年，伍尔夫的母亲朱莉亚·斯蒂芬去世；1897 年，同母异父姐姐斯特拉·达克沃思去世；1904 年，父亲莱斯利·斯蒂芬去世；1906 年，哥哥托比·斯蒂芬去世。

了我们称之为世界的这个庞然大物的真实。"① 于是，伍尔夫的生命哲学必然会使之具有相应的写作观。

纵向来看，《往事素描》可以被理解为伍尔夫对"生命写作"过程的不断进展的一种回顾性叙述，伍尔夫的创作轨迹，从《远航》《墙上的斑点》《邱园记事》《夜与日》《雅各的房间》《达洛卫夫人》《到灯塔去》《海浪》《岁月》《弗莱传》到《幕间》等，恰好一一印证了她对生命中重要时刻的把握与呈现，表现了她抵抗时间之流的努力。从这个意义上说，她的作品和她的个体生命是彼此映证的。如她在 1920 年 1 月 14 日日记里"疑惑"自己是否"在写自传而将它称之为小说？"② 她在《奥兰多》中也议论道："作家灵魂的每一秘密，作家生活的每一经历，作家思想的每一特征，都栩栩如生地表现在他的著作中。"③ 林德尔·戈登甚至将《到灯塔去》《远航》《海浪》以及日记与回忆录等视为"记录下了她的生命发生转折的明确时刻"④，并将童年、承受丧亲之苦与进行艺术训练的"黑暗的二十年"与由布鲁姆斯伯里开启生命的辉煌的三个阶段视为伍尔夫艺术生命中三个"存在的时刻"⑤。

第二节　"野鹅从窗前飞过"

如前所述，对于伍尔夫而言，每个人的精神生命中都有一些耐人寻味的重要时刻。那么，作家就要敏锐地捕捉与呈现这些时刻。她在 1924 年 8 月 15 日的日记中写道："在人生旅途上，人们总是试图捕捉沿途所见的所有这些动态的瞬间，因而使生活变得十分有趣。"⑥《奥兰多》第六章中

---

① Virginia Woolf, *Moments of Being*: *Autobiographical Writings*, edited by Jeanne Schulkind and with n new introduction by Hermione Lee, p. 85.

② Virginia Woolf, *The Diary of Virginia Woolf*, Vol. 2. 1920 – 1924, Anne Olivier Bell ed, London: The Hogarth Press, 1978, p. 7.

③ 弗吉尼亚·吴尔夫：《奥兰多》，林燕译，人民文学出版社 2003 年版，第 120 页。

④ 林德尔·戈登：《弗吉尼亚·伍尔夫：一个作家的生命历程》，伍厚恺译，四川人民出版社 2000 年版，第 8 页。

⑤ 参阅林德尔·戈登《弗吉尼亚·伍尔夫：一个作家的生命历程》。

⑥ Virginia Woolf, *A Writer's Diary*, edited by Leonard Woolf, London: The Horgarth Press, 1954, p. 65.

表现奥兰多沉思的一段优美的文字，或者可以被理解为伍尔夫对这一过程充满诗意的象征性表述："野鹅飞过。野鹅从窗前飞过，飞向大海。我跳起来（她更紧地握住方向盘），伸出胳膊想抓住它。但野鹅飞得太快。我看到过它，在这里——那里——那里——英格兰、波斯、意大利。它总是飞得很快，飞向大海，而我，总在它身后撒出网一般的文字（她把手撒出去），它们皱缩成一团，就像收回的网，我在码头上看到过的，网中只有水草；有时，网底有一英寸的银子——六个字。但从来没有捕到珊瑚丛中的那条大鱼。"① 她在《往事素描》中亦写道："我把自己看成是溪流中的一条鱼儿。"（I see myself as a fish in a stream.）② 在她，要抓住翩然飞过的"野鹅"、网住"珊瑚丛中的那条大鱼"，还有"溪流中的一条鱼儿"，即把握生命的本质，首先要从大量的"非存在"中发现与提炼"存在"，所以她写道："经常地，当我在写某部所谓的小说时，我总会被这同样的问题所困扰；就是说，如何描绘我以自己私人的简略方式称为'非存在'（non-being）的那种东西。"③ 因为，"这些分别的存在的瞬间却嵌入在许多多得多的非存在的时刻之中"④。

对于伍尔夫而言，比如"昨天即 4 月 18 日"就是一个很不错的日子，因为"就'存在'而言超过平均数"：她顺利地为《往事素描》开了头、欣赏了蒙特·米瑟里河岸边色彩斑斓的春天景色、愉快地读了乔叟的作品，还开始了对一本新书，即拉法耶特夫人的回忆录的阅读。⑤ 但生活中也有"非存在的比例大得多时"那些"糟糕的"⑥ 日子，比如那些主要由"散步，吃饭，看见事物，处理那些必须要做的事；损坏了的真空吸尘器；吩咐晚餐；给梅布尔写订单；洗衣；烧晚饭；图书装订"构成的时刻。伍尔夫会为这些时刻感到"恼怒"，因为"几乎整天都是非存在的"⑦。在她的心目中，真正的小说家比如简·奥斯丁、特罗洛普，或许还有萨克雷、狄更斯和托尔斯泰是能够揭示出这两种存在的，而自己在

---

① 弗吉尼亚·吴尔夫：《奥兰多》，第 185 页。

② Virginia Woolf, *Moments of Being*: *Autobiographical Writings*, edited by Jeanne Schulkind and with n new introduction by Hermione Lee, p. 92.

③ Ibid., p. 83.

④ Ibid..

⑤ Ibid..

⑥ Ibid., p. 84.

⑦ Ibid..

《夜与日》和《岁月》中虽尝试过这种"两者兼顾"的目标，但却从未做到过。[①]

因此我们发现，晚年的伍尔夫在回顾创作道路时总结的《夜与日》与《岁月》失败的原因，其实就是未能在"非存在"的表象下呈现"存在"的意义。事实也证明，她的成功之作都是更多地呈现了"精神主义"、"内在真实"，弗莱执着探寻的"人类精神生活的韵律"，或者说查尔斯·莫隆所谓"精神的瞬间。它们是在一瞬间我们所获得的东西"的，这也就是伍尔夫心目中真正的"存在"。因此，她自《墙上的斑点》、《邱园记事》与《雅各的房间》等真正开始的现代主义美学实验，是有着"存在的瞬间"的生命意识与写作观为支撑的。

如前所述，1923年，伍尔夫在《雅典娜神殿》上发表了《贝内特先生与布朗夫人》。1927年，在发表于《纽约先驱论坛报》的《狭窄的艺术之桥》中，她再次强调作家要"站在从生活退后一步的地方来写"，"把那些细节和事实的包袱统统卸掉"[②]，认为"每一个瞬间，都是一大批尚未预料的感觉荟萃的中心"[③]。因此，"存在的瞬间"与伍尔夫的精神主义写作追求息息相通。优秀的作家就是要表现人物在"存在的瞬间"或"重要时刻"的意识反应和心理变化，通过瞬间感悟揭开生活的面纱，触探生命的哲理，以片刻捕捉永恒。如果略去乔伊斯复杂的宗教背景与观念，大约正是在这一点上，伍尔夫的"存在的瞬间"与乔伊斯以《都柏林人》为代表的早期小说表现人物对道德与精神瘫痪的自省，以及对人生与社会的瞬间感悟的"顿悟"技巧产生了交集。

所以，J. K. 约翰斯顿在《布鲁姆斯伯里团体：有关 E. M. 福斯特、利顿·斯特拉齐、弗吉尼亚·伍尔夫及其所属圈子的研究》中这样写道："当生活的图式清晰可见，当悲伤变成了欢乐，丑陋让位于美的时刻，有意味的时刻便到来了。"[④] 具体到伍尔夫的小说文本，我们看到，早期两部小说《远航》与《夜与日》中，均是先展开女主人公雷切尔与凯瑟琳

---

① Virginia Woolf. *Moments of Being*：*Autobiographical Writings*. edited by Jeanne Schulkind and with n new introduction by Hermione Lee. Pimlico edition. Random House，2002，p. 84.

② 弗吉尼亚·伍尔夫：《狭窄的艺术之桥》，见瞿世镜编选《伍尔夫研究》，上海文艺出版社1988年版，第580页。

③ 同上书，第582页。

④ J. K. Johnstone, *The Bloomsbury Group*：*A Study of E. M. Forster*, *Lytton Strachey*, *Virginia Woolf*, *and their Circle*, London：Secker and Warburg，1954，p. 326.

理解生活的动态过程，然后表现人物对生活与生命的领悟与理解的。《远航》中，雷切尔意外而突然的死亡将小说推向了高潮。她的未婚夫、一心想当作家、亦可理解为伍尔夫在小说中的化身之一的特伦斯对这一悲剧的反应，部分也代表了与创作该小说时的伍尔夫同龄的雷切尔对死亡的顿悟。死神降临，特伦斯却仿佛反而与雷切尔更加亲近、甚至融为一体了："他们似乎正在一起想；他似乎既是雷切尔，又是他自己。"没有什么再能威胁与折磨他的心上人，所以特伦斯意识到：死亡"是幸福，它是完美的幸福。他们现在终于有了他们梦寐以求的东西，那是当他们活着的时候不可能得到的"。"他们拥有了决不会被人抢走的东西。"①

　　在《夜与日》中，男女主人公拉尔夫与凯瑟琳在经历了等待与误解，冲破了门第与等级的樊篱之后，终于明白了彼此的心意，获得了对生活的全新认识。伍尔夫在此用诗意的语言表现了这一对爱侣在互诉衷肠之后对世界的新的领悟："在整个生活画面的喉头，静悄悄地、然而却是坚定不移地升起了一团柔和的火焰，将周围的空气也染上了一层红色，而且使整个空间充满许许多多的影子，深远朦胧，人们会幻想自己能向中间走去，向深处走去，无止境地进行探索。"他们共同感到"这即将到来的世界宏大神秘，包含着无数个尚未显露出来的形体，这些形体会一个个自己显露出来让其伙伴观赏……"②。到了《达洛卫夫人》中，一战退伍老兵赛普蒂默斯和贵妇、国会议员的夫人克拉丽莎·达洛卫虽从未谋面，却因对生活的热爱、内心深刻的孤独、对生命与死亡本质的思考以及对精神自由的渴求等而在精神层面上产生了隐秘的联系。面对精神病治疗权威布雷德肖爵士将自己送往离群索居的精神病院的威胁，赛普蒂默斯以跳窗自尽维护了自由选择的尊严。当晚，达洛卫夫人的晚宴正在进行，来了许多显赫的贵宾。夫人正在虚与委蛇地勉力扮演理想女主人的角色，并为自己的成功而沾沾自喜。就在这时，姗姗来迟的爵士夫妇解释了迟到的原因，死讯因而进入了宴会厅。达洛卫夫人本能地理解了退伍老兵的行为，为赛普蒂默斯在"纵身一跃"中把握住了生命中那个"至关紧要的中心"③而震撼，感到他虽死犹生；觉得相较之下，自己日日在矫饰与浮华中度过，虽生犹

---

① 弗吉尼亚·吴尔夫：《远航》，黄宜思译，人民文学出版社2003年版，第397页。
② 弗吉尼亚·吴尔夫：《夜与日》，唐伊译，人民文学出版社2003年版，第479页。
③ 弗吉尼亚·伍尔夫：《达洛卫夫人》，孙梁、苏美译，上海译文出版社1997年版，第188页。

死。在鲜明的对比中，达洛卫夫人意识到生命的意义在于精神的充实与独立，决定"必须振作精神。必须找到萨利和彼得"① 这两位青年时代的伙伴，找回在他们的记忆中那个热爱生命、拥抱生活的克拉丽莎，那个真实而丰盈的自我。因此，达洛卫夫人听闻噩耗后独自在小屋内的自省，构成了她灵魂中那个"重要的时刻"。对此，戈登写道："达罗卫夫人通过疯男人而唤醒了人类的同胞感情只不过是隐藏在黑暗中的一瞬间，但是它使她改变了。她不再是一个光彩照人的女主人，穿着绿色薄纱一幅，给首相引着路。因为单独呆在黑暗的房间里，她窥见了从来没有充分承认的自我，从而能够达到一个前所未有的想象的领域。"②

而在《到灯塔去》中，我们几乎可以说，每个重要人物都体验过"存在"的刹那一瞬间。这些瞬间的到来，通常由生活中的琐碎小事引发，却包含着伍尔夫想要与读者分享的人生真谛。J. K. 约翰斯顿认为："整部小说中，正如在《远航》与《夜与日》中一样，存在着一些有意味的时刻，强烈的真实的时刻，此时一切在和平中连为一体，人物发现他们的视觉一反常态地清晰。"③

具体说来，小说第一部《窗》中，人物"灵光一现的"典型时刻往往发生在他/她凝望现实中某个物体或某处景物之时，精神领悟因而承担起融汇外部现实与内心世界的纽带的作用。作为妻子、八个孩子的母亲与女主人，拉姆齐夫人随时要准备满足周围每一个人对于爱与同情的需求，因此时常感到需要独处和宁静，恢复真实的自我，远离现实生活的琐碎与烦恼。当拉姆齐先生和小儿子詹姆斯暂时离去，夫人放下手中编织的袜子，独自一人凝视着灯塔，感到仿佛"好像它要用它银光闪闪的手指轻触她头脑中一些密封的容器，这些容器一旦被打开，就会使她周身充满了喜悦……狂喜陶醉的光芒，在她眼中闪烁，纯洁喜悦的波涛，涌入她的心田，而她感觉到：这已经足够了！已经足够了！"④ 第一部的高潮集中于表现各个人物意识活动的晚宴场景。晚宴在客人之间冷漠甚至怀有敌意的

① 弗吉尼亚·伍尔夫：《达洛卫夫人》，孙梁、苏美译，上海译文出版社1997年版，第190页。

② 林德尔·戈登：《弗吉尼亚·伍尔夫：一个作家的生命历程》，第271页。

③ J. K. Johnstone, *The Bloomsbury Group: A Study of E. M. Forster, Lytton Strachey, Virginia Woolf, and their Circle*, p. 354.

④ 弗吉尼亚·伍尔夫：《到灯塔去》，第270—271页。

气氛中开始，但结束时，每个人却都分享着如释重负的温馨与喜悦。这期间的转折点便是拉姆齐夫人果断地吩咐孩子们燃起餐桌中央的蜡烛："起初烛光弯曲摇曳了一下，后来就放射出挺直明亮的光辉，照亮了整个餐桌和桌子中央一盘浅黄淡紫的水果。"① 拉姆齐夫人的体贴、包容与善解人意，温暖美丽的烛光与色彩缤纷的水果所代表的温情与美，霎时间使餐桌边每一个人的心情都发生了变化，一张张面庞也被牵引得更近了："好像真的发生了这种情况：他们正在一个岛上的洞穴里结成一个整体，去共同对抗外面那个湿漉漉的世界。"② 对于拉姆齐夫人来说，这正是生活和谐美丽的一瞬间："现在一切都顺顺当当，她刚才的忧虑已经消除，她又可以自由自在地享受胜利的喜悦，嘲笑命运的无能。"③

　　在约翰斯顿看来，除了上面分析的例子之外，"当莉丽·布里斯科看见拉姆齐夫妇并肩散步，然后看见普鲁扔向高空的球时，"同样感知到"有意味的时刻"的存在；"南希在敏泰·多伊尔握住了她的手，看见'整个世界在她脚下展开'时也产生了相似的体验。"另一个例子是"当拉姆齐夫人沉入潜意识之中时，'那里有各种各样她以前从未见过的地方；印度平原；她感到自己正在罗马的一个教堂推开厚厚的皮制门帘'。"而这些时刻在晚宴部分达到了高潮。④

　　到了第三部中，由于该部的内容与第一部之间构成呼应的复调关系，人物的意识会在各种回忆中展开搜寻，直到聚焦于记忆中的某个场景，从而获得"灵光一现的时刻"。因此在这一部分中，人物的精神领悟更多体现出融汇过去与现在的特殊功能，如莉丽忆及和拉姆齐夫人以及查尔士·塔斯莱一起在海滩打水漂玩耍的温馨时刻便是如此。正是在这一时刻，"那个永远在心灵的苍穹盘桓的老问题，那个在这样的瞬间总是要把它自己详细表白一番的宏大的、普遍的问题，当她把刚才一直处于紧张状态的官能松弛下来的时候，它就停留在她的上方，黑沉沉地笼罩着她。人生的意义是什么？"⑤ "也许这伟大的启示永远也不会到来。作为它的替代品，

---

① 弗吉尼亚·伍尔夫：《到灯塔去》，第 303 页。

② 同上书，第 304 页。

③ 同上书，第 307 页。

④ J. K. Johnstone, *The Bloomsbury Group: A Study of E. M. Forster, Lytton Strachey, Virginia Woolf, and their Circle*, London: Secker and Warburg, 1954, p.354.

⑤ 弗吉尼亚·伍尔夫：《到灯塔去》，第 373 页。

在日常生活中，有一些小小的奇迹和光辉，就像在黑暗中出乎意料地突然擦亮了一根火柴，使你对于人生的真谛获得一刹那的印象；眼前就是一个例子。这个，那个，以及其他因素；她自己，查尔士·塔斯莱，还有飞溅的浪花；拉姆齐夫人把他们全都凝集在一起。"① 就在这个以拉姆齐夫人为中心、被友谊与温情所包裹的海滩，莉丽消除了对塔斯莱的偏见，多年来萦绕于心的有关生命意义的思考亦有了答案："在一片混乱之中，存在着一定的形态；这永恒的时光流逝（她瞧着白云在空中飘过、树叶在风中摇曳），被铸成了固定的东西。"② 这里"混乱"中存在着固定的"形态"（shape）的表述，恰类似于《往事素描》中所说的"图式"（pattern）。拉姆齐夫人以她的仁慈、博爱、包容与理解消除了人与人之间的冷漠与壁垒，营构出了一个充满爱与同情的世界，"生命"因而在这里"静止"③。如同拉姆齐夫人使那一刻成为了一种永恒，仿佛一件艺术品使莉丽刻骨铭心，"在另一个领域中，莉丽自己也试图把这个瞬间塑造成某种永恒的东西——这就具有某种人生启示的性质"④。另一段意识流中，莉丽回想起十年前对拉姆齐夫人的种种印象，意识到要正确地判断一个人必须与他/她保持某种距离，这样才能摆脱个人情感的影响。因此，当她不再感到夫人去世带来的痛苦时，便更清楚地看到了那坐在窗边的完美身影背后另一些性格侧面，如拉姆齐夫人对别人的支配欲望，以及她在丈夫面前过分的软弱与顺从。此时，窗户后面隐约晃动的白色人影将莉丽带回到现实中来，莉丽由此产生了对于艺术的最重要感悟："你必须和普通的日常经验处于同一水平，简简单单地感到那是一把椅子，这是一张桌子，同时，你又要感到这是一个奇迹，是一个令人销魂的情景。"⑤ 她认识到艺术家应远离他/她观察的对象，或是生活本身，以期抓住生活的精髓。但另一方面，如果艺术家过于脱离生活，也会阻碍他/她艺术上的成熟，使他/她无法揭示生活的本来面目。正是在这一得到启示的时刻，莉丽意识到融入生活与他人建立融洽关系、与他人分享自己的思绪的需要："现

---

① 弗吉尼亚·伍尔夫：《到灯塔去》，第 373—374 页。
② 同上书，第 374 页。
③ 同上。
④ 同上。
⑤ 同上书，第 416 页。

在那条小船又在哪儿？还有拉姆齐先生呢？她需要他。"①

而除了记忆的聚焦之外，空间距离的变化也是促成小说第三部中人物体验"存在的瞬间"的重要因素。十年来，莉丽一直想完成以拉姆齐夫人为模特的母子图，然而每当拿起画笔，她总感到头脑中有两种力量在相互对抗，使她无法完成画作。这种对抗正是客观与主观、物质与精神不相融合而导致的内心冲突。然而，要在两种世界之间维持微妙的平衡是如此困难，以至于她的这幅画作迁延了十年仍难以完成。而就在拉姆齐先生率子女驶向灯塔的那一天，莉丽眺望着帆船由近及远，敏感地意识到距离对认识的作用："辽阔的距离具有异乎寻常的力量；她觉得，他们被它吞没了，他们永远消失了，他们已经和宇宙万物化为一体，成为它的组成部分了。"② 船越行越远，消融在一片蓝色的烟雾中，连灯塔都几乎看不见了，然而距离的遥远并不妨碍莉丽，因为她已经懂得将现实与想象结合起来，"她努力集中注意凝视着灯塔，集中注意想象他在那儿登岸，这两者似乎已经融为一体，这种翘首而望的期待，使她的躯体和神经都极度地紧张。啊，但是她松了口气"③。就在这一瞬间，仿佛受到什么东西触动似的，她迅速转向画布。之前的她对这幅画未来的命运总是患得患失，现在却顿感释然。在一阵冲动之下，"好像在一刹那间她看清了眼前的景象，她在画布的中央添上了一笔"④。莉丽终于画出了心中的幻象。由于空间距离的变化使人物能以崭新的视角审视原有的认知方式和人际关系，获得迥然不同的感受，实现内心的平衡与人际关系的融洽，因而它与外部特定情境或事物的刺激、对记忆的聚焦一起，共同构成《到灯塔去》中诱发人物产生精神领悟的基本方式。

在《海浪》中，在小说第六部分，六位朋友齐聚伦敦一家意大利餐馆，为即将前往印度的波西弗送行。这是主人公们一次重温自童年时代起便结成的友情与和谐的珍贵时刻。分别前，珍妮在意识中渴望把这一时刻再保持一会："不管我们把它叫做爱也好，恨也好，保持住这片由波西弗、由青春和美形成四壁的小天地，还有那深入我们内心的某种东西，今

---

① 弗吉尼亚·伍尔夫：《到灯塔去》，第416页。
② 同上书，第402页。
③ 同上书，第422页。
④ 同上书，第423页。

后也许我们再也无法从哪一个人身上再找回这样的时刻了。"① 关于这部作品，约翰斯顿认为："正如我们所见，每一个人物都独自体验了那些强烈的现实的时刻；和过去一样，团圆的两次晚餐成为他们所有人都参与其中的现实的节点。"② 纵观伍尔夫的小说与随笔，我们发现，女作家有着呈现宴会场景的偏好与才能。由于她对人与人之间和谐、沟通与理解的美好关系的真挚向往，宴会场景往往在作品中承载起特殊的功能。林德尔·戈登对《海浪》中"存在的瞬间"的理解似乎更为宽泛，在他看来，"在托儿所里醒来的瞬间，海绵挤出水来刺激感官的瞬间，男孩子们聚集在珀西瓦尔身边的瞬间，看到蓝色的圣母像的瞬间，听音乐会的瞬间，在汉普顿宫以直觉领悟到'同一个生命'的瞬间"③ 都属于那些赋予生命以形态的瞬间。他继而指出："6个人的生命凭着想象的残留物跃上了这些瞬间的峰巅。生命的艺术就在于辨认这些瞬间，它们并非专属于有权势、有魅力或者有天赋的人的禁地，而是为众生所共有的。"④

　　《岁月》中亦有关于那些重要而美好的特殊"瞬间"的出色描写。在"一九一四年"的最后部分，我们看到在社会习俗下成为贵妇的吉蒂暂时逃离了伦敦的社交圈，乘夜班火车来到北方的乡间城堡，在五月的清晨户外漫游、散步的情景。她感叹人世无常，白云苍狗，流连于自然光色变幻的壮观与静美，以及它们给予人的真正的抚慰。就在这一瞬间，她达到了一种新的精神上的领悟。这其中想来也凝聚了伍尔夫本人在乡间寓所的户外散步时所感受到的美好与纯净。伍尔夫写道："她的身体似乎缩了；她的眼界似乎大了。她扑到地面上，远眺那波涛般起伏的大地，延伸开去，直到远方连接大海。从这个高度望去，无人耕作，无人居住，自给自足地存在着，没有城镇，没有房屋。楔形的黑影，宽阔的光带，并存着。她注视着，光明在移动；黑暗也在移动；光与影掠过了千山万壑。她耳边响起喃喃的歌声——大地自己在向自己唱歌，独一无二的合唱。她躺着听。她心花怒放。时间静止了。"⑤ 这种"天人合一"的时刻在伍尔夫的其他作

① 弗吉尼亚·吴尔夫：《海浪》，吴均燮译，人民文学出版社2003年版，第110页。

② J. K. Johnstone, *The Bloomsbury Group*: *A Study of E. M. Forster*, *Lytton Strachey*, *Virginia Woolf*, *and their Circle*, p. 365.

③ 林德尔·戈登：《弗吉尼亚·伍尔夫：一个作家的生命历程》，第336页。

④ 同上书，第337页。

⑤ 弗吉尼亚·吴尔夫：《岁月》，蒲隆译，人民文学出版社2003年版，第239页。

品中也多有出现。

　　除了小说，作为众多批评随笔的作者，伍尔夫有关"存在的瞬间"的写作观亦贯穿于她的批评实践之中。收入《普通读者》二集中的《论托马斯·哈代的小说》一文，为我们提供了理解伍尔夫的文学观的又一佐证。在分析哈代的艺术力量的时候，伍尔夫举出了哈代一首诗，也即他用作 1917 年一部诗集的标题的《视觉的瞬间》（*Moments of Vision*）① 来加以说明，指出"这种说法精确地描绘了在他所写的每一本书中都可以找到的那些表现出惊人的美和力量的片段。带着一种我们无法预见而他似乎也无法控制的突然加剧的力量，某一个情节从其他情节中分离了出来"②。伍尔夫举出的这些片段的例子包括《远离尘嚣》中"载着芬妮尸体的大车在滴着雨水的树荫下沿着大路前进"，以及"特拉在呆若木鸡的巴斯喜巴小姐周围挥舞着军刀，削掉她一绺头发，把毛虫像雨点一般扔到她的胸脯上"③ 的精彩描写。在伍尔夫眼中，巴斯喜巴小姐坐在马车中对着小镜子里自己迷人的姿容微笑时，"这一瞬间焕发着生命的全部青春和美"④，而"像这样的景象，在他的小说中一再出现"⑤。可见，对生命中"重要时刻"的把握与呈现，不仅是伍尔夫对自己的要求，也是她品评作家成就高下的重要指针。

　　但值得注意的是，如前所述，伍尔夫的写作观强调的是对"存在"与"非存在"要"两者兼顾"，即她并未一概否定对"非存在"的描写，只是反对一味停留于表面，不然她对众多经典文学大师的喜爱就难以解释了。在 1928 年 11 月 28 日关于《飞蛾》即后来的《海浪》的构思的日记中，她这样写道："我觉得，外部事物也是好的；它们的部分结合应该是有可能的。……实际上我打算把一切都囊括进去：但要饱满。这就是我想在《飞蛾》中做的事。它必须包含无聊的言辞、事实和肮脏的东西：但要被创造得透明。"⑥ 英国早期伍尔夫学者琼·贝内特（Joan Bennett）在

---

　　① 蓝仁哲先生翻译为"瞬间幻象"（见人民文学出版社版《普通读者》II，第 235 页）；瞿世镜先生翻译为"刹那间的幻象"（见上海文艺出版社版《伍尔夫研究》，第 597 页。）

　　② 弗吉尼亚·伍尔夫：《论托马斯·哈代的小说》，瞿世镜译，见瞿世镜编选《伍尔夫研究》，上海文艺出版社 1988 年版，第 597 页。

　　③ 同上。

　　④ 同上书，第 600 页。

　　⑤ 同上。

　　⑥ Virginia Woolf, *A Writer's Diary*, edited by Leonard Woolf, p. 139.

对《海浪》的论述中亦指出：伍尔夫"终于创造了一种形式，其中，它取消了对事件、人物或客体的描写；只是在它们映现于那六个人物中的一个或一个以上的意识中时，读者才能意识到其存在"①。事实上，《海浪》的写作本身亦是伍尔夫经历的数个"神秘的"瞬间的产物，这在伦纳德编辑的《一位作家的日记》中可以找到多处佐证。据贝内特的说法，《日记》中有关这类体验的记载有四处，其中有两处发生在《海浪》的酝酿期。1928年11月28日即她父亲生日那天："取消无用的、没有生气的、多余的描写；全力以赴描写那一瞬间，不管它包含什么内容。姑且认为那个瞬间是思想、感觉、大海的呼声的结合。无用的、没有生气的描写，是由于包括了不属于那一瞬间的因素；现实主义者的这种可怕的叙述方式——从吃午饭描写到吃晚饭——是虚假的、不真实的，不过是因循守旧罢了。"②

在论及英国散文家、评论家和传记作家德·昆西（De Quincey，1785—1859）的自传写作时，伍尔夫亦一方面指出传记艺术是变化发展的，自18世纪之后，"没有人还敢于断言，无须'穿透迷雾'，无须揭露'自己行为和沉默的神秘根源'，就能讲述人的真实一生"③。但她同时也强调了"外部事件的重要性"，指出"要讲述一生的全部故事，自传作家一定得有所创新，保证两个生存层面都能够记录下来——转瞬即逝的事件和行为；强烈感情渐渐激发的庄严时刻"④。她肯定了德·昆西将"两个层次巧妙地结合在一起"⑤。所以，对"存在"与"非存在"关系的准确理解，也有助于我们不至将伍尔夫片面理解为丝毫不顾外部现实、一味沉浸于精神世界中的作家。纵向来看，伍尔夫是从现实主义文学传统中蝉蜕而出，率先进行英国现代小说实验的作家，因此在她意识流小说的高峰创作期，"存在"更其受到关注。进入创作后期，伍尔夫在《奥兰多》《弗勒希》《岁月》《罗杰·弗莱传》与《幕间》等中再次有意识地注意到了"存在"与"非存在"的均衡关系，现实主义的技巧与元素再度占据了重

① Joan Bennett, *Virginia Woolf: Her Art as a Novelist*, Cambridge: Cambridge University Press, 1975, p. 135.
② Virginia Woolf, *A Writer's Diary*, edited by Leonard Woolf, p. 139.
③ 弗吉尼亚·吴尔夫：《德·昆西自传》，文楚安译，见弗吉尼亚·吴尔夫文集之《普通读者》II，人民文学出版社2003年版，第125页。
④ 同上。
⑤ 同上。

要地位。虽然伍尔夫本人对《岁月》等作曾有苛评，但这更多是作家追求艺术完美的心性所致。《岁月》其实是对现代主义与现实主义元素进行了出色的综合而在作家的创作中具有重要地位的一部厚重之作，刚出版即广获好评。

综上，如《狭窄的艺术之桥》中所说："很不幸，我们似乎不可避免地要放弃一些东西。你不可能手里拿着所有的表达工具，去穿越那座狭窄的艺术之桥。有些东西你必须留下，否则你会在中途把它们扔到水中，或者更糟，你会失去平衡，连你自己也遭到灭顶之灾。"[1] 伍尔夫的一生，就是在不断实验中穿越"狭窄的艺术之桥"，追求艺术平衡与完美的一生。"存在的瞬间"作为凝聚了她的生命意识的核心观念，如同远方那闪烁不定的灯塔，引导着她的创作，亦成为读者进入她诗意葱茏的艺术世界的重要入口。

---

[1] 瞿世镜编选：《伍尔夫研究》，第 580 页。

第四章

"重新发现结构设计
与和谐的原则"

罗杰·弗莱以热爱法国后印象派画家塞尚并深受他的影响而著称。他推崇绘画的设计感，认为画家要运用线条、色彩、块面等独特的形式手段赋予画面的整体结构以稳固、和谐、匀称和富于秩序的效果，从而唤起观众的审美情感，而他惊喜地在塞尚的画作中找到了自己艺术追求的现实范本。在他的影响下，伍尔夫的文学创作也着力追求绘画的结构设计与空间造型特征，并体现出塞尚画风的明显影响。

第一节　弗莱"结构的设计"
与塞尚的"造型美"

作为艺术鉴赏与批评家，弗莱的专长本来在于 15 世纪的意大利绘画，他曾拜杰出的艺术史家伯纳德·贝伦森（Bernard Berenson）为师。但弗莱并非为复古而复古，而是要探索一条使艺术摆脱陈规、向现代转变的新路。早在其第一部著作《贝利尼》中，弗莱已经显示出对艺术家主体"设计的观念"、"结构"与"秩序"的浓厚兴趣。[①] 他于 1913 年发表的《丢勒与他的同时代人》一文，亦清晰地说明了自己何以如此重视与崇拜文艺复兴时代的意大利艺术，指出在"所有欧洲艺术家都真正追求完整掌握再现的表现力"时，意大利画家却并未单独追求过这个目标，而是不断被"设计的观念""修正和控制"着，这种观念即"依靠轮廓和体积

---

① 沈语冰：《20 世纪艺术批评》，中国美术学院出版社 2003 年版，第 60—61 页。

的纯粹结构的表现力，以及线条韵律的完美和秩序所表现出来的设计思想"。① 弗莱认为这种"设计思想"是欧洲艺术从中世纪的世界中真正获得的主要遗产。他还以意大利画家曼坦那作对比，批评了同一时期德国画家丢勒由于"被对写实性的新的好奇心所吸引，很难领会那些从意大利传统继承下来的设计中主要的与基本的原则"②，因而其临本虽有"很多精彩的细节"，却"使某种韵律的统一性和平面的静谧关系荡然无存"③。《回顾》是1920年弗莱专为文集《视觉与设计》而撰写的压轴之作，其中再度回顾了自己的思想历程，指出在研究过印象派绘画之后，"越来越感到在他们的作品中缺乏结构的设计。对于艺术的这一侧面的固有渴望促使我去研究古代大师，特别是意大利文艺复兴时期的大师，我希望从中发现在当代作品中已经痛失的建筑性观念的秘密"。④

　　1906年与塞尚的精神邂近，使弗莱从此改变了艺术研究的重心，弗莱一生的事业亦由此开启。弗莱惊喜地在塞尚等人的作品中发现了他一直在探索的美学理想，即"结构的设计"的具体实践。如他后来在《后印象派画家》中所说明的："当塞尚想要描绘大自然中为印象派画家所关注的那些新颖的对象时，他首先会将注意力集中于能产生原始艺术杰作的那种融贯的、建筑般效果的构图上。由于塞尚展示了从事物现象的复杂性，过渡到构图所要求的那种几何简洁性是如何可能的，他的艺术对后来的画家就产生了巨大影响。后来者们从他的艺术中发现了指南，可以帮他们走出自然主义曾经将他们带进的死胡同。"⑤ 同年，他致信《伯灵顿杂志》编辑部。该文后以《印象派的最后阶段》（"The Last Phase of Impressionism"）为题收入《视觉与设计》，标志着其形式主义美学理论形成的重要一步。沈语冰认为："弗莱在此文中开始关注现代法国绘画，主要是因为他发现他所崇拜的那些意大利'原始画家'与后印象主义者之间的相似性。"⑥ 发表于1909年、标志着其美学思想初步形成的《论美感》一文，

　　① 罗杰·弗莱：《视觉与设计》，易英译，第125—126页。

　　② 同上书，第128页。

　　③ 同上书，第127页。

　　④ 同上书，第188页。

　　⑤ 罗杰·弗莱：《后印象派画家》，见《弗莱艺术批评文选》，沈语冰译，江苏美术出版社2010年版，第101页。

　　⑥ 沈语冰：《罗杰·弗莱的批评理论》，见罗杰·弗莱《塞尚及其画风的发展》（沈语冰译）附录，广西师范大学出版社2009年版，第219页。

"则迄今仍然是对艺术中存在着独立于被刻画的主题材料的'构图的情感要素'的基本的形式主义信念的最早也是最清晰的表述"①。1910 年，弗莱翻译了法国画家兼批评家莫里斯·德尼（Maurice Denis）的论文《塞尚》并为之作序，称塞尚"苦心孤诣地强调不同方向富有韵律的平衡，从而营造了一种更为简洁的整体"②。1910 年 12 月，弗莱在《民族》杂志发表《后印象派画家（之二）》，再为后印象派画家辩护，指出塞尚最伟大之处正在于从印象派的色彩中见出秩序与"建筑般的规划"来，认为塞尚眼中的大自然非常独特，呈现为一个结晶体的效果。

1927 年，弗莱推出研究塞尚的专著《塞尚及其画风的发展》，更是达到了他一生事业的顶峰。其中，弗莱将塞尚绘画的发展划分为青年时期（1872 年之前）、印象派时期（1873—1877）、成熟时期（1877—1885）、晚年时期（1885—1890 年代末）和最后时期（1890 年代末—20 世纪初）五大阶段，对塞尚重要的静物画、风景画、肖像画和素描作品等均进行了独到、详细而又深入的形式分析。

H. G. 布洛克在《现代艺术哲学》中指出："罗杰·弗莱先是使英国的艺术家、批评家和公众喜欢上了塞尚的作品，继而又鼓励他们亲自去创造这种后印象派艺术，最后使他们懂得为什么会喜欢上这种艺术。最为有趣的是，只有当公众能够清楚地说出为什么塞尚的艺术比 19 世纪早期英国皇家学院派艺术更好时，这种文化的转变才得以完成，而公众上述能力的取得，是与弗莱等人提出并推广的新的批评标准分不开的。"③ 沈语冰也认为："弗莱独到地识别出了并理论化了塞尚对形式主义的回应，而这一回应正是界定现代思想的开始。"④ 弗莱等人提出并推广的"新的批评标准"或"现代思想"，抑或如其 1917 年发表的论文《艺术与生活》中的另一种表述"重建纯美学的标准而取代与表象一致的标准"的核心思想之一，即为"重新发现结构设计与和谐的原则"⑤。如果说塞尚作为一个画家命途多舛、生不逢时，未能在生前获得应有的荣誉并建立起自己新

---

① 沈语冰：《20 世纪艺术批评》，第 62 页。

② 罗杰·弗莱：《弗莱艺术批评文选》，沈语冰译，江苏美术出版社 2010 年版，第 98 页。

③ H. G. 布洛克：《现代艺术哲学》，滕守尧译，四川人民出版社 1998 年版，第 322 页。

④ 沈语冰：《20 世纪艺术批评》第一章《罗杰·弗莱与形式主义批评》，中国美术学院出版社 2003 年版，第 57 页。

⑤ 罗杰·弗莱：《视觉与设计》，易英译，第 7 页。

的艺术理论的话，这一任务却通过弗莱得以完成。通过两次画展及围绕它们而展开的系列辩护文章的写作与艺术讲座的开设等，弗莱不仅使公众重新发现了塞尚，亦在对他的持续研究中，逐渐形成、发展并完善了自己的现代主义结构设计理念，其核心即为追求视觉艺术的"造型"（plastic）、"构图"（composition）、"结构"（structure）、"色调"（tone）与"设计"（design）。沈语冰指出："在弗莱的整个生涯里，他都在寻找一种品质，他有一次宽泛地称其为'体量与空间在其三维中的互动的最大可能'。为了表示对绘画中的立体感的强调，'造型的'（plastic）一词随着弗莱对法国画家、批评家莫里斯·德尼的论文《塞尚》的翻译，进入了他的词汇表。在这篇文章中，我们读到，塞尚'寻求造型美'（cherchant la beaute plastique）。到弗莱写作《造型设计》（"Plastic Design"）时，这个词开始占据弗莱美学的中心位置。"① 因此，画面的三维关系、色彩与色调、光线与阴影、线条与韵律、整体结构的和谐等就显得至关重要。弗莱认为，塞尚等艺术大师正是因为运用了这些手段，才成功地表达出了精神性的体验，亦使作品达到了想象性生活的深度的。我们由此看到，弗莱对塞尚的偏爱与对"造型设计"的推崇，是他捕捉"人类精神活动的韵律"的美学理念的必然结果。

具体说来，弗莱一再强调了"激发"或"调动我们感情"的"自然形式"② 的本质意义。在《论美感》中，他将艺术中独立于主题的"构图的情感要素"（emotional elements of design）概括为"用于勾画形式的线条的节奏"、"体积"、"空间"、"光与形"与"色彩"③ 五个方面。1910 年，第一届后印象派画展的秘书德斯蒙德·麦卡锡在弗莱提纲基础上撰写的展览目录"前言"中亦解释说，"设计中的综合"乃是潜在于后印象派方法中的原则，这种综合允许艺术家使其"绘画中的再现力量"有意识地臣服于"整体设计中的表现性力量"。④ 在《塞尚及其画风的发展》第 13 章《成熟期的水彩画及其对晚年肖像画创作的影响》中，在分析了塞尚所有肖像画中几乎最为著名的《热弗卢瓦先生肖像》（Portrait of

---

① 沈语冰：《弗莱艺术批评文选·译者导论》，江苏美术出版社 2010 年版，第 31 页。

② 罗杰·弗莱：《视觉与设计》，易英译，第 24 页。

③ 同上书，第 21 页。

④ 沈语冰：《罗杰·弗莱的批评理论》，见罗杰·弗莱《塞尚及其画风的发展》（沈语冰译）附录，广西师范大学出版社 2009 年版，第 221 页。

M. Geffroy），盛赞其"画面所达到的绝对平衡"和"令人惊讶的结构的坚实性"① 后，弗莱指出，塞尚是现代画家中第一个"通过参照几何学脚手架的方式来组织现象的无限复杂性"② 的艺术家。但弗莱紧接着又提醒人们，"这不是什么强加于现象的先天框架，而是一种经由长时间地静观而从对象中渐次提炼出来的诠释"③。弗莱还花了很多笔墨详细地分析了塞尚成就最高、最著名的静物画《高脚果盘》（约 1879—1880）的轮廓结构，认为"对塞尚而言，由于他知性超强，对生动的分节和坚实的结构具有不可遏止的激情，轮廓线的问题就成了一种困扰。我们可以看到这种痕迹贯穿于他的这幅静物画中"④。他对《带姜罐的静物画》（1888—1890）和《有盖汤盘与瓶子的静物画》（1877）的构图亦进行了形式分析。他使读者看到，在塞尚那里，无论在肖像画还是静物画中，家人与朋友，苹果与洋葱等日常生活中最亲近而熟悉的人与物不复作为功利对象，而成为审美静观的对象。塞尚精心研究他（它）们的位置、形体、色彩、彼此的明暗远近等对比关系，以高度概括、简约的能力，以画布上的轮廓线创造出独特的造型效果。而正是由于塞尚对画面的结构性拥有高度的自觉，方使得画面不复是画家机械、被动的临摹，而是凝结了艺术家的激情与知性，以及对生活的感悟与理解的第二自然，体现出抽象、概括、凝练、简约而遒劲有力的特点。

那么，塞尚是根据什么来进行设计的？他的画面的构图原则又是什么？这一点也成为弗莱进一步追踪的对象。塞尚晚年无意中说过的下面这句话常被人援引："大自然的形状总是呈现为球体、圆锥体和圆柱体的效果。"⑤ 对此，弗莱作出了进一步的发挥。他写道："在他对自然的无限多样性进行艰难探索的过程中，他发现这些形状乃是一种方便的知性脚手架，实际形状正是借助于它们才得以相关并得到指涉。"这就是说，面对纷纭复杂的自然形状，塞尚"总是立刻以极其简单的几何形状来进行思考，并允许这些形状在每一个视点上都为他的视觉感受无限制地、一点一点地得到修正"。弗莱认为，这就是塞尚对艺术问题的解决办法，尤其是

---

① 罗杰·弗莱：《塞尚及其画风的发展》，沈语冰译，第 150 页。
② 同上书，第 151 页。
③ 同上。
④ 同上书，第 96 页。
⑤ 同上。

他的静物画，"不仅使我们能够清晰洞见他诠释形式的方法，还能帮助我们抓住那些最能体现他作品特色的构图原则"①。他具体以《有瓜叶菊的静物》（*Still-life with a Cineraria*）为例，细致分析了塞尚"建筑般精确的构图"和"处理角度的原始单纯"，说塞尚"在中心线上摆放着抽屉的把手，盛樱桃的盘子，还有大水壶，一个叠在另一个之上。……在别的地方，我们发现了得到高度强调的垂直线。这样一种极其稳健的结构只为地板上的画框那两条重复的对角线，以及画面左侧房间的后缩线所打破；这一点又由水壶中的勺子大角度的对角线，以及从桌子上垂下的餐巾边缘得到平衡"。② 而在对塞尚成熟时期的风景画如《普罗旺斯的农舍》（*Provencal Mas*）进行形式分析时，弗莱指出"这幅画也有着同样朴素简约的形状，直线形占据了绝对主导地位"，还认为它显示出诸平面序列的精确逻辑："在作品的任何一个部位，这一序列都在一个持续的过程中演化，从任何一个角度都不可抗拒地在观众的想象中强化其精确的后退，使我们得以抓住它们相互嬉戏的运动的意义。"③

同时，塞尚又认为，传统的绘画空间是靠产生错觉的焦点透视来完成的，这实际上是为了讲出一个故事而描绘出的虚假的空间。既然绘画作为一个独立的艺术有机体要放弃其文学性与叙事性，就应该放弃服务于文学描述的焦点透视。因此，他主张以色彩本身的组合来表现空间的深度。如他的一幅著名画作《玩纸牌的人》的色彩效果，就是以坐在左边的人上衣的紫蓝色同坐在右边的人的黄色带有蓝色阴影的形象产生对比，以及这些颜色同背景及画中红调子、黄调子的对比为基础的。通过千变万化的色调，这幅作品由此产成了形象刻画的立体感。整个构图表明，色彩的强度非但不妨碍形成整体的统一，反而还强调了它。画中的人物正像这幅画上的桌子和背景那样，由一片片色彩组成，成为整幅画面的有机组成部分。

更为可贵的是，本身亦为画家的弗莱还凭依个人体验，尝试对此画的创作过程加以还原，这就使得对塞尚画作的形式分析又与心理分析联系了起来。弗莱认为，这一过程即艺术家用"视觉"对现实进行过滤，再通过"设计"加以"变形"，将之上升为艺术品的过程："呈现在艺术家视

---

① 罗杰·弗莱：《塞尚及其画风的发展》，沈语冰译，第96页。
② 同上书，第98页。
③ 同上书，第133页。

觉中的实际对象首先被剥夺了那些我们通常借以把握具体存在的独特特征——它们被还原为纯粹的空间和体积元素。在这个被简化（abstract）的世界里，这些元素得到了艺术家感性反应中的知性成分（sensual intelligence）的完美重组，并获得了逻辑一致性。这些经过简化的东西又被带回到真实事物的具体世界，但不是通过归还它们的个别特性，而是通过一种持续变化和调整的肌理来表达它们。它们保持着删拨大要的可理解性，保持着对人类心智的适宜性，同时又能重获真实事物的那种现实性，而这种现实性在一切简化过程中都是缺席的。"① 结合弗莱两部最具代表性的艺术评论集《视觉与设计》与《变形》的标题，我们发现："视觉"、"设计"、"变形"等表述绝非弗莱随意使用，确实是浓缩了其艺术理想的关键词。上述对艺术创造过程的分析，亦能使我们联想起伍尔夫在随笔《狭窄的艺术之桥》中的相关论述。伍尔夫认为，新时代的小说"和我们目前所熟悉的小说之主要区别，在于它将从生活后退一步，站得更远一点。它将像诗歌一样，只提供生活的轮廓而不是它的细节。它将很少使用作为小说的标志之一的那种惊人的写实能力。它将很少告诉我们关于它的人物的住房、收入、职业等情况；……它将密切地、生动地表达人物的思想感情，……表达个人的心灵和一般的观念之间的关系，以及人物在沉默状态中的内心独白"② 。这段表述，清晰地表明了弗莱与伍尔夫在绘画艺术与小说艺术观念方面的紧密关联。由于小说《到灯塔去》的很大一部分内容关注的是女画家莉丽的精神成长，其作画过程中的艰苦探索与体悟，亦正是弗莱有关艺术家创造过程的分析的形象展现。

综上，与塞尚的精神相遇与相知，印证、影响与强化了弗莱的视觉艺术要通过"造型"、"设计"、"结构"与"秩序"而成为完整的有机美学整体的观念。创造简约和谐的形式结构成为布鲁姆斯伯里艺术家们的自觉追求。而自从弗莱进入"布鲁姆斯伯里文化圈"并迅速成为受到大家爱戴的精神导师后，他的美学思想逐渐取代 G. E. 穆尔的不可知论，成为知识分子智性交谈的新主题。正是在"布鲁姆斯伯里文化圈"的现代主义艺术氛围中，伍尔夫的小说实验方有可能体现出鲜明的"结构"与"设计"的艺术匠心。

---

① 罗杰·弗莱：《塞尚及其画风的发展》，沈语冰译，第 134 页。
② 弗吉尼亚·伍尔夫：《狭窄的艺术之桥》，见瞿世镜编选《伍尔夫研究》，第 576 页。

第二节　伍尔夫的"用文字来表现
一种变形的造型感"

　　如前所述，伍尔夫生长在一个具有浓郁视觉艺术氛围的上层知识分子家庭。她的母亲朱莉亚·帕特尔的家族成员中多有艺术家，朱莉亚的姨妈卡梅伦更是维多利亚时代最优秀的人体摄影师。在自己的家庭中，姐姐文尼莎·贝尔是热情追随现代主义艺术的画家，父亲斯蒂芬爵士和哥哥托比也有着深切的绘画爱好。除了从小和姐姐一起受过良好的绘画艺术训练之外，伍尔夫在整个一生中亦常去英国和欧陆的艺术博物馆、画廊参观展览，并和艺术家们交往与通信。1918 年 4 月，伍尔夫在弗莱和文尼莎陪伴下，欣赏了塞尚的一幅关于苹果的静物画，回来后在日记中写道："在塞尚的画里画着 6 只苹果。6 只苹果能有什么与众不同的呢？我开始思索，是它们彼此在空间位置上，在色彩上，在固体质感上的关系吧。对于弗莱和文尼莎来说，这个问题比我所想的更为复杂，它是一个关乎这幅画纯粹与否的问题。如果纯粹的话，应该选择哪种颜色，翠绿还是嫩绿？塞尚花了多长时间来画它？又是如何修改的？为什么要画它？什么时候画的？——我们把这幅画抬到隔壁房间，上帝啊，它在这里竟呈现出另一副模样！就像你把一块真的宝石放在假的中间……这些苹果真的变得更红、更圆、更绿了。我猜想，有某种神秘特质……存在于这幅画中。"[1] 这一"神秘特质"究竟是什么？9 年之后，弗莱在《塞尚及其画风的发展》中做出了精彩的回答："这些平面系列中的最后一个便形成轮廓，而平面也就被还原为一条线。这就提出了一个紧迫的问题：在画布表面没有广延的平面，却要在图画空间中暗示其全部广延。完全的后缩，以及形状的团块和立体感，就建立在这个原理之上。"[2] 在这里，弗莱"详细地说明了塞尚以诸平面不断后退来刻画对象立体感的方法"[3]，以弥补在两度空间的

---

　　[1] Virginia Woolf, *The Diary of Virginia Woolf*, Vol. 1. 1915 – 1919, Anne Olivier Bell ed, New York: Harcourt Brace Jovanovitch, 1977, p. 104.

　　[2] 罗杰·弗莱：《塞尚及其画风的发展》，沈语冰译，第93—94 页。

　　[3] 罗杰·弗莱：《塞尚及其画风的发展》第 10 章《成熟期的静物画》注释，第 115 页，沈语冰译。

画面上呈现立体形象的缺陷的方式，这才会有伍尔夫惊叹的"这些苹果真的变得更红、更圆、更绿了"的效果。

在弗莱的《塞尚及其画风的发展》问世一年后，伍尔夫专门研读了塞尚的传记①。1939 年，她又对另一位画家德拉克洛瓦的日记潜心进行了研究。弗莱去世后，为了完成弗莱家族希望她撰写弗莱传记的重托，她还潜心研读了弗莱的大批信件，后在《罗杰·弗莱传》中对他的艺术道路、尤其是组织两届后印象派画展、创办欧米茄工作室、撰写《视觉与设计》和《变形》中的系列论文，以及晚年担任斯雷德讲座教授期间的艺术活动做了翔实而准确的评价。

这些都先天地成为她实验性地将绘画艺术理念纳入文学写作范畴的条件与基础，而在文学写作中实验视觉艺术效果，也成为伍尔夫乐此不疲的爱好。她曾在给弗莱的信中写道："我不确信，对我来说，就不能用文字来表现一种变形的造型感。"② 对她而言，以文字的形式来表达姐姐以画家的眼睛看到的相同的东西，与姐姐在各自的领域中彼此呼应甚至相互竞争，成为她终身的志向。而用从她的画家朋友处拿来的词汇谈论文学作品，也成为伍尔夫终其一生的习惯。

弗兰克·格罗夫史密斯认为：弗莱"把小说看成'一个完美的有机美学整体'，他倾向于把小说也纳入他的有意味的形式的理论之中，这一看法给予伍尔夫以信心，使她将其转化为自己的艺术目标所用"③。安德鲁·桑德斯在《牛津简明英国文学史》中亦明确论及弗莱的《视觉与设计》对伍尔夫的现代主义小说实验的影响。

那么，伍尔夫究竟从弗莱与塞尚的结构美学思想中获得了哪些堪为小说创作所用的东西呢？她又如何实现其在语言文字中的转换呢？应该说，她从弗莱的设计理念与塞尚的几何学构图中首先学到了自觉的结构意识，随后则探索了小说多种空间结构形态的可能性。她甚至在《到灯塔去》中，以比喻的方式诗意地表达了文学艺术家们对作品内在结构的完整与有

① Virginia Woolf, *The Letters. Vol.* 3：*A Change of Perpective.* 1923 – 1928, Nigel Nicolson and Joanne Trautmann eds, London：Chatto and Windus, 1977, p. 29.

② Virginia Woolf, *The Letters. Vol.* 2：*The Question of Things Happening.* 1912 –1922, Nigel Nicolson and Joanne Trautmann eds, London：Chatto and Windus, 1976, p. 285.

③ Frank Gloversmith, "Autonomy Theory：Ortega, Roger Fry, Virginia Woolf." *The Theory of Reading*, Frank Gloversmith ed, Sussex, 1984, pp. 159 – 160.

机性的追求："爱有一千种形态。也许，有一些恋爱者，他们的天才就在于能从各种事物中选择撷取其要素，并且把它们归纳在一起，从而赋予它们一种它们在现实生活中所没有的完整性，他们把某种景象或者（现已分散消逝的）人们的邂逅相逢组合成一个紧凑结实的球体，思想在它上面徘徊，爱情在它上面嬉戏。"① 从结构安排上说，她的诸多小说以不同的方式，见证了女作家"组合成一个紧凑结实的球体"的努力。

　　1917 年 4 月，伍尔夫在写给罗伯特·塞西尔夫人的信中，即论及小说的结构设计问题，并坦言自己对康拉德如何"组织空间结构"感到困惑。② 同年 7 月，短篇小说《墙上的斑点》和伦纳德·伍尔夫的短篇小说《三个犹太人》一起，以《两故事》为题在霍加斯出版社出版。前者以一位身份模糊、坐在冬日的壁炉前百无聊赖，抬头看见了对面墙上的一个"斑点"的人物的意识流动为线索，交叉展开了触发意识活动的外界事物和人物内心飘忽变化的思绪之间的回环式叙述，在内在对比中表现了伍尔夫外部现实是肤浅、琐屑、无谓的，只有内在真实才是真正有价值的精神主义观念。

　　1919 年 5 月由霍加斯出版社出版的另一篇著名短篇《邱园记事》，同样并未记录人们在邱园即伦敦皇家植物园游玩时所发生的事件和展开的活动，而是借邱园中的卵形花坛这一特定时间中的地点展开，以它为依托、为轴心散射开去，先后表现了四批从花坛边走过的游人的心理活动与意识状态。伍尔夫首先以精致的笔触描写了盛夏时节在日光强烈照耀下摇曳生姿、缤纷炫目的花坛，随后，分别表现了一对带着两个孩子游园的夫妇、一老一少两个男子、两个上了年纪的下层社会妇女，以及一对年轻情侣的精神世界。丈夫忆及 15 年前自己向当时的女友求婚失败的场景，妻子则在交谈中说到了 20 年前所接受的铭心刻骨的一吻；两名男子与两名妇女虽则同游邱园，却也是一方在兴奋而不知所云地说着，另一方毫无认同，仅仅是在假装与敷衍；至于那一对情侣，情感交流仿佛也并无默契。伍尔夫似乎由此在表明人与人之间理解与沟通的困难性。从结构艺术上说，本来这四批游人之间并无关联，却由于先后从花坛边走过而被串联到了一

---

　　① 弗吉尼亚·伍尔夫：《到灯塔去》，瞿世镜译，第 406—407 页。

　　② Virginia Woolf, *The Letters. Vol. 2*: *The Question of Things Happening 1912 – 1922*, Nigel Nicolson and Joanne Trautmann eds, London: Chatto and Windus, 1976, p. 149.

起。花坛由此在小说中承担起如画布上的支点的关键作用。而为了表示关系的平衡，伍尔夫在先写完丈夫的意识流后，又交代了妻子对早年生活的回忆，由此构成了一种微妙的张力关系；一方滔滔不绝、一方一言不发的两个男子和两名妇女，以及那一对情侣之间，也都形成了精致的平衡与对称关系。

她的短篇小说集《闹鬼的屋子》(*A Haunted House and Other Short Stories*, 1944) 中有 18 篇短篇作品，作家同样注意了结构与设计，常常以某物为起点，最后有呼应，如《探照灯》中的探照灯，前述《墙上的斑点》中的斑点，还有《坚实的东西》中约翰入迷寻找的划得离奇或碎得古怪的瓷片儿和玻璃块。还有两篇值得注意的作品，即《新连衣裙》和《热爱同类的人》。前者通篇写人到中年的梅布尔参加有钱的克拉丽莎·达洛卫的晚会，因经济拮据而自制了一条黄色的连衣裙，所感到的强烈的自卑、尴尬与局促的心理。后者与前者异曲同工，均以晚会场景，来表现两个因经济、等级、地位与身份的差异而格格不入的客人的窘迫心理。但《新连衣裙》基本是人物的单线意识流，《热爱同类的人》的叙述视角则在理查德·达洛卫、穷律师普里克特·埃利斯和一位名叫奥基夫小姐的女宾间不断移动。重点在律师的意识流，主题上和《达洛卫夫人》有相似之处，表现伍尔夫对早年记忆中的上流社会晚会的异己感，呈现等级差异的主题，对上流社会浮华无聊的批判，以及人与人之间难以沟通的思想。线索交叉展开，显示出自觉的结构意识。

在长篇小说领域，经过了《远航》和《夜与日》中在现实主义框架内的摸索之后，伍尔夫终于在 1922 年问世的《雅各的房间》中华丽转身，开始了自己的现代主义探索之旅。1941 年 5 月 29 日，布鲁姆斯伯里圈中老友 E. M. 福斯特为纪念伍尔夫的辞世而在剑桥大学所作的里德讲座中，曾忆及当年初读《雅各的房间》时的震惊之情："那些彩色的斑块继续漫游而过，但在它们的行列中伫立着一位青年男子的坚实躯体，像一个密封的瓦罐似地打断了它们漫游的行程。不大可能发生的事情发生了：一种在本质上很富有诗意同时又非常琐碎的方法，被用到了小说创作之中。……《雅各之室》是一部质量很不均匀的小书，但它却标志着她的一个很了不起的转变，表明了她抛弃了首次出现在《夜与日》中的虚假手法。"① 小说以作

---

① 爱·摩·福斯特：《弗吉尼亚·伍尔夫》，见瞿世镜编选《伍尔夫研究》，第 8 页。

家英年早逝的哥哥托比为原型，叙述了一个名叫雅各·弗兰德斯的年轻人短促的一生。作为成长小说的代表作，D. H. 劳伦斯的《儿子与情人》基本是按人物成长的线性逻辑展开叙述的，詹姆斯·乔伊斯的《一个青年艺术家的肖像》虽然主体部分以斯蒂芬·迪达勒斯的意识活动组缀而成，但人物的心路历程依然是依照从童年到青年时代的成长轨迹展开的，伍尔夫却一反传统成长小说的线性结构模式，由一连串并无因果或逻辑联系的片断生活场景组构作品的各个片断，使得小说呈现出一个个具有空间深度的意识画面，其中既包括雅各对世界和他人的印象，也包含了他人对雅各的印象。关于这部小说的"设计"，伍尔夫在 1920 年 1 月 26 日，即她生日过后的第二天的日记中写道："今天下午我终于设想出一部新小说的新形式来。……结构松散，更加轻快，关系紧密，又能保持形式和速度，同时可以包容一切……我想这一次的方法一定要迥然不同：不要搭框架；看不见一块砖；一切都要朦胧模糊，只有心灵、激情与幽默要像火一般在雾中明亮闪烁。"① 确实，我们可以感到，在这部小说中，伍尔夫在摸索表现同一时间内不同空间的各色人等分别做什么、想什么的方法，尝试对纵向的时间序列作同步的空间化处理，即将时间艺术转换为空间艺术的可能性。还有，小说已全然放弃了故事线索，几乎全由不同人飘忽的思绪、碎片化的生活组成；叙述人称也不断变化；人物外部活动与内心意识相互交织。虽然作为伍尔夫长篇小说形式实验的开端，《雅各的房间》在不少方面存在瑕疵，缺乏后来的小说那种结构把握上的圆熟、精致、稳固与均衡，内容也显得抽象与费解，但其打破固有结构逻辑的精神是值得肯定的。在 1922 年7 月 26 日的日记中，伍尔夫继续这样为自己打气："毫无疑问，我想的是，在自己年届 40 的时候，终于发现了如何开始用自己的声音说点什么；这一点让我饶有兴味，因而感到自己可以在缺乏赞扬的情况下继续前行。"② 在她看来，《雅各的房间》是走向创作自由、发出自己的叙述声音的"必要步骤"③。

如果说文学初航时代的伍尔夫尚处在努力挣脱传统现实主义束缚的实验期，进入 20 年代之后，随着创作能力的愈益自如，她对写作达成绘画

---

① Virginia Woolf, *A Writer's Diary*, p. 23.

② Ibid. , p. 47.

③ Ibid. , pp. 52 – 53.

效果的兴趣越发浓厚。这一时期给亲友的书信与日记中有多处证明了这一点。作为在这一时期写下的小说,《达洛卫夫人》即明晰地体现出超越传统文学的线性规约的尝试。① 关于《达洛卫夫人》的写作,伍尔夫在1922 年 10 月 14 日的日记中表达了自己的构思:"在这本书里,我要进行精神错乱和自杀的研究;通过神志清醒者和精神错乱者的眼睛同时看世界——就是如此。"② 她在 1923 年 6 月 19 日的日记中又补充说:"在这本书中,我几乎有太多的想法。我想写出生与死,理性与疯狂;我想批评社会制度,以显示其最紧张的运行方式。……我预见它将是一场极其艰难的斗争。设计如此古怪而又出色。我总得勉力使材料适应于这一设计。设计当然是原创的,让我十分陶醉。我应当写下去,不停地往下写,又快又富于激情。"③ "使材料适应于"艺术家的整体"设计",这正是弗莱高度赞誉的塞尚绘画的结构特点。翻阅伍尔夫记载自己创作过程的日记,我们发现,"设计"意识一直是清晰而强烈的,"design"一词使用的频度相当之高。1923 年 10 月 15 日的日记中,关于《达洛卫夫人》,伍尔夫再度写道:"我认为这部作品的设计超过了我的其他所有作品。……今天我写到第 100 页了。当然,在去年八月之前,我一直在摸索着前进。我花了一年时间才摸索出了我称之为隧道掘进的方法,即在我需要追溯往事时,就采用一点点加以回忆的办法。这是我主要的发现。"④ 在完成创作、通读检查与修订期间,她在 1924 年 12 月 13 日的日记中充满欣喜地写道:"说真的,这是我所有小说中最满意的一部了。"⑤ 她还预想了评论家们因关于老兵的疯狂场景与有关达洛卫夫人的场景之间缺乏联系而判断作品支离破碎的可能性,可见她是怀有自觉的结构实验心态的。

在苦苦构思《达洛卫夫人》期间,伍尔夫还与法国画家雅克·拉弗拉(Jacques Raverat)保持着通信联系。拉弗拉讨论了文学写作的"线性"与画家作画的"共时性"(simultaneity)之间的传统差异。伍尔夫则表示作家应该不理会以高尔斯华绥、贝内特与威尔斯为代表的"过去时

---

① Diane Filby Gillespie, *The Sisters' Arts*: *The Writing and Painting of Virginia Woolf and Vanessa Bell*, Syracuse University Press, 1988. p. 45.

② Virginia Woolf, *A Writer's Diary*, p. 52.

③ Ibid. , pp. 57 – 58.

④ Ibid. , p. 61.

⑤ Ibid. , p. 69.

代的虚假",而是努力要超越"句子的传统路线"①。对此,昆汀·贝尔解释说:"她正宣称自己有那个能力(或至少有那个意图)不合时宜地看待事情,去领会思考和感受的过程,就好像它们是图形那样。"②

《达洛卫夫人》确实体现出以平行线的内在勾连来保持画面的均衡与稳固的结构意图。原题为《时光》(*The Hours*)的《达洛卫夫人》的外部情节叙述的是 1923 年 6 月中旬的一天从清晨到午夜 15 个小时内发生在伦敦的事情。作品的一条线索写国会议员的妻子克拉丽莎·达洛卫大病初愈,决定外出散步,并为当晚要在家中举行的一次重要的晚宴买些鲜花;另一条线索的主人公是一战退伍老兵赛普蒂默斯·沃伦·史密斯。一方面,两条线索平行并进,构成两个并列的世界,即"理性场景"与"疯狂场景"之间的鲜明对比,达到了伍尔夫所说的以不同视角观照世界的效果;另一方面,围绕着小说中看似毫不相干的"两组人物"与"两个世界",作家又安排了以大本钟的报时声为标志的相同的物理时间,以汽车抛锚和喷出广告烟雾的飞机为标志的相同地点,具有赛普蒂默斯的主治医生与克拉丽莎的晚宴贵宾双重身份的威廉·布雷德肖爵士,以及数度出现的莎士比亚剧本《辛白林》中咏叹逝者"再不怕太阳的炎热,也不怕寒冬的风暴"的诗句等,精心建立起隐含的联系。对这一平行而又相互交叉的意识流线索,瞿世镜先生称之为"网状结构"③。

作家精心选择了克拉丽莎准备与主持晚宴这一她生活中的典型场景作为表达她内心激烈冲突的战场,以展示她作为上流社会主妇的社会身份与具有独立人格的内在自我之间的冲突,呈现其不由自主的外在行为与真实体验之间的矛盾性。在晚宴成功地走向高潮的时刻,克拉丽莎意外听到赛普蒂默斯自杀的消息,"光华焕发的盛宴一败涂地了"。她意识到"生命有一个至关紧要的中心,而在她的生命中,它却被无聊的闲谈磨损了,湮没了,每天都在腐败、谎言与闲聊中虚度"。这种东西就是人格、尊严、自由选择的权利。她想象赛普蒂默斯正是"怀着宝贵的中心而纵身一跃

---

① 转引自昆汀·贝尔《伍尔夫传》,第 313 页。
② 同上书,第 314 页。
③ 瞿世镜:《〈达罗威夫人〉的人物·主题·结构》,《外国文学研究》1986 年第 1 期,第 107 页。

的"，由此得出了"死亡乃是挑战"① 的结论。正如伍尔夫在日记中所说，"达洛卫夫人看见的是真理"，而"赛普蒂默斯看见的是疯狂的真理"，克拉丽莎与赛普蒂默斯之间由此产生了深刻的精神上的共鸣："不知怎的，她觉得自己和他像得很——那自杀了的年轻人。"② 赛普蒂默斯的死亡为她打开了一扇门，使她悟出了自己和那个年轻人之间的神秘联系，窥见了自己过去生命的丰盈和现在生命的空虚。在对生命和死亡的思考与感悟中，克拉丽莎获得了精神的重生："他干了，她觉得高兴；他抛掉了生命，而她们照样活下去。钟声还在响，滞重的音波消逝在空中。她得返回了。必须振作精神。必须找到萨利与彼得。"③ 因此，伍尔夫从克拉丽莎这一尚残留着生命热情与自省精神的贵妇的视角，从内部对社会体制与主流生活方式进行了批判。疯狂老兵赛普蒂默斯作为理性社会、主流社会的"他者"，则以一种另类的视角表现了对生活的感悟，与女主人公和女作家内心孤傲、高洁、厌世的情绪形成呼应。

约翰·霍莱·罗伯茨在其专门研究伍尔夫小说中的"视觉"、"设计"即弗莱对她的影响的专文中，甚至还将弗莱对"关系"的重视运用到对《达洛卫夫人》中人物关系的分析上，即将达洛卫夫人和赛普蒂默斯视为构成形式的要素，而将他们之间的相互关系视为绘画艺术中的形式关系。作者写道："如果我们根据这些特征来阅读《达洛卫夫人》，我们会发现，小说要求于我们的，是对肯定—否定关系、克拉丽莎·达洛卫与赛普蒂默斯·史密斯这两个处于两极的人物的反应，在这部小说的现代图书馆版本的序言中，伍尔夫夫人告诉过我们，这两个人是'同一个人'。他们不是相互分离的、个体化的人物形象，而是一种有关生活本身的观念的两个对立阶段。他们的现实不是由他们作为个体而构成，而是由他们作为形式与彼此之间的关系所构成。"④

具体说来，达洛卫夫人和赛普蒂默斯之间构成一种对立同一的关系，也即克拉丽莎热爱生活的倾向和疯狂的退伍老兵对它的弃绝彼此对立，两

---

① 弗吉尼亚·伍尔夫：《达洛卫夫人》，孙梁、苏美译，上海译文出版社1997年版，第187—188页。

② 同上书，第190页。

③ 同上。

④ John Hawley Roberts, "Vision and Design" in Virginia Woolf, *Publications of the Modern Language Association of America*, ed. Percy Waldron Long, Vol. 61. 1946, p. 840.

种情感相互补充，从而形成一个整体。这种整体性通过多处细节、暗示与呼应在文本中体现出来。如在小说开局不久，达洛卫夫人首先想起了莎士比亚"再不怕太阳的炎热，也不怕寒冬的风暴"的诗句。而在被逼自杀前，赛普蒂默斯同样想到了这些诗句，在死亡前的瞬间，陪伴着妻子制帽的赛普蒂默斯与达洛卫夫人共享了对生活的依恋与热爱："他不想死。生活是美好的。"伍尔夫随后又加上了一句："阳光是火热的。"与前面达洛卫夫人上街买花时的感受遥相呼应；对死亡问题的思考亦使两人之间存在着微妙的联系。对此，罗伯茨进行了细致的文本分析："我们先是在第12页上听到了它，就在莎士比亚的诗行首度出现之处的数行之前。克拉丽莎正在想着她从身边的所有事物中获得的快乐：出租车，人群，从身边穿过前往市场的大车。突然，这样的话出现了：'她记得有一次曾把一先令硬币扔进海德公园的蛇形湖里。'与这一记忆以及她对生活的热爱相连，那种将死亡视为一种抚慰的相对的情绪立刻产生了。随后，在下一句中，这种感情获得了补充说明：'在伦敦的大街上，在世事沉浮之中，在这里，在那里，她竟然幸存下来，彼得也幸存下来，他们活在彼此心中，因为她确信她是家乡树丛的一部分，是家乡那座确实丑陋、凌乱、颓败的房屋的一部分，是从未谋面的家族亲人的一部分；'由此，一套高度复杂的感情与思想建立了起来：生命，死亡，扔进蛇形湖的那枚硬币，她与从未谋面的人们融为一体的感觉，以及——最后——那句'再不怕太阳的炎热'。在大约两百页之后，赛普蒂默斯死去了。他'奋身一跃，重重地摔到费尔玛夫人的围栏尖头上'。或许，至此读者尚未准备好将扔一先令和弃绝生活联系到一起；但是，当赛普蒂默斯死亡的消息在晚会上传到克拉丽莎耳朵里时，在第280页，她听说他是跳窗而死的，于是立即想起'她有一次曾把一先令硬币扔进蛇形湖里，以后再没有抛弃过别的东西。但是他把自己的生命抛弃了'。她在他的死亡之中看到了，'死亡就是一种与人交流的努力，因为人们感觉要到达中心是不可能的，这中心神奇地躲着他们；亲近的分离了，狂喜消退了，只剩下孤单的一个人。死亡之中有拥抱'。她本能地与赛普蒂默斯分享了他对死亡的需要。几乎与此同时（就在第283页），听到钟声敲响，最后一次记起了'再不怕太阳的炎热'，她意识到了她觉得'自己非常像他——那个自杀的年轻人。她为他的离去感到高兴，他抛弃了自己的生命'。因此，语言是交织在一起的。读者带着快乐，听到了回声，理解了基本设计，理解了克拉丽莎与赛普蒂默斯的关系，而这一关系本身正是小说的意义所在。"① 罗伯茨甚至认为，克拉丽莎与小说最后部分她在小屋独省时所见的对面楼房中的老妇人，赛普蒂默斯与自己奋身一跃前瞥见的对面楼里正在下楼的老先生之间同样存在一种对应的关系，伍尔夫由此创造了叙述的多重平衡感。小说中这种由对立、对比之间的张力构成的稳固与平衡感，还可从彼得与达洛卫先生之间、克拉丽莎与萨莉之间、霍姆斯医生与布雷德肖爵士之间，甚至布雷德肖爵士夫妇之间的关系中得以实现。由此，在总体的"网状结构"之中，各细部之间也实现了彼此呼应的联系。

至于《到灯塔去》中所采用的"奏鸣曲"式结构，更是为人所称道。② 小说叙述时间跨度长达 10 年，被伍尔夫安排为 3 个部分展开：第一部《窗》是傍晚，第三部《灯塔》是早晨，中间插入了以长夜为意象来表现的十年光阴，即第二部《时光流逝》，将相距 10 年的首尾连接而获得了延续性与统一性。这恰好符合三段曲式奏鸣曲的"第一主题"——"第二主题"——"第一主题的变奏式再现"的结构。同时，如果说小说第一部分是伍尔夫建立在童年时代对全家在圣艾维斯度夏的美好记忆基础上的拉姆齐一家及其宾客在海滨度假生活的写照，可谓第一层次的叙述；第三部分则围绕女画家莉丽·布里斯科接续已迁延十年之久的对拉姆齐夫人和小儿子詹姆斯所画的肖像画，在她的回忆中重现了当年的生活情景，并以莉丽完成画作实现了从现实转化为艺术的过程。这一部分可说是对第一部分的复沓呈现，一种诗意的变奏，第二层次的叙述，或有关小说的小说。所以 E. M. 福斯特感叹："阅读这部作品时，我们感到一种同时居住在两个世界里的稀有的乐趣。"③ 而在《到灯塔去》刚刚问世的 1927 年，弗莱在刚读完小说后，马上就兴奋地写信给伍尔夫，称赞它超过了《达洛卫夫人》，并肯定了她"已不再受到事物共时性的搅扰，可以不时前后穿行，同时保持了每一意识时刻的不同凡响的丰富性"④ 的成就。

---

① John Hawley Roberts, "Vision and Design" in Virginia Woolf, *Publications of the Modern Language Association of America*, ed. Percy Waldron Long, Vol. 61. 1946, pp. 842 – 843.

② E. M. 福斯特在斯雷德讲座中，首度将《到灯塔去》称之为"奏鸣曲式的小说"。

③ 爱·摩·福斯特：《弗吉尼亚·伍尔夫》，见瞿世镜编选《伍尔夫研究》，第 9 页。

④ Roger Fry to V. Woolf, 17 May 1927：University of Sussex. 转引自 Frances Spalding, *Roger Fry: Art and Life*, London: Granada Publishing Limited. 1980, p. 235.

　　张中载在《小说的空间美——"看"〈到灯塔去〉》一文中也专门谈到了这一特点。他认为伍尔夫对叙述进行了非时序化的处理，由此将小说中叙述的事件从先后相续的时间观念中解放了出来，使文本呈现共时的、并列的，或循环复合的事、人和景物，达到了时间叙述的空间化效果。而"为了营造一个立体空间画面，吴尔夫在小说中使用了大量与绘画有关的词汇以及形状（shapes，forms 等）、线条（lines）和颜色（blue，yellow，grey-green，pale，white，green，browns，ambers）"①。对小说空间视觉效果的重视，还使得伍尔夫在《到灯塔去》中频频使用了具有"看"的意味的丰富词汇，如 look、see、watch、view、gaze、glare、stare、perceive、notice 等，不一而足，人物由此通过艺术家般的凝视而获得自然与艺术水乳交融的感受，如第一部《窗》中的"窗"既可指小说人物倚窗而立、观望外部景色的"窗口"，同时也可以被理解为一个画框。拉姆齐夫人和画家莉丽常常透过窗口远眺海洋、灯塔和灯塔射出的黄色光束构成的美妙画面。

　　除了小说在整体结构安排上的造型化特征之外，由于《到灯塔去》部分可以被理解为一位女画家的精神成长与艺术探索史，莉丽的意识活动也可以被解读为一位后印象派画家努力寻求画面内在的坚固结构、建立平衡感与秩序的过程。作品开头部分，为了画出拉姆齐夫人与詹姆斯在一起的母子图，莉丽经历了如何将心目中的形象转化为画布上和谐、优美而匀称的色彩、线条与块面的关系的苦苦探索。晚宴时，莉丽的心思还在那幅画上，突然想到把画作中的那棵树向画布中央移动就能填补前景的空白，而又不破坏整幅画作的和谐一致："她想，对，我要把那棵树移过去一点儿，就放在中间，那么我就不至于再留下那片讨厌的空白。我就该这么办。这就是一直令我困惑的难题。她拿起那只盐瓶，放到桌布的一个花卉图案上去，以便提醒自己移动那棵树。"② 我们发现，她的艺术观，正是以弗莱为代表的"布鲁姆斯伯里人"的艺术观，即"问题在于物体之间的关系，在于光线和阴影"③。在沉浸于幻象的过程中，"她又一次地置身于她曾经清楚地看见的那片景色的魔力之下，现在她又必须在形形色色的

---

① 张中载：《小说的空间美——"看"〈到灯塔去〉》，见《外国文学》2007 年第 4 期，第 116 页。

② 弗吉尼亚·伍尔夫：《到灯塔去》，瞿世镜译，上海译文出版社 1997 年版，第 290 页。

③ 同上书，第 258 页。

树篱、房屋、母亲和孩子之间摸索，来找出——她想象中的画面。她想起来了：怎样把右边的这片景色和左边的那一片衔接起来，这可是个问题"①。在重返圣艾维斯之后，她依然对这一切念念不忘："十年前，她一定恰恰就站在这儿。前面就是那墙壁、藩篱、树木。问题在于这些物体彼此之间的某种关系。这些年来，她心里一直惦记着它。"②

她所要践行的，正是塞尚的构图原则："她重新拿起画笔想道，那个空间的问题依然悬而未决。它瞪着眼睛瞅她。整幅画面的平衡，就取决于这枚砝码。这画的外表，应该美丽而光彩，轻盈而纤细，一种色彩和另一种色彩互相融合，宛若蝴蝶翅膀上的颜色；然而，在这外表之下，应该是用钢筋钳合起来的扎实结构。"③"但这幅画不是画他们两个，她说。或者说，不是他所意识到的母与子。还存在着其他的意义，其中也可以包括她对那母子俩的敬意。譬如说，通过这儿的一道阴影和那边的一片亮色来表达。她就用那种形式来表达她的敬意，如果，如她模糊地认为的那样，一幅图画必须表示一种敬意的话。母与子可能被浓缩为一个阴影而毫无不敬之处。这儿的一片亮色，需要在那边添上一道阴影来衬托。"④

康定斯基在《关于艺术精神》一作中，曾将塞尚晚年的人物画《大浴女》的构图称为"神秘的三角形"。颇有巧合的是，在《到灯塔去》中，莉丽所绘的拉姆齐夫人母子图最后亦被处理为一个紫色的、神秘的、高度抽象的"三角形"。在回答班克斯先生的疑惑时，莉丽是如此解释的："这是拉姆齐夫人在给詹姆斯念故事，她说。她知道他会提出反对意见——没有人会说那东西象个人影儿。不过她但求神似，不求形似，她说。……在那儿，那个角落里，色彩很明亮；这儿，在这一角，她觉得需要有一点深黯的色彩来衬托，此外别无他意。质朴，明快，平凡，就这么回事儿，班克斯先生很感兴趣。那么它象征着母与子——这是受到普遍尊敬的对象，而这位母亲又以美貌著称——如此崇高的关系，竟然被简单地浓缩为一个紫色的阴影，而且毫无亵渎之意，他想，这可耐人寻味。"⑤
当班克斯先生发现母与子能被简化为一个阴影而毫无亵渎之意时，他逐渐

① 弗吉尼亚·伍尔夫：《到灯塔去》，瞿世镜译，上海译文出版社 1997 年版，第 258 页。
② 同上书，第 359—360 页。
③ 同上书，第 384 页。
④ 同上书，第 257—258 页。
⑤ 同上书，第 257 页。

认识到"问题在于块面之间的关系，在于光线和阴影"（原文为 the ques-tion being one of the relations of masses, of lights and shadows）。此处 of 之后并列的三个名词均为绘画术语。之前，莉丽思考的是"如何把右边的这一块面和左边的那一块面衔接起来（原文为 how to connect this mass on the right hand with that on the left），这里使用的同样是绘画术语。为了达到这一目的，她打算把这根树枝的线条往那边延伸下去，或者用一个物体（也许就是詹姆斯）来填补那前景的空隙。但如果她那样下笔，整幅画面的和谐一致就有被破坏的危险。所以她举棋不定，这幅画的最终完成也才拖了那么久。这里，我们看到，莉丽也即伍尔夫本人的"使材料适应于这一设计"的观念完全是弗莱式的、塞尚式的。

专门研究塞尚与布鲁姆斯伯里形式主义艺术观的内在联系的学者比弗利·H. 推特切尔认为："在伍尔夫的早期小说中，画家持有公开的形式主义的观点，并坚持罗杰·弗莱的著作所体现的那种分析特性和术语特征。在《到灯塔去》中的莉丽·布里斯科不断地进行形式分析：当她看见拉姆齐夫人和儿子坐在窗口时，'她注视着画布上的块面、线条、色彩'，随后，她画下它们，认识到那些'是受到普遍尊敬的对象'，母与子的形象可以被浓缩为'一个紫色的阴影，而且毫无亵渎之意'。可怜的莉丽竭尽全力要在自己的视觉化行为中保存表达，恰是遵循了弗莱的后印象主义原则，尤其是自我表达的原则，以及将形状'置于色彩之下'的原则。"① 简·丹则认为"或许《到灯塔去》在弗吉尼亚的作品中是在整体上最像一幅绘画的"，因为"在其中，作家最为直接地探索了画家般的眼睛与本能。她的注意力都集中在整部小说的结构方面，即如何建构起《时光流逝》部分作为中心来连接过去与现在——正如她小说中的艺术家莉丽·布里斯科竭尽全力要处理好她画作中墙边的杂物、树篱和树之间的关系一样。莉丽成功地认识到，树得被移动到她画面的中心位置，因此，通过完成她的视觉形象，她为其作为一名艺术家的职业进行了辩护。弗吉尼亚同样看出她小说中的流动性和形象的印象主义是如何得被那一个缜密精确的图案设计所包含和合成为一体。和莉丽一样，设法捕捉并交流其独一无二之视觉不仅将弗吉尼亚从她母亲和过去的幽灵的骚扰中解放出来，

---

① Beverly H Twitchell, *Cezanne and Formalism in Bloomsbury*, Ann Arbor, Michigan: UMI Research Press, 1987, p. 184.

而且还为她作为一名小说家的职业面对父权统治的诋毁——'妇女不能画，妇女不能写……'——进行了辩护。正如在小说中，莉丽最后用一笔完成了她的绘画，弗吉尼亚也完成了她的小说那样，正是小说的结构使得作品既真实又成为一个整体"①。

《到灯塔去》写完之后，伍尔夫紧张地等待着来自画家姐姐文尼莎的意见，尤其是关于其中画家和绘画部分的评价："上帝！你会怎样嘲笑《到灯塔去》中那些关于绘画的部分啊！"② 文尼莎却热忱而慷慨地赞美了妹妹："在我看来，你是一个出色的艺术家，你就像是一个肖像画家一般。"③ 来自专业人士的肯定终于使得伍尔夫如释重负。

小说最后，就在拉姆齐先生与凯姆、詹姆斯上岸的一瞬间，莉丽在画布中央添上一笔，完成了画作，也解决了长期以来困扰她的难题——画面的"设计"，终于拥有了自己的"视觉"。小说最后一句话的原文是：yes, she thought, laying down her brush in extreme fatigue, I have had my vision. 瞿世镜先生的译本翻译为："是的，她极度疲劳地放下手中的画笔想道：我终于画出了在我心头萦回多年的幻景。"④ 马爱农先生的译本翻译为："是的，她筋疲力尽地放下画笔，想道：我终于画出了我心中的幻象。"⑤ 但无论是"幻景"还是"幻象"，如果结合莉丽的后印象派画家身份和伍尔夫的视觉艺术观，可能还是改为"视觉"更符合本意。且不说弗莱的艺术批评文集《视觉与设计》的论述中心是艺术家如何通过"设计"以表现"视觉"，伍尔夫本人在《罗杰·弗莱传》中也专门指出，视觉 vision 代表情感 emotions，设计 design 代表智性 intellect。⑥ 只有情感与智性的结合才能创造出出色的艺术品。这一中和观同样来自于弗莱的思想与塞尚的艺术实践。

此处还有一点值得交代，即小说中居于关键地位的意象"灯塔"和"到灯塔去"的作用何在。自小说问世以来，"灯塔"的象征蕴涵一直吸

① Jane Dunn, *A Very Close Conspiracy*: *Vanessa Bell and Virginia Woolf*, p. 154.

② VW to VB, 25, May 1927. Letters. Vol. III. 转引自 *A Very Close Conspiracy*: *Vanessa Bell and Virginia Woolf* 第 315 页，第 85 条注释。

③ VB to VW. 11, May 1927. Berg. 转引自 *A Very Close Conspiracy*: *Vanessa Bell and Virginia Woolf* 第 315 页，第 56 条注释。

④ 弗吉尼亚·伍尔夫：《到灯塔去》，瞿世镜译，上海译文出版社 1997 年版，第 423 页。

⑤ 弗吉尼亚·吴尔夫：《到灯塔去》，马爱农译，人民文学出版社 2003 年版，第 185 页。

⑥ Virginia Woolf, *Roger Fry*: *A Biography*, p. 245.

引着众多读者的注意，并见仁见智。伍尔夫本人却在 1927 年 5 月 27 日给弗莱的信中专门解释说："我没有用灯塔来表现任何意义，书中总得有一条主线来把它构建成一个整体。"① 在她看来，灯塔只是作为作品中的一个设计而存在，恰如绘画中莉丽关于树的位置的思考，原理是一样的。且不论伍尔夫这么回答是否缘于厌烦了人们对其五花八门的解读，亦不论人们关于其象征的众说纷纭体现出多少真知灼见，起码，它是伍尔夫自觉的艺术设计理念的一个明证。让我们回到弗莱对塞尚画作的分析。我们可以看到，在塞尚的构图中，体现出与"灯塔"相似的功能的设计元素比比皆是。在《高脚果盘》中，它似乎体现为"圆形"与"矩形"；而在分析《有瓜叶菊的静物》时，弗莱除了发现了精确的平行线以外，还分析了"得到高度强调的垂直线"作为"一种极其稳健的结构"的设计意义，认为"这种建筑般精确的构图以及处理角度的原始单纯，揭示了塞尚绘画观念的本质"②。《塞尚夫人肖像》体现出"对头部卵形的坚定简化"③；《加尔达纳》是塞尚晚期一幅辉煌的风景画作。弗莱是这样分析其构图的："前景扁平而空洞，被一条篱笆或一道低矮的墙壁打断，这一点对定位我们想象中的运动来说极其重要——由画面左侧房屋所形成的视觉导引的扁平斥力，近处小屋顶的倾斜——所有这些都为我们准备好了各个平面迅速而骚动的交叉运动，通过这些运动，观众的目光到达画面最上方的屋子正立面那些醒目的垂直线。"④《马尼岛附近的屋子》中，通过对"河岸"的处理，"塞尚显示了他捕捉和诠释那种细微修正的感受力的超长力量"⑤；还有在《冬日风景》中，存在着"直线结构以及占主导地位的直角"⑥ 等等，不一而足。如果说极其简单的几何形状对塞尚来说成为了构图的"方便的知性脚手架"⑦ 的话，"灯塔"之于《到灯塔去》这部小说，同样达成了这样的作用。

成为"知性脚手架"的，还有《海浪》中的海浪。作家的日记再度陪伴与见证了作品酝酿、设计的全过程以及作家的结构实验意图。关于

① 转引自伍厚恺《弗吉尼亚·伍尔夫：存在的瞬间》，第 236 页。
② 罗杰·弗莱：《塞尚及其画风的发展》，第 98 页。
③ 同上书，第 125 页。
④ 同上书，第 134 页。
⑤ 同上书，第 138 页。
⑥ 同上书，第 139 页。
⑦ 同上书，第 96 页。

《海浪》的艺术构思，伍尔夫在1929年10月11日的日记中记下了自己组织材料以创造完美的形式，并高度重视材料与材料之间的关系处理的探索过程："我这辈子还从未有过如此模糊而复杂的设计；不论什么时候，我每写下一点，就得仔细考虑它与其他许多事情之间的关系，我虽然可以毫不费力地往下写，却总要不时地停下来，思考一下整体效果。特别是整体框架上有没有明显的错误？"[1] 同年年底，随着作品写作进入尾声阶段，她在12月22日的日记中又记下了在音乐启示下灵感被触发，想出了如何收拢作品而又自然流畅、不着痕迹的结构方法："昨夜，在听着贝多芬的四重奏时，我突然想到，可以把所有插入的段落融进伯纳德最后说的一段话里，并用独白'哦，孤独'结束全书：这样就可以用他来涵纳所有的场景，不会再有停顿。"[2]

　　小说分成9个章节或片段。每一段的抒情引子的第一句均有关太阳。从其尚未升起到完全沉落，来概括一昼夜的变化，同时表现不同时段的光照下大海的波涛以及一座花园的景色变化。小说以奔涌不息的海浪作为主导，主体内容则是自小一起长大的六个朋友伴随着日升日落，从在育儿室中的无邪嬉戏到走向沉沉暮年和面对死亡的全过程。在此，日出日落浓缩地象征了人物在无情流逝的时光中无可奈何地走向衰老的全部人生，各章则以或自语独白、或对话交流的形式，依次抒写了六个人物在生命不同阶段的独特感受。在此进程中，亘古不变的，是海浪拍击沙滩与堤岸的轰鸣声。人生的短暂，生命的脆弱与无常的主题由此得以凸显，如作品中所写："我们的生命也同样是在沿着这些漆黑无光的小径暗暗流走，度过一段混沌不明的时间。"[3] 福斯特将其称为伍尔夫"最伟大的作品"，称赞这部小说的"结构模式是完美无缺""无与伦比"的："在每章开头，都描写了太阳与海水的运动，就在这种描写段落之间，对话和在引号中的词句，连续不断地展开。这是一场奇怪的谈话，因为六个人物：贝纳德、内维尔、路易斯、苏珊、吉尼和罗达，极少相互对话。我们甚至可以把他们（像达罗威夫人和塞普蒂默斯）看作是一个人物的不同方面。尽管如此，他们没有进行内心独白，他们相互之间都有着联系，而且都与那个从不说

---

① Virginia Woolf, *A Writer's Diary*, pp. 146-147.

② Ibid. , p. 162.

③ 弗吉尼亚·吴尔夫：《海浪》，吴均燮译，第176页。

话的人物珀西瓦尔发生关系。最后，那位有可能成为小说家的贝纳德作了总结，使他们的计划得到了最完美的平衡，接着小说的结构模式也随之消失。"① 法国作家安德烈·莫洛亚在《伍尔夫评传》中则感叹："小说《海浪》，简直成了一首长诗。六个人物用变化的诗句讲着话，中间插入一些抒情的默想。是诗吗？更正确地说，是一部清唱剧。六个独唱者轮流念出辞藻华丽的独白，唱出他们对时间和死亡的观念。"②《海浪》在伍尔夫构思期间原定名为《飞蛾》。这一从姐姐文尼莎·贝尔描摹其在法国客厅中飞蛾命运的一封书信中获得灵感的标题，或许正是为了表达女作家对生命与死亡的探索与理解。而海浪永恒的旋律则更加映照出人生的短暂，使得读者深刻体会到，无情流逝、无可逆转的时间才是小说的真正主角。

关于海浪的结构功能，伍尔夫在 1930 年 8 月 20 日的日记中写道："我认为《海浪》正在消融成一系列戏剧性独白（我已进展到第 100 页了）。问题是，得在海浪的韵律之中将它们组接起来。"她思考"连贯性"的问题，认为这次写作为自己提供了最棒的一次机会。③ 12 月 12 日的日记中，她提醒自己："各部分的协调最后需要海浪的介入才能完成。"④ 在迎接新的一年到来的前夕，她仍然牵挂着作品的"整体感"（presumably unity），在 12 月 30 日的日记中自问："想想看我能否将所有场景都连为一个整体？——主要是通过韵律的控制。……要有一种饱满、丰富的完整性；场景的转换，思绪的变化，人物的更替，一切都要完成得无须渗漏一滴。"⑤ 在这些密集的思考中，海浪的韵律与节奏，仿佛音乐的主题、画幅上的焦点与诗歌中的主导意象，成为作家完成她的形式创造的关键，为小说提供了伍尔夫心目中的整一性。而关于这种同时存在于塞尚的画作和伍尔夫的小说中的整一性，弗莱的表述是"一种穿透整体结构的造型韵律"（a continuous plastic rhythm penetrating throughout a whole composition）⑥。

小说中的六个朋友则既可理解为代表了人性中的不同侧影，又可理解

---

① 爱·摩·福斯特：《弗吉尼亚·伍尔夫》，见瞿世镜编选《伍尔夫研究》，第 9—10 页。
② 安德烈·莫洛亚：《伍尔夫评传》，见瞿世镜编选《伍尔夫研究》，第 113 页。
③ Virginia Woolf, *A Writer's Diary*, p. 159.
④ Ibid. , p. 162.
⑤ Ibid. , p. 164.
⑥ Roger Fry, *Characteristics of French Art*, London：Chatto & Windus, 1932, p. 146.

为人类中部分人的代表,他们性格殊异,却以各具特色的独白与对白奏响了一部雄浑的人生交响曲。还有学者结合对"布鲁姆斯伯里文化圈"的研究,挖掘出了伦纳德·伍尔夫、克莱夫·贝尔、E. M. 福斯特、文尼莎·贝尔、利顿·斯特拉齐,包括女作家本人与他们的隐在联系。伍尔夫在此娴熟地运用了人物多视角叙述的方法,成功地解决了共时性问题,亦使六位主人公的心理特征跃然纸上。路易人到中年,终于成为一个成功的远洋贸易商人,但内心依然向往着诗歌、并深爱着罗达;部分融入了伍尔夫本人精神气质的罗达是一个惧怕生活、内心充满奇异幻想和丰富的异域世界的梦想的女孩。她与尘世生活格格不入,却酷爱自然与花草;有着部分文尼莎·贝尔影子的苏珊后来成为一个质朴的、有着充盈的母性、热爱乡野和家居生活的母亲,生儿育女并乐在其中;感性、活泼、虚荣、爱跳舞,怀有征服异性的强烈渴望的物质女郎珍妮,始终热爱城市与世俗生活,并在肉体满足的欢愉中寻求快感;奈维尔成为剑桥大学的著名学者与诗人,虽功成名就但难掩精神上的孤独;深沉的伯纳德则喜欢讲故事,搜集漂亮辞藻,并一心想当一名作家。

伍尔夫使六位主人公的意识流并行发展并相互交织,构成一个复杂的立体结构。对此,有学者认为:"尽管小说在时间、人物中进行,一天、一年、一生,但作家并不着意叙说人物的线性经历,局限于人物个人的悲欢离合;几种叙述角度表现的是宇宙人生的多维立体面,关注的是整个宇宙和人类的命运,表达了人类所渴望的理想、梦幻和诗意;人物也不是具体的个人,而是人类精神生活的某种象征。"[①] 伍厚恺则将作品释读为一部以"生命"为主题的六重奏复调管弦乐曲,或者含有六个声部的合唱交响乐:"6 个人物独特的性格意识形成了各自的不同旋律,每支旋律是独立的,但又同步进行着,通过对位法构成相互关连的有机整体。在横的关系上,各声部在节奏、音色、重音、力度以及旋律线的起伏等方面具有独立性,但在纵的关系上,各声部又彼此构成和声关系。事实上,6 个人之间仿佛存在着某种心灵感应,尽管彼此分离,但相互思念着并了解彼此的生活和情感。在这支交响乐中,虽然 6 种乐器或者 6 个声部的曲调具有微妙而明显的差异,然而又在差异中保持着相互和谐,因为 6 个人中每一

① 武跃速:《宇宙人生的诉说——解读伍尔夫的诗小说〈海浪〉》,见《国外文学》2003 年第 1 期,第 72 页。

个人的生命都与其他人纽结融合在一起。"① 彼得·F. 亚历山大在研究伍尔夫夫妇关系的专著中关于《海浪》的绘画艺术结构也认为，作品是"伍尔夫有关小说是她曾经描述过的生活'哲学'的观念的最明晰的证明：表达了一种观念，即生活不是混乱不堪的，而是拥有一种韵律或一种图案，正是它把所有的生活、所有的人际关系都连为一体，构成一种群体意识——这种意识认为所有的一切是构成一件庞大的艺术品的组成部分"②。由此意义上说，小说也是作家在《往事素描》中所表达的、在生活中大量"原棉"的背后存在某种"图式"的生命观与写作观的又一例证。

值得注意的是，《海浪》中另一个从未谋面的人物波西弗也构成了小说贯穿性的结构要素。他在上述六人的生命记忆中占据关键地位，在不同时刻、不同人物的独白中反复出现，正类似于音乐的"主导动机"的作用，亦成为《海浪》中另一个"知性脚手架"，发挥着与《到灯塔去》中的"灯塔"相近的功能。伍尔夫在这部小说中，借着这位深受众人爱戴、最后客死印度的波西弗的形象，再度悼念了她深爱的哥哥托比。

关于《海浪》，最后要说明的是，作品以人物的一天、一生浓缩地概括人类生命与死亡轮回循环的宿命的构思，亦是与弗莱推崇的后印象派绘画对高度抽象、简约而凝练的设计追求相一致的。

初版于 1937 年的《岁月》是伍尔夫"想换换口味"之后的产物。她在 1932 年 11 月 2 日的日记中写道："所有这些年来，在有意抵制描摹事实的小说之后——自 1919 年开始——而《夜与日》是个失败——我发现自己想换换口味，想从细节的写作、和对无以计数的细节的拥有中，得到无穷无尽的乐趣：尽管我还是不时感到来自视觉的吸引，可我拒绝了它的诱惑。可以肯定，这是我继《海浪》之后的真实发展——《帕吉特家族》——将自然地将我的创作带入下一个阶段——散文小说阶段。"③ 也就是说，在经过了十余年的较为纯粹的意识流小说创作之后，伍尔夫重新感受到了现实主义小说传统的吸引力，并愿意对自己的创作做出调整，尝

---

① 伍厚恺：《弗吉尼亚·伍尔夫：存在的瞬间》，四川人民出版社 1999 年版，第 259—260 页。

② Peter F. Alexander, *Leonard and Virginia Woolf: A Literary Partnership*, Hemel Hempstead: Harvester Wheatsheaf, 1992, p.164.

③ Virginia Woolf, *A Writer's Diary*, 1954, p.189.

试融现代主义与现实主义于一体的新的创作道路。后来更名为《岁月》的《帕吉特家族》，即体现了这一努力。小说以家族史的方式展开，通过帕吉特家族三代人，尤其是女性的生活故事，记录了从 1880 年到二战开始前夕的漫长的英国岁月，其中涉及的重要历史事件包括维多利亚时代与爱德华时代的更迭，一战的爆发、结束和二战的到来，英国妇女运动的第一次浪潮和爱尔兰的民族解放运动等，表现了近半个世纪以来女性成长的艰辛历程。虽然伍尔夫放弃了对人物纯粹的内在真实世界的追踪与呈现，而更多在这一富于历史感与自传因素的小说中反映了世事的变迁与人物命运的变化，并重新回归了现实主义小说的线性叙述逻辑，以 11 个年份为题，但对作品内部结构的精心设计却并未有丝毫改变。

和后印象主义画家对画幅中各块面、线条与色彩之间的关系要做苦心安排一样，关于《岁月》内部的材料安排，伍尔夫在 1934 年 11 月 14 日的日记中提醒自己说："关键得压缩：每一场面都要自成一景：高度戏剧性；相互对比：每一场景都得精心选择一个主导中心。"①

在 1935 年 10 月 16 日的日记中她又自问："问题是我能否通过将音乐、绘画和某些人群合为一体而达到不同的层次？我想力图在空袭场景中尝试这一方法：诸多因素，如画面、音乐般不断流动、彼此影响；另一方面，方向——行动——我的意思是指由一个人物来讲述另一个人物的故事——而运动（这里指随着空袭的发生在感情上发生的变化）同时在持续。无论如何，我发现在这本书中必须要有对比；单一层次无法被刻画到一定的深度，而不给其他方面带来伤害，我原来是指望《海浪》能够实现这一境界的。所以，我希望能找到一种形式，与人类的多元性相吻合；我应能感受到由各种影响交织而成的一道墙。"② 从这段表述中我们发现，虽然这部小说总体而言是遵循历时性的，但在众多具体场景的刻画中，伍尔夫还是在努力实现叙述的共时性与丰富性效果，希望获得足以与人类的多元性相协调的艺术形式。这一点，在她 1935 年 11 月 8 日的日记中，还有进一步的阐释："我突然想到，我在自己的写作发展中，已步入了一个新阶段。我看到在人类生活中存在四维空间：所有这些都该被表达出来，因而导致更丰富的组合与比例。我的意思是：我与非我；外表与内

① Virginia Woolf, *A Writer's Diary*, p. 232.
② Ibid. , p. 258.

心；——不行，我太累了，说不出来：可我看到了它：而且这种念头将对我那本关于罗杰的书发生影响。像这样的探索真是令人激动。心理活动与外在躯体的新的结合——就像一幅画一样。这些将构成《岁月》之后我下一部小说的内容。"① 以"更丰富的组合与比例"来表现人类生活中存在的"四维空间"，这实际上就是弗莱与克莱夫·贝尔所一贯倡导的"有意味的形式"。她打算在《罗杰·弗莱传》和《岁月》之后的下一部小说即《幕间》（1941）中同样践行她的这一艺术理念，可见对形式结构的关注是贯穿于伍尔夫几乎一生的创作之中的。

　　终其一生，伍尔夫都在努力"用文字来表现一种变形的造型感"。对"造型感"的追求使得伍尔夫几乎每一部重要的小说作品都体现出结构设计的诗意与独特性，在此方面，弗莱与塞尚的影响功不可没。

---

① Virginia Woolf, *A Writer's Diary*, p. 259.

第五章

印象派、后印象派绘画
与伍尔夫作品的光色之美

在绘画艺术中，除了整体的造型设计之外，作为形式构成的基本手段，色彩起到重要的作用。在以莫奈、马奈、马蒂斯等为代表的印象主义绘画艺术中，色彩在户外自然光线的照耀下呈现出五色缤纷的迷人风姿。而在以塞尚等为代表的后印象主义绘画艺术中，色彩甚至取代了其他诸多形式因素，在抒发情感、创造景深、营构造型效果等多方面起到了关键的作用。伍尔夫也一直在试验将色彩元素融入语言艺术的方法并取得了成功。她在长篇随笔《沃尔特·西克特》中写道："所有伟大的作家都是伟大的配色师。"① 在她的精心调配下，作品呈现出如印象派与后印象派绘画艺术般斑斓夺目的光色之美。

第一节 "绘画是画家有色彩的感觉的
记录"与"小说家归根到底需要
我们用眼睛去看"

塞尚极为重视色彩的运用，强调"绘画是画家有色彩的感觉的记录"②。他曾经说过："对于画家来说，只有色彩是真实的。一幅画首先是也应该是表现颜色，历史呀，心理呀，它们仍会藏在里面，因画家不是没

---

① 弗吉尼亚·伍尔芙：《伍尔芙随笔全集》Ⅱ，王义国等译，中国社会科学出版社2001年版，第981页。

② 弗兰西斯·弗兰契娜、查尔斯·哈里森编：《现代艺术和现代主义》，张坚、王晓文译，上海人民美术出版社1988年版，第94页。

有头脑的蠢汉。这里存在着一种色彩的逻辑，老实说，画家必须依顺着它，而不是依顺着头脑的逻辑；如果他把自己陷落在后者里面，那他就完了。绘画是一种'光学'，我们这项技术的内容，基本上是存在于我们眼睛的思维里。"① 他用色丰富而细腻，据统计曾使用过五种黄色、六种红色、三种绿色、三种蓝色，此外还有黑色与白色等。但如前所述，塞尚的用色并不追求与客观外部现实的酷肖，而是根据表达情感与画面构图的需要自由选择的。画家莫利斯·德尼在《塞尚》一文中即已指出他以色彩代替光、以色彩对比代替色调对比的基本特质："他用色彩代替光。阴影，亮部，中间色调都是色彩。桌布的白色可以是蓝的、绿的或是玫瑰红的，它们和周围局部的色彩混为一体。不甚协调的蓝色、绿色和玫瑰红可以和谐地表现亮部中的粗糙之处。他用色彩的对比代替了色调的对比。于是，他解开了他所谓的'感觉的错综'。在刚才零零碎碎记录的所有对话中，塞尚一次也未提及'色调变化'一词。他的体系无疑是排除了被其他画派所接受的那种意义上的色调关系。"② 他还盛赞了塞尚在处理色彩对比与协调关系方面的精巧技法，说他的"整幅油画就是一幅挂毯，每一种色彩各尽其能，但同时又将画面的响亮明朗熔化到总效果之中。塞尚绘画独特的方面来自于对比，来自于互不关联、略微熔凝的色调的拼合。塞尚常说：'绘画是画家有色彩的感觉的记录。'这就是塞尚眼光的变化——为了保持质量和感觉的情味，为了满足对和谐的需要，他被迫求助于这种精巧的技法"③。在他看来，塞尚的水果作品以及未完成的人体是运用这种技法的最好例证："色彩柔和、对比强烈的寥寥数笔，勾勒出了圆形的形体。外轮廓线直到最后才出现。作为一种强烈的重点部位，轮廓线的加入是为了强调和分离已经通过色彩的层次渐变而实现了的形体。"④此即是前一章中，我们已经分析到的塞尚以色彩来实现造型效果的基本特征，也即弗莱在分析塞尚成熟时期的静物画，尤其是《高脚果盘》时所提到的塞尚处理色彩的方式："他不再用画笔或画刀有力地涂抹，而是以画笔的细小笔触逐渐累积而成。……对最终结果持续不断的追求在颜料的

---

① 转引自瓦尔特·赫斯《欧洲现代画派画论》，宗白华译，广西师范大学出版社2001年版，第16页。

② 弗兰西斯·弗兰契娜、查尔斯·哈里森编：《现代艺术和现代主义》，第94页。

③ 同上。

④ 同上书，第95页。

物质实体中留下了痕迹，使其变得极端丰富和稠密。他手下的画面质地开始生长出某种类似漆器的质感，色彩充分饱和，有一种近乎玻璃般的坚硬感。"[1] 弗莱指出塞尚的独到之处在于"完全放弃了大笔直扫的做法，而是通过不间断的深思熟虑的小笔触来建立起他的体块。这些小笔触严格平行，几乎完全是直线条，并从右向左逐步倾斜上升。"[2] 在这一章的注释中，关于塞尚视色彩为具有独立造型价值的元素、以色彩变化来暗示空间感的艺术观念的发展过程，译者沈语冰有一个简洁明晰的概括："读者可以清楚地看到塞尚绘画观念发展的三部曲。第一步他认识到色彩的造型价值；第二步他认识到立体感可以通过与画布表面相平行的各个后退平面来加以表现；第三步，他认识到可以将第一步发现跟第二步发现综合起来：这种后退的平面与色彩变化相呼应，倒过来也可以这样说，色彩的变化总是暗示了平面在空间中的后退。于是，色彩变化暗示了空间的存在。以色造型，形色一也，这可以被视为塞尚对现代绘画的伟大贡献。"[3] 伍尔夫在1918年4月欣赏过塞尚关于苹果的静物画后在日记中惊叹"这些苹果真的变得更红、更圆、更绿了"[4]，奥妙正在于此。

　　除了对塞尚艺术成熟期色彩之于造型作用的浓墨重彩的分析之外，在《塞尚及其画风的发展》中，弗莱还细致追踪了塞尚不同创作阶段用色的变化，得出了"色彩在任何条件下都是塞尚作品中超一流的品质"[5] 的基本结论。弗莱认为，塞尚在早期创作中已经具有"无可挑剔的色彩感"[6]，比如《宴会》这幅作品，"整幅画色调丰富且富有细腻的变化。天空的蓝色以一种令人惊讶的力量与明亮度结合在一起。从天空中垂下的帷幕是一个令人难忘的发现。它那玫瑰红与绚烂的天空融合在一起，沐浴在光线中并闪烁着反光，在蔚蓝色大气的衬托下流光溢彩。前景中一个携有巨大银瓶的黑人是另一个令人吃惊的色彩创造，仿佛为光辉灿烂的色彩狂欢带来了一丝冷灰色，出人意料而又珍贵无比"[7]。弗莱指出：只有通过色彩，

---

① 罗杰·弗莱：《塞尚及其画风的发展》，第88—89页。

② 同上书，第90页。

③ 同上书，第100页。

④ Virginia Woolf. , *The Diary of Virginia Woolf*, Vol. 1. 1915 – 1919, Anne Olivier Bell ed, New York：Harcourt Brace Jovanovitch, 1977, p. 104.

⑤ Roger Fry, *Cezanne: A Study of His Development*, London：The Hogarth Press, 1952, p. 13.

⑥ 罗杰·弗莱：《塞尚及其画风的发展》，第29页。

⑦ 同上。

我们才能发现塞尚最根本的品质，以及他那种造型创造力的首要灵感来源。色彩感作为塞尚身上的一个基本品质，在任何情况下都能保持绝对伟大的水准。他由此认为，《宴会》也许是他最早的作品宣言，预告了塞尚命中注定要为艺术作出的最伟大贡献之一，即认为色彩不是附丽于形式，也不是强加于形式的东西，而是形式的一个直接组成部分的观念。

　　这一用"色彩序列"来替代传统的色差过渡，追求"诸平面的和谐序列"的特征，同样体现于塞尚早期的人物绘写中。弗莱是这样称赞画家于 1866 年创作的《塞尚之父肖像》的色彩处理的："他从肌肉、帽子、服装以及鞋子的固有色中提炼出一些明快的色调，构成一个和谐的整体。色调的选择是如此正确，以至于，尽管异常简洁，它们所确立的和谐整体却具有令人惊讶的力度和韵味。我们可以看到马甲与帽子温暖的黑色，地板与墙壁的深褐色，裤子的纯灰色，模特正在阅读的报纸的浅灰，椅背的白色与深红。在这些中性色背景的衬托下，肌肉丰富的暖色调，鞋子的橙棕色，还有那直接位于模特头部背后几乎对称的静物画的深绿色，显得格外明亮。"[1] 我们看到，以上所引弗莱的两段对塞尚画作的文字阐释，美丽、温暖而富于诗意，堪称诗中有画、画中有诗的典型例证。读者即便在无法亲睹塞尚画作的情况下，也能有力地唤起对画面的视觉想象，与伍尔夫充满诗情画意的文字异曲同工。

　　丰富、绚烂、变幻而迷人的色彩，亦是伍尔夫作品的突出特色，是使得伍尔夫的文字艺术体现出高度的绘画性的核心要素之一。生活在"布鲁姆斯伯里文化圈"的色彩世界里，对于色彩之于作品的价值，以及视觉艺术在色彩运用上对文字艺术的参照意义，伍尔夫有着清晰的自觉。前面已经论及，伍尔夫曾因文学观念的不同，而与老一辈现实主义作家如阿诺德·贝内特之间有过文学论战。1917 年，在为贝内特的艺术评论集《书与人》撰写的书评中，伍尔夫针对贝内特有关新印象派与文学关系的评论，即已提出了尝试以文字来实现绘画艺术的视觉效果的雄心："他说这些新印象主义的绘画使他厌烦了其他画作，那么，如果某一位作家奋起直道，用文字去尝试印象主义画家们用颜料油彩所做的工作，难道是不可能的么？"[2]

---

　　① 罗杰·弗莱：《塞尚及其画风的发展》，第 42 页。
　　② 弗吉尼亚·伍尔芙：《伍尔芙随笔全集》Ⅲ，王斌等译，中国社会科学出版社 2001 年版，第 1430 页。

我们发现，她对这一雄心的表达与她发表实验小说《墙上的斑点》恰在同一个月，随后不久，她的第二篇实验性的短篇小说《邱园记事》又告完成。其中，对色彩的表现均占突出地位，尤其是《邱园记事》，如简·戈德曼所言："小说中的色彩几乎成为表现花卉的语言，并与轻风中传来的、人们在走过花床时的交谈紧密联系，成为故事的核心。"① 本书后面部分将会提到，这篇小说亦使得她的画家姐姐文尼莎·贝尔忍不住主动提出，愿意为之添加插图，将妹妹以文字呈现出来的优美画面定格。这也使得斯蒂芬两姐妹珠联璧合的合作成为"布鲁姆斯伯里文化圈"文学与艺术联姻的一段佳话。

伍尔夫一生还写过不少专门论及绘画、音乐及其他艺术，以及各艺术门类之间相通与互补关系的随笔，如收入 1942 年初版的《飞蛾之死》中的《三幅画》，收入 1947 年初版的《瞬间集》中的《绘画》、《天才海顿》，收入 1950 年初版的《船长临终时》中的《电影》、《沃尔特·西克特》，等等。《三幅画》以简洁的蒙太奇组接的方式，通过年轻水手罗格斯远航回家、与怀孕的妻子幸福团圆，命运却在瞬间用热病夺去了他的生命，留下了孤儿寡母凄凉度日的三幅场景，具体而微地呼应了小说《远航》的情节框架，表现了伍尔夫作品中常有的人生无常、生命易逝的主题。但该作突出的特点是，伍尔夫以画家之眼来观察与描摹生活，将水手一家的悲剧浓缩为组合性的三幅画面，体现出鲜明的绘画意识。伍尔夫还将第一幅画面命名为《回家的水手》。如果和后面急转直下的结局相对照，这幅画面上呈现出来的温馨更让人唏嘘："现在在路的拐弯处，我看到了这样一幅画面。它本来可冠之以'回家的水手'，或某个诸如此类的标题（如果它真的是一幅画的话）。一个容光焕发的年轻水手携带着一个包袱，一个女孩用手挽着他的手臂，邻居们都聚集拢来；农舍的园子里鲜花怒放。当人们从旁经过时，他们可以从这幅画面的底部看出：这水手在远航中国后返回家园。在客厅中正有一桌精美丰盛的酒宴在等待着他。在他的包袱中，有一件给他年轻妻子的礼物，不久她就将生下他们的第一个孩子了。"②

《绘画》是伍尔夫的一篇专门论述绘画艺术与文学写作关系的长文。

---

① Jane Goldman, *The Feminist Aesthetics of Virginia Woolf: Modernism, Post-Impressionism and the Politics of the Visual*, Cambridge University Press, 1998, p. 112.

② 弗吉尼亚·伍尔芙：《伍尔芙随笔集》，孔小炯、黄梅译，海天出版社 1996 年版，第 75—76 页。

文中首先以诙谐的口吻想象出一部以《艺术的爱情》为题的专书,告诉读者"它关注的是音乐、文学、雕塑和建筑之间的谈情说爱,以及许多世纪以来这各种艺术相互之间发生的影响"。结合前面提及的伍尔夫对弗莱因英年早逝,而未及完成计划中的论述文学所受其他艺术门类影响的大著的遗憾,此文似乎是有一些代弗莱立言的意味的。文中,伍尔夫坦承文学"似乎总是各类艺术中最好交际的,也是最易受影响的",随后明确提出,"现在毫无疑问的则是我们处在了绘画的主宰之下。如果所有的现代绘画都毁于一旦,那么一个二十五世纪的批评家也能够从普鲁斯特一个人的作品中就推断出马蒂斯、塞尚、德朗和毕加索的存在。从摊在眼前的那些作品,他还能说明这些具有最大独创性和创造力的画家,必定是在普鲁斯特隔壁的房间里,一管接一管地挤着颜料,一张接一张地涂抹着画布"①。法国意识流小说大师普鲁斯特的作品与马蒂斯、塞尚、德朗、毕加索等印象派与后印象派画家的紧密关联,一定使对其深为推崇、并受到明显影响的伍尔夫备受鼓舞,强化了她从绘画艺术中汲取精粹的意识。在伍尔夫看来,普鲁斯特、哈代、福楼拜或康拉德这些19与20世纪的小说家,"他们运用他们的眼睛,丝毫也不妨碍他们的笔。"同时,他们的运用又与以往的小说家"截然不同":"沼泽地和树林、热带海洋、船只、港口、街道、起居室、花朵、衣服、态度、光影的效果——所有这些他们给予我们的东西,其精确和微妙使我们不由得感叹:现在作家终于开始使用他们的眼睛了。"②她之所以特别欣赏普鲁斯特,很大程度上来自于作家所吸纳的印象派与后印象派绘画的影响,来自其画家般审美的眼睛:"正是眼睛,特别是在普鲁斯特那儿,帮助了其他的感觉,与它们结合,产生了一种极美的效果,一种迄今无人知道的微妙之处。"③而由于现代绘画能帮助作家创造出独特的审美效果,"非常的有益,非常的有刺激"④,伍尔夫承认,作家来画廊"并非想理解画家的艺术难题,而是来追寻某种对他们自己有帮助的东西"⑤。伍尔夫尤其肯定了塞尚的艺术对

① 弗吉尼亚·伍尔芙:《伍尔芙随笔集》,孔小炯、黄梅译,海天出版社1996年版,第222—223页。
② 同上书,第223页。
③ 同上书,第224页。
④ 同上书,第225页。
⑤ 同上书,第224—225页。

作家的启示："塞尚——没有画家比他对那些文学的感官更具刺激性了，因为他的画作是如此鲁莽放肆和令人激怒地愿意变成一幅画，以致那单纯的颜料，他们说，就好像在向我们挑战，压迫着某根神经，刺激和激动着我们。"指出他的画"搅起了我们内心未曾想到过其存在的词汇，启示着一些我们从未曾见到过的形式"①。伍尔夫反对绘画艺术的故事性，认为"一幅讲述故事的画就如一只狗所玩的把戏那样可怜可悲、荒唐可笑"，"用半张信纸，我们就能够写出世界上所有绘画作品所讲的故事"②，高度强调色彩之于营造美学效果、激发情感的直观作用："那幅刮风天里的沼泽地的画，比我们自己能看到的更清楚地显示了那一片绿色和银白色、那潺潺的溪流、那在风中摇曳的垂柳，让我们都想为之找到一些措辞，甚至想提议在草丛中安卧一个人物形象，或者让他穿着高筒靴和雨衣从庭院大门中走出来。那幅静物画——他们继续前进着，指着一罐赤红色的拨火棒——对于我们就像一块牛排对于一个病残者的意义一样：一次血和营养的纵情之宴——在对细体黑铅字的节食中，我们已饿得快发狂了。我们偎依在它的色彩中，贪婪地进食着那黄色、红色和金黄色，一直到我们营养充足和满意得睡着为止。"③　在获得了塞尚等人的画作提供的飨宴之后，作家对于色彩的感受开始不可思议地敏锐起来，并随之产生了用文字复现那些美的创造冲动："我们随身带着那些玫瑰和赤热的拨火棒已四处转悠了好些天了，再次用词语把它们重新绘描了一遍。"④　而除了指出风景画、静物画对文学家的诱惑之外，伍尔夫同样认为"从一幅肖像画中，我们也几乎总是能得到某些值得拥有的东西：某人的房间、鼻子、或者手臂、人物或环境的某种微小的影响力、某种能放进我们口袋和取出的小摆设"⑤。事实上，纵览伍尔夫的作品，我们发现，她的大量传记性随笔，某种意义上也可以说是一幅幅人物肖像画。由此，对伍尔夫而言，徜徉于各画廊、美术馆、博物馆与古迹名胜的经历，不仅是美的感召与洗礼，和她阅读前辈大师的著作一样，同样是对她创作理念与具体技巧的深刻启迪。

---

①　弗吉尼亚·伍尔芙：《伍尔芙随笔集》，第 225 页。
②　同上书，第 226 页。
③　同上。
④　同上书，第 226—227 页。
⑤　同上书，第 227 页。

　　《沃尔特·西克特》是一篇向英国画家沃尔特·西克特（1860—1942）表示敬意的著名篇章。随笔采用了伍尔夫一贯采用的活泼灵动的叙事方式，虚拟了两个朋友在夜晚聚餐时分的谈话，由此引入了对沃尔特·西克特的评价。伍尔夫分别从两人的视角，论及西克特作为画家对文学产生的影响，以及其绘画与文学之间的密切关系。关于他的一系列肖像画，其中一人感叹西克特是一位善于以瞬间抓住人物神髓的"伟大的传记作者"、"最佳传记作者之一"，说"他画一幅肖像时，我读到整部传记了"①。因为"他让一个男子或女子在他面前坐下后，一下子就看到了那张脸上反映出来的生活的全貌。全都摆在那里——明白地说出来了。我们的传记作者没有一个人能够表达得如此完美无疵。他们被那些叫做事实的可怜的障碍所绊倒了。……而西克特呢，他拿起画笔，挤了挤颜料软管，审视着那脸容；然后，他凭借着沉静的非凡天才开始画画了——谎言、琐事、光辉、腐败、忍耐、美丽等都一清二楚。……在我们的时代，没有人能够像西克特描绘生活那样报道生活"。所以，相较之下，伍尔夫为"言辞是不规范的媒体"而黯然神伤，艳羡"能够生长在静悄悄的绘画王国之中要美好得多"②。

　　如果说第一位朋友概括的是西克特肖像画与精彩的人物传记之间的类比关系的话，伍尔夫又借第二位朋友之口指出了画家擅长抓住动态行为中最重要的一瞬间加以定格、寓时于空的表现手段："西克特总像个小说家而不像个传记作家。"因为他"喜欢把他的人物放在动态之中，喜欢观看他们的动作。就我的记忆所及，他的画展中充满着故事般的画作，如同它们的名称所表明的——《玛丽与玫瑰》、《克里斯廷买了一栋房子》、《困难的时刻》。当然，人物是静止的，但其中每个人都是在发生危机的当口儿被逮住了"③。这里，伍尔夫通过人物之口表达的观点与18世纪德国美学家莱辛在《拉奥孔》中对"诗"、"画"特征的概括遥相呼应。莱辛指出：绘画模仿动作，必须化动为静，即把在时间中持续的动作，化为在空间中并列的物体，用暗示的方式，通过物体描写动作，这就需要选取动作到达顶点前的那一顷刻间的现象，来暗示动作的发展，也即"绘画在它

---

　　① 弗吉尼亚·伍尔芙：《伍尔芙随笔全集》Ⅱ，王义国等译，中国社会科学出版社 2001 年版，第 974 页。

　　② 同上书，第 975 页。

　　③ 同上书，第 975—976 页。

的同时并列的构图里，只能运用动作中的某一顷刻，所以就要选择最富于
孕育性的那一顷刻，使得前前后后都可以从这一顷刻中得到最清楚的理
解"①。伍尔夫甚至进一步根据西克特的这些充满"孕育性"的画面，运
用丰富的想象，用文字形式虚构出画面的高潮部分之前、以及之后的一段
段故事。她在创造出三则故事之后，借人物的口吻概括说："在西克特的
画展中，有着许多故事和三部曲长篇小说。"② 如果说莱辛的"诗"、
"画"之论强调得更多的是语言艺术与造型艺术之间的区别与界限的话，
伍尔夫却在对西克特绘画空间性与时间性关系的解读中，更多地看到了语
言艺术挑战空间艺术与时间艺术界限的可能性。随后，伍尔夫还指出画家
的风格近乎现实主义小说家，因为他关注中下层阶级的生活，人物与他们
所处的环境间有着密切的联系。西克特还注重细节，令伍尔夫想起了屠格
涅夫的风格。这些论述同样体现了伍尔夫融合小说创作与绘画艺术的
倾向。

　　文中，伍尔夫还讨论了西克特的以《威尼斯》为代表的风景画，肯
定了其中蕴涵的深厚人性。随后，伍尔夫很自然地将笔触转到了对文学发
展方向、对文学借鉴绘画的必要性与迫切性的思索，借随笔中人物之口表
达了这样的思想："让我们用手把画多举一会儿。因为虽然绘画与写作最
终必须离别，它们却有许多话要尽情倾诉，它们有许多共同之处。"③ 伍
尔夫强调："小说家归根到底需要我们用眼睛去看。花园、河流、天空、
变幻莫测的白云、妇女连衣裙的颜色、躺在相恋者脚下的风光、人们争吵
时误入的曲曲弯弯的树林——小说里满是这样的图画。小说家总是对自己
说，我怎样才能把阳光带到我的书页上来？我怎样才能展示夜晚？怎样才
能展示月出？他必须常常认识到，细描法是展示一个景物的最糟糕的方
法。他必须用一个词，或巧妙地对比一个词和另外一个词来实现他的目
标。"④ 这里，伍尔夫强调了词与词之间的搭配与组合恰似塞尚画中的色
彩序列关系一样，是需要作家精心设计的，"为使读者一饱眼福，诗人在
心目中也许无意识地进行词与词的搭配与组合，这乃是一件非常复杂的事
情。"正是由此意义上，她郑重指出："所有伟大的作家都是伟大的配色

---

① 莱辛:《拉奥孔》，朱光潜译，人民文学出版社 1979 年版，第 83 页。
② 弗吉尼亚·伍尔芙:《伍尔芙随笔全集》Ⅱ，第 977 页。
③ 同上书，第 980—981 页。
④ 同上。

师，正像他们同时也是音乐家一样；他们总要设法使他们的场景鲜艳夺目，由明变暗，给人以变化的感觉。"① 也就是说，作家必须通过对词汇的精心挑选、对词汇与词汇关系的排列与搭配来实现绘画艺术中的色彩感与色彩序列关系。而每位作家由于气质、个性、风格的差异，色彩处理又会有所不同。这一点，伍尔夫也意识到了，并举出了诗人蒲柏、济慈、丁尼生的不同风格为例以强调："作为配色师，每个作家都与其他作家有所不同。"② 伍尔夫还批评了当时的批评家们仅局限于文本、眼界不够开阔的狭隘之处，提出了从绘画性及不同风格的角度研究作家的可能性："现今我们都如此专业化了，批评家不由得把目光只盯住了出版物，这情况足以说明我们时代里闹批评饥荒的原因，足以说明批评家对待他们的课题的方式日益弱化和片面化的原因。"③ 在该文的最后部分，伍尔夫写道："在许多门类的艺术家中，可能有些人是混血儿。"④ 她所钦佩的众多作家与艺术家均是这样的混血儿，她本人的艺术成就也得益于这种"混血"的努力。

如她在随笔《伦敦街头历险记》中诗意地写到的："因为眼睛有这样一种奇异的特性：它只栖息于美之上，就像蝴蝶一样，它寻求的是色彩和温暖的乐趣。"⑤ 这一"乐趣"贯穿于伍尔夫的创作始终。无论是小说、随笔还是其他文类的创作，伍尔夫的笔下均呈现出丰富的色彩，以及色彩之间的和谐关系，由此构成一幅幅美不胜收的画面。

如在小说《雅各的房间》中，伍尔夫以一位色彩感十分细腻的风景画家的眼睛，如此抒写了雅各和同学达兰特在海上航行时所见的风景："到了六点，从冰原上吹来一股微风；七点，海水由蓝变紫；七点半，锡利群岛四周呈现出一片粗肠膜的颜色，达兰特坐着掌舵行船，脸色就像祖祖辈辈擦拭过的红漆盒子。九点，天空的红霞、乱云全都退尽，留下一块块楔形的苹果绿和圆盘形的淡黄；十点，船灯在海浪上涂抹着曲曲弯弯的色彩，时而细长，时而粗短，随着海浪的舒展或隆起产生变化。灯塔的巨光迅速跨过海面。亿万里之外，粉尘似的星星闪闪烁烁；海浪拍打着小

---

① 弗吉尼亚·伍尔芙：《伍尔芙随笔全集》Ⅱ，第981页。
② 同上。
③ 同上书，第982页。
④ 同上书，第983页。
⑤ 弗吉尼亚·伍尔芙：《伍尔芙随笔集》，孔小炯、黄梅译，第14页。

船，带着规律而可怕的庄严轰击着岩石。"① 静物写生的笔法也多见于伍尔夫的作品，色彩同样在其中起着关键的作用。如《达洛卫夫人》的开头部分描写克拉丽莎·达洛卫于大病初愈后，亲自前往邦德街的花店，为晚宴准备鲜花的一路行程中丰富的意识流动。伍尔夫对簇拥在达洛卫夫人身边的怒放的鲜花的印象主义描写，渲染出女主人公轻快、欢欣而陶醉的心理状态："过了一会儿，她睁开双目：玫瑰花儿，多么清新，恰似刚在洗衣房里熨洗干净、整齐地放在柳条盘中的花边亚麻织物；红色的香石竹浓郁端庄，花朵挺秀；紫罗兰色、白色和淡色的香豌豆花簇拥在几只碗中——仿佛已是薄暮，穿薄纱衣的少女在美妙的夏日过后，来到户外，采撷香豌豆和玫瑰，天色几乎一片湛蓝，四处盛开着翠雀、香石竹和百合花；正是傍晚六七点钟，在那一刻，每一种花朵——玫瑰、香石竹、三尾鸢、紫丁香——都闪耀着：白色、紫色、红色和深橙交织在一起；每一种花似乎各自在朦胧的花床中柔和地、纯洁地燃烧。"② 这里，花朵的色彩丰富而和谐，既是人物情感的投射，同样也映现出人物的心理，静物描写体现出主客观的有机融合。明丽的色彩同样在《到灯塔去》中具有举足轻重的地位。无论写景、状物还是描摹人物，无论近景还是远眺，色彩组合成为伍尔夫运用的基本艺术手段，如作品中表现女画家莉丽眼中的风景的这一段，不仅色泽丰富，而且打上了人物情绪的鲜明印记："她逗留了片刻，注视着闪耀着阳光的长玻璃窗，和屋顶上羽毛一般的蓝烟，……一位提着篮子的洗衣妇；一只白嘴鸦；一根火红的拨火棍；花卉的深紫和灰绿：某种共同的感觉，把这一切全都包含容纳了。"③ 而由于写的是画家观景，色彩显得更为明艳，画面感也格外清晰。

再如《奥兰多》中，作家是如此透过具有浓郁艺术气质的主人公奥兰多的眼睛，从山头俯瞰了夕阳西下时分壮丽而又层次分明的风景："约莫一小时过去，夕阳西沉，白云化为漫天的红霞，把山峦映成淡紫色，树林成了深紫色，山谷则成了黛色。突然，远处响起号角声，奥兰多翻身跃起。那嘹亮的号角声来自山谷，来自山谷深处一个紧凑和突起的小黑点，来自那所属于他的大宅的心脏。"④ 而在《弗勒希》中，我们发现，陪伴着诗人

---

① 弗吉尼亚·吴尔夫：《雅各的房间》，蒲隆译，第46页。
② 弗吉尼亚·伍尔夫：《达洛卫夫人》，孙梁、苏美译，第13页。
③ 弗吉尼亚·伍尔夫：《到灯塔去》，瞿世镜译，第406页。
④ 弗吉尼亚·吴尔夫：《奥兰多》，林燕译，第5页。

白朗宁夫妇在意大利安度晚年的宠物狗弗勒希在心爱的女主人的熏陶下，俨然也具有了艺术气质。小说是从"他"的视角与心理展开的。可以说，弗勒希陪伴与见证了忧郁多思、缠绵病榻的女诗人与心上人私奔，终于收获了爱情、找到了婚姻的幸福，身体也奇迹般地康复的全过程。"他"心满意足地在意大利垂垂老去，变得越发慵懒，喜欢躺倒在南方灿烂的阳光下审视世人与风景。在"他"的眼中，周边寻常的广场成为了画家眼中光色斑驳的风景，几乎可以被逼真地还原为一幅印象派或后印象派的静物画："弗勒希钻进阴影里，往老朋友凯特琳娜身边倒下，躺在她大篓子的阴影里。一个插了红黄交错花朵的褐色花瓶在旁边投下另一片阴影，上方矗立着一座雕像，右臂往前伸展，使阴影的颜色变成更深的紫罗兰色。"①

　　伍尔夫还有数篇作品，甚至是可以直接被称为视觉散文或小说的，如《蓝与绿》（Blue and Green）、《墙上的斑点》和《邱园记事》。据约拿丹·R. 奎克发表于1985年《马萨诸塞评论》第26卷上的论文《弗吉尼亚·伍尔夫、罗杰·弗莱与后印象主义》中的观点，《蓝与绿》这篇散文不仅在主题呈现上十分别致，以色彩统摄全篇，甚至在排版方式上也是独树一帜的：即"绿"与"蓝"两部分被分别安排在彼此相对的两页中：读者翻开书，左边一面是"绿"，右边一面是"蓝"，不必翻页，全文一览无余，就像是在欣赏一幅后印象派的绘画。② 由于该文既未被收入中国社会科学出版社出版的《伍尔芙散文全集》，亦未被收入人民文学出版社出版的《吴尔夫文集》，或是大陆出版的其他伍尔夫散文选集中，篇幅又十分短小，故本书作者在此译出，以飨读者：

绿

　　玻璃（吊灯）的枝杈下垂。光线滑下玻璃，坠下了一潭绿色。整个白天，光线将绿色滴落在大理石地面上。长尾鹦鹉的羽毛——它们刺耳的叫声——棕榈树尖利的叶片——也是绿色的；细长的绿色之光在阳光中闪烁。但是，坚硬的玻璃上的绿色，滴落到大理石地面上来了；水珠汇成了一个个深潭，仿佛悬浮在大漠的沙尘之上；骆驼蹒

---

① 弗吉尼亚·伍尔夫：《弗勒希》，唐嘉慧译，上海译文出版社，第116—117页。

② Jonathan R. Quick, "Virginia Woolf, Roger Fry and Post-Impressionism. " *The Massachussetts Review*, 26 4 (1985), pp. 547 – 70.

珊着从中穿越而过；绿水潭散落在大理石上；边缘被一圈灯芯草团团围住；内里则杂草丛生；这儿或那儿，可以看见白色的繁花；青蛙噗通一声跳入水中；入夜时分，星星一动也不动地倒影在潭水中，水面没有丝毫涟漪。夜晚降临了，阴影将绿色扫入了壁炉之中；仿佛像是波涛起伏的海洋。没有船舰驶入；纷乱的波浪在空无一物的天空下微微荡漾。夜深了；绿色之光变成了蓝色。绿色终于消逝了。

蓝

塌鼻子的海中怪物浮到了水面上，径直从鼻孔中喷出了两股水花，中间煞白煞白的，像是一串串蓝色的珠子。蓝色的珠链溅落到他身体黑色的躯壳上。他一边唱着歌，一边用嘴巴和鼻子喷着水花，蓝色覆满了他的全身，他的眼睛就像光滑的鹅卵石一般。他躺倒在海滩上，慢吞吞的，懒洋洋的，蜕下身上干燥的蓝色鳞片。它们如金属般闪闪发光的蓝色在泛出铁锈色的沙滩上分外夺目。蓝色是失事的划艇的肋骨。一道波浪从蓝色的钟声下翻滚而过。但是大教堂里面却不一样，寒冷，香气袅袅，圣母玛利亚的面纱泛出淡淡的蓝色。

这篇散文构思奇特，第一部分以"绿色"贯穿全篇，勾连起相关的意象如玻璃吊灯绿色的枝杈、长尾巴鹦鹉的羽毛、棕榈树的叶片、绿色的细长光影、大理石地面上绿色的水潭、灯芯草、杂草和青蛙，等等，仿佛将读者带入了一个热带雨林的世界。但事实上，这一绿意盎然的世界却仅是作家丰富想象力的产物，是绿色吊灯在白天阳光的映照下在棕色的大理石地面上制造出来的奇幻的光影效果而已。伍尔夫的"视觉"依循着这一轨迹依次展开：首先是当屋外的自然光洒向悬挂在屋顶的玻璃吊灯，触及由绿玻璃制成的枝杈状灯坠时，光线立刻液化为绿色的水滴，滴落在大理石的地面上，汇成一汪绿色的水潭。在此，作家仅用了三句话，就通过高超的手法将读者从日常生活的感觉世界中带离，进入一个纯粹的、想象中的色彩世界。接下来，伍尔夫进一步联想，写到了鹦鹉漂亮的羽毛、奇特的叫声以及棕榈树轮廓分明的根根叶片。之所以联想到这些似乎和吊灯、地面与水潭毫无关系的事物，是因为它们之间的一个共性，即绿色。在少许放纵了一点点自己的联想之后，伍尔夫又迅速将读者的视觉与想象拉回绿色的水潭，进一步创造出一个在棕色的沙尘大漠上存在着一个虚无缥缈的水潭，骆驼在其中优游畅饮、碧草环绕、白花绽放、机灵的青蛙窜上跳下地嬉游的世界，强化了"绿色"的主题。

然而，白昼终将逝去，长夜即将来临。由于夜幕初降，阳光的角度逐渐偏斜，原本映射在大理石上的绿色终于被"扫"入了壁炉的阴影之中；随着自然光的强度变弱，"水潭"鲜亮的绿色逐渐变得黯淡下来，绿色与黑色混合，变成了海洋的蓝色。于是，白天里绿幽幽的水潭，在夜晚变成了深蓝色的海洋，海浪在旷远的苍穹下漫无目的地摇荡。于是，《蓝与绿》的第一部分结束，"绿色"的主题让位于"蓝色"的主题。

第二部分的构思似乎更为神奇。在大理石地面这一被想象出来的深海中，我们首先看到的是"一个塌鼻子的海中怪物"用鼻孔向外喷水的画面。他的鼻翼中喷出了蓝色的海水，仿佛串串蓝色的珠链。蓝色水花覆满了他的全身。随后，他悠闲地游到海滩上，慢慢蜕去身上蓝色的鳞片："它们如金属般闪闪发光的蓝色在泛出铁锈色的沙滩上分外夺目。"这里，蓝色的水花、珠链、鳞片等再次构成一个整体，突出了"蓝色"的主题。随之，伍尔夫又宕开一笔想到了"失事的划艇"、"蓝色的钟声"，甚至"泛出淡淡的蓝色"的"圣母玛利亚的面纱"。我们发现，伍尔夫在此甚至调动了通感的艺术手段，将声音幻化而为色彩，目的只有一个，即与前面"蓝色"的主题形成呼应。

综上，在《蓝与绿》中，伍尔夫出色运用了构图与色彩等绘画因素，通过弗莱的"视觉"与"设计"，创造出清新奇妙的艺术世界。

第二节 印象主义绘画般的斑驳光影

我们在前一节中，更多分析的是后印象派绘画的色彩运用之于伍尔夫作品的意义。相较而言，印象主义画家更加醉心于描绘空间转瞬即逝的光色，表现光的闪烁和光作用下景物的形态变化。在表达超越印象主义绘画的努力时，塞尚曾言："印象主义是色彩的光学的混合，我们必须越过它。我想从印象派里造出一些东西来，这些东西是那样坚固和持久，像博物馆里的艺术品。"[1] 为了创造出"博物馆里的艺术品"，塞尚放弃了对光

---

[1] 转引自瓦尔特·赫斯《欧洲现代画派画论》，宗白华译，广西师范大学出版社 2001 年版，第 16 页。

线与阴影的呈现，而运用色彩本身的变化来体现"坚固和持久"的造型感。高更则批评了印象派与传统绘画在模仿现实、"反映自然"方面的千丝万缕的联系，以及在表现心灵、呈现情感与个性方面的不足，认为"印象派固然研究色彩纯粹作为装饰的价值，但他们仍保留着一种不自由，即仍然束缚于反映自然的可能性。代替着在充满秘密的心灵底层去搜寻，他们停留在眼睛所见的，因此他们堕入科学的论证，多了一个教条"①。因此，两者都是从印象派绘画与传统绘画的写实主义之间存有千丝万缕的联系，以及光色呈现未能传达主观体验，印象派画作未能充分体现艺术品的坚固的造型感等角度，对之提出了批评的。但后印象派固然有着自己革故鼎新的明确观念与成功实践，然而，在对色彩原则的吸纳方面，伍尔夫却是兼收并蓄的。这或许与她艺术素养的形成过程中既受到了后印象画派的影响，又受到了印象画派诸多画家的滋养有关。加之作为一名热爱自然，深感大自然中的诗意，并在作品中大量描摹了外部世界的万千变化的作家，她因而不仅吸收了后印象派重主体抒发与画面造型的特点，同样借鉴了印象主义绘画对光线作用下大自然多彩风姿的精细描摹，而由于语言艺术作为时间艺术的独特性，伍尔夫又能在纵向的时间轴上连缀起一幅幅美不胜收的印象主义图景，呈现出时间流逝中大自然的迷人风姿。反过来说，由于时光流逝、生命与死亡是伍尔夫一生都在思考与探索的文学主题，印象派绘画追踪时光流逝中的自然变幻的特色，亦为伍尔夫的创作提供了重要的形式上的助力。事实上，印象主义与后印象主义绘画之间本来就是没有明确的界限的。弗莱当年为第一届后印象主义绘画展览命名时起初想用"印象派"这一名称，即为明证之一。塞尚曾师法印象派大师毕沙罗，其他后印象派大师亦从印象派中脱胎而来。伍尔夫成长与写作的时代，印象派绘画依然深受公众欢迎，并是各大美术馆与艺术画廊展出的主体内容。印象派画家们深受伍尔夫的喜爱。因此，诸多因素决定了伍尔夫的创作中，也体现出印象主义绘画的影响。

　　印象派绘画兴起于 19 世纪 60—70 年代，在 19 世纪的后 30 年成为法国艺术的主流。它打破了千年以来画家局限于画室内的创作传统，强调大胆走入自然写生，研究光的构成、光与色彩的关系，依照自己眼睛的观察

---

　　① 转引自瓦尔特·赫斯《欧洲现代画派画论》，宗白华译，广西师范大学出版社 2001 年版，第 47 页。

再现对象的光和色在视觉中造成的印象，在把握色彩方面完成了一次革命。

关于印象主义的革新意义，瓦尔特·赫斯在《欧洲现代画派画论》中指出："绘画艺术好像发现了一个完全新的世界，在这新世界里，迄今束缚在物体上的色彩，不受阻地喷射它们的放光的力量。颜色被分解成一堆极细微的分子，愈来愈纯，愈加接近于'视光分析'，相互间增强着价值。画面形成为一个织物，一个飘荡着的、彩色面的光幕。这'幕'基本上不是由物体的诸特征，而是由'颜色分子'做成的。它是一个流动着的、消逝着的美，在飞动里被捉住；像现象之流里一个闪耀的波，它的彩色的反光；一个被体验到的世界，刹那间翻译成一自由的颜色织品。"①著名的印象派画家克洛德·莫奈也强调捕捉瞬间即逝的印象："当你去画画时，要忘掉你面前的物体。只是想这是一小块蓝色，这是一长条粉红色，这是一条黄色，然后准确地画下你所观察到的颜色和形状。直到它达到你最初的印象时为止。"他对于表现"瞬间"的光色印象的难度十分感慨，认为越是深入进去，越能清楚地看到，要表达出画家想捕捉到的那"一瞬间"，特别是要表达大气和散射其间的光线，需要做出多么大的努力啊！他感叹"光变了，颜色也要随着变"："颜色，一种颜色，它持续一秒钟，有时至多不超过三、四分钟。……一旦错过机会，我就只好停止工作。"也正是由此原因，莫奈画塞纳河整整画了一生，不论在什么季节、什么时间，从未感到过厌倦，因为塞纳河在任何时候看都会呈现出不同的风景。莫奈曾反复描画不同时间内鲁昂大教堂和草垛的景色，亦正是为了捕捉瞬间不同的光与色。他的杰作《鲁昂大教堂，从正面看到的大门，棕色的和谐》与《鲁昂大教堂，阳光的效果，傍晚时分》是1892年2月至4月中旬及1893年为教堂绘制的30余幅油画中的两幅，正体现了他的这一追求。

如果说以莫奈为代表的印象派画家受限于绘画作为空间艺术的特点，而不得不在不同的画幅中呈现四时不同的景象的话，伍尔夫却可以在纵向的时间之流中做出完整的描摹，在世界文学史上留下了光与影的一次次精彩实录。

---

① 转引自瓦尔特·赫斯《欧洲现代画派画论》，宗白华译，广西师范大学出版社2001年版，第5—6页。

简·戈德曼也在考察伍尔夫的写作与姐姐文尼莎·贝尔绘画艺术之间的关联后指出，罗杰·弗莱的艺术观念本身是存在发展变化的，而克莱夫·贝尔在弗莱理论基础上加以发挥而确立的"有意味的形式"观则更加偏激。伍尔夫对他们的思想并未亦步亦趋，美学观念也并非完全一致。相对而言，伍尔夫对后印象派早期的美学思想借鉴较多，同时深受姐姐画作的影响。文尼莎·贝尔画作对光线的重视一直是十分突出的特点。伍尔夫后来也曾经总结道："后印象主义运动用多彩的光束——而不是阴影——照亮了我们。"① 在《弗吉尼亚·伍尔夫的女性主义美学：现代主义、后印象主义和视觉的政治》一书中，戈德曼写道："我将比较弗莱早期有关后印象主义的观念与他后来理论发展之间的不同，并认为，他的这些早期观念，以及克莱夫·贝尔更为极端的意见，对于研究伍尔夫的美学并非是最为恰当的。伍尔夫始终停留于对后印象主义的较早阶段的阐释上，发展出了对色彩的兴趣，这一点与在第二次后印象派画展上展出作品的她的姐姐文尼莎的美学实践密切相关。我的观点将集中于色彩，虽然无论弗莱还是贝尔都没有否认其作为后印象派绘画的重要因素，但他们只是将其纳入到对于'有意味的形式'的宣扬之中，由此，色彩失去了在其他有影响的艺术理论中的作用与意义。我以为，如果将色彩视为有意味的形式当中一个独立的内容，关于伍尔夫与后印象主义的文学联姻，我们将很有可能得出不同的结论。"② 戈德曼对弗莱思想的理解或许尚有可商榷之处，但对伍尔夫笔下的色彩呈现与印象主义绘画之间的深厚联系，却无疑做出了准确的判断。

我们首先看到，伍尔夫长于抒写随着时节、晨昏、阳光的变化而变动中的风景，如《雅各的房间》中如此描写雅各同学的母亲达兰特夫人从山头俯瞰所见的乡景："暮色已浓，林子里面几乎全黑了。青苔软绵绵的；一根根树干如同一个个幽灵。远处是一片银色的草地。蒲苇从草地尽头的绿岗上竖起羽毛似的嫩芽。一汪水闪闪发光。旋花蛾在花儿上盘旋。橘黄与绛紫，旱金莲和缬草，沉浸在暮色里，但烟草和西番莲白花花的，

---

① Virginia Woolf, *Moments of Being*, Jeanne Schulkind ed, Sussex: The Sussex University Press, 1976, p. 178.

② Jane Goldman, *The Feminist Aesthetics of Virginia Woolf: Modernism, Post-Impressionism and the Politics of the Visual*, Cambridge: Cambridge University Press, 1998, p. 123.

像瓷器一般，大飞蛾在上面飞旋。"① 在《达洛卫夫人》中，在退伍老兵赛普蒂默斯的视线中，阳光下榆树的枝叶如波涛般微微起伏，同样充满了印象主义的光色之美："榆树的枝叶兴奋地波动着，波动着，闪烁着光芒，色彩由浅入深，由蓝色转为巨浪般的绿色，仿佛马头上的鬃毛，又如妇女们戴的羽饰；榆树那么自豪地波动着，美妙之极！要不是雷西娅的手按住了他，这一切几乎会使他癫狂，但是他不能发狂。"② 而达洛卫夫人的女儿伊丽莎白在撇下她那偏执、霸道的家庭教师基尔曼小姐，一身轻松地独自在伦敦大街上游逛时，抬头所见的，更是一幅壮阔的薄暮云图："此时一阵风吹拂着稀薄的乌云，遮掩了太阳，使河滨大街蒙上云翳。行人的脸变得模糊了，公共汽车猝然失去了光辉。一簇簇浮云，仿佛群山，边缘参差，令人遐思：好似有人用利斧砍去片片云絮，两边绵延着金黄色斜坡，呈现出天上的乐园，气象万千，宛如仙境中诸神即将聚会；尽管如此，云层却不断推移，变幻：仿佛按原定计划，忽而云端缩小了，忽而金字塔般的大块白云（原来是静止的）运行到中天，或庄重地率领一朵朵行云，飘向远方去停泊。虽然云层似乎巍然不动，交织成和谐的整体，休憩着，其实，乃是白雪似的流云，闪耀着金色彩霞，无比地清新、自在而敏感；完全可能变幻、移动，使庄严的诸神之会涣散；尽管看上去，霭霭白云肃穆而凝固，一堆堆的，雄浑而坚实，它们却留出罅隙，时而使一束阳光照射大地，时而又让黑暗笼罩万物。"③ 这段文字，写出了云蒸霞蔚、气象万千的景象，其中，光线起到了重要的作用。

在《到灯塔去》的开头部分，读者看到，由于有母亲的耐心陪伴，小詹姆斯沉浸在温暖的幸福感之中。在他童稚的视线中，即便是雨前的黯淡风景也打上了欢快的烙印，一切显得是那么的明快、鲜活。印象式的风景描摹有力地烘托了人物关系与性格，为下文詹姆斯对父亲打破母子独处的宁静氛围而感到的痛恨、以及母爱的仁慈温暖与父性的理性冰冷间的对比做出了有力的铺垫，"当他的母亲对他讲话时，他正怀着极大的喜悦修饰一幅冰箱图片。连它也染上了喜悦的色彩。窗外车声辚辚，刈草机在草坪上滚过，白杨树在风中沙沙作响，叶瓣儿在下雨之前变得苍白黯淡，白

---

① 弗吉尼亚·吴尔夫：《雅各的房间》，蒲隆译，第50页。
② 弗吉尼亚·伍尔夫：《达洛卫夫人》，孙梁、苏美译，第23页。
③ 同上书，第141—142页。

嘴鸦在空中鸣啼，扫帚触及地板，衣裙发出窸窣声——这一切在他心目中都是如此绚丽多彩，清晰可辨。"① 而在训练有素的画家莉丽的视觉中，"色彩在钢铁的框架上燃烧；在教堂的拱顶上，有蝶翅形的光芒。"这是阳光制造出的奇幻效果。她迅速捕捉这稍纵即逝的时刻，努力将之定格为艺术："所有这些景色，只留下一点儿散漫的标记，潦草地涂抹在画布上。"② 重返圣艾维斯后，思念拉姆齐夫人的莉丽决心画完十年前开始的画作。她一边在海边思索、回忆，一边远眺海湾中央拉姆齐先生带着一双儿女前往灯塔的小船。以下这段莉丽眼中主观印象强烈的海天风景，是完全可以被还原为一幅莫奈式的印象派绘画、使读者获得逼真的视觉图像的："那天早晨是如此晴朗，只是偶尔有一丝微风，极目远眺，碧海与苍穹连成一片，似乎点点孤帆高悬在空中，或者朵朵白云飘坠于海面。在远处的大海上，一艘轮船吐出一缕浓烟，它在空中翻滚缭绕、久久不散，装饰点缀着这片景色，好像海面上的空气是一层轻纱薄雾，它把万物柔和地笼罩在它的网眼中，让它们轻轻地来回荡漾。有时晴空万里，波平如镜，那悬崖峭壁看上去似乎意识到那些驶过的帆船，那些小船看上去似乎也意识到悬崖峭壁的存在，好象它们彼此之间灵犀相通、信息互传。"③ 清晨，以碧海、蓝天与白云为底色，远处有点点帆影，近景则有峭壁、悬崖和波平如镜的海水，光影浮动，堪称一幅令人心旷神怡的印象派画作。伍尔夫作品中的诗意之美很大程度上来源于此。

　　如前所述，伍尔夫在创作后期虽然实验倾向有所减弱，现实主义因素有所加强，但同样并未舍弃光色变幻的描写，大段诗意的风景描绘构成作品的重要组成部分。《海浪》分为九个章节或片段，其中每一段的引子的第一句均以太阳为主题，从其尚未升起写到完全沉落，细腻地表现了一昼夜的变化，由此象征了人生从在育儿室内的生活到走向沉沉暮年和面对死亡的全过程。具体为："太阳还没有升起。""太阳正在升起。""太阳升起了。""已经升起的太阳光芒不再流连在绿色的床垫上，它们断续地映透那些晶莹的珠宝。""太阳已经高高升到天顶。""太阳已经不再停留在中天。""现在天空中的太阳落得更低了。""太阳正在沉落。""现在太阳落

---

① 弗吉尼亚·伍尔夫：《到灯塔去》，瞿世镜译，第 205 页。
② 同上书，第 253 页。
③ 同上书，第 396 页。

山了。"在这九个"开场白"之后，分别是伍尔夫对一天内不同时间天空、大海、海边花园内的风景的抒写，以此来呼应六位小说人物伯纳德、奈维尔、珍妮、苏珊、罗达与路易的成长与生命感悟。到了《岁月》，我们看到，第六章"一九一一年"的开头部分是这样呈现随着太阳升起，景物的色泽变化的，其中有现实，亦有想象："太阳冉冉升起。它慢慢地爬上了地平线，抖出万道光芒。但长天无际，晴空万里，要光盈天庭，尚需时间。渐渐地云彩变蓝；林木的叶子闪闪烁烁；下面的一朵花光彩灼灼；飞禽走兽——老虎、猴子、小鸟——个个目光炯炯。慢慢地，世界脱离了黑暗。大海变得像一尾有无数鳞片的鱼的皮，闪着金光。在法国南部，沟槽纵横的葡萄园照到了阳光；小藤变紫变黄；阳光透过百叶窗，在白墙上画上了条条。玛吉站在窗前，俯视着院子，看见她丈夫的书由于落上上面葡萄藤的影子，好像裂了一道口子；而他旁边放的玻璃杯子闪着黄光。干活儿的农民的吆喝声从开着的窗户里传进来。"① 第十一章"现在"的开头，同样是一幅美丽的印象主义风景画："一个夏日的黄昏；夕阳正在西下；天空依然蓝莹莹的，但微微染上了一抹金黄，仿佛上面挂着一层薄薄的面纱，金蓝色的长空里间或悬浮着一朵孤岛似的云彩。田野上，树木傲然屹立，叶子纷披，如同披挂着金甲。绵羊和母牛，前者是一水儿的珍珠白，后者杂色斑斓，有的卧着，有的边吃边走，穿过晶莹的青草地。什么周围都绕着一圈光边，大路上扬起一股金红色的土雾。就连公路旁的那些小小的红砖别墅也被霞光照得玲珑剔透，农舍花园里的花儿，有的雪青，有的粉红，宛如一件件棉布衣裙，脉络闪亮，仿佛从里面照亮了似的。有人站在农舍门前，有人走在人行道上，只要面对着缓缓西沉的落日，脸上都闪出一样的红光。"② 这里，远景、中景与近景层次分明，加上夕阳西下时分丰富的色彩，构成一个美不胜收的图画世界。

其次，对光线的重视还使伍尔夫特别醉心于追踪与表现光线与阴影和谐相生而达成的效果。这一特点同样大量出现在其长篇小说之中，如《达洛卫夫人》中，伍尔夫以色彩、形状与明暗均呈现出鲜明对比的笔法，描写了退伍老兵眼中光影斑驳的起居室内外的世界："此时，赛普蒂默斯·沃伦·史密斯正躺在起居室内沙发上，谛视着糊墙纸上流水似的金

---

① 弗吉尼亚·吴尔夫：《岁月》，蒲隆译，第164页。
② 同上书，第263页。

色光影，闪烁而又消隐，犹如蔷薇花上一只昆虫，异常灵敏；仿佛这些光影穿梭般悠来悠去，召唤着，发出信号，掩映着，时而使墙壁蒙上灰色，时而使香蕉闪耀出橙黄的光泽，时而使河滨大街变得灰蒙蒙的，时而又使公共汽车显出绚烂的黄色。户外，树叶婆娑，宛如绿色的网，蔓延着，直到空间深处；室内传入潺潺的水声，在一阵阵涛声中响起了鸟儿的啁鸣。"①

安妮·班菲尔德指出："在伍尔夫的印象主义词汇中，就像绘画之于艺术家一样，充满了色彩词汇，单词，就像小小的投下阴影的光线一样，有红的，有蓝的，有黄的。"② 红色、蓝色与黄色三原色再加上各种补色，在光线与阴影的交织下，使伍尔夫的作品成为一个个明丽如画的世界。如前所述，即有不少学者专门对《到灯塔去》中的"光"的形态、特色与意义进行了研究。具体说来，在《到灯塔去》中，伍尔夫对"光"的集中描写多达十几处。不仅如此，作家还几乎涉及了包括日光、月光、星光、烛光、水光、火柴之光、灯火之光、灯塔之光等在内的各种不同的光。而即便是同一种光，在不同场景、不同视角下也会呈现出不同的姿态。各种光不仅照亮了世界，构成其中的重要组成部分，亦对暗示与渲染主题，表达伍尔夫对人与人之间和谐关系的探索，以及关于生活秩序与永恒等的诸多感悟，起到了不可替代的作用。如在小说第一部分的高潮点即晚宴场景中，拉姆齐夫人努力想打破存在于宾客之间的冷漠与隔阂，创造出温暖而亲密的和谐氛围。烛光在此便起到了关键的作用："现在八支蜡烛放到了餐桌上，起初烛光弯曲摇曳了一下，后来就放射出挺直明亮的光辉，照亮了整个餐桌和桌子中央一盘淡黄淡紫的水果。"③ 本来已经不耐烦而急于离席的孩子们雀跃起来，拉姆齐先生古怪而暴躁的情绪获得了抚慰，莉丽消除了对世俗、势利、猥琐而又虚荣的塔斯莱的蔑视，变得友善，奥古斯都的目光也在玩味烛光下那盘美丽的水果。"现在，所有的蜡烛都点燃起来，餐桌两边的脸庞显得距离更近了，组成了围绕着餐桌的一个集体。"④ 烛光成为联结人与人之间关系的纽带，其所代表的光明、温

① 弗吉尼亚·伍尔夫：《达洛卫夫人》，孙梁、苏美译，第 142 页。
② Ann Banfield, *The Phantom Table: Woolf, Fry, Russell and the Epistemology of Modernism*, Cambridge: Cambridge Uiniversity Press, 2000, p. 299.
③ 弗吉尼亚·伍尔夫：《到灯塔去》，瞿世镜译，第 303 页。
④ 同上。

暖与美丽，亦正是拉姆齐夫人精神品格的象征。于是，晚宴在一片和谐与美好的气氛中圆满结束，保罗与敏泰也如拉姆齐夫人所盼望的订下了终身。在拉姆齐夫人的视线中，星光似乎也在为此欢欣不已："风儿吹过，在树叶之间，偶尔露出一颗星星；而那些星星本身，似乎也在摇晃，投射出光芒，在树叶之间空隙的边缘闪烁。是的，此事已成定局，大功告成；而当一切都已完成，它就会变得庄严肃穆。"[1]

　　同时，本书在前面部分已经论述了伍尔夫关于"存在的瞬间"的生命观与写作观。结合《到灯塔去》这部作品来看，光尤其是灯塔之光也成为呈现人物生命中那些难得而又转瞬即逝的美妙时刻的重要手段。如第一部分最后的场景写拉姆齐夫人静坐于书房窗前时，被远方灯塔迷人的光柱所吸引。在这美丽的瞬间，"她着迷地、被催眠似地凝视着它，好像它要用它银光闪闪的手指轻触她头脑中一些密封的容器，这些容器一旦被打开，就会使她周身充满了喜悦，她曾经体验过幸福，美妙的幸福，强烈的幸福，而那灯塔的光，使汹涌的波涛披上了银装，显得稍为明亮，当夕阳的余晖褪尽，大海也失去了它的蓝色，纯粹是柠檬色的海浪滚滚而来，它翻腾起伏，拍击海岸，浪花四溅；狂喜陶醉的光芒，在她眼中闪烁，纯洁喜悦的波涛，涌入她的心田，而她感觉到：这已经足够了！已经足够了！"[2]

　　人生美丽的瞬间对于刚刚求婚成功的保罗而言，同样是与光相连的。在从海边返回城镇的路上，保罗憧憬着未来与敏泰的幸福生活，看到了闪耀着的城镇的灯光："那些灯火突然间一盏接着一盏亮了起来，就像他即将遇到的一连串事情——他的婚姻、他的儿女、他的房屋。"[3]他憧憬着向拉姆齐夫人报告自己的幸福，走上了屋前的汽车道，"像孩子般地喃喃自语：灯光，灯光，灯光，然后又茫然地重复道，灯光、灯光、灯光。"[4]

　　十年之后，拉姆齐先生带着儿女前往灯塔，亦正是为了追寻失落已久的拉姆齐夫人的精神之光。此时，夫人虽已故去，但灵魂已与灯塔融为一体，代表着美丽、光明、温暖、慈爱、包容与和谐。正是在同舟共济、前往灯塔的航程中，詹姆斯与凯姆消除了长久以来对专横、冷漠、自我中心

---

①　弗吉尼亚·伍尔夫：《到灯塔去》，瞿世镜译，第 321 页。
②　同上书，第 270—271 页。
③　同上书，第 283—284 页。
④　同上书，第 284 页。

的父亲的敌意，更多地理解了他身上的坚韧、顽强、冷静、勇敢等美好品质。亦正是在拉姆齐先生与儿女抵达灯塔的那一美丽的瞬间，莉丽"好象在一刹那间看清了眼前的景象，在画布的中央添上了一笔"，"画出了在我心头萦回多年的幻景"①。因此，灯塔之光在小说中具有最深刻和最丰富的象征蕴涵。而其他各种形式的光亦与灯塔之光一道，构成品味小说多元象征意义的重要元素。

对于光色万千变幻的精致描写，还大量出现在伍尔夫的短篇小说与散文随笔中，如前面已经分析过的《蓝与绿》、《邱园记事》、《墙上的斑点》与《太阳和鱼》等均十分典型。

前文已经论及在《到灯塔去》中，伍尔夫对三原色的大量使用。这一特征在《邱园记事》中同样明显。在自然风物的抒写方面，高频度进入伍尔夫视野的不仅有虹彩与云霓、晨光与夕照、飞蛾与游鱼，还有明媚的花朵和小型爬行动物。这一点在描绘皇家植物园的花坛的开头部分表现得尤为突出。伍尔夫不仅重点落笔在花朵的红、黄、蓝三原色呈现上，又精心将红与绿、黄与紫、蓝与橙彼此映衬对比，此外还有白色、金色、褐色、灰色、银色的渗透，编织出一幅热烈而夺目的印象主义光色画卷："椭圆形的花坛里栽着一百支左右的长茎花卉，那花丛半腰起满是团团的绿叶，有心形的也有舌状的，花的梢头上则冒出一簇簇的花瓣，红黄蓝白，色彩纷呈；花瓣上则点缀着各色斑点，引人注目。不管是什么颜色的花，那隐隐约约的花托上总是伸着一根笔直的花蕊，粗头细身，顶部附着一层金色的花粉。那花朵花瓣四敞，芬芳尽吐，即使一丝夏日的微风吹来，也能拂动花瓣，牵动花卉下面被各色光彩交叉四射的褐色泥土上满是水彩似的杂色斑点。那些花瓣色彩的闪光落在光滑的灰白色鹅卵石顶部，或是落到一只蜗牛棕色螺旋形的壳上，或者射到一滴水珠上，点化出一道道极薄的水光之墙，红的、蓝的、黄的、色彩的浓郁，真让人担心它会浓得迸裂，化为乌有。然而它没有迸裂，转眼间闪光已消逝，于是水珠又恢复了其银灰色的模样。闪光移到一张叶片上，照出了叶子的表层皮质下枝枝杈杈的叶脉；闪光继续前移，射在天棚般密密厚厚的心形叶和舌状叶上，使一大片憧憧绿影中透出了光亮。此时高空的风吹得强劲起来，于是彩色的闪光就上移而反射到头顶那广阔的空间，映入了在这七月的日子里

----

① 弗吉尼亚·伍尔夫：《到灯塔去》，瞿世镜译，第 423 页。

来游植物园的男男女女的眼帘。"① 而在小说结局处，仿佛为了与开头呼应一般，伍尔夫的笔触再度回到了对夏日光影下花坛的描绘，只是这一次，成双成对的游人也加入其中，成为画幅上的共同主角，人与自然相映成趣、相得益彰："一层青绿色的雾霭逐渐把他们裹了进去，起初还看得见他们的形体，他们的色彩，随后那些形体和色彩就全都消溶在青绿色的大气中了。天气实在太热了，热得连鸫鸟都躲在花荫中不愿挪窝，隔上半天才蹦跶一下，就是跳起来也是死板板的，像自动玩具似地。白蝴蝶也不再四处飞舞遨游了，而是三三两两上下盘旋，宛如撒下的片片白花，飘荡到鲜花的顶端，勾勒出其轮廓，煞似半截颓败的大理石柱。栽培棕榈属作物的玻璃温室顶反射着阳光，仿佛是一个露天市场，其中摆满了闪闪发亮的绿伞。飞机的嗡嗡声，犹如夏日的苍穹在喃喃诉说自己满腔的深情。遥远的路那边，忽然间浮现出五光十色的许多人影，看得出有男有女，还有孩子，衣服红黄黑白的色彩引人注目。可是当他们看见了草地上那金灿灿的阳光，马上就动摇了，纷纷地躲到树荫里，像水滴一样溶入了这金灿灿绿茸茸的世界，只留下了几点淡淡红色和蓝色的痕迹。"② 如此美丽的视觉文字，很难不使那些富有创造欲的画家动心，努力在画幅中将其再造出来。在伍尔夫的所有作品中，《邱园记事》是最受文尼莎喜爱的一篇，原因大约与此有关。它所体现出来的美学理念与文尼莎的绘画艺术观十分吻合，因此她多次为该作设计了封面、封底，还自告奋勇地创作了多幅插图。这正是伍尔夫的作品拥有高度绘画性的又一明证。

　　散文《太阳和鱼》中表现阳光初升时的光色变化与日落时的壮观景象的段落，同样脍炙人口，并表现出伍尔夫惊人的具像化与视觉化能力："与此同时，旭日冉冉东升，一朵白云在太阳光线慢慢地照射上来时，像一幅白色的帘子那样灼灼发光；金黄色的楔形光流从上面瀑泻下来，使峡谷中的树林显出一片葱绿，村庄则成了蓝褐色。在我们身后的天空中，白云犹如白色的岛屿漂浮在淡蓝色的湖泊中。在那儿，天空是无边无垠、任意驰骋的，然而在我们的面前，却有一条轮廓模糊的雪堤聚集起来了。不过，当我们继续观看时，它渐渐消散淡薄，成了片片云絮。瞬息之间，金色剧增，把白色融成了一幅火焰般的薄纱，且变得越来越稀薄，直到在某

---

① 弗吉尼亚·伍尔芙：《伍尔芙随笔集》，孔小炯、黄梅译，第37—38页。
② 同上书，第45—46页。

一刹那间，把辉煌壮观的太阳呈现在我们的眼前。"[1] 以上是日出时光色变幻的雄奇场面。到了日暮时分，随着光线的迅速弱化，"所有的色彩也开始从荒野中溜走了。蓝色成了紫色，白色变成了像一场狂暴然而无声无息的风暴袭击前的那种青灰色。粉红色的人脸染上了绿色，天气变得极其的寒冷。这就是太阳的失败，而这，我们痴痴地想着，也是所有失望地从面前阴沉沉的云毯转向身后的荒野的变化。它们是青灰色的，是紫色的。可突然之间，人们开始感悟到还有其他的事将发生，一些出乎意料的、令人惊畏的、不可避免的事。阴影变得越来越黑暗，凌驾在荒野上，犹如发生在船上的倾斜，不但没有在关键时刻改变过来，反而一点儿一点儿地在增加，然后突然倾覆了。那光线也是这样，变化着，'倾斜'着，最后败给了黑暗"[2]。这些笔法，再度让我们想起了那些追踪光线作用下色彩神奇变化的印象主义油画作品，也再度证明了伍尔夫的色彩描摹中存在印象主义影响的重要成分。

值得强调的是，伍尔夫对自然的感知是和作家的时间意识与生命无常感紧密相连的。这一点无论是她的长短篇小说还是随笔散文都不例外。恰如《太阳和鱼》中叙述主人公"我们"从时光的流逝、光影的变幻、太阳的升降中感悟到的："我们所站立着的地球是由色彩构成的，它会被抹去、消失，而后我们就会站在一片枯叶上。现在安稳地踏踩在地球上的我们将亲眼目睹它的死亡。"[3] 生命与死亡是伍尔夫作品永恒的主角，而在此过程中，光影变幻中的色彩描写作为伍尔夫写作的重要形式特征，有力帮助表达了"有意味"的内容，强化了作品的艺术感染力，并造就了作家作品独特的美学风范。

---

① 弗吉尼亚·伍尔芙：《伍尔芙随笔集》，孔小炯、黄梅译，第 70 页。
② 同上书，第 71—72 页。
③ 同上书，第 72 页。

第六章

关于"有意味的形式"

"有意味的形式"（significant form）作为西方现代艺术理论中的一个基本观念，对 20 世纪形式主义美学的发展起到了重要的作用。关于"布鲁姆斯伯里文化圈"中人关注形式美学的社会文化背景与积极意义，沈语冰认为："就布鲁姆斯伯里集团来说，形式主义对主观审美反应的依赖，并不只是空洞的乌托邦冲动，而是一种可以理解的，把艺术从资本主义消费的专制以及墨守成规的统治阶级的审美判断的控制中解放出来的尝试。"①

在"有意味的形式"这一表述形成与流行的过程中，罗杰·弗莱与克莱夫·贝尔是两个关键性的人物。然而，学界关于这一表述的原创者究竟为谁却存在着一定的错谬，关于弗莱与克莱夫·贝尔在理解与阐释这一术语上存在分野也未有清晰的认知。故本章拟首先厘清这一术语的来龙去脉，并通过弗莱与贝尔的具体论述比较说明两人立场上的差异，为下一章中分析"有意味的形式"这一艺术美学观念在伍尔夫作品中的具体呈现做出铺垫。

第一节　何为"有意味的形式"？

关于"有意味的形式"，世人大都将其与克莱夫·贝尔相连，认为是他在其风靡一时的美学小册子，出版于 1914 年的《艺术》中，首创了这一形式主义美学中的著名概念。其实，早在 1910 年，弗莱就已在第一次

---

① 沈语冰：《20 世纪艺术批评》，中国美术学院出版社 2003 年版，第 77 页。

后印象派绘画展后发表的演讲中，提及了同样的概念。甚至早在 1909 年发表的著名评论《论美感》中，他已经对"有意味的形式"展开了描述，只不过当时尚未使用那个确定的名称而已。

弗莱长于 15 世纪意大利绘画研究，曾师从著名的艺术史家伯纳德·贝伦森（Bernard Berenson）。在其第一部著作《贝利尼》中，弗莱即对绘画艺术要有坚实的轮廓等一系列有关形式的问题多有涉猎。① 1906 年，弗莱给《伯灵顿杂志》编辑部写了一封信。这篇后以《印象派的最近阶段》（"The Last Phase of Impressionism"）为题发表的论文，成为弗莱形式主义理论形成过程中十分重要的环节："弗莱在此文中开始关注现代法国绘画，主要是因为他发现他所崇拜的那些意大利'原始画家'与后印象主义者之间的相似性。"② 随着对现代艺术的关注，弗莱对塞尚的敬重也与日俱增。在先后主持第一届（1910 年 9 月到 1911 年 1 月）与第二届（1912 年 10 月到 1913 年 1 月）后印象派画展期间，弗莱的形式美学思想和艺术批评观进一步得到发展与明确。"弗莱策划并主持的两届后印象派画展是现代艺术史上向英国公众全面引进当代大陆艺术的里程碑。其深远的意义表现在艺术家们、批评家们，甚至学院派对它们的持久的兴趣，这种兴趣终于导向了有关新艺术的观念。也正是在这两届画展时期，弗莱发展了他的形式主义美学的一般观念。"③ 从此之后，造型、图画平面、色调、构图、结构元素等成为人们理解绘画艺术的新的关键词。

在后来收入《视觉与设计》的《论美感》中，弗莱指出了现实生活与想象生活的差异，论及艺术追求的整体统一性，认为艺术的本质在于诉诸审美情感，强调要表现"自然形式内固有的感情因素"④。这里，"自然形式内固有的感情因素"的表述，正是"有意味的形式"的先声。第一次画展结束后，在公众的喧嚣与一片反对之声中，弗莱在布展的格拉夫顿画廊发表了一系列阐释后印象主义艺术理念与新的美学原则的演讲，其中之一即为《后印象主义》。克莱夫·贝尔后来在《老朋友》一文中回忆

---

① 沈语冰：《20 世纪艺术批评》，中国美术学院出版社 2003 年版，第 60—61 页。
② 沈语冰：《罗杰·弗莱的批评理论》，见《塞尚及其画风的发展》"附录"，第 219 页。
③ 沈语冰：《20 世纪艺术批评》，第 60 页。
④ 罗杰·弗莱：《视觉与设计》，第 24 页。

道："演讲是罗杰·弗莱最好的批评实践。他几乎是世界上最完美的演说家。"① 在这篇后来发表于 1911 年 5 月 1 日《双周评论》② 上的演讲稿中，弗莱指出，艺术的核心问题，并非模拟外部的客观现实，而是"要发现想象力的视觉语言。也就是说，要发现怎样安排形式与色彩，才能刺激视觉，从而最深刻地激发想象力"③。正是在评价他心爱的画家塞尚之于形式美学的开创意义时，他提出了"有意味的与表现性的形式"这一表述："后印象派画家如何从印象派画家那里发展而来，这确实是一段令人好奇的历史。他们吸收了大量印象派的技法，吸收了大量印象派的色彩，不过他们究竟是如何从一种完全再现性的艺术向非再现性与表现性的艺术过渡的，却仍然是一个谜。这个谜存在于一位天才人物令人惊异、难于解说的原创性之中，他便是塞尚。他所做的一切似乎都是无意识的。在以无与伦比的狂热与力量沿着印象派的探索路线往下走时，他似乎触摸到了一个隐蔽的源泉，在那儿，印象派赋形的整个结构瓦解了，一个有意味的与表现性的形式（significant and expressive form）的新世界开始呈现。正是塞尚的这一发现，为现代艺术重新恢复了全部消失已久的形式与色彩语言。"④

1913 年 2 月，关于自己的形式美学思想，弗莱又专门写了一封信，对"布鲁姆斯伯里文化圈"的老友、哲学家狄更生（G. L. Dickinson）进行了明确的解释："我想发现内容的功能是什么，并正在发展一种你会十分痛恨的理论，这种理论将纯粹指向形式，同时，所有基本的美学品质将只与纯粹的形式有关。……由于诗歌更具热情，内容完全是由形式再造出来的，因此，根本就没什么内容与形式分离开来的单独的价值。"⑤

由于两次展览的普遍影响，一种更深刻、一致和富有权威性的美学理论开始处于探索之中。由于当时的弗莱正忙于成立欧米茄工作室的筹备工作，所以委托克莱夫·贝尔进一步向公众阐述新的美学原则。克莱夫·贝尔接受了这一委托，于 1914 年出版了《艺术》一书。

---

① S. P. 罗森鲍姆编著：《岁月与海浪：布鲁姆斯伯里文化圈人物群像》，徐冰译，江苏教育出版社 2006 年版，第 36 页。

② *Fortnightly Review*, 1 May 1911, pp. 856 – 867.

③ 罗杰·弗莱：《后印象主义》，见《弗莱艺术批评文选》，沈语冰译，江苏美术出版社 2010 年版，第 119 页。

④ 同上书，第 130 页。

⑤ Roger Fry, *Letters of Roger Fry*, Vol. I., Denys Sutton ed, London：Chatto & Windus, 1972, p. 362.

所以，克莱夫·贝尔是在弗莱思想的直接启发下，在参与和帮助弗莱主持两届后印象派画展的基础上，形成了有关"有意味的形式"的观念的。对此，克莱夫·贝尔在1913年12月完成的《艺术》"序言"中是这样写的："我进行过许多谈话，它们调整和打磨了我在第一章中所提出的理论，这些谈话多数是和罗杰·弗赖先生一起进行的，因此，我从他那儿获得的启发是无法估量的。"① 他还称赞弗莱的《论美感》"是康德时代以来人们为艺术这门科学所作出的最有益的贡献"②，承认："如果一个人影响了另一个人的审美判断，很显然他就会间接影响他的某些理论。可以肯定，弗赖先生修正甚至推翻了我的某些历史概括。"③ 晚年的贝尔在《老朋友》中依然坚称弗莱是"现代艺术的代言人"④，指出："智慧与敏感的结合，在艺术、历史、科学等领域无所不晓的渊博学识，对于精致工具的灵巧运用，以及使语言贴近思想情感的无与伦比的组织表达能力，这些都使他无可争议地成为了一流批评家。……他还是有史以来在视觉艺术方面最优秀的作家之一。"⑤ 关于"布鲁姆斯伯里文化圈"与法国艺术的渊源，以及弗莱与克莱夫·贝尔之间的师承关系，贝尔夫妇的次子昆汀·贝尔后来在《隐秘的火焰：布鲁姆斯伯里文化圈》中这样写道："这个群体正是通过他（指弗莱），而不一定是克莱夫·贝尔，与巴黎建立了紧密而融洽的关系——这个巴黎是马蒂斯、德兰、毕加索、色冈查、阿波利内尔和维尔德拉克的巴黎。布鲁姆斯伯里因为罗杰·弗莱的影响，才从整体上变得亲法，推崇法国的艺术。……可以肯定的是，克莱夫·贝尔写作《艺术》，其部分原因就是基于罗杰·弗莱的影响。"⑥ 艺术史家与传记作家斯帕丁也总结说："弗赖伊汲取了马蒂斯著名的1908年《画家笔记》中的思想，他在1909年4月《新季刊》杂志上发表了《美学论文》一文，最初对那种认为艺术就是摹仿性再现的观点发动了持久不断的进攻。对他来说，艺术中的主要意义是看内在于表现对象中的'设计的情感要素'是否被恰当地发掘出来。克莱夫·贝尔在其《艺术》（1914）一书中

① 克莱夫·贝尔：《艺术》，第3页。
② 同上书，第3页。
③ 同上书，第4页。
④ S. P. 罗森鲍姆编著：《岁月与海浪：布鲁姆斯伯里文化圈人物群像》，第42页。
⑤ 同上书，第46页。
⑥ 昆汀·贝尔：《隐秘的火焰：布鲁姆斯伯里文化圈》，第50页。

将弗赖伊的观点向前推进了一步，断然宣称'有意味的形式'是一切审美的基础，而再现则是不相干的。"①

那么，关于"有意味的形式"，弗莱与贝尔在其各自的代表作中，分别是如何论述的呢？如前所述，弗莱批评生涯前半期的重要著述，基本上均被收入了弗莱本人亲自编订、囊括了他自1900年到1920年间撰写的艺术评论的文集《视觉与设计》中。其中，《论美感》集中对艺术家激发观众情感的形式要素进行了讨论。弗莱心目中这些"有意味的形式"要素主要包括"用于勾画形式的线条的节奏"、"体积"、"空间"、"光与形"和"色彩"五个方面。② 弗莱认为，所有构成这些感情的因素几乎都与人们生理存在的基本条件相联系："节奏诉诸所有伴随肌肉运动的感觉；体积诉诸所有无限适应我们被迫产生的重力；空间判断在其对生活的运用上具有相等的深度与广度；我们对斜面的感觉与我们对地球本身构造的必然制度相联系；光线也是我们必需的生存条件，我们对光线强度的变化十分敏感。色彩是唯一对生活不具有关键性和普遍的重要性的因素，它的感情效果既没有深度也不像其他因素那样清晰明确。那么，可以认为绘画艺术是通过运用可以引起我们主要的生理需要的一些联想因素而调动我们的感情。"③ 那么，上述形式因素又将如何真正达到激发观众情感的作用呢？弗莱由此对艺术家的感觉与知觉能力提出了很高的要求："当艺术家经过纯感觉达到以感觉的手段引起的感情时，他使用预计能调动我们感情的自然形式，他在这样一种方式中呈现它们，引起我们感情状态的形式以我们生理和心理本质的基本要求为基础。因此，艺术家对自然形式的态度是根据他希望引起的感情而千变万化的。他可以为他的目的要求最完整地再现一个人物，他可以是极端写实的，但以使我们完全摆脱依赖于自然的感情因素为条件，尽管画面非常接近自然表象。或者他可以给予我们最纯粹的自然形式的暗示，这几乎完全取决于包含在他的描绘中感情因素的力量与强度。那么，我们最终可以摒弃模仿自然的观念，可以摒弃以准确或不准确作为检验标准的观念，只考虑自然形式内固有的感情因素是否被充分发现，除非无论在何种意义上说，感情的观念确实依赖于模仿，或丝毫不差

---

① 弗朗西斯·斯帕丁：《20世纪英国艺术》，陈平译，上海人民美术出版社1999年版，第65页。引文中的《美学论文》即《论美感》。

② 罗杰·弗莱：《视觉与设计》，第21页。

③ 同上书，第22页。

的再现。"① 弗莱认为，艺术家必须采用灵活多变的自然形式以唤起观众的情感，从而激发审美效果。

1919 年问世的《艺术家的视觉》是弗莱另一篇重要的论文。文中，弗莱用"创造视觉"这一表述，完整描述了艺术家运用各种形式手段，将"日常视觉"升华而为"创造视觉"的过程："它要求最彻底地脱离表象的任何意义和含义。自然万花筒的任何转动几乎都在艺术家那儿产生这种超然的与不带感情的视觉。同时，当艺术家观照特殊的视觉范围时，（审美的）混沌与形式和色彩的偶然结合开始呈现为一种和谐；当这种和谐对艺术家变得清晰时，他的日常视觉就被已在他内心建立进来的韵律优势所变形了。线条运动方向的某种关系对他来说变得充满意味，他不再仅是偶然好奇地理解它们，而是富于热情，开始得到重点强调的这些线条，极其清晰地从静止中突现出来，与第一印象相比，他更清楚地看到了它们。色彩也是如此，在自然中色彩总是不明确的、难以捉摸的，但在艺术家眼中却非常明确和清楚，这取决于色彩之间的必然联系，如果他决定表现他的视觉，就能明确而清楚地表现色彩。在这种创造视觉中，物体则因此趋于解体，其独立的各个部分变得模糊不清，在整体上它们好像被置于由许多视觉斑点构成的镶嵌画中。整个视野内的各种物体变得如此接近，统一个别物体中的色调与颜色的分散块面被忽视了，只注重大范围内每一色调与颜色的一致性。"② 在这一过程中，弗莱重点强调了"线条"、"色彩"以及它们之间的相互组合关系之于表达"意味"的重要意义。

当然，如果说"有意味的形式"最早是由弗莱提出的话，其成为一个流行而深入人心的观念，却确实得力于克莱夫·贝尔在《艺术》中的大力倡扬，因此我们有必要通过对《艺术》的简略介绍，了解贝尔的基本思想及论证方式。在第一章《审美假说》中，贝尔首先郑重其事地提出了"有意味的形式"这一概念，然后通过设问方式，对其下了一个著名的定义："唤起我们审美情感的所有对象的共同属性是什么呢？……可能的答案只有一个——有意味的形式。在每件作品中，以某种独特的方式组合起来的线条和色彩、特定的形式和形式关系激发了我们的审美情

---

① 罗杰·弗莱：《视觉与设计》，第 23—24 页。
② 同上书，第 32 页。

感。"① 因此，是以独特方式相组合的线条与色彩、也即形式与形式之间的关系激发了读者与观众的审美情感，这一观点与前述弗莱的思想并无不同。为了进一步强调形式的纯粹性，抽空绘画艺术中的模仿性内容，贝尔还对所谓"描述性的绘画"进行了批评，认为"在'描述性的绘画'中，形式不是用作表达情感的对象，而是用作暗示情感或传达信息的手段。心理和历史取向的人物画像、地形学作品、讲述故事和暗示情境的画以及各种各样的插图都属于'描述性的绘画'"②。在他看来，描述性作品触及不到读者与观众的审美情感，由于它用以打动读者与观众的不是它们的形式，而是它们的形式所暗示、所传达的观念或信息，因此不是真正的艺术。比如英国维多利亚时代现实主义画家威廉·鲍威尔·弗里思的著名作品《帕丁顿火车站》，由于线条与色彩"被用于叙述轶事、暗示观念以及表现一个时代的行为方式和风俗习惯，而不是被用来唤起审美情感"③，所以并不是一件艺术品。相反，包括苏美尔人的雕塑、埃及尚无朝代的时期的艺术，古希腊或中国魏唐的名作在内的"原始艺术"得到贝尔的高度赞扬，原因也正在于他认为"在原始艺术当中，你找不到精确的再现，而只能找到有意味的形式"④。

在提出了自己的"审美假说"后，贝尔随即在第二章《美学与后印象主义》中简略回溯了艺术史，高度评价了后印象主义艺术运动，并以塞尚的作品为例，论证了艺术品的"共同属性"在于"有意味的形式"这一观念的有效性："我注意到塞尚作品最鲜明的特色是坚持追求'有意味的形式'这个最高的目标，在这之前，我便为他的作品兴奋不已。当我注意到这种特色时，对塞尚及其追随者们的钦慕更让我坚定了自己的美学理论。"⑤ 因此，无论对弗莱还是贝尔来说，塞尚既是启发了他们的形式美学观的最高榜样，又是阐释其"有意味的形式"观的最佳例证。

本章中，贝尔还具体阐释了后印象主义与原始艺术之间的内在联系，即均体现出"有意味的形式"的基本属性，由此，后印象主义成为原始艺术的当代回归，与古典传统存有千丝万缕的联系："就像所有合理的艺

① 克莱夫·贝尔：《艺术》，第 4 页。
② 同上书，第 8 页。
③ 同上书，第 9 页。
④ 同上书，第 12 页。
⑤ 同上书，第 23 页。

术革命一样，后印象主义不过是对那些最重要的艺术原则的回归罢了。后印象主义者闯入到一个人们希望艺术家成为摄影师或杂技演员的世界里，他宣称他将超越一切，成为一个艺术家。他说：不要去关注再现和技艺了，去关注有意味的形式的创作吧。去关注艺术吧！……后印象主义绝对不是人们所认为的那种野蛮的艺术革命，事实上，它乃是一种回归，不是回归到某种特定的绘画传统，而是回归到视觉艺术的伟大传统。后印象主义者们把原始艺术呈现在自己面前的理想呈现在了每位艺术家的面前。……后印象主义只是重申艺术的首要要求：你应该去创作形式！通过重申这一点，后印象主义跨越了漫长的历史，与拜占庭原始艺术以及自艺术产生以来每一次富有活力的艺术运动握手对话。"① 上述对原始艺术的评论表明，贝尔与弗莱的观点同样是一致的。

第三章《形而上学的假说》探讨了"有意味的形式"何以产生审美情感，艺术家又如何将审美情感物化为艺术品的过程，随后讨论了艺术与宗教、历史和伦理的关系。贝尔认为，只有在抛却了事物或对象的实用与功利性质，而将其本身视为目的时，才有可能产生审美情感，也就是说，审美情感的产生必须建立在非功利的纯粹基础之上。他如此写道："在人的一生中，谁未曾至少在某个瞬间把周围的风景看作纯粹的形式呢？总有那么一次，他会将那些风景当作线条和色彩来进行感受，而不是将之视作土地和房舍。"② 我们看到，贝尔的思想直接继承了 18 世纪康德的美学思想以及 19 世纪后期兴起的唯美主义艺术理念。而非功利的审美情感决定了艺术家必须采用"我们在其背后可以获得某种终极现实感的形式"③，也即"有意味的形式"。为了达到这一目标，艺术家可以有数条道路可走："有些艺术家是通过事物的表象达到现实的，有些艺术家是通过对事物表象的回忆达到现实的，而有些艺术家则纯粹是通过想象的力量来达到现实的。"④ 贝尔认为，创作"有意味的形式""不依赖于猎鹰般锐利的眼光，而是依赖于奇特的精神和情感力量。"⑤ 正因如此，有高度艺术敏感的人、原始人、野蛮人和保有童真的儿童才更能创造出"有意味的形

---

① 克莱夫·贝尔：《艺术》，第 24—25 页。
② 同上书，第 30 页。
③ 同上书，第 31 页。
④ 同上书，第 33 页。
⑤ 同上书，第 34 页。

式"："只有艺术家、具有非凡敏感性的有教养的人以及一些野蛮人和孩童能够敏锐地感受到'形式的意味'。"① 总体而言，这一章的内容是对前面两章提出的观点的延伸，同时也可看成是对弗莱《艺术家的视觉》一文观点的进一步展开，两人之间同样看不出明显的差异。

从第四章《基督教坡段》开始，贝尔调动了其丰厚的西方艺术史知识积累，通过对上起基督教艺术的兴起、伟大成就及衰落，古典文艺复兴及弊病，下至19世纪维多利亚时代的艺术消亡及印象主义的过渡意义的详细回溯，对不同时代的艺术精神展开分析，并以"有意味的形式"的核心观念为评判基准，作出了对不同时期、不同国别艺术品成就高下的判断。贝尔推崇基督教艺术，认为其更多与情感、信念与灵魂相连："是基督教使欧洲陷入一种情感骚动的状态，而基督教艺术则正是从这种状态中产生的。"② 他还特别推重拜占庭艺术，认为"拜占庭艺术最宏伟的纪念碑大多属于6世纪，这是基督教坡段早期的、最高的巅峰"③。他甚至提出"自从拜占庭的原始艺术家们把自己的镶嵌画放到拉文纳以来，除了塞尚，欧洲的艺术家们再也没有创作出'有意味的形式'了"④ 的偏激观点。贝尔认为基督教艺术走下坡路的起点是哥特式建筑的兴起，因为它不能体现出"有意味的形式"属性，因而只能算作程式而非艺术，难以带来审美快感。

拜占庭艺术、基督教艺术之后的新的发展阶段是文艺复兴运动。贝尔对文艺复兴运动的核心特征作出了准确的界定，但也由于这一时期的艺术向物质主义的转向而低估了其艺术创造水准。他这样写道："古典文艺复兴所重新发现的，就是古人的某些理念，而古人们曾经在这些理念的高度上获得了某种人生观。文艺复兴借用了这种理念，并且通过借用这种理念使得中世纪晚期的精神死亡变得令人容易接受。它向人们表明，他们可以不要灵魂而很好地活着。它显示了人们可以做许多物质和智性方面的事情，通过这一点，它使得物质主义变成可以忍受的东西。"⑤ 他认为文艺

① 克莱夫·贝尔：《艺术》，第43页。
② 同上书，第72页。
③ 同上书，第69页。
④ 同上书，第70页。
⑤ 同上书，第88页。

复兴本质上"是一场智性的运动"①。"文艺复兴不仅是圆滑肢体的鉴赏品味和表现圆滑肢体的科学的重生，它还是其他东西的重生。"② 由于对灵魂的关注被对物质的推崇所取代，以及对智性的强调，贝尔认为崇尚再现和精确性的文艺复兴时代艺术不能算是上乘之作。

在贝尔心目中，维多利亚时代的艺术更其堕落。他认为"把杂货商认为他看到的一切精确再现出来，这乃是维多利亚艺术的中心信条"③。总体而言，这一章的论述既显现出贝尔以现代形式美学观念重估整个西方艺术传统的宏阔气势和渊博学识，也表现了他一定的理想主义色彩。虽然在核心问题上他完全认同弗莱的思想，但在涉及具体的艺术史的评估问题上，两人之间体现出一定的差距。

第五章《运动》着眼于当代艺术的新进展，重点分析了塞尚作为后印象主义运动先驱的伟大意义、开拓之功和其艺术自身的发展，随后概括了后印象主义艺术运动的几个特点。贝尔认为"塞尚是发现了形式的新大陆的克里斯托弗·哥伦布"④。塞尚虽然按照他的老师、印象主义大师毕沙罗的方式耐心作画 40 年，崇拜马奈，并曾是自然主义小说家爱弥儿·左拉的挚友，但却抛弃了他们的模仿与再现原则，而是苦苦探索新的艺术道路。"大约到了 1880 年，他发现了这种东西。""在普罗旺斯的埃克斯城，塞尚得到了一个启示，即他已经在 19 世纪和 20 世纪之间划开了一条鸿沟，因为当他凝视着熟悉的景观的时候，他开始不再把它当作光的方式，也不再把它当作人类生活中的一个游戏者来理解，而是把它本身当作目的，当作一个带有强烈情感的对象来理解。每位伟大的艺术家都曾经将景观本身当作目的来看待过，也就是说，把景观看作纯粹的形式来看待。可是塞尚使一代艺术家感觉到，与一种景观本身作为目的所具有的意味相比，其他关于它的一切都是微不足道的。从那时起，塞尚开始创作形式，来表达他在那些他已学会观察的东西中所感受到的情感。……在他一生剩下来的时间里，塞尚一直在努力捕捉和表达形式的意味。"⑤ 因此，在贝尔看来，塞尚的艺术道路即是探索与创造"有意味的形式"的历史，

① 克莱夫·贝尔：《艺术》，第 89 页。
② 同上书，第 93 页。
③ 同上书，第 111 页。
④ 同上书，第 120 页。
⑤ 同上书，第 121 页。

而在他之后，这一新的艺术运动的代表人物还有高更、梵高、马蒂斯、亨利·卢梭、毕加索、德·弗拉曼克、德兰、邓肯·格兰特、康定斯基、凡·安莱普、罗杰·弗莱、贡恰洛娃等人。

　　关于后印象主义运动的基本特征，贝尔总结出以下四点：一是"出自塞尚。"① 二"是一种从塞尚那儿继承下来的、对本身被视作目的的东西的热烈兴趣。"② 三是"简洁"："只有简化才能把'有意味的形式'从无意味的形式之中解放出来。"③ 贝尔认为，"与马奈和他的朋友们相比，当代运动将简化推向更高的水平，以此把它自己和我们自 12 世纪以来所看到的一切区分开来。……现在，现实主义的要点就是细节。……这场运动的倾向就是要把画家们用来宣示事实的大堆细节简化掉"④。也就是说，"在艺术作品之中，只有那些有助于创造形式意味的细节才是与艺术有关的，因此，所有与信息有关的内容都是无关的枝节，都应该去除掉"⑤。这里，贝尔提出的"简化"原则的实现，不仅要诉诸于艺术家的情感与直觉，更要诉诸于他们的理性或"智性"，因此，"有意味的形式"创造将是艺术家情感与理智的有机结晶体。这一观点同样与弗莱相近。弗莱后来在《塞尚及其画风的发展》中，再次论述了塞尚融"情感"（Sensibility）与"智性"（Intellect）于一体的工作方式。四是"构图"。既然在贝尔的定义中，"有意味的形式"体现为"以某种独特的方式组合起来的线条和色彩、特定的形式和形式关系"，"构图"必然会成为新的绘画艺术的基本要旨。无怪贝尔又特别指出："强调构图或许是这场运动最明显的特征。"⑥ 那么，画家该如何"构图"？其基本原则又是什么呢？在这一点上，贝尔毫无疑问还是以是否唤起"审美情感"、是否属于"有意味的形式"为标准的："当我们说一个构图好的时候，我们的意思是说它作为一个整体唤起了审美情感，而一个不好的构图则是线条和色彩的堆积。这些线条和色彩单个来看或许是令人满意的，但是作为一个整体却不能打动人。"⑦ 为了证明他的观点，他指出以下四个时期的艺术品的"构图"很

---

① 克莱夫·贝尔：《艺术》，第 122 页。
② 同上书，第 123 页。
③ 同上书，第 126 页。
④ 同上书，第 127 页。
⑤ 同上书，第 128 页。
⑥ 同上书，第 134 页。
⑦ 同上书，第 132 页。

好，"占据着支配性的地位，因而是相当醒目的。这四个时期便是6世纪的拜占庭时期，9世纪到13世纪的拜占庭时期，14到15世纪的佛罗伦萨时期以及当代艺术运动时期"①。如果忽略关于各具体历史时期的艺术品水准高下的评判的话，我们看到，贝尔关于"构图"的分析，同样和弗莱在《论美感》中的观点没有多少差别。贝尔的"构图"，其实就是弗莱的"设计"。

在最后一章《未来》中，贝尔通过对艺术与社会关系的讨论，着重强调了艺术家的独立与自由。

综上，通过对《艺术》逐章展开的分析，我们发现，在整体的形式主义美学观念上，贝尔和弗莱之间并不存在根本性的差别，只是由于当时的贝尔尚年轻气盛，并怀有革除时弊、开一代新风的理想主义热情，所以在很多表述上显得更加决绝与武断，并因而给人留下较为偏激的印象。加之他的身份是艺术史家与艺术评论家，本身并不从事绘画创作，所以他更长于理论建构而拙于具体实践。而弗莱由于兼具画家身份，他在建构其形式美学的同时也要兼及与考虑其在艺术创作过程中的可行性，这就使其在批评生涯中亦会产生观点上的一定游移，或者在整体的美学主张与具体的批评实践上存在一定的矛盾，并未将认知性、再现性与描述性的社会生活内容完全从艺术品中抽离而去。因此，弗莱与贝尔在美学思想上存在一定的差异性。

第二节　弗莱与贝尔形式美学思想的差异

如上所述，弗莱一方面坚持艺术品的永恒价值存在于"系统之内所有部分之间的最为彻底的关系"，认为"形式设计是最为至关重要的东西"②，另一方面，他并非完全不尊重艺术品的伦理价值。他所追求的形式作为"有意味的"形式，其实是与内容密不可分的形式，而不是贝尔

---

① 克莱夫·贝尔：《艺术》，第134—135页。

② Roger Fry, *The Artist and Psychoanalysis*, Hogarth Essay Series, London：Hogarth Press, 1924, p. 9.

断然宣称的那种完全抽空了"内容"、拒绝再现、与认知无涉的形式。作为一名画家，弗莱其实一直挣扎于其形式美学是否具有现实操作性的探索之中。作为一名熟悉精神分析学说的艺术史家，他也无法忽视艺术品中再现性因素之于激发观众审美情感的作用，这就使其美学观念较之贝尔的更加现实、理性与公允，亦使其不同时期的论述会存在一定的矛盾与游移。《视觉与设计》的原编者 J. B. 布伦在《原编者序》中即指出："弗莱当然不是像劳伦斯所说的那样鼓励和促使对纯抽象的崇拜，但他从来没有真正解决艺术中的再现问题。"① 沈语冰也敏锐地注意到了弗莱思想发展与自我修正的努力，指出在 1910 年的演讲之前，弗莱还有一篇未发表的、题为《造型艺术中的表现与再现》（"Expression and Representation in the Graphic Arts"）的演讲，认为"它说明了形式主义美学理论的发展过程，赋予他公开发表的文章中至今仍模糊不清的那些观念以清晰性。弗莱艰难地修正其表述的过程表明，从一开始他就在处理至今仍困扰着形式主义的问题，特别是单纯的'装饰性'艺术［the merely 'decorative'］与形式上'有意义的'艺术［the formally 'significant'］之间差别的概念"②。弗莱曾经说过："穿透特殊的表面到达其本质，然后为了表现它所揭示的东西的模式而重新回到表面，显然是任何伟大艺术家的标志。"沈语冰据此认为："如果说这是弗莱在讲话，那么，我们就找到了弗莱赋予艺术的伦理意义的证据。"③

　　这些证据在弗莱不同时期的艺术评论中均多有出现。根据《视觉与设计》，我们发现，甚至早在发表于 1900—1901 年间、详细分析和但丁同时代的意大利画家乔托的诸多作品及其风格变化的《乔托——阿西西圣方济各教堂》一文中，弗莱就已经特别说明该文的重点在于讨论"画中所表现的戏剧性观念"。在针对该文标题的注释中，弗莱写道："以下的文章出自《每月评论》（1901），可能比重版在这儿的所有文章都重要，与我最近所表述的美学观点不大一致，可以看到强调的重点是在乔托的画中所表现的戏剧性观念。"④ 即当弗莱第一次介绍乔托在阿西西的壁画时，他假定画面上形式的力量是乔托对圣方济各的传说在心理上反应的结果，

① 罗杰·弗莱：《视觉与设计》，易英译。原编者 J. B. 布伦序，第 12 页。
② 沈语冰：《20 世纪艺术批评》，中国美术学院出版社 2003 年版，第 63 页。
③ 同上书，第 70 页。
④ 罗杰·弗莱：《视觉与设计》，第 82 页注释。

另一方面他又觉得题材刺激了形式。

弗莱晚年终于如愿以偿地成为剑桥大学斯雷德艺术讲座教授，并成功地进行了一系列关于艺术史、埃及艺术、美索不达米亚与爱琴艺术、黑人艺术、美洲艺术、中国艺术、印度艺术和希腊艺术的讲演。在他去世后，著名的艺术史家肯尼思·克拉克爵士将其于1933—1934年间的演讲编为一集，以《最后的演讲》为题，由剑桥大学出版社出版[①]。克拉克爵士还为之撰写了一篇长长的"导言"，高度评价了弗莱对于公众趣味的影响力，论述了弗莱对形式的重视，梳理了其形式美学思想的形成过程。克拉克写道："后印象主义标志着弗莱日渐增长的信念的成型：即绘画中的文学元素、其戏剧性的或联系性的内容，从美学上说来都是没有意味的。是画展首度引导他肯定了这一思想，即一件艺术品的效果仅仅取决于其形式与色彩的关系，而与那些形式或色彩所呈现的内容无关。"[②] 克拉克强调了弗莱对作为有机整体的形式的高度重视："他相信最高水准的艺术关注的是形式的创造，这些形式将应该使我们确信于它们的稳固；这些形式应该能被明显地看到并容易被理解；它们还必须被联合而为一个整体，就像是音乐中的和弦带来的效果。在西方艺术中，至少，他变得越来越坚持造型的连续性和协调性。形式必须被视为一个整体。"[③] 以此为标准，弗莱不仅赞美了非洲艺术的完美结构，还高度赞扬了中国的青铜艺术："他使用了最巧夺天工这样的表述来形容青铜器瓶身与瓶颈之间，或者甚至是瓶盖与瓶身上的隆起之处关系的完美。"[④]

但在评论《论美感》时，克拉克爵士也注意到了弗莱的形式美学为"道德"保留的模糊地位。弗莱写道："道德根据作为结果而产生的行动为标准来欣赏感情。艺术以自身或为其自身来欣赏感情。"[⑤] 据此，克拉克感慨："在此发现弗莱使用了'道德'一词是很有意思的，因为在他之后有关审美的写作中，这个词不再经常出现。在整个这篇论文中，他痛苦地寻找着某种可以用来证明艺术的合理性的理论，这种理论又要使艺术与

① Roger Fry, *Last Lectures.*, Kenneth Clark ed, Cambridge：Cambridge University Press, 1939.
② Kenneth Clark, "Introduction." in Roger Fry, *Last Lectures*, Kenneth Clark ed, Cambridge：Cambridge University Press, 1939, p. xiii.
③ Ibid., p. xviii.
④ Ibid..
⑤ 罗杰·弗莱：《视觉与设计》，第17页。

道德分开。"①

　　到了他在 1920 年完成、作为《视觉与设计》的收官之作的长文《回顾》中，关于形式与内容之间的关系，弗莱的表述显得更加审慎："我假定艺术作品的形式是它最基本的性质，但我相信这种形式是艺术家对现实生活中某种感情的一种理解的直接结果，尽管那种理解无疑是特别的类型，包含了某种独立性。我也假定静思形式的观众沿着艺术家的同样思路必将走向相反的方向，他感觉的是原本的感情。我假定形式和它所传达的感情在美学整体上不可分割地融为一体。"② 他对贝尔的立场有所保留与批评，认为贝尔反对绘画再现性的立场显得过于偏激与不切实际："这后一种观点在我看来总是走得太远了，因为一幅画中哪怕是对立体感的任何最轻微的暗示都肯定适合于某种再现的因素。"③ 针对贝尔将生活感情与审美感情截然分开的观点，他指出："关于艺术品中的感情表现，我认为贝尔先生是向普遍接受的艺术观点，即表现生活的感情是最重要的，提出了尖锐的挑战。它产生了一种意向，将纯粹的审美感情从整个感情的综合体中分离出来，当我们面对一件艺术品时，一般都有这种伴随着审美感受的多成分感情。"④ 这里，弗莱无疑承认了艺术品中"表现生活的感情"可能的存在。随即，他还以拉斐尔的《变形记》为例，详细说明了自己的观点：不同的人会由这幅画激起不同的感情，而部分感情是"由画中的内容、题材以及它所讲述的戏剧性故事所决定的"。"彻底被艺术品中纯形式的意义所吸引而对《变形记》这类画中的观念联想完全视而不见的人是很少的。几乎所有的人，甚至对纯造型和空间的表象极敏感的人，都不可避免地怀有由回到生活的暗示和关联所传达的某些思想和感情。"⑤

　　此外，在收入另一部重要文集《变形》的开篇之作《一些美学问题》（"Some Questions in Aesthetics"）中，弗莱似乎同样表现出将形式的抽象价值与伴随着的联想观念或戏剧性效果进行中和的努力。⑥

　　在其他涉及具体艺术家作品分析的评论文章中，弗莱亦自觉不自觉地

---

① Kenneth Clark, "Introduction." in Roger Fry, *Last Lectures*, Kenneth Clark ed, pp. xiv – xv.

② 罗杰·弗莱：《视觉与设计》，第 192 页。

③ 同上书，第 193 页。

④ 同上。

⑤ 同上书，第 194—195 页。

⑥ Roger Fry, "Some Questions in Aesthetics." *Transformations*, London: Chatto & Windus, 1926, p. 10.

流露出对伦理价值的尊重。沈语冰写道："他谴责完全的抽象，在他看来，完全的抽象缺乏艺术家的情感或知觉，因此是在图画表现上玩自我沉溺的游戏。他对特纳不以为然（与拉斯金形成对比），却喜欢康斯坦勃，因为他忠于自然，即'在他的视觉生涯中对有意义的时刻的发现'（his discovery of significant moments in his visual life）。"①"弗莱还赋予法国绘画忠实于虔诚的道德评价。他赞扬夏尔丹和库尔贝，因为他们画出了他们所看到的东西，因为他们对周围的世界做出了反应。"沈语冰据此认为，"这是强调艺术与真实（或真理）与道德关联的狄德罗传统的回音，事实上也是真正的现代主义艺术批评的一贯主题。现代主义艺术批评不仅仅对艺术形式的审美特质感兴趣，它还特别看重这种形式在揭示事物的真实性与改善道德状况上的作用"②。这一特点与伍尔夫的文学观是一致的，也在其大量作品中获得体现。

弗莱还尊重历史与传统，将艺术的变革视为特定时代文化发展的必然要求，将印象派与后印象派绘画均置于艺术史的延续性的框架之内来确立它的地位，表现出一个时代有一个时代的文学与艺术的文艺史观。在发表于 1917 年的《艺术与生活》一文中，他写道："印象主义标志着 13 世纪以来多少是稳定发展着的一个运动的顶峰——其倾向是使艺术形式越来越接近准确地再现表象整体，当再现一旦被推进到不可能有进一步发展的地步时，艺术家不可避免地走向反面，对艺术以再现为目标的基本假设的正确性表示怀疑；这种疑问一旦被公正地提出来，那么要求以忠实于表象作为艺术衡量标准的伪科学假设就失去了逻辑基础。……这场变革由塞尚开创，高更和梵高加以扩展……我们可以把这些特征概括为重建纯美学的标准而取代与表象一致的标准——重新发现结构设计与和谐的原则。"③ 这一顺应时代的发展与文艺自我更新的内在要求的文艺史观，同样在伍尔夫的《论现代小说》、《贝内特先生与布朗夫人》、《狭窄的艺术之桥》等文中获得呼应。沈语冰写道："伍尔夫第一个注意到，这篇文章中提出的艺术与生活相分离的观念，似乎直接来自战时的语境，因为弗莱艰难地想要从那时欧洲社会的普遍崩溃中拯救出艺术的某种乐观力量。弗莱的文章

---

① 沈语冰：《20 世纪艺术批评》，第 70 页。
② 同上书，第 72 页。
③ 罗杰·弗莱：《视觉与设计》，第 32 页。

'有助于解释他是如何从战争中幸免于难的'。但是，伍尔夫注意到，弗莱在此文中所表达的观念不仅与他的其他文章相悖，更与他一生的为人不容。"①

关于弗莱与贝尔的差异，《罗杰·弗莱读本》的编者克里斯朵夫·里德评论说："在所有这些捍卫首届后印象派画展的文章中，弗莱都试图平衡抽象与再现的要求。在《后印象主义》一文里，弗莱认识到'与实际现象一定程度的自然主义，一定程度的相似性……是有必要的。'而仅有形式与色彩的游戏是不够的。毋宁说，弗莱聚焦于这种带有形式姿势的作品与再现性主题材料的交互作用，以便在观众中激起一定反应的方式。他认为，'围绕着日常生活的琐屑之事所产生的情感和情绪'，可以在现实主义艺术中得到最好的传达，而'那些属于我们人性中至为深沉、至为普遍的情感'，则将在更抽象的形式中找到它们的表达。弗莱也没有认为抽象艺术永远高于他称之为'照相式视觉'的东西。也不是说，抽象艺术总是更好的艺术。而是说抽象艺术在现阶段是合适的。现实主义的法则——弗莱冠以'文艺复兴时期确立起来的过于精细的绘画技法'——在它们盛行的年代，激起了'充满激情的兴趣和热情'。但是，到了19世纪，它们已经成了一种'与想象无涉的死亡事实的躯壳'。因此，像塞尚与马奈那样的艺术家，放弃了'现象的科学'，转而拥抱'表现性赋形的科学'。他们的原始主义标志着历史伟大车轮的一个不可避免的转折，正如它在对视觉意义系统的发现与再发现中所走过的道路那样，我们已经认识到，每一个转折都'获得了新的表现可能性，同时也失去了别的可能性'。"②沈语冰在《塞尚及其画风的发展》的附录《罗杰·弗莱的批评理论》中认为在以下两个关键问题上，弗莱与贝尔严格的形式主义理论存在差异：其一是"他坚持认为存在着这样的可能性，即不单单是形式，而且还是'图像'，都可以在文学和绘画中结合在一起，以便唤起'审美情感'"。也就是说，在弗莱那里，"有意味的形式"之所以"有意味"，在于它与生活存在某种联系。弗莱并不排斥形式蕴涵的社会生活内容。他认为虽然艺术不同于生活，但审美情感与生活情感不能截然分开，

---

① 沈语冰：《20 世纪艺术批评》，第 74 页。
② Christopher Reed，*A Roger Fry Reader*，p. 51. 转引自沈语冰《弗莱艺术批评文选·译者导论》，凤凰出版传媒集团、江苏美术出版社 2010 年版，第 17—18 页。

审美情感本身即源于生活。

其二,"他不相信'有意义的形式'是自足的,并且暗示,其意义事实上来自与生活经验相关的某种外部成分。"① 在《回顾》的最后部分,弗莱写道:"我们都同意有意味的形式所指的一些现象不同于令人愉悦的形式处理与和谐的图案等等。我们感到具有有意味的形式的作品是努力表现一种思想而不是创造一个令人愉快的对象的结果。至少,就个人而言,我总是感到它意味着在艺术家方面以他热情的表现力,尽量使我们的感情领悟专注于与我们的精神不相容的某些难以处理的素材。"② 所以他接下去承认,"福楼拜的'思想的表现'在我看来与我所指的意思是极其一致的"③。而贝尔则认为形式之所以"有意味"完全在于形式本身,在于线条、色彩的组织与相互关系。

亦有学者注意到了贝尔的理论建立在循环论证基础上:即他的论证方式是通过追问什么是所有视觉艺术的共同品质而发现了"有意味的形式"的。对于如何获得这种形式,他的回答是"有意味的形式"是审美情感的表达。但如果继续追问什么是审美情感?贝尔又说,审美情感是通过对"有意味的形式"的理解获得的情感。这样,"有意味的形式"与审美情感就成了相互证明的证据,他的方法形成了一个循环论证的圆圈,在雄辩性与说服力上打了很大的折扣。

综上,由弗莱开创、贝尔倡导的以"有意味的形式"为标志的形式美学,对于"布鲁姆斯伯里文化圈"中人的文艺美学观念产生了极大的影响。弗莱与贝尔两者之间既有大量相同、相通之处,亦在不少方面存有分歧。伍尔夫在有关生活与艺术的关系问题上更多认同弗莱的思想,但在将"有意味的形式"移植到语言文字领域的过程中,也汲取了贝尔形式观的明显影响。下一章将对"有意味的形式"在伍尔夫文本中的具体呈现展开分析。

---

① 沈语冰:《罗杰·弗莱的批评理论》,罗杰·弗莱《塞尚及其画风的发展》"附录",第223页。
② 罗杰·弗莱:《视觉与设计》,第196—197页。
③ 同上书。

第七章

伍尔夫小说作为"有意味的形式"

关于罗杰·弗莱以《视觉与设计》为代表的形式美学观对伍尔夫小说创作的影响，安德鲁·桑德斯在《牛津简明英国文学史》中写道：虽然"弗莱那本书的标题小心翼翼地避免使用'形式'这个词，但正是这个与重要的限定性形容词'别有含义的'相联系的词，通过直接引用、通过暗示，贯穿于二十五篇短论文之间。虽然《视觉与设计》主要致力于对绘画和雕塑的重新考虑，但它的理论性阐述对弗吉尼亚·吴尔夫的试验小说的影响是很大的"①。这里，"别有含义的"中译，即通常所说的"有意味的"。在文中桑德斯还指出："弗吉尼亚·吴尔夫的批评方法吸取并重新运用了贝尔和弗赖的美学思想中的精华部分，并以此为工具，为小说摆脱人们对情节、时间、同一性的普遍理解的那种潜在自由进行辩护。"②

由于伍尔夫的实验小说与形式美学思想的密切关联，其又被人们称为在语言文字领域所实现的"有意味的形式"。然而，视觉艺术与语言文字艺术毕竟是两个介质不同的艺术门类，存在着本质、功能、手段与形式等多方面的差异，不能完全混为一谈。伍尔夫本人是意识到这一点的，早在1918年7月1日写给姐姐的信中，即承认自己对视觉艺术的反应尚"不够成熟，始终受到有关文学本质的其他因素的考量"③。和弗莱一样，她也并不完全同意克莱夫·贝尔的极端形式主义，而是肯定作品的社会生活

① 安德鲁·桑德斯：《牛津简明英国文学史》，谷启楠等译，人民文学出版社 2000 年版，第 537 页。

② 同上书，第 538 页。

③ Virginia Woolf, *The Letters. Vol.* 2：*The Question of Things Happening* 1912 – 1922, Nigel Nicolson and Joanne Trautmann eds, London：Chatto and Windus, 1976, p. 257.

内容与伦理意义的，强调她的真实观并非意指"外在真实"，而是"内在真实"，它同样折射出无限丰富的社会、文化与心理内涵。就在《艺术》风靡一时的日子里，伍尔夫一方面在书信中承认"它写得很有趣"，另一方面又指出"在我能够理解的地方，书里还是有很多是我不同意的"①。她出色地借用了弗莱与贝尔形式美学中的基本要素表达出丰富的社会、伦理、文化等方面的"意味"，以一幅幅高度视觉化的文字画面传递出她对生活与世界、生命与死亡的理解。故本章主要在厘清伍尔夫的形式观的基础上，通过各形式要素的分析，呈现伍尔夫小说作为"有意味的形式"的基本形态。

第一节　伍尔夫笔下"形式"的"意味"

如前所述，"布鲁姆斯伯里文化圈"中人深受 G. E. 穆尔的伦理学思想的影响。穆尔的《伦理学大纲》不仅决定了布鲁姆斯伯里人的生活态度，而且对其行为产生了重要影响，使得他们不仅以对艺术的热爱，对美与形式的敏感连成一个整体，而且也对当代社会和政治事务深表关注。约翰斯顿写道：穆尔的"《伦理学大纲》是弗吉尼亚·伍尔夫的第一部小说中，充满了生活方式的智慧的海伦·安布罗斯所读的书。这部书也让利顿·斯特拉奇宣称，'理性的时代已经来临!'事实上，我们或许还可以说，即便在后来的岁月不复如此了，但在布鲁姆斯伯里团体的青年时代，《伦理学大纲》几乎就是布鲁姆斯伯里人的圣经"②。虽然伍尔夫被她丈夫伦纳德开玩笑地形容为一个高度"非政治化"的"动物"，其作品确实也表现出相当形而上的色彩，但伍尔夫并非不食人间烟火，其创作还是具有丰富的社会生活内涵，流露出鲜明的现实意识、对普遍价值的探寻，以及社会责任感的。如她的《远航》即流露出对大英帝国经济、政治与军事霸权的隐隐嘲弄，《夜与日》体现出对英国妇女政治权利的关注，《达洛卫夫人》漫画式地描摹了以社会精英自居的医学权威与政客们的丑态，

---

① Virginia Woolf, *The Letters. Vol.* 2： *The Question of Things Happening* 1912 – 1922, Nigel Nicolson and Joanne Trautmann eds, London： Chatto and Windus, 1976, p. 46.

② J. K. Johnstone, *The Bloomsbury Group*： *A Study of E. M. Forster, Lytton Strachey, Virginia Woolf, and their Circl*, London： Secker and Warburg, 1954, p. 20.

《岁月》正面描写了一战期间伦敦遭受的德军空袭，《奥兰多》反映了历史上与现实中女性遭受压制与歧视的惨痛现实，《幕间》则呈现了伍尔夫重审整个英国历史的勇气，等等。这一特点的形成既与伍尔夫本身的文学理念有关，与她对自己熟悉与喜爱的众多文学经典之作的理解有关，亦与穆尔思想影响下她的圈中密友与家人，如罗杰·弗莱、文尼莎·贝尔与伦纳德·伍尔夫的艺术追求有关。

关于弗莱与克莱夫·贝尔之间的思想分野，上一章中已经做了辨析。简·戈德曼认为，文尼莎·贝尔的画作亦并未因形式而牺牲内容。她曾向伦纳德·伍尔夫解释为何最终未能放弃内容，而只专注于纯粹的抽象形式的原因，是因为看过毕加索的某幅画，从其形式与色彩中，获得了强烈的感情。她认为生活中的某些特质，即她称作运动、体积和重量的东西，都是具有审美价值的。① 因此，虽然与弗莱、克莱夫·贝尔同样反对艺术对生活的照相式复制，但她的画作却内容与形式并重，多画妇女儿童，形式与色彩关系与人性紧紧相连，和自己的生活密切相关。关于文尼莎的画作与伍尔夫小说的具体联系，本书后面还将用专章论述。

至于伦纳德·伍尔夫，则更是一位不折不扣的政治家与社会活动家。伦纳德在剑桥大学三一学院读书期间即为学生精英社团"使徒社"的成员之一，对历史学有着深厚造诣。1904 年，他在参加公务员考试后，以"锡兰文职机构"培训班学员的身份前往锡兰，后出任锡兰汉班托特政府代理助理一职。回国后，伦纳德先后为《新政治家》、《民族》等杂志撰写评论，并着手研究合作社运动，编辑过《国际评论》、《政治季刊》等刊物。1917 年起，他开始了长达 20 余年的工党有关大英帝国以及国际问题顾问委员会秘书的任期，还长期担任民事仲裁法庭的仲裁员。出版《国际政治学：两份报告》（1916）、《君士坦丁堡的未来》（1917）、《合作社及工业的未来》（1918）、《经济帝国主义》（1920）、《在非洲的帝国和商业》（1920）、《社会主义合作社》（1921）、《关于文学、历史和政治等的文选》（1927）及《帝国主义与文明》（1928）等多种政治、经济、史学著作。在他的影响下，伍尔夫参与社会政治活动的热情逐渐高涨，其对两性关系和妇女地位问题的思考、对权势阶层话语操纵的不满、对殖民

① Jane Goldman, *The Feminist Aesthetics of Virginia Woolf: Modernism, Post-Impressionism and the Politics of the Visual*, Cambridge University Press, 1998, pp. 133－134.

主义和帝国主义渗透的担忧以及对战争破坏力量的控诉等，均在她的小说中有所体现。

她的文学批评同样体现出对形式与内容不可偏废任何一方的高度重视。如她在《〈仙后〉》一文中，即指出"阅读《仙后》的第一件事，是大脑有不同的层次，它先启动一个，然后启动另一个。眼睛的欲望、身体的欲望、对节奏、韵律的渴望、对冒险经历的渴望———一得到满足"①。也就是说，她认为诗人斯宾塞的成功之处，正在于既满足了读者"对节奏、韵律"即形式的"渴望"，而又同时满足了他们"对冒险经历"即内容的"渴望"。诗人与小说家的视觉，要表现人类作为一个有机整体的特征，包括其身体感受与精神世界，尤其是人类经验的各个层次。伍尔夫心目中相反的例子是劳伦斯的《儿子与情人》。伍尔夫虽然对劳伦斯评价很高，惊叹于作家"对生活的这种多姿多彩和富有立体感的再现"②，但同时认为"这部书的效果从来就是不稳定的。《儿子与情人》一书所展现的世界，永远处在一种分分合合的过程之中"。指出"他无法把那些零散的碎片再合成一个让他感到满意的整体"③。也就是说，伍尔夫认为该著虽然呈现了栩栩如生的生活，但因在形式上未能成为一个稳定的有机整体，因而也是有缺陷的。她还从心理学的角度出发，认为这与劳伦斯作为一个对自己处境不满的矿工的儿子所遭逢的外部环境的压力有关。

因之，形式与内容水乳交融而成为一个有机整体，既是伍尔夫品评他人、也是她要求自己的基本目标。正如哈维娜·瑞恰所言："弗吉尼亚·伍尔夫将之（"有意味的形式"，作者注）融为一种文学形态，其中，感觉与形式、主题与内容、自我的各个方面、时间与现实形成为一个相互依存的整体。"④ 她努力通过"块面"（mass）、"联结"（connection）、"韵律"（rhythm）、"图式"（pattern）与"空白"（space）等形式要素，来创造出小说家的视觉，表达审美与生活情感，达致审美与观念兼具的效果。

具体说来，我们大致可以通过以上五种基本的形式元素，即"块

---

① 弗吉尼亚·伍尔芙：《伍尔芙随笔全集》Ⅱ，王义国等译，第 618 页。

② 同上书，第 676 页。

③ 同上书，第 678 页。

④ Harvena Richter, *Virginia Woolf: The Inward Voyage*, Princeton, New Jersey: Princeton University Press, 1970, p. 20.

面"、"联结"、"韵律"、"图式"与"空白",来分析伍尔夫小说是如何通过对绘画艺术技巧的使用,达到生成"意味"的目标的。

第二节　"块面"、"联结"与"韵律"

首先我们来看"块面":

在《狭窄的艺术之桥》中,伍尔夫写道:"在一件艺术品中,一切都应该严密控制,井然有序。他将致力于把这些激情一般化,并且把它们分散转移。他将不是把各种细节一一列出,而是铸成大块文章。……迄今为止,小说家尚未注意到这些影响:它们是音乐的力量、景物的刺激、树影和色调的变化在我们身上的效应,成堆地在我们身上滋长起来的各种情绪,某些地方或人物在我们心中无理性地引起的朦胧的恐惧和憎恶,行动的欢乐和美酒给我们的陶醉之感。"[1] 正如在普鲁斯特的《追忆似水年华》中,叙述者当把马德兰小点心刚一蘸入青柠茶中,马上便看到了整个贡布雷和它周围的纷繁事物一样,我们亦可在《到灯塔去》与《海浪》等作中,找到大量伍尔夫通过人物纷至沓来的经验与感觉的稳固组合,来"铸成大块文章"、形成块面的例证。在《到灯塔去》的草稿中,伍尔夫曾经这样写到女画家莉丽对拉姆齐夫人的过去的感受:"所有的事情一下子聚拢到了一起——就像一个有机的混合体。"[2] 这一"混合体"不是由细节组成,而是因"所有事情"被"聚拢到了一起"形成的一整个块面。《到灯塔去》中,通过块面以呈现人物心理状态的另一个例子是詹姆斯在船上回忆起当初对父亲的怨恨的一段意识活动:他和凯姆无聊地坐在小船上,对父亲强逼他们前往灯塔充满怒气。看着专心致志读书的父亲,他忆起了幼年时代依偎在母亲身边的温馨氛围被父亲破坏时所产生的奇异感觉:"那头展开黑色的翅膀突然猛扑过来的狰狞的怪鹰,它那冰凉而坚硬的鹰爪和利喙,一再向你袭击"[3],与暴政与独裁抗争到底的信念油然而生。随后,他的意识流回童年时代度假的海滨花园:"有一个老妇人在厨

---

[1]　瞿世镜编选:《伍尔夫研究》,第581—582页。

[2]　Lighthouse Notebook III(loose-leaf),p. 213.(August 4,1926.)

[3]　弗吉尼亚·伍尔夫:《到灯塔去》,瞿世镜译,第398页。

房里唠叨；窗帘在微风中飘动；一切都在大声呼吸，一切都在不断生长；到了夜晚，就会拉起一层极薄的黄色纱幕，像葡萄藤上的一瓣叶片一般，覆盖了所有那些碗碟和长长的、摇曳多姿的红色黄色的花朵。"① 而在这众多意象的衬托下，居于中心位置的是他日夜思念的故去的母亲："透过这层薄纱，他能看见一个人影儿，她弯下腰来，屏息谛听，走近过来，再走开去，他还能够听见衣裾窸窣、项链叮咚的轻微响声。"② 就在此时，灯塔的"眼睛"在他心头"温柔地睁开"③，他在想象中追随着母亲的身影走过一个个房间，回忆着她生前的种种。就这样，母亲与父亲留给詹姆斯的一个个印象叠加起来，形成丰富的意识块面，强化了它们之间的对比关系，由此表达了丰富的情感。此外，《海浪》中表现六位朋友齐聚伦敦一家意大利餐厅，为即将前往印度的波西弗送行的晚宴场景中从人物记忆深处浮现出来的纯粹经验，《岁月》最后部分表现帕吉特家族第二、第三代成员在迪莉娅家聚会场面的人物意识流动，以及《奥兰多》中人物有关历史或种族的记忆，等等，都是伍尔夫以类似涂抹块面的绘画技法以呈现人物"内在真实"的典型例证。伍尔夫似乎在告诉读者，人的情绪不可能只由某个单独的细节构成。通过块面铺陈，读者不仅能感觉到一个个单独的细节，更重要的是对人物的整体印象。由此，伍尔夫通过块面的印象、块面的情绪与块面的意识状态的描摹，表现出了具有经验完整性的人的生活感受，实现了她所追求的表现人的经验的不同层次的目标。

　　其次来看"联结"：就像莉丽画中的斜线一样，"联结"从更高的形式水平上说，代表的是各部分之间的情绪联系。也就是说，块面与块面之间的关系组合，同样是需要精心设计的形式要求。克莱夫·贝尔在《艺术》中写道："当一位艺术家在创作一个复杂的构图时，他可能会想去提供一个线索——这是很有诱惑力的，也是合情合理的。要提供一个线索，他只需在他的构图中添上某种常见的东西，比如一棵树或一个人体，这样就完成了。他在非常复杂的形式之间建立了一系列极为精妙的关系，然后，他可能会问自己，是不是其他每个人都能够欣赏这些形式呢？难道他不应该为他的画面组织提供一个线索，以使我们更容易获得审美情感

---

① 弗吉尼亚·伍尔夫：《到灯塔去》，瞿世镜译，第 399 页。
② 同上。
③ 同上书，第 400 页。

吗?"① 似乎与他的论述相呼应的，是我们看到，在《到灯塔去》的开头部分，让莉丽苦恼的，正是画布上"怎样把右边的这片景色和左边的那一片衔接起来"的问题②。"为了达到这个目的，她可以把这根树枝的线条往那边延伸过去，或者用一个物体（也许就用詹姆斯）来填补那前景的空隙。但如果她那样下笔，整幅画面的和谐一致就有被破坏的危险。"③这即是"联结"的问题。在文本中，莉丽直到坚定了她对拉姆齐夫妇的感觉，理清了他们彼此之间的情感关系，以及自己与他们两人各自的情感关系之后，她才能解决这一画面构图的难题。她的画于是成为对由妻子与丈夫组成的世界的一个高度抽象的理解与表现，如莉丽所说，问题在于"块面之间的关系，在于光线与阴影"。也即是说，如果在"窗"中有着紫色三角形阴影的屋子是属于拉姆齐夫人的块面的话，代表光线的块面则是拉姆齐先生在午间和一双儿女驾驶小船奔向灯塔的航程。而连接两个块面的斜线就是这一对夫妇之间的关系。读者也由此感到了拉姆齐先生和夫人各自的世界——光线与阴影、乐观主义与悲观主义、智力与直觉是相互依存的，构成了一个永恒的婚姻关系中必要的组成部分。

　　除了作品中人物情感关系的联结外，《到灯塔去》的整体结构也可视为一个联结。小说的第二部分"时光流逝"像是一根更粗的斜线，将代表"光线"与"阴影"的两个更大的块面，即第三部分的"灯塔"和第一部分的"窗"联结到了一起。从物理时间上说，这一部分联结了前一部分的夜晚与后一部分的白昼；从象征意义层面上看，"时光流逝"通过对花园与房间受到海风与气候变化的侵蚀，最后又经女性之手得以复原的呈现，象征性地表现了人的生命周期乃至宇宙的循环，由此表达了伍尔夫对于生命与死亡的哲理思考，同样起到了联结前后两大部分的重要作用。该部分将长达十年的漫漫长夜缩减为短短一夜的抽象化构思，也再度让我们想到了克莱夫·贝尔在《艺术》中的论述："为了保证构图成功，艺术家们把简化当作他们首先要关注的东西。但是，仅仅是简化，仅仅是把细节去除掉，这还是不够的，保留下来的信息形式必须是有意味的。再现性的成分要想不损害构图，就必须成为构图的一部分，它在提供信息的同时

---

① 克莱夫·贝尔：《艺术》，第 128 页。
② 弗吉尼亚·伍尔夫：《到灯塔去》，瞿世镜译，第 258 页。
③ 同上。

必须唤起审美情感。"①

再次，来说"韵律"。

"韵律"一词在伍尔夫那里具有相当高的使用频度。在一封给薇塔·萨克维尔－韦斯特的信中，在写到关于《到灯塔去》希望获得的韵律时，伍尔夫这样说："韵律这东西真是意味深远，难以用言辞表述。一种景象、一种情绪，早在言辞能够表达之前，就已经创造出头脑中的这一浪花；在写作中（这是我的信念）你得重新捕捉这一过程，让它重新发挥作用（表面上看，这与言辞毫无关系），随后，当它在脑海中碎裂、翻滚之时，它会允许言辞将之表达出来。"② 这表明，对伍尔夫而言，韵律是情绪与风格的综合体，一种思考方式，在其中，思想的韵律裹挟着激起了它们的多种情绪。在日记中，伍尔夫也曾谈及《波因茨宅》（即后来的《幕间》）中的韵律，说她听见了这一韵律，并在每一个句子中都加以使用。随着小说的进展，韵律不仅体现为散文韵律，成为人物感情的一种动力图式，而且读者也会充满感情地加以回应。就像潮起潮落，韵律表达的情感深深地影响了读者。

因此，"头脑中的这一浪花"为伍尔夫的韵律使用设定了基本图式。如《达洛卫夫人》的开篇，作家即为读者提供了波浪的意象，以波浪起伏的韵律来表达人物的情感起伏：在六月明媚的清晨，病后初愈的达洛卫夫人决定自己去买花。清新的空气让夫人一下子回到了三十多年前对布尔顿的少女时代生活的记忆："那儿清晨的空气多新鲜，多宁静，当然比眼下的更为静谧；宛如波浪拍击，或如浪花轻拂；寒意袭人，而且又显得气氛肃穆……"③ 达洛卫夫人刚接到彼得的来信，知道他最近就要从印度回来，马上想起了他们当年在布尔顿时的美好恋情。而从总体上说，《达洛卫夫人》中存在着欢快与沮丧两大韵律基调，其中的每一个人物从某种程度上说都呈现了这两种情绪的循环，有的持续一会儿，有的在整个场景中都是如此。对欢快与活力而言，情绪是上升性的；对沮丧而言，情绪是下降性的。具体到克拉丽莎身上，她在开头部分在伦敦街头漫步与花店买花时是欢快的，最后部分成功地举行了盛大的宴会也是欢快的。作为她的

---

① 克莱夫·贝尔：《艺术》，第 130 页。

② Aileen Pippett, *The Moth and the Star*, Boston: Little, Brown, 1955, p. 225.

③ 弗吉尼亚·伍尔夫：《达洛卫夫人》，孙梁、苏美译，第 3 页。

影子，退休老兵赛普蒂默斯则更多表达了负面的情绪，最终以惨烈的方式跳楼自杀。然而，在小说的发展过程中，克拉丽莎的情绪又是循环的，从欣喜到焦虑，从初见彼得时的欢乐到恼怒地认识到如果结婚他们会怎样，从痛恨偏执、傲慢的基尔曼小姐再到心平气和地看到对面窗口的老太太。而赛普蒂默斯的情绪同样经历了从沮丧到平和或欢快的循环过程，比如从公园回家后，他的这样一段意识流所流露的："他自己仍待在嵯峨的岩石上，仿佛一个遇难的水手跌坐在礁石上。他寻思：我把身子探出船外，掉入水里。我沉入海底。我曾经死去，如今又复活了，哎，让我安息吧，他祈求着。……恍惚在苏醒之前，鸟语嘤嘤，车声辚辚，汇合成一片奇异的和谐；繁音徐徐增长，使梦乡之人似乎感到被引至生命的岸边，赛普蒂默斯觉得，自己也被生活所吸引，骄阳更加灼热，喊声愈发响亮，一桩大事行将爆发了。"① 小说结尾部分，当他在妻子编织帽子的温暖氛围中产生了对生活的依恋时，霍姆斯医生前来。面对即将被送入冰冷无情的精神病院的可怖前景，他选择了以生命来抗拒命运。

　　小说中，除了每一个体升降起伏的情绪韵律之外，总体上还暗示出一种逐渐紧张的情感节奏，这一节奏在布雷德肖爵士带来了赛普蒂默斯自杀的消息后达到高潮，达洛卫夫人与退休老兵两条意识流线索也交织到了一起。伍尔夫在有关《达洛卫夫人》的笔记中写道："这将具有心理学的意义。在一天当中，紧张感逐渐增强。"② 这说明作家是有意识地在处理与掌控作品的节奏与韵律的。

　　到了《到灯塔去》中，韵律的起伏更加明显，人物、韵律、情绪与意象似乎融为一体，韵律的运动亦更加微妙、内化与有机。总体而言，在《到灯塔去》的韵律背后的基本情绪是期待、盼望，或者从更外在的标准上说，是对力量、怜悯和抚慰创伤的寻求。具体说来，这其中包括莉丽对拉姆齐夫人关爱的渴望，拉姆齐夫妇彼此情感需要的满足，拉姆齐先生对事业发展超过 Q 的期盼，詹姆斯对灯塔之旅的浪漫梦想，拉姆齐夫人对生命有所意义的期待，还有塔斯莱对自我表现的种种机会的寻求，等等。诸多个人愿望强化了作品的整体情绪氛围，其最终的满足似乎都由最后灯

---

① 弗吉尼亚·伍尔夫：《达洛卫夫人》，孙梁、苏美译，第 69 页。

② 转引自 Harvena Richter, *Virginia Woolf*: *The Inward Voyage*, Princeton, New Jersey：Princeton University Press, 1970. p. 218.

塔之旅的实现为标志，比如莉丽终于在对拉姆齐夫人的思念、对其在窗口的形象的回忆中获得了关于她的视觉，成功地完成了自己的画作；凯姆与詹姆斯则到达了童年时代渴望的灯塔，并在心理上实现了与父亲的和解。作家通过人物情绪起伏的韵律变化，成功地表现了每个人的"灯塔之旅"。

如以下数段引文即较为完整地呈现了莉丽充满渴望的情绪韵律的起伏变化。小说第三部分，莉丽在孤独与空虚中苦苦思念着逝去的拉姆齐夫人："欲求而不可得，使她浑身产生一种僵硬、空虚、紧张的感觉。随后，又是求而不得——不断的欲求，总是落空——这是多么揪心的痛苦，而且这痛苦是一而再、再而三地搅着她的心房！噢，拉姆齐夫人！她在心里无声地呼喊，对那坐在小船旁边的倩影呼唤，对那个由她变成的抽象的幽灵、那个穿灰衣服的女人呼唤，似乎在责备她悄然离去，并且盼望她去而复归。思念死者，似乎是很安全的事情。幽灵、空气、虚无，这是一种你在白天或夜晚任何时候都可以轻易地、安全地玩弄于股掌之上的东西；她本是那空虚的幽灵，然而，她突然伸出手来，揪着你的心房，叫你痛苦难熬。突然间，空荡荡的石阶、室内椅套的褶边，在平台上蹒跚而行的小狗，花园里起伏的声浪和低语，就像精致的曲线和图案花饰，围绕着一个完全空虚的中心。"① 于是，莉丽忍不住潸然泪下。随着眼泪的流淌，她的情绪获得了宽解。随后，循环再度开始。她高声呼喊着拉姆齐夫人的名字，眼泪顺着面颊滚落。"她更加觉得痛苦。她想，那剧烈的痛苦竟会使她干出这样的傻事！"② 再之后，"那求而不得的痛苦和剧烈的愤怒渐渐减轻了。"③ "对于遗留下来的痛苦来说，作为解毒剂，一种宽慰松弛的感觉本身就是止痛的香膏，而且，还有一种某人在场的更加神秘的感觉：她觉得拉姆齐夫人已经从这个世界压在她身上的重荷下暂时解脱出来，飘然来到她的身旁，她正在把一只她临终时戴着的白色花环举到她的额际。"④

同样以韵律、节奏的起伏回环来表现人物情绪微妙变化的出色例证，还有小说第一部分晚宴之后拉姆齐夫人独自回味保罗与敏泰订婚的消息的意识流程。起先，她为事情如她所盼望的那般大功告成而满心喜悦，"她

---

① 弗吉尼亚·伍尔夫：《到灯塔去》，瞿世镜译，第392页。
② 同上书，第394页。
③ 同上书，第395页。
④ 同上。

觉得，那种出自真情的与别人感情上的交流，似乎使分隔人们心灵的墙壁变得非常稀薄，实际上一切都已经汇合成同一股溪流，这些桌、椅、地图是她的，也是他们的，是谁的无关紧要，当她死去的时候，保罗和敏泰会继续生活下去"①。后来，她走进育儿室看望孩子，却意外地发现他们还兴奋得没有入睡。她心烦意乱起来，开始在心里迁怒于女仆和自己。由于白天拉姆齐先生和塔斯莱关于下雨的断言让詹姆斯伤透了心，她转而又怨恨起了丈夫和他的这位学生，随即又怨恨起自己来，觉得是自己点燃了孩子的希望，却又让希望落了空。这时，她看到了天上一轮鹅黄色的满月，又听到了美丽的长女普鲁心血来潮地想在夜色中去海滩观赏海浪的请求。"突然间，不知为了什么缘故，拉姆齐夫人好像成了二十岁的姑娘，充满着喜悦。她突然充满着一种狂欢的心情。他们当然应该去，当然应该去，她笑着嚷道；她飞快地跑下最后三、四级楼梯……"② 她克制住和年轻人一起奔向海边的冲动，"嘴角带着一抹微笑"前往书房去陪伴她的正在用功的丈夫。

　　"窗"是以书房内拉姆齐夫妇两人心理上的和解与情感上的彼此需要与满足而告终的。伍尔夫在此同样以对位的方式，呈现了夫妇二人充满韵律变化的情绪波动，最后以拉姆齐夫人表示安慰与和解的一句"对，你说得对。明天会下雨的，你们去不成了"③，而使两条充满张力的情绪线索融为一体。

　　小说不仅以人物的情绪波动来实现韵律感，同样以一些意象来表达情绪的韵律。这些意象多与作为灵魂人物的拉姆齐夫人相连，因为小说中的几乎每一个人都想分别从她那里获得爱、同情、赞许、情感满足，等等。这些意象主要包括喷泉、光束和树，本身也有同样的升降起伏的变化韵律，而主导意象是喷泉。在儿子詹姆斯的心目中，母亲身上有着一股喷泉般的神秘能量。如作品开头部分，伍尔夫即通过莉丽和威廉·班克斯先生在海边赏景的视角，诗意地抒写了喷泉的意象："出于某种需要，他们每天傍晚总要到那儿去走一遭。好像在陆地上已经变得僵化的思想，会随着海水的漂流扬帆而去，并且给他们的躯体也带来某种松弛之感。起初，那

---

① 弗吉尼亚·伍尔夫：《到灯塔去》，瞿世镜译，第 321 页。
② 同上书，第 324 页。
③ 同上书，第 332 页。

有节奏的蓝色的浪潮涌进了海湾，使它染上了一片蓝色，令人心旷神怡，仿佛连躯体也在随波逐流地游泳，只是在下一个瞬间，它就被咆哮的波涛上刺眼的黑色涟漪掩盖，令人兴味索然。然后，在那块巨大的岩礁背后，几乎在每天傍晚，都会喷出一股白色的泉水，它喷射的时间是不规则的，因此，你就不得不睁着眼睛等待它，而当它终于出现之时，就感到一阵欣悦……"① 喷泉的出现令他们狂喜。当拉姆齐先生自私地打破母子相处的和乐气氛，希望从妻子那里获得赞美与同情，以恢复自己的自信时，在詹姆斯的意识中，母亲在瞬间化为了生命的喷泉，而父亲则变成了一只贪婪地汲取生命的滋养的"光秃秃的黄铜的鸟嘴"："拉姆齐夫人刚才一直把儿子揽在怀中懒洋洋地坐着，现在精神振作起来，侧转身子，好像要费劲地欠身起立，而且立即向空中迸发出一阵能量的甘霖，一股喷雾的水珠；她看上去生气蓬勃、充满活力，好像她体内蕴藏的全部能量正在被融化为力量，它在燃烧、在发光，而那个缺乏生命力的不幸的男性，投身到这股甘美肥沃的生命的泉水和雾珠中去，就像一只光秃秃的黄铜的鸟嘴，拼命地吮吸。"② 随后，在儿子的幻觉中，母亲"升华为一棵枝叶茂盛、硕果累累、缀满红花的果树，而那个黄铜的鸟嘴，那把渴血的弯刀，他的父亲，那个自私的男人，扑过去拼命地吮吸、砍伐，要求得到她的同情"③。在抚慰完丈夫，令他心满意足地离去后，"她感到了那种成功地创造的狂喜悸动……这脉搏的每一次跳动，似乎都把她和她的丈夫结合在一起，而且给他们双方都带来了一种安慰，就像同时奏出一高一低两个音符，让它们和谐地共鸣所产生的互相衬托的效果一样。"④

此外，《远航》中主人公雷切尔从英格兰前往南美、再从别墅前往旅馆的外部行动韵律，以及从室内前往航船、从圣玛丽娜前往丛林的内部行动韵律，均与雷切尔从青少年时代到走向成长与成熟的心理与情感韵律，彼此呼应与平行。

在《变形》中，弗莱提出：小说中能唤起审美情感的形式关系是"大脑状态的韵律变化"（rhythmic changes of states of mind）⑤。克莱夫·

① 弗吉尼亚·伍尔夫：《到灯塔去》，瞿世镜译，第 222—223 页。
② 同上书，第 240—241 页。
③ 同上书，第 242 页。
④ 同上。
⑤ Roger Fry, *Transformations*, p. 57.

贝尔在《老朋友》中也说过："作为一门精致的艺术，写作乃是罗杰的弱项。说起散文、诗歌的韵律，他有一点朦朦胧胧的概念，但却迷恋于创建关于韵律的理论。"① 伍尔夫可以说十分出色地实现了她的密友与导师的文学理想。

第三节 "图式"与"空白"

关于"图式"。

在《一间自己的房间》中，伍尔夫曾经这样指出小说的形态："无论如何，它是一种结构，在人们的头脑中自成其格局，有时是方形的，有时是塔状的，有时四下里伸展，有时坚实紧凑，有时又像穹顶状的君士坦丁堡圣索菲亚大教堂。回顾一些有名的小说，我想，这一格局源出于与之相应的某种情感。但这种情感随即就同别样的情感混合起来，因为所谓'格局'（shape），不是由石块与石块之间的关系构成的，而是由人与人之间的关系造就的。……其整体结构……充满了无限的复杂性，因为它正是由许许多多不同种类的情感所构成的。"② 结合伍尔夫的小说，我们发现，图式或"格局"这一从绘画艺术中移植过来的术语，在她那里指的是由人物不同种类的情感关系所构成的复杂性，或情感的关系构成。

比如，《雅各的房间》是伍尔夫实验现代小说技法的第一部长篇小说。作品从书名上看像是一部男性成长小说，但主人公雅各其实只是一个虚无缥缈的载体，雅各的房间也几乎是一个空荡荡的房间。作品主要由他在不同时期、不同女性心里留下的不同印象所构成。因此，雅各更像是一条串起了不同女性生活画面的线索，"细腻地逐渐向我们揭示妇女们的内心世界，在雅各从童年到成年，在从一个女性到另一个女性一连串的现代都市冒险历程中，在他逐渐从少女转移到少妇寻找乐趣和知识的过程中，文本的叙事在逐渐揭示女性欲望的本质"③。到小说倒数第二章中，作家

---

① S. P. 罗森鲍姆编著：《岁月与海浪：布鲁姆斯伯里文化圈人物群像》，徐冰译，江苏教育出版社 2006 年版，第 37 页。

② 弗吉尼亚·吴尔夫：《一间自己的房间》，贾辉丰译，第 62 页，译文有改动。

③ 姚翠丽：《前言》，见弗吉尼亚·吴尔夫《雅各的房间·闹鬼的屋子及其他》，蒲隆译，第 5 页。

才将各色人等汇聚到了一起，雅各和博纳米在海德公园聊天；克拉拉·达兰特也在同一个公园里遛狗；当钟敲到五点的时候，怀孕的弗洛琳达正望着餐厅的镀金钟，心里思念着雅各；而同样无望地想着雅各的范妮·埃尔默正沿着滨河大道走着，不断自我宽慰……由此，作家交错地运用时间与空间等标志物的提示，将此前散乱的叙事线索和碎片化的生活片段收拢到一起，指向雅各。最终，这根以雅各为轴心的线索又回到了母亲佛兰德斯夫人那里，打结做束。因此，这部小说的"图式"是以雅各这根主线串起众多情感线索，并通过时空等提示物加以勾连。较之伍尔夫之后的小说，该作的"图式"并不算复杂，但之后小说的不少特征均在这部作品中有清晰体现。

在关于《达洛卫夫人》的笔记中，伍尔夫曾写道："无论如何，要非常小心地结构。必须安排好对比。……一方面，赛普蒂默斯的疯狂的步伐要逐渐加快；另一方面，晚会也逐渐逼近。设计极端复杂。必须小心翼翼地考虑好平衡。"[1] 这一段引文中充满了绘画艺术中的术语或概念，如"结构"、"对比"、"设计"、"平衡"等等，由此使小说的图式建立在前文已经分析过的两大基本的情绪变动的基础上：一为以克拉丽莎为代表的向上的运动，暗示充满活力与生机的感情，一为以赛普蒂默斯为代表的向下的运动，表现沮丧的情绪。小说最后，两股运动戏剧性地合并到一起，就在晚会成功的顶峰，克拉丽莎感同身受地捕捉到了赛普蒂默斯的情感与选择，感觉到了自己与他的相似，体味到了"地面飞腾，向他冲击，墙上密布的生锈的尖钉刺穿他，遍体鳞伤"[2] 的身体感觉。赛普蒂默斯之死为她敞开了一道门，使她窥见了自己过去生命的丰盈和现在的空虚。在对生活与生命的反思中，克拉丽莎实现了对社会体制与主流生活方式的质疑与批判。

在《到灯塔去》中，晚宴场景的开始部分更为典型地显示了不同种类的情感的无限复杂性。塔斯莱先是充满了戒备与好斗之心，既自惭形秽而又自命不凡。最后，在拉姆齐夫人善解人意的温情关照下，他那可怜的自我中心主义获得了一定的缓解，班克斯先生先是暗暗在生拉姆齐夫人的

---

[1]　*Dalloway Notebook I*, October 16, 1922. 转引自 Harvena Richter, *Virginia Woolf: The Inward Voyage*, Princeton, New Jersey: Princeton University Press, 1970, pp. 226–27.

[2]　弗吉尼亚·伍尔夫：《达洛卫夫人》，孙梁、苏美译，第188页。

气，觉得她勉强自己来参加一场琐碎、无聊的宴会，实在是浪费时间。但后来，"他对她的全部爱慕敬仰之情，又重新恢复了"①；拉姆齐夫人本人起先因客人们彼此间的冷漠而感到沮丧，后来在晚会高潮时则舒了口气，感到快乐："现在一切都顺顺当当，她刚才的忧虑已经消除，她又可以自由自在地享受胜利的喜悦，嘲笑命运的无能，在这种感觉的鼓舞之下，她又指手画脚、谈笑风生了。"② 伍尔夫将各色人等的情绪变化有机地穿插、交织，使得晚宴场景成为图式发挥作用的出色例证。随着宴会进展，我们感觉到，不同情绪在依照自然的秩序恰如其分地发展着。我们感到人物情绪的起伏，在紧张与舒缓之间不断循环。

最后要说的是"空白"。

空白的运用作为绘画艺术中的重要技巧，体现出艺术家的结构方式、光影处理方式等独特的审美意识。在《到灯塔去》中，让莉丽苦恼不已的即是自己画布上空白的处理问题。在小说里，伍尔夫将空白转化为人物的"沉默"或"停顿"，以对"沉默"与"停顿"的恰当处理来创造"此时无声胜有声"的效果，表达主体的复杂感情。她在关于斯泰恩的小说《感伤之旅》的随笔《感伤之旅》中，称赞斯泰恩是现代人的先驱，正是因为他对沉默而非对言辞的兴趣。她盛赞了作家"把我们的兴趣从外部世界转向人的内心世界"的能力："正是对导游手册和通衢大道视而不见，反而专注于人内心世界的曲折骚动，斯特恩才以其相当奇特的方式贴近了我们这个时代。正是对话语忽略不计，反而对沉默兴致盎然，斯特恩才成为现代派作家的先驱。"③ 她同样十分欣赏屠格涅夫用语的简省与含蓄，在随笔《屠格涅夫的小说》中这样评价了《罗亭》："小说的场景大小与长度不合比例，它蔓延到心灵深处，从那里释放出新鲜的想法、情感、画面，犹如真实生活当中的某个瞬间，有时要待它过去了很久之后才会显现出它的意义来。我们注意到，尽管人们总是用着最自然的语调讲话，他们说出来的内容却总是出人意料；意义在声音既经停止了之后方才现身。而且，人们为了让我们感知他们的存在并不一定非得要开口讲话：'伍林特瑟夫犹如刚睡醒似的，站起身抬起头。'——他虽未发一言，我

① 弗吉尼亚·伍尔夫：《到灯塔去》，瞿世镜译，第307页。
② 同上。
③ 弗吉尼亚·伍尔芙：《伍尔芙随笔全集》I，石云龙等译，中国社会科学出版社2001年版，第300页。

们就已明了他的所在。阅读的间隙我们举目窗外，被书中事物所激起的情绪更深地回到我们心中，因为这种情绪的放送是借助于语言之外的其他媒介实现的，它通过树木、云彩、狗吠声、夜莺的歌声发出，这样，我们被四面八方的东西——交谈、沉默、事物的外观所包围，场景变得异乎寻常的完整。"① 在随笔《屠格涅夫掠影》中，她又一次写道：屠格涅夫"是个最经济的作家，最明显的一个表现是他自己决不在书中占地方"②；"他从不对人物加以评论，他只把他们呈现在读者面前，余下的事他就不管了。……但读者的想象力始终处于一种高度激发的状态，使得每一幕、每个人物都显得如此生气勃勃。"③

伍尔夫高度赞美的这种通过类似画面上的空白，在语言艺术中体现为沉默的方式，以解放读者的个人情感，使之获得自由与拓展的写作技巧，从《远航》开始即已出现。作品中，特伦斯·黑韦特对雷切尔说起自己正在写一部"关于沉默的小说"④。他又进一步解释说，"沉默"就是"关于人们不愿说的事情"⑤，"沉默"揭示"感情"。在一则关于《岁月》的日记中，伍尔夫写道："我想，我明白了如何能插入幕间节目——我的意思是通过沉默的空白（spaces of silence）。"⑥《岁月》中，这种"沉默的空白"多次出现。而黑韦特"关于沉默的小说"的预言，似乎在伍尔夫的最后一部小说《幕间》中实现得最为充分。

《幕间》讲述的是 1939 年 6 月的一天发生在英格兰中部一个有着五百多年历史的村庄内的故事，设置了两条外部叙事线索，一条是乡绅巴塞罗缪·奥利弗一家的故事，另一条为拉特鲁布女士指导村民演出露天历史剧的故事。在小说中，"沉默"成为人物表达情感的特殊手段。如奥利弗家的儿媳伊莎贝拉与丈夫贾尔斯关系不睦，暗恋上了一位陌生的乡绅农场主威廉·道奇，但又知道不可能有什么结果。就在他们观看演出的幕间休息期间，伍尔夫出色地以"沉默"与"空白"表现了这样一幅人们心中

---

① 弗吉尼亚·伍尔芙：《伍尔芙随笔全集》Ⅱ，王义国等译，第 864 页。

② 弗吉尼亚·伍尔芙：《伍尔芙随笔全集》Ⅳ，王义国等译，中国社会科学出版社 2001 年版，第 1936—1937 页。

③ 同上书，第 1937 页。

④ 弗吉尼亚·吴尔夫：《远航》，黄宜思译，第 246 页。

⑤ 同上。

⑥ Diary, July17, 1935, in Virginia Woolf, *The Diary of Virginia Woolf*, *Vol.* 4. 1931 – 1935, Anne Olivier Bell ed, London：The Hogarth Press, 1982.

暗流涌动的场景。大家悠闲地聊着天，猜测着拉特鲁布女士的意图究竟是什么。

> "舞台上什么都没有出现。曼瑞萨太太手上戴的几个戒指闪烁出点点红光和绿光。他（指贾尔斯）看看这些戒指，又看看露西姑妈，目光从姑妈移向威廉·道奇，从道奇又移向伊莎。她不肯正视他的眼睛。他低下头看看自己的沾有血迹的网球鞋。
> 他（指贾尔斯）（无言地）说：'我真是太不幸了。'
> '我也是，'道奇有同感。
> '我也是，'伊莎想。
> 他们都被人捕捉，被人囚禁；他们都是囚徒，在观赏着一个场景。舞台上没有动静。留声机的嗒嗒声简直让人发疯。"①

我们看到，在这里，谈话其实并未真正展开，仅在人物的思想中无言地进行。场景中几乎没有物理意义上的运动，只有戒指的闪光，以及贾尔斯眼光的移动。但是，这一幕场景所暗示的情感关系及其复杂性是十分丰富的，构成了小说的真正精彩。

而除了以无声来表达有声之外，沉默在该小说中的第二个重要意义在于促使人物的反躬自省，由此获得对历史、现实与人性的反思。作品通过拉特鲁布女士对英国历史的回顾和对英国文学史的介绍，实则表达了伍尔夫本人的历史观与文学观。拉特鲁布女士的露天历史剧"包括表现古英语时代的序幕、中世纪的歌曲、表现伊丽莎白一世的塑像剧、后莎士比亚时代的一个话剧中的一场、表现'理性时代'的塑像剧、复辟时代的话剧、表现维多利亚时代的戏剧、表现'现在'的场景以及结束语"②。为了让观众感受"现在"，加强参与度，随着音乐的开始，她独具匠心地安排众多演员用各式各样的镜子照向观众，以便促使观众在揽镜自照中获得自我认知："他们一跃而出，晃动身子，蹦蹦跳跳。镜子的光闪动着，舞蹈着，跳跃着，亮得刺眼。现在是老巴特……他被镜子照到了。现在是曼

---

① 弗吉尼亚·吴尔夫：《幕间》，谷启楠译，人民文学出版社 2003 年版，第 142 页。
② 谷启楠：《幕间·前言》，见弗吉尼亚·吴尔夫《幕间》，谷启楠译，第 3 页。

瑞萨。这边照到一个鼻子……那边照到了一张脸……这是我们自己吗?"① 结果,在镜子面前,"大家都挪了挪位置,整理一下衣服,假作斯文;他们举起了手,挪动着腿。就连巴特,就连露西都转过脸去了。大家都在躲避,或者是遮挡自己……"② 这里,观众虽未发声,但直接参与了舞台的演出,暴露出了人性的矫饰、伪善,以及文明的暴虐与肮脏。小说的最后,伍尔夫通过"沉默",甚至直接指出了话语的建构性,由此表达出对现行历史文化传统的质疑。

　　综上,伍尔夫通过"块面"、"联结"、"韵律"、"图式"与"空白"等绘画艺术中的具体形式手段,借鉴了弗莱与贝尔的美学思想,表现了丰富的历史文化与心理情感的"意味",在扬弃中探索了小说艺术作为弗莱与贝尔倡导的"有意味的形式"的多种可能性。

---

① 弗吉尼亚·吴尔夫:《幕间》,谷启楠译,第149页。
② 同上书,第151页。

第八章

"文尼莎拥有我渴望拥有的一切"

作为"布鲁姆斯伯里文化圈"的精神核心以及伍尔夫生活中最为重要的人物之一[1]，画家文尼莎·贝尔给予妹妹的影响亦是长久、深刻和多方面的。根据伍尔夫早年的日记，不服输的她曾模仿姐姐站在画架前的样子，站在写字台前写作，姐姐则不仅绘画，也是妹妹作品的第一读者或重要的评论来源。斯蒂芬姐妹彼此重视对方对自己工作的见解，尤其是妹妹，更加依赖于姐姐的鼓励与赞美。对她而言，模仿姐姐，与她在各自的领域内竞争，并以自身的成就赢得姐姐的赞许与宠爱，成为她终身追求的目标。如她在 1927 年 12 月 22 日的日记中所写："我现在想着她，羡慕之中不杂一丝嫉妒，只有些许熟悉的孩提时的感觉：感到我俩正联手起来，共同与世界斗争。我多么以她为骄傲，她为我俩的战役赢得了胜利，她傲然走着自己的路。"[2]

文尼莎是伍尔夫创作的动力、灵感源泉与表现对象，还通过提供帮助与合作、交流思想与供给创作素材等方式，给予妹妹的创作以启发，成为她创作背后不可或缺的智囊与支撑力量。因此，作为不同艺术形式的实验与反叛者，文尼莎·贝尔与弗吉尼亚·伍尔夫以各自喜爱的方式水乳交融。

---

[1] 伍尔夫 1941 年 3 月 28 日溺水自尽前分别给自己生命中最重要的两人留下了遗书。这两人一为她的姐姐文尼莎·贝尔，一为伦纳德·伍尔夫。

[2] 弗吉尼亚·伍尔芙：《伍尔芙日记选》，戴红珍、宋炳辉译，百花文艺出版社 2012 年版，第 97 页。

第一节 "我爱你胜过这世上
任何别人"

如前所述，伍尔夫终其一生均生活在对姐姐的羡慕、依赖、崇拜与微妙的嫉妒当中。她曾在给姐姐的信中如此写道："毫无疑问，我爱你胜过这世上任何别人。"[①] 她在一生之中会不断提醒姐姐，不是朱利安·贝尔，而是她本人才是姐姐的头生子："你为什么要把我带到这个世上来呢?"[②] 似乎想强调，只有她才理所应当地获得姐姐最多的关爱。所以，简·丹在《异常亲密的同谋：文尼莎·贝尔与弗吉尼亚·伍尔夫》一书的扉页中感叹姐妹深情时如此写道：姐妹之间远比与父母相处的时间长。早在恋人、丈夫和孩子出现之前，姐妹关系已经存在。她和你有着同样的性别和出身，栖身同一屋檐之下，经常共处一室，有时甚至还会共睡一床。姐妹互相陪伴着体验生活，亲历与共享独立、爱情、工作、婚姻乃至为人母的体验。还有，当恋人或丈夫可能分手或逝去；当孩子长大成人、开始自己的人生时，姐妹虽已人到老年，情谊却依然存在。就斯蒂芬姐妹来说，她们共处的时光长达 59 年。所以，简·丹写道："当你打算深入了解弗吉尼亚·伍尔夫，无论你到哪里——翻开她的日记、她的书信或是小说——总有文尼莎。而文尼莎每当面临深刻的绝望并进而对自身的存在产生怀疑时，也总会转向弗吉尼亚。"[③] 而在斯蒂芬姐妹之间，拥有强大母性力量的文尼莎对弗吉尼亚的影响无疑更为强烈。

作为笔耕不辍的作家，伍尔夫一生除了常给姐姐写信外，还在日记与回忆录中大量呈现了文尼莎的形象。收录在《存在的瞬间》中的五篇回忆录，几乎篇篇以重要篇幅描述了文尼莎的生活及其与自己的关联：写于1907—1908 年间的《回忆录》（*Reminiscences*）以给即将出世的外甥朱利安讲故事的口吻，描述了海德公园门 22 号的家庭生活；20 世纪 20 年代

① Virginia Woolf to Vanessa Bell, 10 August 1909, in Virginia Woolf, *The Letters. Vol.* 1: *The Flight of the Mind* 1888 -1912, Nigel Nicolson and Joanne Trautmann eds, London: Chatto and Windus, 1975.

② VW to VB, 17. March 1921, in Virginia Woolf, *The Letters. Vol.* 2: *The Question of Things Happening* 1912 -1922, Nigel Nicolson and Joanne Trautmann eds, London: Chatto and Windus, 1976.

③ Jane Dunn, *A Very Close Conspiracy: Vanessa Bell and Virginia Woolf*, p. VII.

早期为莫莉·麦卡锡的"传记俱乐部"撰写并朗读的《海德公园门22号》（22 *Hyde Park Gate*）回忆了同母异父兄长达克沃斯兄弟逼迫文尼莎和自己参加各种社交聚会，两姐妹为争取绘画和阅读的权利奋起抗争的情形；约在1921年末和1922年初写成的《老布鲁姆斯伯里》（*Old Blooms-bury*）充满喜悦地回顾了文尼莎带领弟妹从阴郁、压抑的生活中解脱出来，迁往伦敦布鲁姆斯伯里区、开始自由明朗的智性生活的过程；作家晚年最长、也最著名的回忆录《往事素描》*The Sketch of the Past*）更是详细回溯了在母亲和同母异父姐姐斯特拉相继去世后，两姐妹不仅要应对来自外部的压力，更要联手对抗父兄压制的情景："尼莎和我于是形成了亲密的同谋关系。在那个有许多男子来来往往的世界里，在那座由数不清的房间构成的大房子里，我们俩形成了私密的核心。……我们俩一起调整自己的角度，从那里窥视一个对我们两人来说似乎同样的世界。……我们每天为那些总是从我们这里夺走或被扭曲了的东西而抗争。而最迫近的障碍、最为沉重地压制住了我们的生机和为生存而进行的挣扎的石头自然是父亲。我想，一周中几乎没有哪一天我们俩不在一起盘算计划的。"①

而在伍尔夫的小说中，不仅塑造了大量画家、艺术家的形象，而且不少女性角色直接以姐姐为原型：如处女作《远航》中那位特立独行、果断自信、美丽浪漫，充当了与作家同龄的女主人公雷切尔精神教母角色的海伦，其实就是文尼莎的化身。1916年，伍尔夫在给姐姐的信中表示对她的生活"非常有兴趣"、"考虑要写另一部关于它的小说"②，这部小说即《夜与日》。出身于知识贵族之家、端庄优雅、美丽聪慧，被迫隐匿起自己对数学研究的渴望，而扮演维多利亚时代茶桌边的淑女的女主人公凯瑟琳·希尔伯里的处境，正是当年文尼莎的处境。小说于1919年出版后，伍尔夫在给自己的希腊文教师简内特·凯斯（Janet Case）的信中写道："……试着把凯瑟琳想成是文尼莎而不是我；想想她藏起对绘画的热情，而被迫进入乔治所在的那个社会的情景——她开始的时候就是那样的……"③《到灯塔去》虽然的确是作家为童年时代的父母和家人在圣艾维斯夏日度假生活的

---

① Virginia Woolf, *Moments of Being*：*Autobiographical Writings*, edited by Jeanne Schulkind and with n new introduction by Hermione Lee, Pimlico edition. Random House, 2002, p. 146.

② Virginia Woolf, *The Letters. Vol. 2*：*The Question of Things Happening* 1912–1922, Nigel Nicolson and Joanne Trautmann eds, London：Chatto and Windus, 1976, p. 109.

③ Ibid.，p. 400.

肖像画，由于母亲朱莉亚去世时伍尔夫才 13 岁，因此小说中对拉姆齐夫人的母性，以及她在大家庭中作为精神核心地位的描写，很大程度上依然以姐姐为原型。伍尔夫在 1927 年 5 月 25 日给姐姐的信中写道："很可能在拉姆齐夫人身上有很多你的成分。"① 文尼莎后来的情人、画家邓肯·格兰特亦认为是朱莉亚和文尼莎的性格共同合成了拉姆齐夫人的形象。而小说中另一位重要的女性，即作为后维多利亚时代女性艺术家代表的莉丽·布里斯科身上，则既融汇了作家自身作为新一代知识女性对传统家庭天使角色的反思，又表达出她对姐姐的深切理解，因为莉丽身为妇女艺术家对职业身份的焦虑以及在社会偏见与性别压力下苦苦挣扎的处境，亦正是文尼莎所特有的。所以，莉丽在作画时，会"听到有某种声音在说，她不能绘画，不能创作，似乎她被卷入了一个习惯的旋涡之中，在这旋涡中经过一定的时间之后，某种经验就在心灵中形成了，结果她就重复地说一些话，而再也意识不到是谁首先说这些话的。"② 文尼莎与伍尔夫本人，一定是时常必须与这些男权意识的话语进行抗争的。而莉丽对自然界光线与阴影的逻辑呈现的尊重，与印象主义画家的外光画技法是协调一致的；她对直接将面前的题材描绘出来这一观念的抛弃，又体现出后印象主义画家追求高度抽象表现的观念。文尼莎正是这样一位由印象主义向后印象主义绘画风格发展的艺术家。所以，伍尔夫对印象化与后印象化的艺术创造过程的文字再现，也一定是建立在自己的创作过程的感受以及对姐姐创作过程的想象基础上的："毫无疑问，她正在失去对外部事物的意识。而当她对于外部事物，对于她的姓名、人格、外貌，对于卡迈克尔先生是否在场都失去了意识的时候，不断地从她的心灵深处涌现出各种景象、姓名、言论、记忆和概念，好像她用绿色和蓝色在画布上塑造图象之时，一股出自内心的泉水洒满了那一片向她瞪着眼的、可怕地难以对付的、苍白的空间。"③

到了《海浪》中，文尼莎化身为体现出母性的丰沛能量，热爱自然、具有旺盛生命力的苏珊；《岁月》中矜持寡言的玛吉·帕吉塔身上也有文尼莎的影子。甚至对《弗拉西》这部从动物视角来呈现女诗人伊丽莎白·巴

---

① Virginia Woolf to Vanessa Bell, 25 May 1927, in Virginia Woolf, *The Letters. Vol.* 3: *A Change of Perpective* 1923–1928, Nigel Nicolson and Joanne Trautmann eds, London: Chatto and Windus, 1977, p. 383.

② 弗吉尼亚·伍尔夫:《到灯塔去》，瞿世镜译，上海译文出版社 1997 年版，第 371 页。

③ 同上书，第 372 页。

瑞特·白朗宁与丈夫恋情的小说,昆汀·贝尔也认为其"在某种程度上是部自我揭示的作品"①:"与其说《弗拉迅》是一部恋狗者写的书,不如说它是一部想当狗的人写的书。"② 因为,终其一生,伍尔夫在自己所依恋的亲友面前都以小动物自称。那些受到珍爱、作为拥抱与亲吻对象的动物人格对她而言十分重要。由此,"她的狗是她自己的精神的化身"③。另一位著名的伍尔夫传记作家赫麦尔妮·李也认为作家将对姐姐的忠诚以戏仿的形式处理成了一只西班牙犬对女主人的忠心。④ 文尼莎的传记作家弗兰西丝·斯帕丁则发现,"在整个一生的写作中,弗吉尼亚似乎都有一种表现与理解文尼莎的需要。她还发现,通过强调与夸张文尼莎性格的某些方面,她能够留住并拥有她。"⑤ 而由于伍尔夫的生花妙笔,文尼莎不得不对丈夫克莱夫解释道:"弗吉尼亚很小的时候就喜欢根据自己的愿望为我创造出某种性格特征,现在她已经成功地把这一特征强加于世人,以至于那些愚蠢的故事由于如此栩栩如生而被人认为理所当然是真的。"⑥ 因此,缄默、感性、充满母性、强大、慷慨和无可替代的文尼莎无论在现实还是小说中都承担起母亲、女神与保护者的角色,成为妹妹生命故事中永恒的主角。

第二节 "共享相同视觉的作家 与艺术家的完美合作"

　　除了活跃于伍尔夫的作品中之外,文尼莎还通过提供帮助与合作、交流思想与供给创作素材等方式给予妹妹的创作以启发。

　　具体到文尼莎对伍尔夫写作的帮助与支持上,作为追求鲜明的色彩、饱满的形式的画家,她为妹妹的小说提供了大量封面设计与装饰。自1917年伍尔夫夫妇创办的霍加斯出版社成立之后,出版的大部分作品的

---

① 昆汀·贝尔:《伍尔夫传》,萧易译,第389页。

② 同上书,第390页。

③ 同上。

④ Hermione Lee, *Virginia Woolf*, New York: Vintage Books, 1996. p. 116.

⑤ Frances Spalding, *Vanessa Bell*, New Haven and New York: Ticknor & Fields, 1983, pp. 129 –130.

⑥ Vanessa Bell to Clive Bell, 25 June 1910: KCC. 转引自 Frances Spalding, *Vanessa Bell*, p. 130.

封面设计均出自文尼莎之手。无论在伍尔夫生前还是去世后，她几乎所有的作品，也都是由文尼莎提供封面、封底设计或页面装饰的。根据黛安·菲尔比·吉列斯比的《姐妹艺术：弗吉尼亚·伍尔夫与文尼莎·贝尔的写作与绘画》① 一书的统计，文尼莎为伍尔夫的著作设计过封面护套、封面设计、卷首或卷尾插图以及文中插图的作品多达 23 种（见下文列目），几乎覆盖了伍尔夫的所有重要作品：

1. 卷首插图：《邱园记事》（1919）
2. 卷尾插图：《邱园记事》（1919）
3. 插图：《星期一或星期二》中的《一个团体》（1921）
4. 插图：《墙上的斑点》（1921）
5. 封面设计：《星期一或星期二》（1921）
6. 插图：《星期一或星期二》中的《未写成的小说》（1921）
7. 封面护套：《雅各的房间》（1922）
8. 封面护套：《达洛卫夫人》（1925）
9. 封面设计：《邱园记事》（1927）
10. 插图：《邱园记事》（1927 年版本）的第 1、4、5、7、9、11、12 和 13 页。
11. 封面护套：《一间自己的屋子》（1929）
12. 封面护套：《海浪》（1931）
13. 插图：《弗拉西》中的《后面的卧室》（1933）
14. 插图：《弗拉西》中的《在卡萨·圭地》（1933）
15. 封面设计：《瓦尔特·西科特：一次谈话》（1934）
16. 封面护套：《岁月》（1937）
17. 封面护套：《罗杰·弗莱：一部传记》（1940）
18. 封面护套：《幕间》（1941）
19. 封面护套：《瞬间及其他散文》（1948）
20. 封面护套：《船长临终时》（1950）
21. 封面护套：《一个作家的日记》（1953）
22. 封面护套：《弗吉尼亚·伍尔夫与利顿·斯特拉齐：书信集》

---

① Diane Filby Gillespie, *The Sisters' Arts*：*The Writing and Painting of Virginia Woolf and Vanessa Bell*, Syracuse University Press, 1988.

（1956）

23. 封面护套：《花岗岩与彩虹》（1958）

尤其是短篇小说《邱园记事》1919 年和 1927 年的两个版本，提供了文尼莎为伍尔夫的小说文本进行视觉艺术装饰的最好实例，除卷首、卷尾插图和封面设计外，文尼莎还为 1927 年的版本在第 1、4、5、7、9、11、12 和 13 页提供了页内插图。她的插图与设计并不注重实际的阐释性，而更偏向印象式的装饰、追求视觉上的强化效果，深得伍尔夫的喜爱。关于文尼莎主动提出为《邱园记事》绘制插图的动机，她在给伍尔夫的信中是这样写的："转向你的故事真是令人欣慰，虽然其中的某些谈话——她说，我说，糖——我知道得是再清楚不过的！不过我认为，它很迷人，取得了了不起的成功……我在想，自己是否可以为它画一幅插图……插图有可能和文本的关系并不密切，不过那也不会有什么要紧。我很有可能会去画两个人谈论糖的那幕场景。你还记得我在欧米茄工作室给你看过的一幅画吗？就是三个女人在说着话、从她们背后的窗户望出去，可以看见花床的那一幅？它几乎可以用作一幅插图呢。请务必写信告诉我你的美学主张，还有看着我的那幅画时的感受。我渴望着听到你的想法。"[1] 诗画合璧的《邱园记事》出版后，伍尔夫写信给文尼莎说："我认为这本书是一个了不起的成功——都要归功于你；我的视觉自然而然地产生；因此我猜想，无论如何，上帝是根据同一标尺来塑造我们的头脑的，对你还更加偏心。"[2]《到灯塔去》出版后，伍尔夫在信中对文尼莎写道："我希望你在自己设计的封面上签名。我个人觉得它很可爱……你的风格是独一无二的。"[3] 1938 年，为姐姐设计的美国版《三个基尼》的封面，伍尔夫又写道："非常感谢你设计的封面，" "我觉得这是你设计的最好的封面之

---

① Vanessa Bell to Virginia Woolf, pp. 214 - 215: Berg. 转引自 Jane Goldman, *The Feminist Aesthetics of Virginia Woolf: Modernism, Post-Impressionism and the Politics of the Visual*, Cambridge: Cambridge University Press, 1998.

② Virginia Woolf to Vanessa Bell, 7 Nov 1918, in Virginia Woolf, *The Letters. Vol. 2: The Question of Things Happening* 1912 - 1922, Nigel Nicolson and Joanne Trautmann eds, London: Chatto and Windus, 1976, p. 289.

③ Virginia Woolf, *The Letters. Vol. 3: A Change of Perpective* 1923 - 1928, Nigel Nicolson and Joanne Trautmann eds, London: Chatto and Windus, 1977, p. 391.

———十分可爱，而又切合实际……"① 曾在霍加斯出版社任编辑的约翰·莱曼（John Lehman）认为，文尼莎的封面设计是伍尔夫作品的有机组成部分，是"共享相同视觉的作家与艺术家的完美合作"②。伍尔夫密友薇塔·萨克维尔 - 韦斯特和哈罗德·尼科尔森夫妇的次子、伍尔夫书信集的编者之一奈杰尔·尼克尔森（Nigel Nicolson）通过研究两姐妹的书信，也得出结论说：弗吉尼亚"是通过……（文尼莎·贝尔的）眼睛学会了理解绘画的"③。简·丹则写道："弗吉尼亚的写作常常充满了视觉特色，以至于文尼莎觉得自己很想画出书页上油然而生的那些形象。弗吉尼亚的外形之美也激发范尼莎画出了一系列的肖像画，灵巧而又经济地捕捉住妹妹的沉静与优雅。她缺乏面部特征的肖像画暗示出弗吉尼亚内在生活的神秘性。她们由霍加斯出版社推出的艺术合作包含插图版的《邱园记事》，以及贝尔设计的生机勃勃的封面护套，封面护套使得弗吉尼亚的书在送到批评家手上的时候有了某种依傍，正如现实生活中她受到姐姐的庇护一样。"④

由于两姐妹的职业合作与伍尔夫对小说美学的探索几乎同步，加之一战期间和之后，英国在绘画、室内装饰、舞台布景等多元艺术领域的观念和实践都发生了急剧的变化，身处"布鲁姆斯伯里团体"中心的伍尔夫自然深受濡染。加之自育儿室时代以来即充当姐姐的肖像画模特、暗自想与姐姐在各自的领域竞争的心理等因素，均使得伍尔夫将日记和练笔视为"素描簿"的对等物，探索如何像画家作画那样去写作，如何将画家的语言转化为自己的语言。

纵观其一生，小说创作在伍尔夫看来都如同一个作画的过程：如她把《雅各的房间》视为打破"完全再现"的努力⑤；将《达洛卫夫人》的写

① Virginia Woolf, *The Letters. Vol.* 6: *Leaves the Letters till We're Dead* 1936 - 1941, Nigel Nicolson and Joanne Trautmann eds, London: Chatto and Windus, 1980, p. 251.

② John Lehman, *Thrown to the Woolfs: Leonard and Virginia Woolf and the Hogarth Press*, New York: Holt, Rinehart & Winston, 1978, p. 26.

③ Virginia Woolf, *The Letters. Vol.* 2: *The Question of Things Happening* 1912 - 1922, Nigel Nicolson and Joanne Trautmann eds, London: Chatto and Windus, 1976, p. xxi.

④ Jane Dunn, *A Very Close Conspiracy: Vanessa Bell and Virginia Woolf*, London: Jonathan Cape Ltd. 1990, p. 5.

⑤ Virginia Woolf, *The Letters. Vol.* 6: *Leaves the Letters till We're Dead* 1936 - 1941, Nigel Nicolson and Joanne Trautmann eds, London: Chatto and Windus, 1980, p. 501.

作形容为"就像某人在用一把湿画刷在整幅画布上工作，并将各个分离的部分组合为一体，慢慢使之干燥"①；关于最后一部小说《幕间》，她则不无遗憾地认为仅仅"完成了……一件小幅画作"②。所以传记家莱昂·艾德尔准确地写道："她在小说里尝试新形式的方法，恰如她那位艺术家姐姐在绘画领域所做的那样，她试图以光华灿烂的词汇去模仿文尼莎的绘画之美，以及罗杰的'视觉与设计'。"③

　　而从交流思想与供给创作素材来看，文尼莎的影响力也至关重要。由于自觉地用姐姐的眼光来要求与衡量自己的作品，造型感和空间性自然成为伍尔夫小说的努力目标。1916 年，文尼莎完成了著名的肖像画《交谈》(*A Conversation*，1913—1916)。画面呈现了三名女子在窗边亲密交谈的情景，又被称为《三个女人》(*Three women*)。1928 年，该画在画展展出之后，伍尔夫在信中对姐姐写道："我为写出'文尼莎·贝尔的一幅画的变体'这一念头深深吸引……我得把那三位妇女和椅子上插有鲜花的花瓶变成一个幻影……我想，你是一个最最出色的画家。不过，除此之外，我还坚持认为你是一个讽刺家、一个呈现对于人类生活的诸多印象的人：一位有着了不起的智慧的短篇故事作家，能够以某种令我嫉妒的方式处理问题的人。我不知道自己能否以散文的形式写出这三个女人来。"④这一"嫉妒"和将姐姐呈现的画面转换为文字的冲动，不久之后即通过思考女性艺术家困境、探索女性创造力、强调女性自己的空间的《一间自己的房间》、《奥兰多》及《妇女的职业》等文论与小说体现了出来。1918 年，在回复罗杰·弗莱对她《墙上的斑点》的赞扬时，她如此写道："我想，还不能确定是否就不能以文字的形式来创造一种颠倒的造型感。"⑤ 20 年代中期，她在和姐姐的通信中，再度讨论了写作的绘画效果问题⑥，《达

　　① Virginia Woolf, *The Diary of Virginia Woolf*, Vol. 2. 1920 – 1924, Anne Olivier Bell ed, London: The Hogarth Press, 1978, p. 323.

　　② Ibid. , p. 336.

　　③ Leon Edel, *Bloomsbury: A House of Lions*, London: The Hogarth Press, 1979, p. 264.

　　④ Virginia Woolf, *The Letters. Vol. 3: A Change of Perpective* 1923 – 1928, Nigel Nicolson and Joanne Trautmann eds, London: Chatto and Windus, 1977, pp. 498 – 499.

　　⑤ VW to RF, 21 Oct 1918, Virginia Woolf, *The Letters. Vol. 2: The Question of Things Happening* 1912 – 1922, Nigel Nicolson and Joanne Trautmann eds, London: Chatto and Windus, 1976, 285.

　　⑥ Virginia Woolf, *The Letters. Vol. 3: A Change of Perpective* 1923 – 1928, Nigel Nicolson and Joanne Trautmann eds, London: Chatto and Windus, 1977, pp. 135 – 136.

洛卫夫人》正是在这段笔谈期间创作的小说，体现出超越传统文学的线性时间规约的尝试。在日记中，伍尔夫数度提到这部小说的构思古怪、新颖、很棒，对她之前的作品《远航》、《夜与日》以及《雅各的房间》将有所超越。也正是在这期间，她发表了自己的美学宣言《贝内特先生与布朗夫人》，声言"我们在英国文学的一个伟大时代的边缘颤抖"。她还在与法国画家雅克·拉弗拉通信，讨论写作如何突破线性本质、达到共时性效果之时，透露了自己打算超越"句子的传统路线"，不理会"过去时代的虚假"的雄心①。《达洛卫夫人》正是作家渴望以辐射状而不是线状来写作，同时描绘出"在空中朝离心方向溅起的水花"和"一波接一波传向黑暗的、被遗忘的角落的水波"的一部作品。② 这一时期，与姐姐及友人的通信与讨论，见证了伍尔夫的小说美学实验。

　　1926 年，在文尼莎前往法国照顾病中的邓肯·格兰特期间，伍尔夫在莱斯特美术馆参观了伦敦艺术家联合会（LAA）主办的第一次画展，文尼莎的绘画正在其中展出。之后，她写信赞美姐姐的画是"纯粹的艺术视觉与出色的想象力的结合"，称赞了她的用色，但也认为"对大幅画面的设计困扰着你"③，并将这一问题带入了自己正在写作中的《到灯塔去》中女画家莉丽的探索。1927 年 3 月，姐姐再度通过伦敦艺术家联合会展出了部分素描作品。伍尔夫在称赞了姐姐画笔的自然与抒情性的同时，再度感叹"我们现在都处在同样的位置……关心全新的结构的问题"。④ 所以，在《到灯塔去》中，她通过莉丽的困惑与探索，栩栩如生地表现了现代艺术构图的艰难："当她注视之时，她可以把这一切看得如此清楚，如此确有把握；正当她握笔在手，那片景色就整个儿变了样。就在她要把那心目中的画面移植到画布上的顷刻之间，那些魔鬼缠上了她，往往几乎叫她掉下眼泪，并且使这个把概念变成作品的过程和一个小孩穿过一条黑暗的弄堂一样可怕。"⑤ 在该小说的早期手稿中，莉丽的画甚至

---

① 昆汀·贝尔：《伍尔夫传》，萧易译，第 313 页。

② 同上书，第 314 页。

③ Virginia Woolf, *The Letters. Vol.* 3：*A Change of Perpective* 1923 – 1928, Nigel Nicolson and Joanne Trautmann eds, London：Chatto and Windus, 1977, pp. 270 – 271.

④ Virginia Woolf to Vanessa Bell, 5 Mar 1927, in Virginia Woolf, *The Letters. Vol.* 3：*A Change of Perpective* 1923 – 1928, Nigel Nicolson and Joanne Trautmann eds, London：Chatto and Windus, 1977, p. 341.

⑤ 弗吉尼亚·伍尔夫：《到灯塔去》，瞿世镜译，第 221 页。

与文尼莎的好几幅画之间均有直接的联系。① 而从宏观上看，小说整体设计上也追求一种空间的布局，第三部分是第一部分的复现或重构，而以第二部分"时光流逝"作为勾连。尤其在第三部分，伍尔夫成功地同一时间内叙述了莉丽在草坪上作画和拉姆齐先生带着一双儿女前往灯塔这两件事。为此，弗莱专门写信赞扬，认为这是伍尔夫最好的作品，因为"事物的同时性不再困扰你了，你随着每一个异常充实的意识瞬间的节拍前进、后退"②。关于弗莱与文尼莎对《到灯塔去》的影响，赫迈尔妮·李总结说："她描述并呈现了从维多利亚时代向战后英格兰的变化的最出色的小说，使用的是绘画而不是写作来作为中心意象。莉丽·布里斯科关于她的作品的想法更多得益于文尼莎·贝尔而不是其他人。但是如果没有罗杰·弗莱，那些想法也不可能采用它们所获得的形状。"③ 而在妹妹这部重现儿时家庭生活的小说的启发下，文尼莎也开始酝酿一幅名叫《育儿室》（The Nuersery）的大型油画："对我来说，似乎它与你已经做的事存有某种相似性。……画出满是玩具的地板，让玩具之间保持一定的关系，还有人物，地板上的空白之处，以及光线射在上面的样子都意味着某种似乎对我来说你所代表的东西。"④

　　至于《海浪》，更是由文尼莎为妹妹的创作提供素材与灵感的最明显例证：就在两姐妹于 1927 年 5 月间交换对《到灯塔去》的看法的信件中，文尼莎报告了一只巨大的飞蛾飞进客厅，爱子心切的她设法诱捕了飞蛾，将它做成一只标本的过程。伍尔夫在回信中写道："你讲到的帝蛾故事深深打动了我，以至于我也想写一篇关于它的故事了。读完你的信之后，我一连几个小时什么也不想，脑子里尽是你和那只飞蛾。这是不是很古怪呀？——或许，是你刺激了我的文学感受，正如你说我也会刺激你的绘画感受一样。"⑤《飞蛾》由此开始酝酿，后更名为描画了"布鲁姆斯

---

　　① Diane Filby Gillespie, *The Sisters' Arts：The Writing and Painting of Virginia Woolf and Vanessa Bell*, Syracuse University Press, 1988, p. 197. note：*To the Lighthouse*：The Original Holograph Draft, p. 273.

　　② 昆汀·贝尔：《伍尔夫传》，萧易译，第 338 页。

　　③ Hermione Lee, *Virginia Woolf*, New York：Vintage Books, 1996, p. 283.

　　④ Vanessa Bell to Virginia Woolf, pp. 367–368. October 1931：Berg. 转引自 Frances Spalding, *Vanessa Bell*, p. 252.

　　⑤ Virginia Woolf, *The Letters. Vol. 3：A Change of Perpective* 1923–1928, Nigel Nicolson and Joanne Trautmann eds, London：Chatto and Windus, 1977, p. 372.

伯里团体"群像的《海浪》。比弗利·H. 特威切尔指出："伍尔夫的书信不仅表明了贝尔（指文尼莎）观点的力量，而且还显示出它们已深深扎根于伍尔夫的思考当中，随后在她的作品中开花结果。"[1]

1930 年与 1934 年，伍尔夫还先后两度为文尼莎在库林画廊举办的个人画展撰写了"序言"。她再次强调了有关女性间亲密合作的观念。她关注妇女艺术家的地位，探索了文学作为语言文字艺术与作为视觉艺术的绘画之间的可比性问题。两篇"序言"还抓住了姐姐的画作感性与充满象征意味的特征，呼应了她本人在《一间自己的房间》和《太阳与鱼》中所体现的观念甚至用语，体现了对于姐姐艺术特色与风格的深入理解。

伍尔夫早年即在给克莱夫·贝尔的信中写道："尼莎拥有我渴望拥有的一切。"[2] 她的创作，似乎也正是在以文字的形式追逐和模仿姐姐拥有的一切。吉列斯比认为："文尼莎的绘画经常吸引弗吉尼亚以文字的形式去创造相似的作品。"[3] 而这一点，通过对文尼莎肖像画、静物画与风景画的文字再造体现出来。故本书下一章将对这三个方面分别展开论述。

① Beverly H. Twitchell, *Cezanne and Formalism in Bloomsbury*, Ann Arbor, Michigan: UMI Research Press, 1987, p. 187.

② Virginia Woolf to Clive Bell, May 1908, Virginia Woolf, *The Letters. Vol. 1: The Flight of the Mind* 1888 – 1912, Nigel Nicolson and Joanne Trautmann eds, London: Chatto and Windus, 1975.

③ Diane Filby Gillespie, *The Sisters' Arts: The Writing and Painting of Virginia Woolf and Vanessa Bell*, Syracuse University Press, 1988, p. 104.

第九章

"以光华灿烂的词汇去模仿
文尼莎的绘画之美"

如前章所述，作为弗吉尼亚·伍尔夫生命故事中的永恒主角，文尼莎·贝尔除了作为妹妹书信、日记、随笔与传记的绝对中心和小说的原型人物而存在，更以职业画家的身份在肖像、静物和风景画等多方面对伍尔夫的创作提供了启迪。所以传记家莱昂·艾德尔准确地写道："她在小说里尝试新形式的方法，恰如她那位艺术家姐姐在绘画领域所做的那样，她试图以光华灿烂的词汇去模仿文尼莎的绘画之美，以及罗杰的'视觉与设计'。"① 体现在具体作品中，伍尔夫在文尼莎的肖像画、静物画和风景画的基础上，分别绘写出了语言的肖像、以文字形式存在的静物和心灵的风景。

第一节 "我们拥有同一双眼睛"

从肖像画方面来看，吉列斯比指出：文尼莎"以下列两种方式达到了对人物肖像超乎表面的呈现：她尝试捕捉画笔下人物的基本特征，同时，她使人物外形让位于对光线、色彩以及整体构图的兴趣"② 。因此，放弃对人物外貌细节的刻意追逐，着意捕捉与呈现个性化的本质特征，成为文尼莎肖像画的首要特征。这一点，当然与后印象派绘画传入英国后画

① Leon Edel, *Bloomsbury: A House of Lions*, London: The Hogarth Press, 1979, p. 264.
② Diane Filby Gillespie, *The Sisters' Arts: The Writing and Painting of Virginia Woolf and Vanessa Bell*, Syracuse University Press, 1988, p. 168.

家有关人物真实的观念以及如何表现人物本质的理解发生了变化有关。关于后印象派绘画引入英国后文尼莎的创作变化，她的传记作家弗朗西斯·斯帕丁写道："后印象主义教导说，绘画不是一种依赖于技巧与手艺的把戏，而是一种语言，其语法和句法存在于它们本身的表现中。现在，线条、色彩、形状、空间、节奏与设计本身受到重视。这种对形式手段的专注必然刺激起一种抽象的趋势，在 1914 年与 1915 年，它导致了对非再现艺术的试验。但其悖论是，后印象主义的一种更为直接的影响是它激起了对题材更广泛更新奇的兴趣。瓦尼萨·文尼莎在回忆 1910 年后印象主义展览时说道：'这就好像是你可以说你去加以感受到的东西，而不是试图说其他人告诉你去加以感受的东西。'因为她先前限制自己主要画肖像与静物，现在，她画那些随心所欲的图形，例如街角的交谈或沙滩上的人像等。一般而论，肖像变得更为非正式的，姿态的变化更少；对表现对象的捕捉更具瞬间性，图像有如快照，视野出人意料。"[1] 文尼莎与罗杰·弗莱之间的通信也表明，她最想做的就是传达人物的基本特质，而非追求表面上的逼真。弗莱对这一点非常认同，并在 1917 年 1 月 28 日给文尼莎的信中，对她"出色的性格化的能力"[2] 进行了称赞。

20、30 年代之后，文尼莎的肖像画更加追求神似，抓住人物身上的突出特点，勾勒为数不多的面部特征，并以之作为整体画面设计的有机组成部分。关于文尼莎的情人邓肯·格兰特在两次后印象派画展前后发生的变化，弗朗西斯·斯帕丁以两幅画为例，曾经做过清晰的对比："他画的《詹姆斯·斯特雷奇》的肖像表明了爱德华时代人对优雅节制的喜好。波斯地毯上色调的逐渐变化和向后缩小的图案，有助于将人物置于令人信服的空间之中。与他那放松的姿态相对应的是后面屏风上一些母题的布局。表面的漫不经心使人察觉不出全画是经过精心推敲的。这些被人称道的品质正是格兰特在《浴盆》一画中加以摒弃的；同样生硬的影线用来暗示地板，而不是对纹理进行巧妙的描画，幕布或是屏风位于右侧，桌布铺在后面的梳妆台上，处于裸女的肋骨之部位；暗示了空间，然后又以黑线条有意识否定了这一空间。这黑线不间断地勾勒出裸女抬起的臂膀和后面的

---

① 弗朗西斯·斯帕丁：《20 世纪英国艺术》，陈平译，上海人民美术出版社 1999 年版，第 42 页。

② 转引自 Diane Filby Gillespie, *The Sisters' Arts: The Writing and Painting of Virginia Woolf and Vanessa Bell*, Syracuse University Press, 1988, p. 168.

镜子，将这两部分统一于画面。现在每一笔触、每一线条都为整体服务。《浴盆》在错觉技能方面的所失，由在形式活力方面的所得加以补偿。当格兰特在广播节目'沙漠岛之碟'被问到，在他的画中，他最希望哪一幅被人记住时，他回答说：《浴盆》。"① 在文尼莎身上发生的，也正是同样的变化。她的作品中不少人物不仅缺乏细部的具体特征，甚至显得面容与身形模糊，只剩下粗线条的轮廓，典型例子可举 1912 年的《工作室：邓肯·格兰特和亨利·杜塞特在阿希汉姆作画》（The Studio：Duncan Grant and Henri Doucet Painting at Ashham）。同年，文尼莎亦为妹妹画下了两幅没有面部特征的肖像《弗吉尼亚·伍尔夫》（virginia Woolf）和《弗吉尼亚·伍尔夫在阿希汉姆》（Virginia Woolf at Asheham）。前一幅画面中，中性与温暖的色彩、各种三角形与圆形线条和光线出色地混融，显出高度的抽象性；到了后一幅画面上，尽管面部轮廓稍有呈现，但依然缺乏细节上的描摹，妹妹的形体被简化为一系列的形状与色彩，与人物所躺的椅子以及蓝色的背景交相辉映。1913 年，文尼莎完成了《利顿·斯特拉齐的肖像》（Portrait of Lytton Strachey）。画面上的斯特拉齐黄皮肤黄衬衣，橙红色的帽子和胡子，绿色的外套，坐在蓝色的椅子里，正在读着一本红封面的书。文尼莎在此运用丰富而鲜明的色彩和简约的面部与身体轮廓线，反而使观众对这位传记大师留下了深刻印象。

作为和文尼莎同在"布鲁姆斯伯里文化圈"的视觉艺术氛围中成熟，在后印象派画展后成长并力主"生命写作"（life-writing）② 的作家，伍尔夫同样认为写作要摒弃纷繁的物质表象，在对自然与生命本质的探求中定格人类"存在的""有意味的""瞬间"，通过人物的瞬间感悟揭开生活的面纱，触探生命的哲理，以片刻捕捉永恒。她之所以喜爱西克特的绘画，亦正是认为他"喜欢把他的人物放在动态之中，喜欢观看他们的动作。……当然，人物是静止的，但其中每个人都是在发生危机的当口儿被逮住了"③。她根据西克特的这一特点而赞其为一位"小说家"，甚至用文字想象出了围绕着西克特画面的高潮部分之前、之后的一段段故事情节，

① 弗朗西斯·斯帕丁：《20 世纪英国艺术》，陈平译，上海人民美术出版社 1999 年版，第 41—42 页。

② Virginia Woolf, *Moments of Being*：*Autobiographical Writings*, edited by Jeanne Schulkind and with n new introduction by Hermione Lee, Pimlico edition. Random House, 2002, p. 92.

③ 弗吉尼亚·伍尔芙：《伍尔芙随笔全集》Ⅱ，第 975—976 页。

指出"在西克特的画展中，有着许多故事和三部曲长篇小说"①。

在自己的肖像绘写中，伍尔夫同样注意捕捉人物的个性化精神特征：其大量日记、书信、随笔及回忆录如《存在的瞬间》等，充满着对亲友色彩鲜明的传神而简洁的描绘；传记《罗杰·弗莱传》大量插用了弗莱本人的书信、散文和交谈以使形象更加饱满；小说则更是为亲友绘制的群像画廊。1927年5月，文尼莎在读过《到灯塔去》后当即给妹妹写信，感谢她使得父母的形象再次鲜活。"发现自己再次如此和他们两个面对面，我是如此震惊，以至再也想不到别的事。"赞美妹妹"就肖像画而言，对我来说，你似乎是个出色的艺术家"②。

然而，定格人物生命中"存在的瞬间"并非易事。如在《到灯塔去》中，女画家莉丽急于描绘出心目中的拉姆齐夫人和小儿子在一起的母子图，但她又深知一个人的内心仿佛深不可测的宝藏，于是采用了极简手法，尝试以一个紫色的三角形来象征永恒和谐的母子关系："这是拉姆齐夫人在给詹姆斯念故事，她说。她知道他会提出反对意见——没有人会说那东西象个人影儿。不过她但求神似，不求形似，她说。……质朴，明快，平凡，就这么回事儿，班克斯先生很感兴趣。那么它象征着母与子——这是受到普遍尊敬的对象，而这位母亲又以美貌著称——如此崇高的关系，竟然被简单地浓缩为一个紫色的阴影，而且毫无亵渎之意，他想，这可耐人寻味。"③

在小说的《时光流逝》部分，作家同样采取了高度简约、抽象因而更具象征意味的写作手段以表达时光无情、世事无常的主题。她在日记中写道："这是最最困难的抽象写作片段——我不得不描绘一栋空荡荡的房子，里面没有人物性格，表现时光的流逝，没有任何东西可以依傍，一切都是肉眼无从见到，并缺乏具象化的特征的。"④ 到了《海浪》中，与作家存在隐秘联系的人物罗达多次说到自己"没有面孔""没有自己的面

① 弗吉尼亚·伍尔芙：《伍尔芙随笔全集》Ⅱ，第977页。

② VB to VW, 11 May 1927, Marler, p. 317, *QB* Ⅱ, p. 128. 转引自 Hermione Lee, *Virginia Woolf*, p. 474.

③ 弗吉尼亚·伍尔夫：《到灯塔去》，瞿世镜译，上海译文出版社1997年版，第257页。

④ Virginia Woolf, *The Diary of Virginia Woolf*, Vol. 3. 1925 – 1930, Anne Olivier Bell ed, London: The Hogarth Press, 1980, p. 76.

目""我没有自己的面目"①；伯纳德也说："随着寂静的坠落，我被完全销蚀融化，变得面目模糊，几乎跟任何人都一模一样，难以分辨。"② 这些面目模糊的人物和文尼莎肖像画中的人物别无二致。所以吉列斯比认为：斯蒂芬"两姐妹都拥有通过实验各种程度的抽象化，来捕捉外部事实的欲望"③。也就是说，她们都在努力通过各自的艺术手段，超越物质主义，达到对生活与生命本质的理解。

关于视觉艺术与伍尔夫笔下人物肖像刻画的联系，甚至还有学者通过研究斯蒂芬家族的影集，提出了在伍尔夫自传性作品的描述性细节和家人照片的细节之间，存有紧密的平行关系的观点："在这类作品中，伍尔夫似乎常常不是在描述一种实际的记忆，而是在形容面对着的影集中的一张照片。举例来说，伍尔夫在有关文尼莎的《回忆录》（Reminiscences）中的描写就和照片非常相似。而著名的《往事素描》的开头部分则与莱斯利·斯蒂芬照相集中的一张照片相似。"④ 由此看来，伍尔夫的作品不仅与绘画艺术存在密切的关联，亦与摄影作品有着相通之处，显现出高度的视觉化特征。

第二节 "以语言文字来传达后印象主义"

在静物绘写方面，两姐妹的作品也存在着密切的呼应关系。作为两次后印象派画展后成长起来的新一代画家以及法国画家保罗·塞尚的忠实追随者，文尼莎也创作了大量将日常家居什物、尤其是餐桌上与厨房内的陈设视为审美静观对象的静物画。在弗莱形式美学的熏陶下，她深受塞尚形式处理技法的影响，注重通过对什物（如洋葱、苹果、鸡蛋、花瓶、牛奶罐、调味瓶等）位置、形体、色彩、彼此的明暗远近等对比关系的精

---

① 弗吉尼亚·吴尔夫：《海浪》，吴均燮译，人民文学出版社 2003 年版，第 29、92、172 页。

② 同上书，第 173 页。

③ Diane Filby Gillespie, *The Sisters' Arts: The Writing and Painting of Virginia Woolf and Vanessa Bell*, Syracuse University Press, 1988, p. 175.

④ Maggie Humm, *Snapshots of Bloomsbury: The Private Lives of Virginia Woolf and Vanessa Bell*, Rutgers University Press, 2006, Preface and Acknowledgements, p. ix.

心研究与设计,在静观与沉思中以高度概括、简约的能力,以画布上的轮廓线创造出独特的造型效果。代表作如《壁炉架一角的静物》(*Still Life on Corner of a Mantelpiece*,1914)、《碗中苹果》(*Still Life with Apples in a Bowl*,1919)、《厨房中的静物》(*Still Life in the Kitchen*,1933)、《花卉与玻璃罐》(*Still Life with Flowers and Glass Jar*,1956)等。塞尚著名的静物画如《高脚果盘》(约 1879—1880)、《带姜罐的静物画》(1888—1890)和《有盖汤盘与瓶子的静物画》(1877)等亦是伍尔夫十分熟悉并喜爱的作品。1927 年,伍尔夫夫妇在霍加斯出版社出版了弗莱研究塞尚绘画艺术分量最重的著作《塞尚及其画风的发展》;1928 年,她又对塞尚的传记进行了专门研究①。

因此,和姐姐一样,伍尔夫喜欢在作品中描写餐桌上或厨房内的陈设。《夜与日》中对希尔贝里家餐桌的描写就是一段以文字描摹静物的精彩实例:"餐桌,说它十分漂亮,一点儿也不过分;上面没有桌布,瓷器在闪亮的棕色桌面上整齐地摆成一个深蓝色的圆圈;正中央,摆着一钵菊花,有茶红色的,有黄色的,其中有一朵洁白的,格外鲜艳,窄窄的花瓣全都向后弯曲,宛如一个坚实的白球。"② 稍后凯瑟琳·希尔贝里的堂妹卡珊德拉眼中的餐桌,同样体现出高度的视觉化特征:"汤盆的花案别致,每个碟子旁摆着餐巾,折纹笔挺,形似海芋百合花,长条面包系着粉红色的缎带,银质盘子,海蓝色的香槟酒杯,杯脚上凝着薄薄的金片。"③ 最著名的当然是《到灯塔去》中的描写:作为审美而非食用对象的水果,可说是塞尚和文尼莎静物写生的文字再现:"现在八支蜡烛放到了餐桌上,起初烛光弯曲摇曳了一下,后来就放射出挺直明亮的光辉,照亮了整个餐桌和桌子中央一盘浅黄淡紫的水果。那孩子把果盘装点得多美,拉姆齐夫人在心中惊叹。因为露丝把葡萄、梨子、香蕉和带有粉红色线条的贝壳状角质果盘装潢得如此美观,令人想起从海神涅普杜恩的海底宴会桌上取来的金杯,想起(在某一幅图画里)酒神巴克思肩上一束连枝带叶的葡萄,它和诸神身上披的豹皮、手中拿的火把放射出来的鲜红、金黄的火光交相辉映,……"④ 更

---

① Virginia Woolf, *The Letters. Vol.* 3：*A Change of Perpective.* 1923 – 1928, Nigel Nicolson and Joanne Trautmann eds, New York：Harcourt Brace Jovanovitch, 1977, p. 29.

② 弗吉尼亚·吴尔夫:《夜与日》,唐伊译,人民文学出版社 2003 年版,第 89 页。

③ 同上书,第 330 页。

④ 弗吉尼亚·伍尔夫:《到灯塔去》,瞿世镜译,上海译文出版社 1997 年版,第 303 页。

值得一提的是，拉姆齐夫人同样是以一位画家的目光来欣赏这一切的："她的目光一直出没于那些水果弯曲的线条和阴影之间，在葡萄浓艳的紫色和贝壳的角质脊埂上逗留，让黄色和紫色互相衬托，曲线和圆形互相对比……"①《海浪》中"太阳已经高高升到天顶"的引子部分，同样出现了一幅光影斑驳的餐桌静物图："一道轮廓锐利的楔形光线照在窗台上，映亮了屋子里有蓝色花纹的盘子，带弯把的茶杯，一只大碗的中腰，有十字格的地毯，以及那些玻璃橱和书柜的威风凛凛的轮廓和线条。"②而在《岁月》与《幕间》中，这样的描写也是比比皆是。

或许身为女性的缘故，酷爱花卉也是斯蒂芬姐妹的共同爱好。文尼莎在静物、水彩、室内装饰和舞美设计中均大量使用花卉形象，为妹妹作品设计的封面护套上也几乎都有花卉图案，尤以《邱园记事》的页内装饰最为典型。伍尔夫夫妇在萨塞克斯的乡间寓所"僧舍"内，同样有多幅文尼莎的花卉静物作品，如 30 年代初期所作的《花卉静物》（floral still lifes）和 1931 年完成的《壁炉瓷砖贴面上的花卉》（Floral tile fireplace）。

与姐姐呼应，伍尔夫在小说中也以许多方式写到了花卉。最具代表性的还是以伦敦英国皇家植物园邱园为题的实验小说《邱园记事》。作品不仅对邱园中的花卉形状、色彩作了细腻描写，而且在光影变动中呈现出色彩的迷人变幻："……那花朵花瓣四敞，芬芳尽吐，即使一丝夏日的微风吹来，也能拂动花瓣，牵动花卉下面被各色光彩交叉四射的褐色泥土上满是水彩似的杂色斑点。那些花瓣色彩的闪光落在光滑的灰白色鹅卵石顶部，或是落到一只蜗牛棕色螺旋形的壳上，或者射到一滴水珠上，点化出一道道极薄的水光之墙，红的、蓝的、黄的，色彩的浓郁，真让人担心它会浓得迸裂，化为乌有。然而它没有迸裂，转眼间闪光已消逝，于是水珠又恢复了其银灰色的模样。闪光移到一张叶片上，照出了叶子的表层皮质下枝枝杈杈的叶脉；闪光继续前移，射在天棚般密密厚厚的心形叶和舌状叶上，使一大片憧憧绿影中透出了光亮。此时高空的风吹得强劲起来，于是彩色的闪光就上移而反射到头顶那广阔的空间，映入了在这七月的日子里来游植物园的男男女女的眼帘。"③确切说来，是文尼莎的画作诱发了

---

① 弗吉尼亚·伍尔夫:《到灯塔去》，瞿世镜译，上海译文出版社 1997 年版，第 315 页。
② 弗吉尼亚·吴尔夫:《海浪》，第 115 页。
③ 弗吉尼亚·伍尔芙:《伍尔芙随笔集》，孔小炯、黄梅译，海天出版社 1996 年版，第 37—38 页。

伍尔夫以文字来传递视觉之美的冲动，所以才有了这篇精美的小说；而阅读小说又唤起了文尼莎再现妹妹笔下美丽的视觉图像的激情，所以才有了《邱园记事》两个版本中珠联璧合的插图。所以吉列斯比写道："在《邱园记事》中，伍尔夫努力以语言文字来传达后印象主义。伍尔夫的文字和她姐姐的新作是如此近似，以至于文尼莎觉得文本中的某一部分和她的一幅近作甚至'从本质上说，完全一样'。"①

第三节 "细描法是展示一个景物的 最糟糕的方法"

同在肖像画中的处理一样，文尼莎亦不喜欢风景画中有逼真的细节，相反更多调动想象，以营造强烈的情感效果。1922 年，罗杰·弗莱在发表于《新政治家》的一篇文章中写道："文尼莎的作品中，人物的外部特征如此之少，真是令人好奇；她画布上的房间都是空的，她的风景也是孤单单的。"② 著名的《斯塔兰德海滩》(Stutland Beach，1912) 即以紫色、橙色、深褐等简洁色块、几何图案与为数不多的人体轮廓线组合而成。《围屏风景》(Screen Landscape，1913) 同样以遒劲、简约的线条与大幅色块传递出强烈的情感效果。

强调表现内在真实、注重"精神主义"的伍尔夫同样欣赏姐姐的风景画：1921 年，她在书信中对一幅雪景图加以了赞美③；1924 年，她又对一幅描画姐姐查尔斯顿庄园风景的画作，以及一幅表现一座桥和一艘蓝色船只的风景画表达了由衷的钦佩之情④；1927 年，她称赞了姐姐表现一辆干草车和丘陵的画⑤；1930 年为姐姐在库林画廊举办的个人画展所撰的

---

① See Diane Filby Gillespire, "The Sisters' Arts: Virginia Woolf, Vanessa Bell, and *Kew Gardens.* " draft of a paper given at the Modern Language Association Meeting, Houston, Texas, December 1980, p. 3.

② Roger Fry, "Vanessa Bell and Othon Friesz." *The New Statesman* 19, June 3, 1922, p. 238.

③ Virginia Woolf, *The Letters. Vol. 2*, Nigel Nicolson and Joanne Trautmann eds, London: Chatto and Windus, 1976, p. 469.

④ Virginia Woolf, *The Letters. Vol. 3*, Nigel Nicolson and Joanne Trautmann eds, London: Chatto and Windus, 1977, pp. 270 – 271.

⑤ Ibid. , p. 341.

"序言"中，又赞美了山丘、海边站着一个男孩子的风景画系列。

这种表达心灵的风景的美学观念同样被伍尔夫运用在文学批评和自己的创作中。在她看来，小说家的职责就是表现人类的内在生活。在《沃尔特·西克特》中，她写道："细描法是展示一个景物的最糟糕的方法"①。她指出，虽说诗人丁尼生有可能最准确地描摹了秋天的风景，但是，"如果要说是表现了秋天的全部精神的话，我们还应该到济慈的诗歌中去找。他表现的不是细节而是情绪"②。她同样因有助于"描绘一种用其他方式难以表达的心灵状态"③，而称赞了夏洛蒂·勃朗特小说《维莱特》结尾处的风暴描写，认为勃朗特姐妹的风景描写"携带着情感，点亮了全书的意义"④。在她自己的小说如《达洛卫夫人》中，无论是达洛卫夫人还是她从前的恋人彼得·沃尔什一路所见的风景，均是印象式、意识流的，更多地打上了人物精神活动或特质的印记。

到了《到灯塔去》中，人物的情感更是与风景描写出色地混融而为一体。比如，以下这段引文，便是通过莉丽多愁善感的视角看到的一幅引发人的生命之思的风景："那条帆船在海湾里划开一道弯曲的波痕，停了下来，船身颤抖着，让它的风帆降落；然后，出于一种要使这幅画面完整的自然本能，在注视了帆船的迅速活动之后，他们俩遥望远处的沙丘，他们刚才所感到的欢乐荡然无存，一种忧伤的情绪油然而起——因为那画面还有不足之处，因为远处的景色似乎要比观景者多活一百万年（莉丽想道），早在那时，这片景色就已经在和俯瞰着沉睡的大地的天空娓娓交谈了。"⑤ 亘古不变的风景和生命的脆弱无常的无情对照，不仅引发了莉丽的慨叹与忧伤，更呼应了小说的时间主题，暗示唯有时间才是人生、宇宙中的唯一主角。而以下这段风景描写，更是主观印象强烈渗入的一幅后印象派绘画："那天早晨是如此晴朗，只是偶尔有一丝微风，极目远眺，碧海与苍穹连成一片，似乎点点孤帆高悬在空中，或者朵朵白云飘坠于海面。在远处的大海上，一艘轮船吐出一缕浓烟，它在空中翻滚缭绕、久久

---

① 弗吉尼亚·伍尔芙：《伍尔芙随笔全集》Ⅱ，第 980—981 页。

② Virginia Woolf, *Books and Portraits: Some Further Selections from the Literary and Biographical Writings of Virginia Woolf*, ed. Mary Lyon, New York: Harcourt Brace Jovanovich, 1977, p. 164.

③ Virginia Woolf, *Collected Essays I*, New York: Harcourt, Brace and World, 1967, p. 188.

④ Ibid. .

⑤ 弗吉尼亚·伍尔夫：《到灯塔去》，第 223 页。

不散，装饰点缀着这片景色，好像海面上的空气是一层轻纱薄雾，它把万物柔和地笼罩在它的网眼中，让它们轻轻地来回荡漾。有时晴空万里，波平如镜，那悬崖峭壁看上去似乎意识到那些驶过的帆船，那些小船看上去似乎也意识到悬崖峭壁的存在，好像它们彼此之间灵犀相通、信息互传。"① 清朗、旷远的海天美景，传递的是人物轻快、美好的心情。

伍尔夫以生花妙笔呈现人物心灵世界的风景的又一个典型例子，还可见《岁月》中"一九一一年"部分开头的风景抒写："太阳冉冉升起。它慢慢地爬上了地平线，抖出万道光芒。但长天无际，晴空万里，要光盈天庭，尚需时间。渐渐地云彩变蓝；林木的叶子闪闪烁烁；下面的一朵花光彩灼灼；飞禽走兽——老虎、猴子、小鸟——个个目光炯炯。慢慢地，世界脱离了黑暗。大海变得像一尾有无数鳞片的鱼的皮，闪着金光。在法国南部，沟槽纵横的葡萄园照到了阳光；小藤变紫变黄；阳光透过百叶窗，在白墙上画上了条条。玛吉站在窗前，俯视着院子，看见她丈夫的书由于落上上面葡萄藤的影子，好像裂了一道口子；而他旁边放的玻璃杯子闪着黄光。"② 此处，作家以光色的变幻、奇妙的比喻，并借助实写与虚写相结合的方式，抒写了法国南方特有的生机盎然的阳光世界，暗示了玛吉对生活充满喜悦与满足的心态。

此外，文尼莎风景画，包括装饰画以及为妹妹的作品设计的封面常常还有一个特点，即喜用窗口作为视点，以窗框为画框，描画窗外的田园风景。这一特点的形成既与文尼莎热爱乡居生活的习性有关，亦与她长期在查尔斯顿或其他乡间居所的工作室内作画的特点有关。弗朗西斯·斯帕丁在其传记中写道："谷仓太冷，她于是大部分时间在卧室内作画。她描画从窗口看到的屋前池塘的景色。……透过窗户望见的风景将会在 20 年代成为受人欢迎的主题，因为它满足了现代主义者关注视觉画面的平面性的需要，窗框迫使外部景象进入了一个和绘画表面稳固的关系之中。"③ 这方面的代表作如 1921 年完成的《带桌子的室内风景》（*Interior with a Table*）等。

窗户同样在她的《交谈》中扮演了重要角色。如前章所述，这幅表

---

① 弗吉尼亚·伍尔夫：《到灯塔去》，第 396 页。
② 弗吉尼亚·吴尔夫：《岁月》，蒲隆译，人民文学出版社 2003 年版，第 164 页。
③ Frances Spalding, *Vanessa Bell*, Ticknor & Fields. New Haven and New York：1983. p. 153.

现女性在窗边的私人空间密谈的油画，启发伍尔夫后来撰写了思考女性艺术家困境、探索女性创造力的《一间自己的房间》、《奥兰多》及《妇女的职业》等随笔与小说作品。鲁丝·C. 米勒认为，伍尔夫长久以来在小说中对框架结构问题的关注，源自她对绘画艺术的兴趣，以及文尼莎、弗莱及后印象主义画风的影响。①

体现在小说中，伍尔夫笔下的人物常有从窗口凝视窗外的行为或习惯。窗外超越尘世的美不仅能给人带来慰藉，创造宁静的气氛，还会使人摆脱身边的烦恼、混乱与压抑，获得精神的满足、自由与宁静。如《远航》中初涉世事的雷切尔为舱内男人们有关宗教的讨论所迷惑，故凝视窗外以使自己获得平静；《夜与日》中，女主人公凯瑟琳亦会习惯性地凝视窗外，以逃避室内场景给她带来的尴尬处境；《雅各的房间》中，人物从窗口眺望薄暮时分的外部风景，顿时感受到人生的诗意："暮色已浓，林子里面几乎全黑了。青苔软绵绵的；一根根树干如同一个个幽灵。远处是一片银色的草地。蒲苇从草地尽头的绿岗上竖起羽毛似的嫩芽。一汪水闪闪发光。旋花蛾在花儿上盘旋。橘黄与绛紫，旱金莲和缬草，沉浸在暮色里，但烟草和西番莲白花花的，像瓷器一般，大飞蛾在上面飞旋。"②《海浪》中的苏珊亦通过凝视窗外"蓝色的景象"，以逃避学校压抑刻板的生活。

反过来，窗外风景同样亦能折射出人物的心境，如《夜与日》中，拉尔夫希望凯瑟琳从他的卧室窗口看出去时能喜欢城市的风景。而当她离去后，他再度站到窗口品味她眼中的风景，由此意识到自己对她的爱情；再如《到灯塔去》和《岁月》中，"时光流逝"的意识和个体的孤独感，也是通过人物在窗边的一再流连而传递了出来的。《岁月》最后部分表现帕吉特家族成员聚会场景时，作家为读者提供的，又是一幅发生在窗边的画面。从萨拉的眼光看去，"窗口的那一伙，男的穿着黑白分明的夜礼服，女的有的披红，有的挂金，有的戴银，一时间显露出一种雕像般的神态，仿佛他们是用石头刻成的。她们的衣裙垂下来，形成雕刻一样的僵硬的皱褶。他们在那里动来动去；他们变换着姿势；他们开始说话"③。这段富有质感的文字，正是一幅以窗框为轮廓的油画群像。甚至伍尔夫笔下的人物自身也

---

① Ruth C. Miller, *Virginia Woolf: The Frames of Art and Life*, London: Macmillan, 1993.
② 弗吉尼亚·吴尔夫：《雅各的房间》，蒲隆译，人民文学出版社2003年版，第50页。
③ 弗吉尼亚·吴尔夫：《岁月》，第379页。

能清晰地意识到自己的这种爱好：如《海浪》第9部分"现在太阳落山了"中，伯纳德是这样说的："因为我感兴趣的是生活的全景，——不是站在屋顶上鸟瞰，而是从三层楼的窗子里所看到的全景。"①

所以吉列斯比写道：风景"在伍尔夫笔下，众多的人物需要隐入一个更加非个人化的王国而不是人际关系，众多的人物通过以窗户为画框的景象或摆放好的水果与花卉获得慰藉，或被其深深吸引。这些都表明了伍尔夫本人的视觉倾向，以及她透过姐姐的眼睛来观察这个世界的能力。视觉艺术，尤其是文尼莎所代表的那些，提醒弗吉尼亚存在一个朴质无华的王国，那里没有个人的自我、错综复杂的人际关系和诸多的社会问题"②。对于倾向于思考形而上的思辨问题的伍尔夫来说，姐姐的风景画作为其提供了一个独到的观察与理解世界的窗口。

第四节 "美几乎完全就是色彩"

前述吉列斯比概括文尼莎肖像画的第二个特色是重视光线、色彩以及画面整体的构图与设计，而这一特点并不局限于肖像画，她的静物和风景画作同样如此。由于作品中强烈、鲜明而缤纷的色彩，罗杰·弗莱和邓肯·格兰特称赞她为"配色学家"，斯帕丁称她为"〔一战〕时期出色的配色学家"。在《英国后印象派画家》一著中，西蒙·瓦特奈在概括文尼莎的绘画在色彩运用上的变化时这样评价："从1911/1912年对改变色调专断的传统的可能性的探索，转向建构一种将色彩建立于相关的底色基础上的艺术。在剔除了画面上的多余信息之后，她得以自由地专注于对单纯的色彩之间的相互关系那令人激动的潜能的探索。"③

对于伍尔夫来说，文尼莎就是"色彩方面的……诗人"④。她在多封信件中对姐姐的色彩运用不吝赞美之辞："你的色彩吸引住了我，使我感

---

① 弗吉尼亚·吴尔夫：《海浪》，第187页。

② Diane Filby Gillespie, *The Sisters' Arts: The Writing and Painting of Virginia Woolf and Vanessa Bell*, Syracuse University Press, 1988, p. 13.

③ Simon Watney, *The English Post - Impressionists*, London: Eastview Editions, 1980, pp. 80 - 81.

④ Virginia Woolf., *The Letters. Vol. 6: Leaves the Letters till We're Dead* 1936 - 1941, Nigel Nicolson and Joanne Trautmann eds, London: Chatto and Windus, 1980, p. 381.

到十分满足。"① 她认为写作也应该成为"花岗岩与彩虹"②，因为姐姐的画作"像花岗岩一般坚固，又像彩虹一般迷人"③。"一个人应当成为画家，"伍尔夫感叹："作为一名作家，我感觉到美几乎完全就是色彩，它非常微妙与善变，从我的笔端滑走，就好像你把一大罐的香槟倒在一只发卡上一样。"④ 1934 年，在为姐姐的画展撰写的"序言"中，她惊叹于在姐姐的画笔之下，"……蓝色与橙色是如何颤抖着进入生活；这一块与那一块的关系；线条如何收紧或松弛；已经完成的画面又是如何以一种无穷而又多变的触感而存在的"⑤；"人物是色彩，色彩是瓷器，而瓷器又是音乐。我们看到，绿色、蓝色、红色和紫色在此交缠、冲突，出人意料地合为一体，表达出完美的、共同的喜悦。在罐子里，一样植物的叶子垂了下来，我们感到自己一样也探触到了海洋的深处。"⑥

　　由于色彩被引入了文学创作，所以伍尔夫在随笔《沃尔特·西克特》中指出："所有伟大的作家都是伟大的配色师，正像他们同时也是音乐家一样；他们总要设法使他们的场景鲜艳夺目，由明变暗，给人以变化的感觉。"⑦ 高度强调了文学写作所要营造的光色变幻的视觉效果："小说家归根到底需要我们用眼睛去看。花园、河流、天空、变幻莫测的白云、妇女连衣裙的颜色、躺在相恋者脚下的风光、人们争吵时误入的曲曲弯弯的树林——小说里满是这样的图画。小说家总是对自己说，我怎样才能把阳光带到我的书页上来？我怎样才能展示夜晚？怎样才能展示月出？"⑧ 为此，她强调要以词与词的搭配与组合来调配色彩间的对比关系，以使"读者一饱眼福"⑨，同时以蒲柏、济慈、丁尼生的不同风格为例，强调了每位

① Virginia Woolf, *The Letters. Vol. 3*: *A Change of Perpective* 1923 – 1928, Nigel Nicolson and Joanne Trautmann eds, London: Chatto and Windus, 1977, pp. 340 – 341.

② Virginia Woolf, *The Letters. Vol. 4*: *A Reflection of the other Person* 1929 – 1931, Nigel Nicolson and Joanne Trautmann eds. London: Chatto and Windus, 1978, p. 478.

③ Virginia Woolf. *The Letters. Vol. 5*: *The Sickle Side of the Moon* 1932 – 1935. Nigel Nicolson and Joanne Trautmann eds, London: Chatto and Windus, 1979, p. 236.

④ Virginia Woolf. , *The Letters. Vol. 6*: *Leaves the Letters till We're Dead* 1936 – 1941, Nigel Nicolson and Joanne Trautmann eds, London: Chatto and Windus, 1980, pp. 233 – 234.

⑤ 转引自 Jane Goldman, *The Feminist Aesthetics of Virginia Woolf*: *Modernism, Post-Impressionism and the Politics of the Visual*, Cambridge University Press, 1998, p. 163.

⑥ Ibid. , p. 164.

⑦ 弗吉尼亚·伍尔芙：《伍尔芙随笔全集》Ⅱ，第 981 页。

⑧ 同上书，第 980—981 页。

⑨ 同上书，第 981 页。

作家由于气质的差异而在色彩处理上的不同。

因此，钟情于色彩运用的伍尔夫，在不断的研究与实验中，逐渐成为语言文字领域一位色彩感十分细腻的风景画家。比如，在《达洛卫夫人》中，我们看到，伍尔夫是如此表现色彩、形状与明暗的对比的："此时，赛普蒂默斯·沃伦·史密斯正躺在起居室内沙发上，谛视着糊墙纸上流水似的金色光影，闪烁而又消隐，犹如蔷薇花上一只昆虫，异常灵敏；仿佛这些光影穿梭般悠来悠去，召唤着，发出信号，掩映着，时而使墙壁蒙上灰色，时而使香蕉闪耀出橙黄的光泽，时而使河滨大街变得灰蒙蒙的，时而又使公共汽车显出绚烂的黄色。户外，树叶婆娑，宛如绿色的网，蔓延着，直到空间深处；室内传入潺潺的水声，在一阵阵涛声中响起了鸟儿的啁鸣。"① 大量的例子还见于《到灯塔去》中，伍尔夫对海水与天空交互作用下大自然色泽变化的出色描写。这些描写，达到了与莫奈的绘画作品相比肩的程度。

当然，由于绘画的直观性，文尼莎更加专注于色彩本身及其过渡与变化，伍尔夫则因小说中的视觉化世界需要服从于整体结构或表现人物的目的，而更为关心色彩诉诸人头脑中的印象。

此外，文尼莎在观察和作画时极为重视光线。光色变幻的风景描写同样在伍尔夫小说中大量描述性的段落中体现出来，尤其是海洋、花园和天空，在她的风景画中占据重要地位。如《邱园记事》中的下述描写，呈现出光影斑驳的典型的印象派画风："一层青绿色的雾霭逐渐把他们裹了进去，起初还看得见他们的形体，他们的色彩，随后那些形体和色彩就全都消溶在青绿色的大气中了。天气实在太热了，热得连鸫鸟都躲在花荫中不愿挪窝，隔上半天才蹦跶一下，就是跳起来也是死板板的，像自动玩具似地。白蝴蝶也不再四处飞舞遨游了，而是三三两两上下盘旋，宛如撒下的片片白花，飘荡到鲜花的顶端，勾勒出其轮廓，煞似半截颓败的大理石柱。栽培棕榈属作物的玻璃温室顶反射着阳光，仿佛是一个露天市场，其中摆满了闪闪发亮的绿伞。飞机的嗡嗡声，犹如夏日的苍穹在喃喃诉说自己满腔的深情。遥远的路那边，忽然间浮现出五光十色的许多人影，看得出有男有女，还有孩子，衣服红黄黑白的色彩引人注目。可是当他们看见

---

① 弗吉尼亚·伍尔夫：《达洛卫夫人》，孙梁、苏美译，上海译文出版社1997年版，第142页。

了草地上那金灿灿的阳光，马上就动摇了，纷纷地躲到树荫里，像水滴一样溶入了这金灿灿绿茸茸的世界，只留下了几点淡淡红色和蓝色的痕迹。"① 收入随笔集《船长临终时》中的《太阳和鱼》中，同样有一段脍炙人口的描写阳光初升时光色变化的风景描写："与此同时，旭日冉冉东升，一朵白云在太阳光线慢慢地照射上来时，像一幅白色的帘子那样灼灼发光；金黄色的楔形光流从上面瀑泻下来，使峡谷中的树林显出一片葱绿，村庄则成了蓝褐色。在我们身后的天空中，白云犹如白色的岛屿漂浮在淡蓝色的湖泊中。在那儿，天空是无边无垠、任意驰骋的，然而在我们的面前，却有一条轮廓模糊的雪堤聚集起来了。不过，当我们继续观看时，它渐渐消散淡薄，成了片片云絮。瞬息之间，金色剧增，把白色融成了一幅火焰般的薄纱，且变得越来越稀薄，直到在某一刹那间，把辉煌壮观的太阳呈现在我们的眼前。"②

《岁月》"现在"部分的开头，是这样表现光色造成的风景变幻的："一个夏日的黄昏；夕阳正在西下；天空依然蓝莹莹的，但微微染上了一抹金黄，仿佛上面挂着一层薄薄的面纱，金蓝色的长空里间或悬浮着一朵孤岛似的云彩。田野上，树木傲然屹立，叶子纷披，如同披挂着金甲。绵羊和母牛，前者是一水儿的珍珠白，后者杂色斑斓，有的卧着，有的边吃边走，穿过晶莹的青草地。什么周围都绕着一圈光边。大路上扬起一股金红色的土雾。就连公路旁的那些小小的红砖别墅也被霞光照得玲珑剔透，农舍花园里的花儿，有的雪青，有的粉红，宛如一件件棉布衣裙，脉络闪亮，仿佛从里面照亮了似的。有人站在农舍门前，有人走在人行道上，只要面对着缓缓西沉的落日，脸上都闪出一样的红光。"③ 这里，伍尔夫运用了"蓝莹莹"、"金黄"、"金蓝色"、"金甲"、"珍珠白"、"金红色"、"雪青"与"粉红"等让人目不暇接的丰富色泽，来调配她的画布，涂抹出了一幅美不胜收的夏日薄暮乡居图，其用笔的气韵生动令人叹为观止。

所以简·戈德曼认为：虽然伍尔夫的小说美学深受罗杰·弗莱和克莱夫·贝尔艺术观的影响，但由于弗莱后期理论观点的修正和贝尔思想的偏激，纯粹用"有意味的形式"观来理解伍尔夫的美学实验并非十分恰当。

---

① 弗吉尼亚·伍尔芙：《伍尔芙随笔集》，孔小炯、黄梅译，海天出版社 1996 年版，第 45—46 页。

② 同上书，第 70 页。

③ 弗吉尼亚·吴尔夫：《岁月》，蒲隆译，人民文学出版社 2003 年版，第 263 页。

她指出："伍尔夫始终停留于对于后印象主义的较早阶段的阐释上，发展出了对色彩的兴趣，这一点与在第二次后印象派画展上展出作品的她的姐姐文尼莎的美学实践密切相关。"① 戈德曼指出，伍尔夫的实验，与其说受"有意味的形式"影响，不如说受色彩的影响更大，而在这一过程中，姐姐文尼莎起到了更为关键的影响作用："我想，她对色彩的热爱，以及对其在文学上的对应物的醉心，与其说符合有关有意味的形式的观念，还不如说更加符合后印象主义的形象理论。"②

综上，由于"布鲁姆斯伯里文化圈"几乎就是"一个画家的世界"，而文尼莎是这个世界中的女王，伍尔夫通过观看与倾听画家们学会了使用作为一名作家的"调色板"，通过对姐姐多种绘画形式的模仿与回应表达了对姐姐忠诚的爱。关于姐姐的无可或缺，伍尔夫在日记中写道："我奔向她，就好比小袋鼠奔向袋鼠妈妈。"③ 当斯蒂芬姐妹均已年近六旬时，伍尔夫又在信中对姐姐感叹："你是不是觉得，我们拥有同一双眼睛，只是眼镜有所不同？我宁愿认为，比起一般姐妹之间该做到的那样来说，我和你的关系更加亲密。"④ 亦正是这种亲密和影响，使得她的姐夫克莱夫·贝尔准确地评论说：伍尔夫"几乎像是画家一般的视觉……正是将她与其他所有同时代人区别开来的东西"⑤。我们由此看到了诗与画的联姻在伍尔夫的创作中造成的鲜明特色，也理解了在这一创作风格的形成过程中，她的姐姐文尼莎·贝尔无可替代的作用。

---

① Jane Goldman, *The Feminist Aesthetics of Virginia Woolf: Modernism, Post-Impressionism and the Politics of the Visual*, Cambridge University Press, 1998, p. 123.

② Ibid. , p. 138.

③ Virginia Woolf, *The Diary of Virginia Woolf*, Vol. 3. 1925 – 1930, Anne Olivier Bell ed, London: The Hogarth Press, 1980, pp. 186 – 187.

④ Virginia Woolf to Vanessa Bell, 17 August 1937, in Virginia Woolf, *The Letters. Vol. 6: Leaves the Letters till We're Dead* 1936 – 1941, Nigel Nicolson and Joanne Trautmann eds, London: Chatto and Windus, 1980.

⑤ Clive Bell, article in the *Dial*, December 1924, pp. 451 – 465.

第十章

从情感与智性的和谐到
"双性同体"

　　本著在前面部分的分析中，主要偏重的是伍尔夫作品中生活情感与审美情感的表达形式，但这并非意味着在作家的创作思想中，智性不具备重要的位置。事实上，无论在伍尔夫的创作理念、工作方式还是文本实践中，智性因素均占有相当重要的地位。这一特色的形成，同样离不开"布鲁姆斯伯里文化圈"中人的影响。约翰斯顿写道："布鲁姆斯伯里美学的巨大力量就在于它声称情感（sensibility）与智性（intellect）对于艺术家来说同等必要，正如弗吉尼亚·伍尔夫所言，艺术家必须是双性同体的，既有女性的情感，而又有男性的智性，而且——这一要求必须同时满足，以便情感与智性可以自由地协作——排除双方的偏见。布鲁姆斯伯里相信，艺术家的职责，在于运用智性与情感，以创作出同时因美学上的统一性和作品本身提供给我们的生活的视觉而令我们满意的作品。"[①]伍尔夫的作品确实体现了对情感与智性和谐统一的不懈追求。而在这一过程中，我们同样发现了弗莱等人的明显影响。

第一节 "风景是一种尖锐理性的
飘浮着的微笑"

　　伍尔夫对弗莱所追求的感觉与理智彼此制约、以达中和的理想艺术境

---

① J. K. Johnstone, *The Bloomsbury Group：A Study of E. M. Forster, Lytton Strachey, Virginia Woolf, and their Circle*, London：Secker and Warburg, 1954, p. 93.

界，始终是怀有清晰认识的。用她的话来表述就是："他总是用自己的头脑去修正感觉。同样重要的是，他也总是用感觉去修正大脑。"① 在同一篇文章中，她还进一步解释了弗莱这一思想与艺术特征的生成背景，认为是科学与文学艺术上的双重训练，使他身上同时具备了重逻辑推理、抽象思辨，以及直觉感悟、情感本能的双重能力："他年轻时受的是科学家的训练，科学曾使他痴迷。诗歌也是他终身的乐趣之一。他精通法国文学，而且还是一位高水平的音乐爱好者。"②

这种惊人的双重能力，体现于弗莱艺术人生的多种论述之中。

1910 年，就在第一次后印象派画展之后不久，关于印象主义画派的地位，弗莱一方面肯定了其"赋予绘画的任何一部分以精确的视觉价值"的杰出贡献，另一方面又指出了其在"回应人类激情与人类需求的能力"方面的缺陷，强调了"人类理智"在"重估现象"方面不可或缺的重要价值："现代艺术已经来到了印象主义，在那里，它能够以前所未有的便捷与精确描绘任何可见的东西，同时也是在那里，在赋予绘画的任何一部分以精确的视觉价值的同时，它在述说被描绘的事物的任何人性意义时却陷于无能为力的境地。它并不能从物质上改变事物的视觉价值，因为整体统一于此，而且仅止于此。要赋予对大自然的描绘以回应人类激情与人类需求的能力，就要求重估现象，不是根据纯粹的视觉，而是根据人类理智预定的要求。"③

1910 年 12 月，弗莱再度为后印象派画家辩护，在《民族》杂志上发表了《后印象派画家之二》。他认为塞尚的最伟大之处是在印象派的色彩当中，又能见出秩序与"建筑般的规划"，指出塞尚眼中的大自然是非常独特的，呈现为一个结晶体般的效果。关于《埃斯塔克》之类的风景画，他先是以与读者讨论的口吻提出了一个问题，然后很快进行了自问自答："难于弄清的是，人们究竟应该赞美它为那些有准备的头脑如此清晰地加以重建的、对于辉煌的海湾结构的充满想象力的把握，还是应该赞美它赋予闪亮的大气以如此明澈的、知性化了的感性力量。他观看大自然的面

---

① 弗吉尼亚·伍尔芙：《罗杰·弗赖》，见《伍尔芙随笔全集》Ⅱ，中国社会科学出版社2001 年版，第 682 页。

② 同上书，第 683 页。

③ 罗杰·弗莱：《格拉夫顿画廊之一》，见《弗莱艺术批评文选》，沈语冰译，江苏美术出版社 2010 年版，第 105 页。

孔，仿佛它是从某个匪夷所思的珍贵结晶体中切下来似的，每个侧面都不同，每个又都依赖于另一个。"① 这段话中的核心表述是"知性化了的感性力量"。在弗莱看来，塞尚艺术成功的奥秘，正在于"感性"与"知性"二者的无一缺席。

在 1919 年发表的艺术评论《雅克马尔－安德烈藏画》中，弗莱对画家保罗·乌切洛绘画技巧的赞许，同样是由于他并非是被"自然的观察方式"牵着鼻子走的，而是在日常视觉的基础上调动起理性的作用，通过"简化"与"抽象"这样一种属于理性分析范畴的工作方式，以创造出"一种纯粹的审美形式结构的"特点。他写道："对乌切洛来说，情况恰恰是简化与抽象通过建构他的透视性全景图的需求而强加在自然的观察方式上，他获得了真正的自由来创造一种纯粹的审美形式结构的表现力。……在乌切洛手中，绘画几乎变成一门如同建筑那样的抽象和纯粹的艺术。他对形式之间的相互作用的感觉，对平面的节奏排列是最细微、最精致的，最远离任何日常琐事或（在较通俗意义上的）装饰形式。"② 在他看来，乌切洛也是一位在创作中不仅诉诸于情感，同样诉诸于智性的艺术家。

在《塞尚及其画风的发展》中文译本的译者导论《塞尚的工作方式》中，沈语冰对塞尚的工作方式进行了阐释，从以下四个方面概括了弗莱的塞尚研究的本质：1. 知性（Intellect）；2. 修正（Modification）与调整（Modulate）；3. 感性（Sensibility）；4. 实现（realization）。在这部厚重的论著中，弗莱运用了许多笔墨，细致地分析了塞尚的画作作为"感性"与"知性"的结合体的成就与特征。

在第九章《与印象派的关系》中，弗莱首先指出了塞尚与印象派之间的联系："从塞尚在巴黎的艺术生涯一开始，他就或多或少与后来被称为印象派的画家圈子有联系。"③ 1873 年，塞尚与一些印象派画家的联系更为紧密。1873 与 1874 年对塞尚艺术人格的发展是关键的两年。此时，他将毕沙罗引为同道，并在瓦兹河畔的奥维尔事实上成为了毕沙罗的学徒。与印象派画家的交往以及毕沙罗的指点，使得年轻的塞尚注意到要适

---

① 罗杰·弗莱：《后印象派画家之二》，见《弗莱艺术批评文选》，沈语冰译，江苏美术出版社 2010 年版，第 109 页。
② 罗杰·弗莱：《视觉与设计》，第 119—120 页。
③ 罗杰·弗莱：《塞尚及其画风的发展》，第 73 页。

当地抑制内心的激情，重视理性的分析与干预作用。关于毕沙罗以及印象派绘画给予塞尚的影响，沈语冰在这一章的注释中进一步作了以下说明："这样一位虚怀若谷、谆谆善诱，而又绝对相信自己方法效力的大师的教导，给了塞尚妄自尊大的性格一种有力的制约。毕沙罗的榜样冷却了他年轻朋友那种南方人的激烈性情，赋予其心灵以新的方向。这促使他背离内心视觉，转而面对外部视觉的神奇领域，一个邀请他的冒险心灵开始新经验的发现之旅的神奇王国。"①

但弗莱同时又指出，"塞尚的天性过于热烈，严格的印象派教条所能给予他的东西永远不会使他感到满足。他的想象力当中有太多的东西需要加以表达，而这些东西却是印象派画家无从知晓的。他乐于承认，有必要耐心而彻底地分析大自然呈现在有经验的眼睛面前的色彩感知的织体，但是，他的想象力远远超出了这一点，而达于更深邃幽微的现实。"② 弗莱看出了塞尚别出蹊径、探索新的艺术表达形式的内在动因是遵从了内心深处真正的声音，但同时也注意到了印象主义的分析性原则深深地沉潜于塞尚的意识深处，在他观察、思考并化为画刷下形象的过程中，是起到了重要的作用的。

所以弗莱认为，塞尚成熟时期的静物画正是直觉感悟、心灵的激情与冷静的观察与抽象演绎共同作用的结晶："在画静物画之前，他不会在那儿摆放转瞬即逝的鲜花之类，而是摆放一些洋葱、苹果，或是别的什么生命力顽强而持久的水果，这样他才能对它们色彩的整体感从事探索性的分析，直到它们渐渐衰萎。"③ 这也就是说，塞尚的静物是他审美静观的对象。在这一审美静观的过程中，一定会有智性在发生作用。所以沈语冰在第十章的注释中又进一步阐发说："最亲近的事物的世界，就像遥远的风景一样，对塞尚来说成了某种静观沉思而不是加以使用的东西，它以某种前人性的、自然的无序方式存在着，只有艺术家的构成方法才能初次掌控它。"④ 在弗莱看来，《高脚果盘》之所以能成为塞尚成就最高、最著名的静物画之一，重要原因正在于塞尚发挥了"知性"，即以高度概括、简约的能力，用画布上恰当的轮廓线以达成造型效果："对塞尚而言，由于他

---

① 罗杰·弗莱：《塞尚及其画风的发展》，第76页。
② 同上书，第77页。
③ 同上书，第85页。
④ 同上书，第104页。

知性超强，对生动的分节和坚实的结构具有不可遏止的激情，轮廓线的问题就成了一种困扰。我们可以看到这种痕迹贯穿于他的这幅静物画（指《高脚果盘》）中。"①

甚至对于色彩，塞尚也并未完全将之视作表现激情的手段，而指出了理性在对色彩的运用中所必须发挥的作用："我迄今设想色彩是伟大的本质的东西，是诸观念的肉身化，理性里的各本质。我画画的时候，不想到任何东西，我看见各种色彩，它们整理着自己，按照它们的意愿，一切在组织着自己，树木、田园、房屋，通过色块。那里只有色彩，而在这里面是明晰，是存在，如它们所思维的。伟大的古典的地方，我们的外省、希腊、意大利，那里是：明晰化成精神，风景是一种尖锐理性的飘浮着的微笑。我们的空气的温柔抚触着我们的精神的温柔。色彩是那个场所，我们的头脑和宇宙在那里会晤。"② 在这段引文中，塞尚所谓的"整理"、"组织"、"明晰"与"思维"等表述，无一不属于智性的范畴。色彩成为"温柔"的"精神"与"尖锐理性"的共同用武之地。

塞尚晚年还曾说过这样一段著名的话："绘画意味着，把色彩感觉登记下来加以组织。在绘画里必须眼和脑相互协助，人们须在它们相互形成中工作，通过色彩诸印象的逻辑发展。这样，画面就成为在自然当面的构造。在自然里的一切，自己形成为类似圆球、立椎体、圆柱形。"③ 这里，"眼和脑相互协助"同样表达的是情感与智性的和谐与互补，"圆球、立椎体、圆柱形"亦是对自然高度抽象与简约化之后的产物。对塞尚的这一思想，弗莱阐释说："他发现这些形状乃是一种方便的知性脚手架，实际形状正是借助于它们才得以相关并得到指涉。……他总是立刻以极其简单的几何形状来进行思考。……他在任何情况下总是为球体所吸引。"④因此，在论述塞尚的工作方式与画作特点时，弗莱多次强调了画家的分析、思考、概括与抽象方面的能力。

弗莱从他心爱的画家塞尚的艺术中概括出了情感与智性的高度整一，他本人的画作同样表现出一致的艺术追求。事实上，正是美学观念的高度

---

① 罗杰·弗莱：《塞尚及其画风的发展》，第 94 页。

② 转引自瓦尔特·赫斯《欧洲现代画派画论》，宗白华译，广西师范大学出版社 2001 年版，第 21—23 页。

③ 转引自瓦尔特·赫斯《欧洲现代画派画论》，第 17 页。

④ 罗杰·弗莱：《塞尚及其画风的发展》，第 96 页。

一致，才使得弗莱对塞尚的艺术如此惺惺相惜，并大力阐扬。弗莱逝世后，在为他的绘画作品举办的纪念展览上，伍尔夫在发言中特别谈及弗莱身上具有"两种不同品质——他的理性与情感"的统一，指出："许多人拥有这两种品质中的一种；许多人则拥有另一种，""但是鲜有人同时拥有两种，更少有人使这两种品质能够和谐地协作。但这正是他所能做到的。当他在思考的时候，他同时也在看；当他在看的时候，同时又在思考。他相当敏感，但与此同时又毫不妥协地诚实。"① 弗莱身上这种情感与智性"和谐地协作"的品格，在伍尔夫看来是一种完美的人格力量，这也正是伍尔夫努力要通过自己的作品加以表达与传递的信念。后来，在撰写《罗杰·弗莱传》时，关于情感与智性的中和，伍尔夫再度引用了弗莱收于《变形》一书中的《塞尚》一篇中的一句引文，指出他所称赞的塞尚艺术的特点，其实是完全适用于他自身的："我们在塞尚的画作中发现的那种和谐，那种在生机勃勃的、抽象和某种程度上说极难达到的智慧，与极度的优雅和反应的敏捷所代表的情感之间的和谐一致，在此体现为大师的手笔。"②

除了弗莱之外，根据彼得·亚历山大的观点，伍尔夫的丈夫伦纳德·伍尔夫对于妻子的创作，无论在内容还是艺术风格上也都产生了明显的影响。③ 本书前面曾经论及伦纳德在使妻子关注社会生活和投身于政治活动等方面的作用。而由于他将社会与政治兴趣带入了妻子的生活之中，伍尔夫也会进一步思考与探索男女两性各自的特色与优势加以互补的可能性。此外，伍尔夫早年在父亲指导下博览群书所打下的坚实智性基础，她对兼具学者与作家双重身份的父亲的崇拜，以及"布鲁姆斯伯里文化圈"崇尚智性的整体精神氛围等多方面的因素，都潜移默化地对作家产生了深刻的影响。因此，约翰斯顿在总结"布鲁姆斯伯里文化圈"中人的美学一致性时写道："无限的有机变化、秩序、深刻了解而获至的真理、现实——这些就是布鲁姆斯伯里所要求于艺术的东西，它们构成了这些人尝试各类艺术作品，从传记到音乐，从绘画到小说的试金石。变化与深刻了解而获至的真理或许与艺术家的情感有关，秩序与现实则或许与他将从生

---

① Virginia Woolf, *The Moment and Other Essays*, London: The Hogarth Press, 1947, p. 85.

② Virginia Woolf, *Roger Fry: A Biography*, London: The Hogarth Press, 1940, p. 285.

③ 可参阅 Peter F. Alexander, *Leonard and Virginia Woolf: A Literary Partnership*, Hemel Hempstead: Harvester Wheatsheaf, 1992, p. 5.

活中攫取的物质材料组织为审美整体的能力有关。这一能力或许可称之为智性的（intellectual），就它被理解为虽然并不等同，却类似于那种在科学或哲学中结构逻辑体系的能力而言。"① 在小说创作领域，伍尔夫将"布鲁姆斯伯里人"共同追求的情感与智性的平衡与互补，进一步发展为著名的"双性同体"观。

第二节　"情感与智性可以自由地协作"

毫无疑问，伍尔夫是十分重视作为艺术家和个人的情感自由的。所以她在随笔与小说作品中，一再流露出观察生活、投入生活的强烈愿望与激情。她既热爱伦敦，也热爱乡间与大海，喜欢闲暇时分在伦敦的大街小巷闲逛，以获得各种印象，感受鲜活而直接的生活本身。她的随笔《伦敦街头历险记》即典型地体现出伍尔夫尊重身体的感受与心灵的渴望，敏锐地吸纳生活中新鲜而丰富的美，并作出自己的独特回应的特征。"她"酷爱在冬天的傍晚展开步行横穿半个伦敦城的闲游，因为"在冬天，空气中的那种香槟酒色的亮光和街头的融洽气氛令人感到愉快"，而"夜晚也给予了我们一种由黑暗和灯光所授予的放纵的感觉"②。这时的人，只剩下纯粹的听觉以及"一只巨大的眼睛"③，而"眼睛有这样一种奇异的特性：它只栖息于美之上，就像蝴蝶一样，它寻求的是色彩和温暖的乐趣"。游逛中，"她"有可能顺从情绪的冲动而买下一双本来并不需要的鞋子，只是因为享受了殷勤的女店员的服务；"我们"也可能会碰上形形色色的乞丐与流浪者，或者想入非非地想象英国的郡主与公主们的生活，想象高级住宅区的人们的社交场景。"她"还可能因进入文具店买一支铅笔而正好撞上店主老夫妇的一次争吵。无论如何，此时此刻，人卸下了白天里社会身份与责任的负累，更多地顺从了心灵的感觉而得以自由地遐思，这就是为什么伍尔夫会以多种人称，在经过了一连串的城市"历险"

---

① J. K. Johnstone, *The Bloomsbury Group: A Study of E. M. Forster, Lytton Strachey, Virginia Woolf, and their Circl*, . London: Secker and Warburg, 1954, p. 93.

② 弗吉尼亚·伍尔芙：《伍尔芙随笔集》，孔小炯、黄梅译，海天出版社1996年版，第11页。

③ 同上书，第13页。

之后欢快地告诉读者:"脱逃是最大的快乐,冬天在街头浪迹是最大的冒险。"① 小说《远航》中,不谙世事的姑娘雷切尔在开始走向外部人生时,同样表达了"看看生活"② 的热切渴望;在《到灯塔去》的第三部分,伍尔夫通过部分以自己的少女时代为原型的人物凯姆在船上的大段回忆,表现了对父亲一味服从智性、漠视他人感受的痛恨之情。到了《弗勒希》中,伍尔夫更是仿佛进入了白朗宁夫人的那只爱犬弗勒希的头脑,活灵活现地呈现了这只敏感、忠诚、强健而又充满探险精神的西班牙狗丰富的身体感觉。

但与此同时,伍尔夫亦深知仅凭感觉是无法深入把握生活、生命与世界的本质的,人必须通过读书、孤独与静思,研究自己吸入了那么多新鲜印象的大脑,加以消化,从而获得滋养。所以,如果说《伦敦街头历险记》更重本能与直觉的自由,《墙上的斑点》则提醒了人们"离开表面"、"进行不断深入的沉思"的必要性。伍尔夫借无名的主人公的无边思绪表达了这样的感受:"我一心想安安静静、优游自在地思考思考,永远不想让人打扰,永远不想迫不得已离开椅子站起来,只想顺顺溜溜地一件接一件地想事情,没有任何敌意,没有任何障碍。我想离开表面及其严峻各别的事实,进行不断深入的沉思。……于是——骤雨般的思想源源不断地从某一高远的天空倾泻下来,灌满他的心田。"③ 这就是说,在她看来,当一个人沉静下来、步行之后坐进椅子里,思绪深深地穿过大脑的深层,就会在某个时刻,正当白天里的诸种情景获得重新组织安排的时候,瞥见那真正的"真实",也即前面分析过的"存在的瞬间"。

伍尔夫是这样要求自己的,也是如此品评其他作家的。在《一间自己的房间》中,她通过对历史上与现实生活中女性创作的回顾,分析了女性走向艺术创造面对的压力,包括外部与内心的困扰,认为困扰即不良的情绪会破坏、影响艺术的纯净:"只须略具心理学方面的知识,就会明白,一个天禀聪颖的女子,要想将才华用于诗歌,除了旁人百般阻挠,自己心中歧出的本能也来折磨她,撕扯她,最终,必然落个身心交病的结局。……十六世纪时,伦敦的自由生活对身为诗人和剧作家的女性来说,

---

① 弗吉尼亚·伍尔芙:《伍尔芙随笔集》,孔小炯、黄梅译,海天出版社 1996 年版,第 27 页。

② 弗吉尼亚·吴尔夫:《远航》,第 107 页。

③ 弗吉尼亚·吴尔夫:《雅各的房间·闹鬼的屋子及其他》,第 33 页。

意味着精神上的压力和困窘，完全有可能把她推向绝路。即使她活下来，精神的紧张和病态，也会令她写出的东西发生扭曲和畸变。……科勒·贝尔、乔治·爱略特、乔治·桑，无一不是她们内心冲突的牺牲品，这从她们的写作中可以看出来，她们徒劳地使用男子姓名掩饰自己。"① 在第四章中，伍尔夫重点以夏洛蒂·勃朗特的小说《简·爱》的创作为例，分析了妇女写作中"愤怒"情绪导致的负面影响。伍尔夫写道："愤怒干扰了作为小说家的夏洛蒂·勃朗特应当具备的诚实。她脱离了本该全身心投入的故事，转而去宣泄一些个人的怨愤。……她的想象力因为愤怒突然偏离了方向……正如我们能不时感觉到压迫引发的某种尖刻，感觉到激情的表象下郁积的痛苦，感觉到作品中的仇怨，这些作品，尽管都很出色，但仇怨带来的阵痛却迫得它们不能舒卷自如。"② 伍尔夫认为勃朗特的愤怒不平的气质与情绪，使得她脱离了作品在说话，以致造成了作品的生硬、突兀与断裂。伍尔夫举出的例证为简·爱来到桑菲尔德大厦后，爬到屋顶上眺望远方的原野时对自己不安分的内心的反思，对了解外部的世界的强烈渴望的表达，对男女两性命运不公的愤懑的大段心理独白。为了返回小说的情境，此处勃朗特突兀地用了"我如此独自沉思，耳边不时传来格雷斯·普尔的笑声……"的语句，来强行将人物的思绪拉回。伍尔夫认为，"这是一处生硬的转折。突然扯出格雷斯·普尔，毕竟缺了铺垫。内容的连贯性给打断了。"③ 伍尔夫指出，虽然人们认为勃朗特的天赋高过奥斯丁，但是，由于这种"突兀"与"激愤"，"她的天赋永远不能完整和充分地表达出来。她的书必然有扭曲变形之处。本该写得冷静时，却写得激动，本该写得机智时，却写得呆板，本该描述她的人物时，却描述了她自己。"④ 情绪损害了艺术。而这种不平之气，在勃朗特所处的那个时代的女作家来说又是普遍而自然的，因为她们被剥夺了与男性一样去体验、交往与旅行的权利，而只能寂寞地远眺荒野。所以，托尔斯泰可以写出《战争与和平》，而简·奥斯丁只能刻写"两寸象牙微雕"，夏洛蒂·勃朗特只能抒写简·爱的不平。由此对比，伍尔夫直指男权社会的不公，

① 弗吉尼亚·伍尔夫：《一间自己的房间》，王还译，生活·读书·新知三联书店 1989 年版，第42—43 页。
② 同上书，第64 页。
③ 同上书，第61 页。
④ 同上。

暗示要达到理性与情感中和的境界，前提是要获得性别的自由与平等。

　　由有关情感与智性失衡所造成的后果的分析，伍尔夫进一步推进到关于"最适宜创造活动的精神状态"①　的思索，得出了她的"明净的、消除了窒碍的头脑"的结论："回到我早先关于什么样的精神状态最合适创作的问题上来，我想，这种疑虑造成了加倍的不幸，因为要想将内心的东西全部和完整地释放出来，艺术家的头脑必须是明净的，像莎士比亚一样，有我面前摊开的《安东尼和克里奥佩特拉》为证，不能有窒碍，不能有未燃尽的杂质。"②　而"不能有窒碍，不能有未燃尽的杂质"，实则也就是伍尔夫在文中提出的另一个表述"诚实"：即"令不同判断和情感相互契合的原因"③。她进一步明确说："就小说家而言，所谓诚实，是他让人相信，这就是真。"④　即直面生活的复杂性，并忠实再现的能力，而这其中必然有理性在发挥作用而形成的洞察力。所以伍尔夫写道："诚实乃是小说家的脊梁。"⑤

　　进入《一间自己的房间》的第五章，"我"的精神漫游到了当代。由于当代女性的地位有所提升，加之女性文学传统的滋养，伍尔夫认为"描述自我的冲动平息下来。她似乎开始将写作当成一门艺术，而非一种自我表现的方法"⑥。由于之前女性写作的问题很大程度上来自两性不公平地位的困扰，伍尔夫探索的理想写作状态的达成，也必然与两性关系的调整有关。所以，她随即转入了对两性和谐与互补的必要性的论述："想想世界的浩瀚和繁复，两个性别尚且不足，只剩一个性别又怎么行？教育难道不是应该发掘和强化两性的不同点、而不是其共同点吗？"⑦　她特别强调互补与平衡的作用："人人脑后都有先令般大小的一块疤痕，自己难以看到。此一性别的人正好为彼一性别的人帮忙，描述一番对方脑后先令般大小的那块疤痕。……除非有女性描述了先令般大小的那块疤痕，否则，男性的形象永远不会完整。伍德豪斯先生和卡苏朋先生就是那般大小和性质的疤痕。"⑧　这里的"伍德豪斯先生"与"卡苏朋"，分别是简·

---

①　弗吉尼亚·伍尔夫：《一间自己的房间》，第44页。
②　同上书，第49页。
③　同上书，第63页。
④　同上。
⑤　同上书，第64页。
⑥　同上书，第69页。
⑦　同上书，第77页。
⑧　同上书，第79页。

奥斯丁小说《爱玛》与乔治·艾略特小说《米德尔马契》中的重要人物。女性由于情感上不再受到困扰，感受力也会变得更加宽泛、热切而无拘无束。但同时，"除非她能够超越瞬间和个人的东西，构筑起屹立不倒的殿堂，否则，无论感情有多么丰富，认知有多么妥帖，都将于事无补。……我将坚持这一点，直到她鼓起勇气，打点精神，证实她不是浮皮潦草的观察者，却能够由表及里，深入事情的本质。"① 伍尔夫以诗意的语言形容女性写作在达到这一境界后的形象："她像鸟儿一样凌空掠过。"② 并乐观地想象未来会出现更出色的女性作品，会产生更优秀的女性诗人。

　　经过前面部分的铺垫，伍尔夫在第六章中自然地提出了"双性和谐"观。她由一对青年男女共乘一辆出租车的场景获得启发，认为与肉体的和谐相对应，头脑中的两性同样应该和谐。"因为我看到他们两人上了车，感觉就像头脑分裂之后，又经过自然的交融，聚合在一起。"③ "看到两人搭车而去，它给我的满足感，让我不禁自问，头脑中的两性是否与肉体中的两性恰相对应，它们是否也需要结合起来，以实现完整的满足和幸福。我不揣浅陋，勾勒了一幅灵魂的轮廓，令我们每个人，都受两种力量制约，一种是男性的，一种是女性的；在男性的头脑中，男人支配女人，在女性的头脑中，女人支配男人。正常的和适意的存在状态是，两人情意相投，和睦地生活在一起。如果你是男人，头脑中女性的一面应当发挥作用；而如果你是女性，也应与头脑中男性的一面交流。柯勒律治说，睿智的头脑是雌雄同体的，他说的或许就是这个意思。在此番交融完成后，头脑才能充分汲取营养，发挥它的所有功能。也许，纯粹男性化的头脑不能创造，正如纯粹女性化的头脑也不能创造。"④ 伍尔夫认为优秀的艺术家如莎士比亚、济慈、斯特恩、考珀和柯勒律治、普鲁斯特等拥有"雌雄同体"的大脑，这种大脑"更多孔隙，易于引发共鸣；它能够不受妨碍地传达情感；它天生富于创造力、清晰、不断裂"⑤。而"纯是理智占上风，头脑就会僵化，变得枯燥起来"⑥。"任何创造性行为，都必须有男性

---

① 弗吉尼亚·吴尔夫：《一间自己的房间》，第81—82页。
② 同上书，第82页。
③ 同上书，第85页。
④ 同上。
⑤ 同上书，第86页。
⑥ 同上书，第90页。

与女性之间心灵的某种协同。相反还必须相成。头脑必须四下里敞开，这才能让我们感觉，作家在完整地传达他的经验。必须自由自在，必须心气平和。"此所谓"头脑中的联姻"①。在《一间自己的房间》最后，伍尔夫充满信心地鼓励当时在场听讲的剑桥大学女学生说：莎士比亚的妹妹还"活着，伟大的诗人不死；他们是不灭的魂灵；一有机会，就会活生生地出现在我们面前。这个机会，我想，目前就在你们的掌握中"②。

第三节　"双性同体"在作品中的
具体实践

　　结合具体作品来看，情感与智性的平衡与互补是纵贯于伍尔夫小说创作始终的一种人格结构理想。从《远航》开始，莫不如是。到了《奥兰多》中，伍尔夫终于以夸张、荒诞的超现实主义奇想，臆构了一个人物变性的故事，形象表达了她的"双性同体"观。

　　《远航》具体呈现的是一位闺中淑女探索外部世界的未竟的航程。在船上，舅母海伦·安布罗斯太太邀请雷切尔改变行程，前往自己在南美度假胜地圣特玛丽娜的别墅小住的建议，不仅成为雷切尔命运的转折点，也表达了伍尔夫的女性教育理想。由此，海伦和雷切尔之间建立起了更加亲密的精神联系，雷切尔亦由阅读易卜生、梅瑞狄斯、吉本和巴尔扎克等的作品而产生了了解人性和生活"全部的真相"③的渴望。她不仅观察生活、投入生活，还在独处之时静思《玩偶之家》中"女人和她们的生活"④，在探险中"发现了"作为人生之缩影的旅馆，并进而收获了爱情与更为丰富的人生体验。雷切尔现实中的登山、深入丛林腹地的探险等等与她的读书、思考与独立判断一起，共同促成了她精神上的远游与心灵的成长。伍尔夫由此表明了情感与智性在人的健康发展中无可或缺的作用。

　　在《达洛卫夫人》与《到灯塔去》中，伍尔夫同样通过情感与智性失衡后在人物身上造成的缺陷的呈现，表达了对情感与智性有机融合的渴

---

①　弗吉尼亚·伍尔夫：《一间自己的房间》，第91页。
②　同上书，第99页。
③　弗吉尼亚·吴尔夫：《远航》，第137页。
④　同上书，第138页。

望。直觉性在《达洛卫夫人》中的主要体现者为彼得。彼得的兴趣在瓦格纳的音乐、蒲伯的诗歌、莎士比亚的十四行诗和永恒的人性，等等。他直觉至上，率性而为，具有高度情绪化的特点，不负责任，终于成为生活中的失败者。年轻时的他多愁善感而又放荡不羁，不谙世故而又软弱无能。被牛津大学开除后，他浪迹天涯。结婚的对象竟然选择了在失去克拉丽莎的爱之后远赴印度的船上认识的、萍水相逢的女人。多年后他回到伦敦，在与克拉丽莎重逢时，他在情感失控的状态下，竟然"莫名其妙地突然被一些无法控制的力量支配，完全失却平衡，不由得热泪盈眶，泫然流涕；他毫不感到羞耻地坐在沙发上啜泣，泪水从脸颊上淌下"①。

但另一方面，作为身处主流价值边缘的"他者"，彼得又具有清醒的社会批判眼光。伍尔夫通过他的视角，审视与映衬了达洛卫夫人身上世俗、势利与虚伪的一面。在相恋的日子里，彼得即在与克拉丽莎的争论中批评过她平庸的气质与对世俗的妥协，预言她有朝一日将成为身着华服、在楼梯顶上接待宾客的贵妇。他也敏锐地发现了达洛卫这一资质平庸的未来的政客身上"刻板的理智"、"没有半分想象力"、"也没有一丝才气"②的特点。分别30余年后，彼得再度感受到了克拉丽莎身上的变化："显然她很世故，过分热衷于社交。"当年的预言不幸成真。由于受到丈夫的影响，"诸如热心公益、大英帝国、关税改革、统治阶级的精神，等等，所有这些对她潜移默化，熏陶颇深"③。所以彼得一针见血地指出："她把时间都消磨殆尽，午宴、晚宴，举办她那些永无休止的宴会，说些莫名其妙的话，或者言不由衷，从而使脑子僵化，丧失分辨能力。她会坐在餐桌的首席，煞费心机应酬一个可能对达洛卫有用的家伙……"④ 这一批判与当天晚宴上扮演过理想女主人的克拉丽莎后来不愉快的自省构成了明显的呼应。达洛卫夫人也真切地意识到，自己"完全忘记了自己的模样，只觉得好像是钉在楼梯顶上的一根木桩"⑤，必须虚与委蛇地应酬各路贵宾，以辅助她丈夫的"事业"。

---

① 弗吉尼亚·伍尔夫：《达洛卫夫人》，孙梁、苏美译，上海译文出版社1997年版，第47页。

② 同上书，第75页。

③ 同上书，第77页。

④ 同上书，第79页。

⑤ 同上书，第173页。

退伍老兵赛普蒂默斯同样批判了社会主流的价值观。这一"疯子"的形象更加明显地呈现出"非理性"的倾向：他喜欢沉浸于冥想之中，常有幻觉与幻听，深陷于与死者的对话之中无法自拔。同时，他热爱美、艺术与生活，热爱莎士比亚所代表的英格兰。在癫狂状态中，他仿佛成为上帝派来的发出真理之声的使者："人们不准砍伐树木。世上有上帝。要改变世界。人不准因仇恨而杀戮。"① 他也有着敏锐细腻的感受能力与富有诗意的想象力。在家居生活中，"他常说：快溺死了，正躺在悬崖边，头上海鸥飞翔，发出凄厉的啸声；这时他靠在沙发边，望着地下，说是俯瞰海底。有时，他会听见美妙的音乐。其实只是街上流浪艺人在摇风琴，或仅仅是什么人在喊叫。他却嚷道：'美极了！'同时脸上淌下眼泪；这使她觉得最最可怕，眼看勇敢的打过仗的赛普蒂默斯，堂堂男子汉，竟然哭起来。"② 正是这位失去了理性的癫狂之人，最后通过飞身一跃的自由选择，维护了自己的权利与尊严，抗拒了以布雷德肖爵士为代表的社会权力话语的压制，惊醒了浑浑噩噩的达洛卫夫人，促成了她的精神自省。

与上述两人的形象相对，小说中的理性至上者以威廉·布雷德肖爵士为代表。他救治疯癫，反对情感，压抑人性，遏制直觉与边缘，已经不再是一个有血有肉的主体，而是沦为工具，人性因素被完全抽空。伍尔夫以充满讥诮的笔法写道："由于他崇拜平稳，威廉爵士不仅自己功成名就，也使英国日益昌盛；正是像他之类的人在英国隔离疯子，禁止生育，惩罚绝望情绪，使不稳健的人不能传播他们的观点，直到他们也接受他的平稳感。"③ 他发号施令，粗暴地惩罚异己分子或心怀不满的人，用强力意志去压抑他人，充满了控制欲与权力欲。"于是，那些赤身裸体、筋疲力尽、举目无亲、无力自卫的人们便受到威廉爵士的意志的冲击。他猛扑，他吞噬，他把人们禁闭。"④ 伍尔夫通过对此人物漫画式的刻画，既表现了对掌控话语权的所谓社会精英人士的尖刻嘲讽，也流露出对当年为她治疗精神创伤的医生的愤激与怨怼之情。

所以，小说通过人物的多重对比关系，如彼得与克拉丽莎、彼得与达

---

① 弗吉尼亚·伍尔夫：《达洛卫夫人》，孙梁、苏美译，上海译文出版社 1997 年版，第 25 页。
② 同上书，第 143 页。
③ 同上书，第 101 页。
④ 同上书，第 104 页。

洛卫、克拉丽莎与赛普蒂默斯、克拉丽莎与萨利等等，表达了作家对人性中的情感与智性因素中和与兼容的理想。只有从这一角度看，我们才会通过克拉丽莎的意识流，理解她对彼得的思念，以及她对青年时代另一位放浪形骸的女友萨利掺杂着一定的爱情因素的独特情谊。我们也才能通过她在得知赛普蒂默斯死讯后异常的心理反应，读懂她内心深处与他灵魂的相通。小说结尾处，在经过了独处的反思之后，我们也才有可能通过萨利和彼得的眼睛，看到了一个有可能脱胎换骨的克拉丽莎。

在《到灯塔去》中，逻辑、理性与直觉、情感各自的优势与缺陷，体现得更加充分。拉姆齐夫人是爱、美、温情与仁慈的化身，她有着惊人的直觉、想象力与感受力，善于将混乱无序、碎片化的世界整合为一个有机和谐、富有诗意的整体。但伍尔夫没有将她塑造为一个完美的形象，而是通过班克斯先生的戒备心理和莉丽充满审视的目光，表现了她身上的独断、操纵欲以及强人所难的人性缺陷。同时，拉姆齐夫人喜欢幻想，过于推崇感情，因而有时也显得不切实际和不尊重严酷的事实。这也是拉姆齐先生对她不满的重要原因。她的一厢情愿最为典型地体现在自作主张地撮合保罗与敏泰的婚姻，而这桩婚姻事实上是以失败而告终的。由于伍尔夫对自己母亲的情感投入，她塑造了灯塔般发出温暖与柔和的光芒的拉姆齐夫人的形象，但同时也没有回避母亲身上的人格缺陷。

一味看重逻辑、智性、推理与严酷的真相，忽视了日常生活中的美的缺陷，在拉姆齐先生身上，体现为缺乏想象能力、感受能力，缺乏美感与温情，以及对他人的包容与同情。这一形象的塑造与作家对父亲爱恨交织的复杂情感完全是一致的。伍尔夫事实上也是从这个意义层面上，暗示了拉姆齐先生无法在事业发展与功名成就上最终到达"Z"即辉煌的顶点的原因所在。所以在小说的结尾部分，她通过"到灯塔去"的象征性行为，通过拉姆齐先生带着儿女追寻拉姆齐夫人的母性之光的旅程，呼唤情感与智性走向互补的理想境界，呼唤夫妇间、男女两性间理解、默契的良好关系。由此意义上看，画家莉丽最终完成画作，也可以理解为直觉、诗意、艺术的世界与现实客观世界达到平衡后的结果。

《奥兰多》是形象呈现伍尔夫关于情感与智性的中和思想的华彩篇章。她将两性间的互补关系，进一步发展为对同一个人身上的理性与直觉因素彼此协调的境界的追求，并进而阐释了诗人的艺术获得成功的奥秘所在。具体到情节上，即主人公奥兰多的神奇变性。小说第一章以中世纪后期伊丽莎白女王统治下的英国伦敦社会为背景，描写了奥兰多作为集巨额财富、高贵血统、俊美外形与帝王宠爱于一身的贵族少年放浪不羁的宫廷生活。第二章主要写的是他失宠于宫廷后在乡间庄园读书、写作的生活，以及与所谓的文坛名流等的交往轶事。第三章则写他被任命为前往君士坦丁堡的特命全权大使后，在土耳其苏丹国家陷身于烦琐公务、迎来送往的拜客礼仪中的生活。适逢土耳其国内发生叛乱，沉睡了七天七夜的奥兰多乘乱逃出，被流浪的吉卜赛人部落所收留，这时的"他"已神奇地变身为"她"。从第四章起，作家表现了以女性的新身份返回英国的奥兰多所接受的种种考验，以及遭受的不同待遇。

甫一踏上英国的国土，"她"立刻面对的是有关财产、头衔归属的诉讼，因而也第一次获得了深刻思考文化、习俗与法律不公的可能性。换位思考的亲身体验，不仅凸显了男女两性不同的社会地位，同时呈现了两种不同的性别因素看待事物的不同视角："她记起当年自己身为青年男子时，坚持认为女性必须顺从、贞洁，浑身散发香气、衣着优雅。"现在的"她"则终于发现，"女人并非天生"是如此的，她们是被迫依照做女人的"职责"，"通过最单调乏味的磨炼，才能获得这些魅力"① 的。原来的奥兰多在单一的男性性别立场作用下难以理解俄国公主萨莎无情的爽约行为，曾无比愤怒与伤心地指责了她的欺骗、背叛和水性杨花。成为女人后的奥兰多则在一种新的角度下理解了萨莎的不辞而别②。原来的"他"感觉诗神如惊鸿一瞥，难以定格；又如野鹅飞去，难以捕捉；现在的"她"由于有了新的体验，终于开始和伟大的诗人产生了共鸣③，进一步坚定了对诗歌创作的信仰④。随着视野的被打开，她的思想发生了"激烈斗争"："本来好似岩石般牢固持久的习惯，在另一些思想的触动下，如阴影般坠落，露出无遮无拦的天空和光闪闪、亮晶晶的星星。"⑤

为了写好从1586年即已开始的诗歌《大橡树》，"她"决意深入真正的生活，毅然用恶作剧的手段摆脱了罗马尼亚哈里大公的求婚纠缠，来到了伦敦。她先是迅速被卷入了五光十色而又异常无聊空虚的社交生活，随

---

① 弗吉尼亚·吴尔夫：《奥兰多》，林燕译，人民文学出版社2003年版，第88页。
② 同上书，第91页。
③ 同上书，第92—93页。
④ 同上书，第98页。
⑤ 同上书，第100页。

后毅然弃绝了与贵族们的关系，转向作家蒲伯、艾迪生和斯威夫特寻求生活的真谛。此时已是 18 世纪了。但在与他们的近距离接触后，奥兰多反而丧失了曾经有过的敬畏与神秘感，不仅发现了这些大师作为常人的弱点，意识到天才们"不似人们可能想象得那样不同寻常"①，而且看出了他们在谦恭有礼的表象下对女性才智的深刻蔑视："才子虽然送诗来请她过目，称赞她的判断力，征求她的意见，喝她的茶，但这绝不表示他尊重她的意见，欣赏她的理解，也绝不表示虽不能用剑，他就会拒绝用笔刺穿她的身体。"② 伍尔夫由此表明，既有的文学史其实就是一部压制与被压制、写与被写的不平等历史。这一思想在《一间自己的房间》中有关女性在历史与诗歌中形象、地位差异的对比中获得了有力呼应："在想象中，她尊贵无比，而在实际中，她又微不足道。诗卷中，她的身影无所不在；历史中，她又默默无闻。她主宰了小说中帝王和征服者的生活；其实，只要男人的父母能强使她戴上戒指，她就成了那个男人的奴隶。文学中，时时有一些极其动人的言辞，极其深刻的思想出自她口中；而现实生活中，她往往一不会阅读，二不会写字，始终是丈夫的附庸。"③ 通过不同的性别体验，奥兰多获得了对于社会文化、历史传统以及男女两性异同的深刻认识。伍尔夫也由此发出了对男权社会的深刻批判。

　　为了进一步丰富阅历，奥兰多频频换装，实现了在两性角色之间的自由转换，并拥有了"双重收获"④："上午，穿一件分不清男女的中国袍子，在书中徜徉；然后，身着同样的服装接见一两位求告者；此后，到花园里给坚果树剪枝，这时穿齐膝的短裤很方便；然后换一件塔夫绸花衣，这最适合乘车去里奇蒙德，听取某位尊贵的贵族的求婚；然后回到城里，穿一件律师的黄褐色袍子，到法院去听她的案子有何进展，……；最后，夜幕降临，她多半会从头到脚变成一个彻头彻尾的贵族，到街上去冒险。"⑤ 这里，原先作为性别表征的服装甚至可以被理解为语言的力量和权力的化身，拥有了形而上的象征含义。奥兰多进而领悟了人性中更加复杂而普遍的现象，即"每个人身上，都发生从一性向另一性摇摆的情况，

---

① 弗吉尼亚·吴尔夫：《奥兰多》，林燕译，人民文学出版社 2003 年版，第 119 页。
② 同上书，第 123 页。
③ 弗吉尼亚·伍尔夫：《一间自己的房间》，第 37 页。
④ 弗吉尼亚·吴尔夫：《奥兰多》，第 127 页。
⑤ 同上书，第 127—128 页。

往往只是服装显示了男性或女性的外表，而内里的性别则恰恰与外表相反"①。由于单一性别总存在缺陷，双性互补的必要性由此获得呈现。也正是由于双性的视野，奥兰多与具有同样气质的丈夫夏尔·谢尔默丁之间产生了奇特的默契："他发现她竟能一点儿不差地领会他的意思，不免又惊又喜。"②忍不住"迫不及待地问："你能肯定自己不是男人?"③ 奥兰多则回问："你竟然不是女人，这可能吗?"④ 这也就是说，正如奥兰多是一个有着男性体验与男性记忆的女人一样，夏尔同样是一个有着女性气质的男人。正因如此，他才能够真正理解作为女人的奥兰多。与夏尔的结合，某种程度上因而也可被理解为奥兰多女性特性的真正实现。这就是为什么在订婚之后，奥兰多会无限欣喜地感受到："我是女人了"，"我终于是一个真正的女人了"⑤。奥兰多终于在拥有男性体验之后，同样获得了女性的体验，头脑中的双性可以平等对话，平衡互补，由此获得了"双性同体"的理想人格结构。

因此，《奥兰多》中，主人公既以男性之躯经历如堂吉诃德般的历险，又以女儿之身寻求"生活和恋人"；不仅以结婚生子体现出身体的创造力，还以《大橡树》表现出精神的创造力。伍尔夫由此表明，拥有"双性同体"的头脑，是成为真正伟大的艺术家的前提，莎士比亚、柯勒律治、济慈、斯特恩、考珀、兰姆等如是，奥兰多亦如是。鲁丝·格拉堡认为："（奥兰多的）变性因而似乎表现为一种哲学的可能性，遥远的古代观念的语言表达。……随着时间推移，他能够分别体现出两性的特征。弗吉尼亚·伍尔夫将他身上的男性与女性分离开，恰似古希腊的神祇将双性的人分离一样。"⑥ 在此，《奥兰多》与《一间自己的房间》这两部几乎创作于同时的作品，分别以小说与随笔的形态共同表达了对"哲学的可能性"、"遥远的古代观念"的当代回应。这一追求两性的平等交流、思想与情感的互补、理性与直觉的兼容的观念，既是奥兰多以及"她"的原型薇塔·萨克维尔－韦斯特，也是伍尔夫本人乃至每一位女性的自由

---

① 弗吉尼亚·吴尔夫:《奥兰多》，第108页。
② 同上书，第150页。
③ 同上。
④ 同上。
⑤ 同上书，第147页。
⑥ Ruth Gruber, *Virginia Woolf: The Will to Create as a Woman*, New York: Carroll & Graf Publishers, 2005, p.147.

写作理想。这表明经受过多次性别创伤的伍尔夫，呼吁女性克服自身的怨愤，以开阔的胸襟和双性的视野，突破智性与情感非此即彼的二元对立思维模式，追求性别差异的整合的人性理想。

　　由于伍尔夫通过虚构不仅使她的变性主人公轻易摆脱了父母和家庭生活的控制，亦使婚姻成为深入生活的自由历险，《奥兰多》也由此成为伍尔夫创作的唯一一部没有死亡阴影笼罩的小说。赫麦尔妮·李因此写道："它对《到灯塔去》的挽歌情调扭过头去，又摆脱了《海浪》中对死亡的凝神思考。只有在《奥兰多》和《一间自己的房间》中，弗吉尼亚·伍尔夫才通过妇女写作的观点，摆脱了家庭的压力，宿命，以及疯狂的囚禁，真正解放了她自己。"① 有鉴于这部小说的独特性，《奥兰多》为我们领会伍尔夫的完美人格理想与自由写作梦想，均提供了重要参照。而伍尔夫在小说形式实验中所追求的与直觉、非理性相连的意识流、印象主义、象征等描写与现实主义的客观外部描写的结合，或者也同样可以理解为是美学上追求理性与直觉的和谐统一的自然结果。由此，伍尔夫的小说在内容与形式上达到了水乳交融的和谐境界。

---

① Hermione Lee, *Virginia Woolf*, New York: Vintage Books, 1999, pp. 520 – 521.

结　语

　　作为英国现代小说理论的主要倡导者、意识流小说大师和伦敦"布鲁姆斯伯里文化圈"的核心人物，弗吉尼亚·伍尔夫在小说观念革新、意识流技巧探索、随笔与传记写作，以及女性主义文学理论的建构等方面，均对20世纪西方乃至中国的文学发展产生了重要影响。在中国学术界，虽然对其小说创作中的时间主题、生命意识、性别观念与意识流形式技巧等已经展开了较为丰富的研究，然而，对其现代主义美学探索与艺术实验的渊源，尤其是"布鲁姆斯伯里文化圈"中以美学家与艺术评论家罗杰·弗莱、克莱夫·贝尔，画家文尼莎·贝尔等为代表的视觉艺术观与形式论对其发生的影响却尚未有足够的重视。故本书旨在通过对此方面的深入探讨，努力对中国的伍尔夫研究有所拓展与推进。

　　本书通过十章的篇幅，从挖掘主观真实、传递主体意识中"存在的瞬间"、探索语言文字的造型能力与色彩表现力、尝试小说作为"有意味的形式"的无限潜能、突破文字艺术与视觉艺术之间的森严壁垒、实现创作与人性中情感与智性的和谐等方面，考察了弗吉尼亚·伍尔夫的小说美学与视觉艺术之间的密切关联，着重考察了罗杰·弗莱、克莱夫·贝尔以及文尼莎·贝尔等从观念到实践对于伍尔夫创作的深刻影响，彰显了伍尔夫作为英国现代主义文学中坚与意识流大师的成就背后，视觉艺术所提供的精神资源，从一个独特的角度，阐释了伍尔夫鲜明的美学风格与创作个性的形成背景，也以一个十分突出的个案，印证了"诗中有画、画中有诗"这一文学艺术水乳交融、彼此促进的基本规律。

　　从历史的层面看，伍尔夫能够站到英国小说由传统向现代转型的时代节点上，有其时势的必然。她尝试进行小说革新的年代，正是一战前后西欧诸国在文学艺术领域除旧布新、大力发展现代主义的时期。这一时期，以绘画等为代表的视觉艺术最先感知了时代精神，并以直观呈现的特殊手段，走在了时代变革的最前列，对人们的价值观念、审美情趣发生了重大影响。所以福特·马多克斯·休弗告诉我们："这真像一个开放的世界……如果你在至少四分之一的世纪中在盎格鲁－撒克逊国土上无望地苦苦寻找自觉艺术的活动痕迹——那么你就会惊奇地发现这些年轻人不仅发展创作和造型艺术的理论，而且也接受大量所谓'公众支持'的东西。"[1]年轻的艺术家们满怀实验的情绪，对 20 世纪初年英国的经验和形式进行着重新估价。"由于这种信念，伦敦在一八八○到一九二○年间经历了不平常的艺术动荡时期。这种动荡并不仅仅由于那些青睐'现代主义者'这个名称的人；实际上，有一条线贯穿于这一时期的发展之中，比起'现代主义者'这个名称所表明的含义来，这条线带有更多经验主义的、改良的和自由主义的色彩。"[2] 这条将年轻的艺术家们凝聚到一起的"线"，正是他们摒弃陈规、探索全新的艺术原则的共同追求。在伦敦，"布鲁姆斯伯里文化圈"中的艺术家们，可说正是这最早一批吃螃蟹的人。他们不仅以自己的艺术理念，同时亦以丰硕的绘画实绩，突破了保守僵化的英国正统艺术圈的沉寂氛围，由此促进了英国艺术向现代主义的蜕变。其核心标志即为弗莱主持、贝尔等人辅助的第一与第二届后印象派画展。伍尔夫有幸置身于这一群才情卓异、拥有高度的艺术修养的知识精英当中，自然会在耳濡目染当中受到他们艺术理念的熏染，并以出众的才情实践其在自身热爱的语言文字领域内的转换。所以作为作家的伍尔夫是幸运的，她在追逐其文学梦想的一生中，始终能从她最热爱、最亲近的一群人那里获得丰沛的思想滋养与创作典范。

　　但与此同时，伍尔夫又并非被动地接受了"布鲁姆斯伯里人"的艺术观。从青年时代起，作为一个博览群书、情感细腻、观察敏锐，并有着纯正的艺术品位的文学爱好者与鉴赏家，伍尔夫就产生了强烈的在小说领域革故鼎新的愿望，这就是为什么她在初出茅庐之时即尖锐抨击了当时的文坛元老威尔斯、高尔斯华绥与贝内特，而亮出了"精神主义"的旗帜。

---

　　① 马·布雷德伯里、詹·麦克法兰编：《现代主义》，胡家峦等译，上海外语教育出版社 1992 年版，第 100—101 页。

　　② 同上书，第 155—156 页。

在《贝内特先生与布朗夫人》中，伍尔夫清晰地划分出了爱德华时代作家和乔治时代作家的界限，指出：当"布朗夫人"孤独地坐在火车上时，"甚至没有一位爱德华时代的作家对她瞧上一眼。他们的目光使劲地、探索地、同情地向窗外望去，注视着工厂、乌托邦，甚至还注视车厢里的装饰物和壁毯；但是他们却从来也不去注视布朗夫人，不注视生活，不注视人性。因此，他们形成了一种符合于他们目标的小说写作技巧；他们制造了各种工具，建立了各种传统规范，来干他们的事业。然而，那些工具可不是我们的工具，那些事业也不是我们的事业。对我们来说，那些传统意味着毁灭，那些工具意味着死亡。"[①] 伍尔夫强调表现真正的"布朗夫人"即探索人性的内在真实的文学观念，正是她长期受到欧洲各国经典文学作品的浸染的必然结果。她热爱以古希腊悲剧诗人、莎士比亚、弥尔顿、笛福、斯泰恩、奥斯丁、福楼拜、勃朗特姐妹、哈代、康拉德、普鲁斯特等为代表的欧洲文学大师的作品，曾盛赞笛福把"作品建立在对于人性中虽然不是最有魅力却是最为持久的因素的理解之上"[②]，认为《鲁滨逊漂流记》用"透视法"使读者窥见了人类的灵魂；艾米莉·勃朗特的《呼啸山庄》则通过"对于这种潜伏于人类本性的幻象之下的力量升华到崇高境界的暗示，使这部书在其他小说中显得出类拔萃，形象宏伟"[③]，指出"她的力量是一切力量中最为罕见的一种。她可以把生活从对事实的依赖中解脱出来。寥寥几笔就可以点明一张脸后面的精神世界，从而使身体成为赘余之物"[④]。她还大量阅读了 19 世纪俄罗斯经典作家托尔斯泰、陀思妥耶夫斯基、屠格涅夫和契诃夫等人的小说，并有多篇随笔表达了对他们的崇敬之情。所以推特切尔写道："由于对现实主义小说彻底不满，尤其是在读过陀思妥耶夫斯基、契诃夫、屠格涅夫，以及更加困难的普鲁斯特和乔伊斯之后，弗吉尼亚·伍尔夫转向了后印象主义，从而使她小说中的意象与结构更为活跃。"[⑤] 这里，作者强调的，是伍尔夫转向先锋派

---

① 弗吉尼亚·伍尔夫：《论小说与小说家》，瞿世镜译，上海译文出版社 2009 年版，第 305 页。

② 同上书，第 181 页。

③ 弗吉尼亚·伍尔芙：《伍尔芙随笔集》，孔小炯、黄梅译，海天出版社 1996 年版，第 174 页。

④ 同上书，第 175 页。

⑤ Beverly H. Twitchell, *Cezanne and Formalism in Bloomsbury*, Ann Arbor, Michigan: UMI Research Press, 1987, p. 188.

绘画寻求写作上的借鉴，是和她对欧洲文学传统的继承，对经典作家作品、尤其是俄罗斯文学对人性挖掘的理解有关的。这也就是说，现代主义视觉艺术在摒弃外部琐碎细节、追求对人类激情与内在真实的表达方面的突破，对色彩的创新使用以及对设计感的高度强调等，均与她内心的文学观念产生了高度的契合与共鸣，并为她提供了很好的现实榜样，终于成为她在文学领域实现突围的强大动力。推特切尔总结道："弗吉尼亚·伍尔夫的写作和视觉艺术之间的联系是独一无二的，既丰富而又复杂。她诉诸于心灵之眼的栩栩如生的形象、她作品中画家和艺术品所占有的举足轻重的地位、她始终将写作与绘画加以比较，由此对创造性活动加以讨论的特点，还有她在小说形式实验背后隐含的美学原则，都将她的作品与视觉艺术相连。"① 因此，伍尔夫可说是在当时英国如火如荼的现代主义艺术浪潮的带动下，在丰厚的欧洲文学传统的滋养下，开始她的现代主义小说实验并获得成功的。

书稿进展至此，最后还有数点有必要加以说明。其一，虽然本书特别强调了以保罗·塞尚为代表、为罗杰·弗莱与克莱夫·贝尔等着力倡导的后印象主义绘画观念，以及由文尼莎·贝尔身体力行的后印象主义绘画实践对伍尔夫小说创作艺术的影响，但是，塞尚的艺术本身是从印象主义绘画脱胎而来，弗莱的艺术观点在其一生中存在矛盾与游移，克莱夫·贝尔的形式观又过于偏激而有些不切实际，所以伍尔夫并未亦步亦趋地照搬他们的观点，而是根据自己的文学理想作出了修正，并未陷入彻头彻尾的形式主义，这就使她的作品既有形而上的浓郁哲理韵味与灵动诗意，亦表现出丰厚的历史文化底蕴与现实生活内涵，达到了形式与内容的和谐统一。

其二，由于后印象主义绘画与印象主义绘画均高度重视色彩，伍尔夫小说中对色彩的运用也体现出对两种绘画流派的技法兼收并蓄的特征。即她一方面吸收了后印象派绘画传达人类内在精神生活的韵律、追求画面布局的高度简洁与抽象、强调艺术家同时调动情感与智性的双重力量以呈现画面的"视觉"与"设计"等等特点，同时又充分发挥了女性作家观察与描摹世界细腻而具有诗意的特色，以及接受了姐姐作为"色彩方面

① Beverly H Twitchell, *Cezanne and Formalism in Bloomsbury*, Ann Arbor, Michigan: UMI Research Press, 1987, p. 179.

的……诗人"的影响，表现出印象主义画派的色彩使用风格。如前所述，伍尔夫早年即对绘画产生了兴趣，自己也有过不少画作。作为形影不离的姐妹，伍尔夫不仅见证、而且分享了姐姐由观画、学习直至亲身走向职业画家道路的心理发展过程。1904 或 1905 年，斯蒂芬姐妹俩曾前往聆听鲁特先生有关印象主义的讲座。自从弗莱进入"布鲁姆斯伯里文化圈"之后，两姐妹又通过与弗莱的交谈、聆听他的讲座和阅读他的系列艺术评论等，进一步深化了对希腊古典艺术、意大利文艺复兴时代的艺术以及当代艺术的理解。所以，在斯蒂芬姐妹的绘画知识素养中，印象派绘画也是占据了相当重要的地位的。19 世纪末 20 世纪初，恰逢印象派绘画向后印象派绘画发展与过渡的时期，伍尔夫一生中又常去博物馆与各种画廊参观，她有深厚的印象派绘画修养并不奇怪。这体现为她小说中对缤纷色彩的大量使用，以及对光线变化中色彩变幻的精细分析与描摹。因此，仅将伍尔夫小说所吸纳的视觉艺术的影响源归结为后印象派绘画是不够全面与准确的。

其三，伍尔夫在借鉴绘画艺术的同时，亦并未将文学与绘画混为一谈，而是清晰地意识到两种不同的艺术门类各自的规律与差异性。克莱夫·贝尔宣称在视觉艺术中只要有形式就够了，而伍尔夫认为文学写作同时要涵纳审美与观念，这也就是在她看来画家存在局限的地方。1928 年，她在给次侄昆汀·贝尔的信中写道："你当然一定看到了语言较之绘画的无限优越性？想想看，有多少东西是不可能画出来的啊：给凯恩斯夫妇添麻烦、取笑某人的姑妈或姨妈，讲讲性欲方面的故事，搞搞恶作剧——这些只是小说的好处当中的一点点而已；对此，画家一点儿也表现不出来：因为他所有的优势作为一名作家也有。"[①] 所以，她充分地发挥了语言文字艺术的独到优势，努力呈现生活情感与审美情感，表达人类经验中"某些普遍的东西"。1936 年，她在写给远在中国武汉的长侄朱利安·贝尔的信中，再次表达了对现实的关注和对画家难以充分地通过自己的艺术手段干预生活的清晰自觉："看看粉红色和黄色，当欧洲在熊熊燃烧时，他们所做的只不过是斜着眼睛，抱怨前景上的短暂的火光。"她认为，在这一点上，小说不仅体现出更大的优势，因而也将承担起更多的社会责

① Virginia Woolf to Quentin Bell, 6 May 1928. 转引自 Jane Dunn, *A Very Close Conspiracy: Vanessa Bell and Virginia Woolf*, London: Jonathan Cape, 1990, p. 314. 注释第 69 条。

任："不幸的是，政治就在我们和小说之间。"① 写此信时，伍尔夫正在修改小说《岁月》。如果说《奥兰多》是对《一间自己的房间》的呼应的话，《岁月》亦可视为伍尔夫表达女权意识与反战思想的社会政治理想的著名篇章《三个基尼》的文学回响。国内弗莱艺术理论的研究专家沈语冰也注意到，"将艺术与生活重新联结起来"，是"弗吉尼亚·伍尔夫《弗莱传》的重要主题"②。所以，将伍尔夫仅仅视为一个在小说领域耕耘的形式主义美学家同样是不够准确的。伍尔夫以自己独特的方式参与、记录与回应了她的时代。

最后需要强调的，是伍尔夫之所以能成为一个艺术特色鲜明的现代小说家，并非意识流这一枝标签所能涵盖。除了以"布鲁姆斯伯里文化圈"中艺术家为代表的现代英国绘画艺术的影响之外，构成她作品美学底色之资源的，还有音乐、舞蹈等其他艺术门类，以及哲学、历史、心理学等其他学科知识的影响。她的传记作家迈克尔·罗森塔尔这样写道："希腊作家，法国作家，俄国作家，英国作家，美国作家；小说，戏剧，诗歌；回忆录，传记，书信，还有历史——她统统贪心地阅读，提到了拉德纳和纽卡塞公爵夫人就像她写到乔治·爱略特和索福克勒斯一样得心应手。"③ 从国别来看，伍尔夫不仅受到古希腊罗马、英国、法国、美国等国悠久而丰厚的文学艺术传统的滋养，亦深受俄罗斯文学艺术，包括当时风靡西欧的俄罗斯音乐、芭蕾舞和绘画艺术的熏陶。关于伍尔夫的小说美学与俄罗斯文学与艺术的关联，本书作者另有专文分析，并会将之列入本书附录以供读者参考。分析俄罗斯文学艺术之与伍尔夫现代主义美学实验之间的关联，不仅可以更为准确地理解伍尔夫美学理想与艺术追求的来龙去脉，亦可见出俄罗斯文化在英国现代主义文学生成与发展中的重要意义。因此，通过对伍尔夫小说美学风格与艺术特色形成的多方面资源的分析，我们再次深切地感受到，一个优秀作家的成长，需要以博大而深厚的文化资源为根基。正如希腊神话中的缪斯由九位女神共同组成一样，伍尔

---

① Virginia Woolf to Julian Bell, 28 June 1936, reprinted in *Modern Fiction Studies*. Vol. 30, No. 2, summer 1984.

② 沈语冰：《弗莱艺术批评文选·译者导论》，第 21—22 页。见罗杰·弗莱《弗莱艺术批评文选》，沈语冰译，江苏美术出版社 2010 年版。

③ 刘炳善：《维吉尼亚·伍尔夫的散文艺术》（《书和画像·译序》），见维吉尼亚·伍尔夫《书和画像》，刘炳善译，生活·读书·新知三联书店 1994 年版，第 8 页。

夫的缪斯也包含着多元文化因素。她正是在包括本国、希腊及其他欧洲国家的文学艺术传统，来自东方、包括古老中国的文明，以及呈现出东西方文化兼容特色的俄罗斯文学艺术的共同影响下，将现代主义小说艺术推向高峰的。

　　因此，要进入弗吉尼亚·伍尔夫美不胜收的小说艺术世界，我们还可以找到多个入口。

参考文献

1. Alexander, Jean. *The Venture of Form in the Novels of Virginia Woolf.* Port Washington, N. Y.: Kennikat, 1974.

2. Alexander, Peter. F. *Leonard and Virginia Woolf: A Literary Partnership.* Hemel Hempstead: Harvester Wheatsheaf, 1992.

3. Banfield, Ann. *The Phantom Table: Woolf, Fry, Russell and the Epistemology of Modernism.* Cambridge, UK: Cambridge University Press, 2000.

4. Bell, Clive. "Virginia Woolf." in The *Dial* LXXVII. December 1924, pp. 451 – 465.

5. Bennett, Joan. *Virginia Woolf: Her Art as a Novelist.* Cambridge, UK: Cambridge University Press, 1975.

6. Bishop, Edward. *A Virginia Woolf Chronology.* London: The MacMillan Press, 1989.

7. Bradshaw, Tony ed. *A Bloomsbury Canvas: Reflections on the Bloomsbury Group.* Lund Humphries, 2001.

8. Desalvo, Louise A. *Virginia Woolf's First Voyage: A Novel in the Making.* London: The MacMillan Press LTD. , 1980.

9. Dunn, Jane. *A Very Close Conspiracy: Vanessa Bell and Virginia Woolf.* London: Jonathan Cape, 1990.

10. Edel, Leon. *Bloomsbury: A House of Lions.* London: The Hogarth Press, 1979.

11. Fry, Roger. "Some Questions in Aesthetics." In *Transformations.* London: Chatto& Windus, 1926.

12. Fry, Roger. *Cezanne: A Study of His Development.* London: The Hogarth

Press，1952.

13. Fry，Roger. *Characteristics of French Art.* London：Chatto & Windus，1932.

14. Fry，Roger. *Last Lectures.* with an introduction by Kenneth Clark. Cambridge，UK：Cambridge University Press，1939.

15. Fry，Roger. *Letters of Roger Fry.* Vol. I. Denys Sutton ed. London：Chatto & Windus，1972.

16. Garnett，David. "Virginia Woolf." in *The American Scholar.* summer 1965，pp. 380 – 381.

17. Gilbert，Sandra M. & Susan Gubar. *The Madwoman in the Attic：The Woman Writer and the Nineteenth-Century Literary Imagination.* New York：Yale University Press，2000.

18. Gillespie，Diane Filby. *The Sisters' Arts：The Writing and Painting of Virginia Woolf and Vanessa Bell.* Syracuse，NY：Syracuse University Press，1988.

19. Gillespire，Diane Filby. "The Sisters' Arts：Virginia Woolf，Vanessa Bell，and *Kew Gardens.* " draft of a paper given at the Modern Language Association Meeting. Houston，Texas，December 1980.

20. Goldman，Jane. *The Feminist Aesthetics of Virginia Woolf：Modernism，Post-Impressionism and the Politics of the Visual.* Cambridge，UK：Cambridge University Press，1998.

21. Gruber，Ruth. *Virginia Woolf：The Will to Create as a Woman.* New York：Carroll & Graf Publishers，2005.

22. Humm，Maggie. *Modernist Women and Visual Arts：Virginia Woolf，Vanessa Bell，Photography and Cinema.* Edinburgh：Edinburgh University Press，2002.

23. Humm，Maggie. *Snapshots of Bloomsbury：The Private Lives of Virginia Woolf and Vanessa Bell.* Rutgers University Press，2006.

24. Johnstone，J. K. *The Bloomsbury Group：A Study of E. M. Forster，Lytton Strachey，Virginia Woolf，and Their Circle.* New York：Noonday，1954.

25. Kapur，Vijay. *Virginia Woolf's Vision of Life and Her Search for Significant Form：A Study in the Shaping Vision.* Atlantic Highlands，New Jersey：

Humanities Press, 1979.

26. Kristeva, Julia. "Word, Dialogue and Novel." in *The Kristeva Reader*. ed. Toril Moi. Oxford: Blackwell, 1986.

27. Lee, Hermione. *Virginia Woolf.* New York: Vintage Books, 1996.

28. Lehman, John. *Thrown to the Woolfs: Leonard and Virginia Woolf and the Hogarth Press.* New York: Holt, Rinehart & Winston, 1978.

29. Marler, Regina. *Bloomsbury Pie: The Making of the Bloomsbury Boom.* New York: Henry Holt and Company, Inc. 1997.

30. Mauron, Charles. *The Nature of Beauty in Art and Literature.* translated from the French by Roger Fry. London: The Hogarth Press, 1927.

31. McLaurin, Allen. *Virginia Woolf: The Echoes Enslaved.* Cambridge, UK: Cambridge University Press, 1973.

32. Miller, Ruth C. *Virginia Woolf: The Frames of Art and Life.* London: Macmillan, 1993.

33. Pippett, Aileen. *The Moth and the Sta..* Boston: Little, Brown, 1955.

34. Quick, Jonathan R. "Virginia Woolf, Roger Fry and Post-Impressionism." *The Massachussetts Review* 26 4 (1985), pp. 547–570.

35. Richter, Harvena. *Virginia Woolf: The Inward Voyage.* Princeton, New Jersey: Princeton University Press, 1970.

36. Roberts, John Hawley. "Vision and Design" in Virginia Woolf. *Publications of the Modern Language Association* . Edited by Percy Waldron Long, Vol. 61. 1946.

37. Sellers, Susan. *The Cambridge Companion to Virginia Woolf.* second edition. Cambridge, UK: Cambridge University Press, 2010.

38. Silver, Brenda R. *Virginia Woolf's Reading Notebooks.* Princeton: Princeton University Press, 1983.

39. Simon Watney. *The English Post – Impressionists.* London: Eastview Editions, 1980.

40. Skidelsky, Robert. *John Maynard Keynes: Hopes Betrayed, 1883 – 1920.* New York: Viking, 1983.

41. Snaith, Anna. ed. *Palgrave Advances in Virginia Woolf Studies.* London: Palgrave MacMillan, 2007.

42. Spalding, Frances. *Roger Fry: Art and Life.* London: Granada Publishing Limited. , 1980.

43. Spalding, Frances. *Vanessa Bell.* New Haven and London: George Weidenfeld & Nicolson Limited. , 1983.

44. Tew, Philip & Alex Murray eds. *The Modernism Handbook.* London: Continuum, 2009.

45. Twitchell, Beverly H. *Cezanne and Formalism in Bloomsbury.* Ann Arbor, Michigan: UMI Research Press, 1987.

46. Web, Ruth. *Virginia Woolf.* London: The British Library. 2000.

47. Woolf, Virginia. *Roger Fry: A Biography.* London: Hogarth Press, 1940.

48. Woolf, Virginia. *Moments of Being.* J. Schulkind ed. London: The Hogarth Press, 1976.

49. Woolf, Virginia. *Moments of Being: Autobiographical Writings.* edited by Jeanne Schulkind and with n new introduction by Hermione Lee. Pimlico edition. Random House, 2002.

50. Woolf, Virginia. *The Diary of Virginia Woolf*, *Vol.* 1. 1915 – 1919. Anne Olivier Bell ed. New York: Harcourt Brace Jovanovitch, 1977.

51. Woolf, Virginia. *The Diary of Virginia Woolf*, *Vol.* 2. 1920 – 1924. Anne Olivier Bell ed. New York: Harcourt Brace Jovanovitch, 1978.

52. Woolf, Virginia. *The Diary of Virginia Woolf*, *Vol.* 3. 1925 – 1930. Anne Olivier Bell ed. New York: Harcourt Brace Jovanovitch, 1980.

53. Woolf, Virginia. *The Diary of Virginia Woolf*, *Vol.* 4. 1931 – 1935. Anne Olivier Bell ed. New York: Harcourt Brace Jovanovitch, 1982.

54. Woolf, Virginia. *The Diary of Virginia Woolf*, *Vol.* 5. 1936 – 1941. Anne Olivier Bell ed. New York: Harcourt Brace Jovanovitch, 1984.

55. Woolf, Virginia. *The Letters. Vol.* 1: *The Flight of the Mind* 1888 – 1912. Nigel Nicolson and Joanne Trautmann eds. London: Chatto and Windus, 1975.

56. Woolf, Virginia. *The Letters. Vol.* 2: *The Question of Things Happening* 1912 – 1922. Nigel Nicolson and Joanne Trautmann eds. London: Chatto and Windus, 1976.

57. Woolf, Virginia. *The Letters. Vol.* 3: *A Change of Perpective* 1923 –

1928. Nigel Nicolson and Joanne Trautmann eds. London：Chatto and Windus，1977.

58. Woolf, Virginia. *The Letters. Vol.* 4：*A Reflection of the other Person* 1929 – 1931. Nigel Nicolson and Joanne Trautmann eds. London：Chatto and Windus，1978.

59. Woolf, Virginia. *The Letters. Vol.* 5：*The Sickle Side of the Moon* 1932 – 1935. Nigel Nicolson and Joanne Trautmann eds. London：Chatto and Windus，1979.

60. Woolf, Virginia. *The Letters. Vol.* 6：*Leaves the Letters till We're Dead* 1936 – 1941. Nigel Nicolson and Joanne Trautmann eds. London：Chatto and Windus，1980.

61. Woolf，Virginia. *A Writer's Diary.* Edited by Leonard Woolf. London：The Hogarth Press，1954.

62. Woolf，Virginia. *Books and Portraits*：*Some Further Selections from the Literary and Biographical Writings of Virginia Woolf.* ed. Mary Lyon. New York：Harcourt Brace Jovanovich，1977.

63. Woolf，Virginia. *Collected Essays I* . New York：Harcourt，Brace and World，1967.

64. Woolf，Leonard. *Beginning Again*：*An Autobiography of the Year* 1911 – 1918. London：The Hogarth Press，1963.

65. 克莱夫·贝尔：《塞尚之后：20世纪初的艺术运动理论与实践》，张恒译，新星出版社2010年版。

66. 克莱夫·贝尔：《艺术》，薛华译，江苏教育出版社2005年版。

67. 克莱夫·贝尔：《艺术》，周金环、马钟元译，中国文联出版集团1984年版。

68. 昆汀·贝尔：《伍尔夫传》，萧易译，江苏教育出版社2005年版。

69. 昆汀·贝尔：《隐秘的火焰：布鲁姆斯伯里文化圈》，季进译，江苏教育出版社2006年版。

70. 马·布雷德伯里、詹·麦克法兰编：《现代主义》，胡家峦等译，上海外语教育出版社1992年版。

71. H. G. 布洛克：《现代艺术哲学》，滕守尧译，四川人民出版社1998年版。

72. 范景中主编:《美术史的形状:从瓦萨里到20世纪20年代》,中国美术学院出版社2003年版。

73. 罗杰·弗莱:《弗莱艺术批评文选》,沈语冰译,江苏美术出版社2010年版。

74. 罗杰·弗莱:《塞尚及其画风的发展》,沈语冰译,广西师范大学出版社2009年版。

75. 罗杰·弗莱:《视觉与设计》,耿永强译,金城出版社2011年版。

76. 罗杰·弗莱:《视觉与设计》,易英译,江苏教育出版社2005年版。

77. 弗兰西斯·弗兰契娜、查尔斯·哈里森编:《现代艺术和现代主义》,张坚、王晓文译,上海人民美术出版社1988年版。

78. 弗朗西斯·斯帕丁:《20世纪英国艺术》,陈平译,上海人民美术出版社1999年版。

79. 梅·弗里德曼:《意识流,文学方法研究》,申丽平等译,华东师范大学出版社1992年版。

80. 林德尔·戈登:《弗吉尼亚·伍尔夫:一个作家的生命历程》,伍厚恺译,四川人民出版社2000年版。

81. 瓦尔特·赫斯:《欧洲现代画派画论》,宗白华译,广西师大出版社2001年版。

82. 莱辛:《拉奥孔》,朱光潜译,人民文学出版社1979年版。

83. S. P.·罗森鲍姆编著:《回荡的沉默:布鲁姆斯伯里文化圈侧影》,杜争鸣、王杨译,江苏教育出版社2006年版。

84. S. P. 罗森鲍姆编著:《岁月与海浪:布鲁姆斯伯里文化圈人物群像》,徐冰译,江苏教育出版社2006年版。

85. 瞿世镜:《〈达罗威夫人〉的人物·主题·结构》,《外国文学研究》1986年第1期。

86. 瞿世镜:《伍尔夫·意识流·综合艺术》,《当代文艺思潮》1987年第5期。

87. 瞿世镜:《意识流小说家伍尔夫》,上海文艺出版社1989年版。

88. 瞿世镜:《音乐·美术·文学:意识流小说比较研究》,学林出版社1991年版。

89. 瞿世镜编选:《伍尔夫研究》,上海文艺出版社1988年版。

90. 瞿世镜编选:《意识流小说理论》,四川文艺出版社1989年版。

91. 安德鲁·桑德斯：《牛津简明英国文学史》，谷启楠等译，人民文学出版社 2000 年版。

92. 沈语冰：《20 世纪艺术批评》，中国美术学院出版社 2003 年版。

93. 盛宁：《关于伍尔夫的"1910 年的 12 月"》，《外国文学评论》2003年第 3 期。

94. 弗朗西斯·斯帕丁：《20 世纪英国艺术》，陈平译，上海人民美术出版社 1999 年版。

95. 弗吉尼亚·伍尔夫：《论小说与小说家》，瞿世镜译，上海译文出版社 2009 年版。

96. 弗吉尼亚·伍尔夫：《一间自己的屋子》，王还译，生活·读书·新知三联书店 1989 年版。

97. 弗吉尼亚·伍尔芙：《伍尔芙日记选》，戴红珍、宋炳辉译，百花文艺出版社 2012 年版。

98. 弗吉尼亚·伍尔芙：《伍尔芙随笔集》，孔小炯、黄梅译，海天出版社1996 年版。

99. 弗吉尼亚·伍尔芙：《伍尔芙随笔全集》Ⅰ，石云龙等译，中国社会科学出版社 2001 年版。

100. 弗吉尼亚·伍尔芙：《伍尔芙随笔全集》Ⅱ，王义国等译，中国社会科学出版社 2001 年版。

101. 弗吉尼亚·伍尔芙：《伍尔芙随笔全集》Ⅲ，王斌等译，中国社会科学出版社 2001 年版。

102. 弗吉尼亚·伍尔芙：《伍尔芙随笔全集》Ⅳ，王义国等译，中国社会科学出版社 2001 年版。

103. 伍厚恺：《弗吉尼亚·伍尔夫：存在的瞬间》，四川人民出版社 1999年版。

104. 武跃速：《宇宙人生的诉说——解读伍尔夫的诗小说〈海浪〉》，《国外文学》2003 年第 1 期。

105. 张中载：《小说的空间美——"看"〈到灯塔去〉》，《外国文学》2007 年第 4 期。

附录一

"布鲁姆斯伯里文化圈"
大事记①

1866 年，罗杰·弗莱出生。

1879 年，文尼莎·斯蒂芬出生。

1880 年，伦纳德·伍尔夫出生。

1881 年，克莱夫·贝尔出生。

1882 年，弗吉尼亚·斯蒂芬出生。

　　　　罗杰·弗莱开始绘画。

1885 年，邓肯·格兰特出生。

　　　　罗杰·弗莱入读剑桥大学国王学院。

1888 年，罗杰·弗莱获得自然科学专业的一等荣誉毕业证书，决定转而
　　　　学习绘画。

1892 年，罗杰·弗莱在巴黎学习绘画。

1895 年，文尼莎·斯蒂芬和弗吉尼亚·斯蒂芬的母亲朱莉亚·斯蒂芬夫
　　　　人去世。

1899 年，罗杰·弗莱的《乔万尼·贝利尼》出版。

　　　　克莱夫·贝尔、托比·斯蒂芬、利顿·斯特拉奇、伦纳德·伍
　　　　尔夫等入读剑桥大学三一学院，成立子夜社（Midnight Society）。

1901 年，罗杰·弗莱开始为《雅典娜神殿》撰写艺术评论。

　　　　文尼莎·斯蒂芬入读皇家艺术学校接受绘画教育。

----

① 主要参考了 Leon Edel, *Bloomsbury: A House of Lions* (London：The Hogarth Press，1979)
和 S. P. 罗森鲍姆编著的《回荡的沉默：布鲁姆斯伯里文化圈侧影》中的《布鲁姆斯伯里文化圈
大事年表》（杜争鸣、王杨译，江苏教育出版社 2006 年版）。择取的主要是与本书主题及涉及的
研究对象有关的重要活动与事件。

1902 年，伦纳德·伍尔夫和利顿·斯特拉齐被选入"使徒社"。

1903 年，G. E. 穆尔的《伦理学原理》问世。

1904 年，弗吉尼亚·斯蒂芬开始撰写书评。

莱斯利·斯蒂芬爵士去世，其与朱莉亚·斯蒂芬的子女迁入布鲁姆斯伯里区的戈登广场 46 号。

克莱夫·贝尔在巴黎学习艺术。伦纳德·伍尔夫离开剑桥大学，前往锡兰。

1905 年，托比·斯蒂芬开始在戈登广场为朋友们举办每周四的定期聚会。

文尼莎·斯蒂芬组建以艺术为主题的"星期五俱乐部"。

1906 年，罗杰·弗莱受聘出任纽约大都会博物馆油画厅主任。

托比·斯蒂芬因伤寒去世。

1907 年，克莱夫·贝尔和文尼莎·斯蒂芬结婚。弗吉尼亚·斯蒂芬和阿德里安·斯蒂芬迁居临近的费兹罗伊广场 29 号。

1908 年，克莱夫·贝尔和文尼莎·贝尔的长子朱利安·贝尔出世。

1909 年，罗杰·弗莱的《论美感》发表。

罗杰·弗莱出任《伯灵顿》杂志编辑。

1910 年，罗杰·弗莱结识贝尔夫妇，进入布鲁姆斯伯里的朋友圈，经常在"星期五俱乐部"发表演说。

罗杰·弗莱主持的第一届"后印象派画展"在伦敦格拉夫顿美术馆开展。

贝尔夫妇的次子昆汀·贝尔出世。

1911 年，罗杰·弗莱在斯雷德艺术学校发表演说。

伦纳德·伍尔夫自锡兰回到英国。

1912 年，伦纳德·伍尔夫与弗吉尼亚·斯蒂芬结婚。

罗杰·弗莱主持的第二届"后印象派画展"在伦敦格拉夫顿美术馆开展，伦纳德·伍尔夫担任秘书。

1913 年，罗杰·弗莱成立欧米茄工作室。

弗吉尼亚·伍尔夫的第一部长篇小说《远航》完稿。

1914 年，克莱夫·贝尔的《艺术》出版。

1915 年，弗吉尼亚·伍尔夫的小说《远航》出版。

1916 年，文尼莎·贝尔、邓肯·格兰特搬到切尔斯顿农庄居住、作画。

1917 年，伍尔夫夫妇共建霍加斯出版社。

1919 年，弗吉尼亚·伍尔夫的第二部长篇小说《夜与日》出版。

贝尔夫妇、伍尔夫夫妇、罗杰·弗莱、邓肯·格兰特等在伦敦结识俄罗斯佳吉列夫芭蕾舞剧团的相关人士。

1920 年，罗杰·弗莱的艺术评论集《视觉与设计》出版。

"传记俱乐部"（Memoir Club）成立并举办第一次聚会。

1921 年，弗吉尼亚·伍尔夫的短篇小说《星期一或星期二》印行。

1922 年，克莱夫·贝尔的专著《塞尚之后》出版。

弗吉尼亚·伍尔夫的第三部长篇小说《雅各的房间》出版。

1924 年，弗吉尼亚·伍尔夫的《贝内特先生和布朗夫人》印行。

罗杰·弗莱的《艺术家和心理分析》出版。

1925 年，弗吉尼亚·伍尔夫的随笔集《普通读者》和第四部小说《达洛卫夫人》出版。

弗吉尼亚·伍尔夫和薇塔·萨克维尔－韦斯特结识并成为密友。

1926 年，罗杰·弗莱的艺术评论集《变形》和《艺术与商业》两部著作出版。

1927 年，弗吉尼亚·伍尔夫第五部小说《到灯塔去》出版。

克莱夫·贝尔的《19 世纪绘画的里程碑》出版。

罗杰·弗莱的《弗兰德斯艺术》和《塞尚及其画风的发展》两部著作出版。

罗杰·弗莱将法国友人查尔斯·莫隆的《艺术与文学之美的本质》译成英文。

1928 年，克莱夫·贝尔的《文明》和《普鲁斯特》两部著作出版。

弗吉尼亚·伍尔夫的第六部小说《奥兰多》出版。

1929 年，弗吉尼亚·伍尔夫的文论《一间自己的房间》出版。

1930 年，罗杰·弗莱的《亨利·马蒂斯》出版。

文尼莎·贝尔在伦敦举办个人画展。

1931 年，弗吉尼亚·伍尔夫的第七部小说《海浪》出版。

克莱夫·贝尔的《法国绘画简介》印行。

罗杰·弗莱举办绘画回顾展。

1932 年，弗吉尼亚·伍尔夫的随笔集《普通读者》第二集出版。

罗杰·弗莱《法国艺术的特征》和《绘画和雕塑的艺术》出版。

文尼莎·贝尔和邓肯·格兰特在伦敦举办最近画作展览。

1933年，弗吉尼亚·伍尔夫第八部小说《弗勒希》出版。

罗杰·弗莱被任命为剑桥大学斯雷德艺术讲座讲授。

1934年，克莱夫·贝尔的《欣赏绘画：在国家美术馆以及其他地方的沉思》出版。

罗杰·弗莱的《反思英国绘画》出版。

弗吉尼亚·伍尔夫的《沃尔特·西克特》印行。

罗杰·弗莱去世。

文尼莎·贝尔举办画展。

1936年，罗杰·弗莱翻译的法国诗人马拉美的《诗集》出版，附有其友人查尔斯·莫隆的评论。

1937年，弗吉尼亚·伍尔夫的第九部小说《岁月》出版。

文尼莎·贝尔举办画展。

朱利安·贝尔在西班牙牺牲。

1938年，弗吉尼亚·伍尔夫的文论《三个基尼》出版。

1939年，罗杰·弗莱的《最后的演讲》出版。

1940年，弗吉尼亚·伍尔夫的《罗杰·弗莱传》出版。

1941年，弗吉尼亚·伍尔夫的第十部小说《幕间》出版。

弗吉尼亚·伍尔夫在乌斯河中自溺身亡。

文尼莎·贝尔举办画展。

1942年，E. M. 福斯特的《弗吉尼亚·伍尔夫》印行。

弗吉尼亚·伍尔夫的随笔集《飞蛾之死及其他随笔》出版。

1943年，弗吉尼亚·伍尔夫的短篇小说集《闹鬼的房子及其他短篇小说》出版。

1944年，弗吉尼亚·伍尔夫的随笔集《瞬间集》出版。

1950年，弗吉尼亚·伍尔夫的《船长弥留之际及其他随笔》出版。

1953年，伦纳德·伍尔夫编选的弗吉尼亚·伍尔夫日记以《一位作家的日记》为题出版。

1956年，克莱夫·贝尔的回忆录《老朋友》出版。

文尼莎·贝尔举办画展。

"传记俱乐部"举办最后一次聚会。

1958年，弗吉尼亚·伍尔夫的随笔集《花岗岩与彩虹》出版。

1961 年，文尼莎·贝尔去世。

1964 年，英国艺术协会为文尼莎·贝尔举办纪念画展。

　　　　克莱夫·贝尔去世。

1965 年，弗吉尼亚·伍尔夫的评论集《论当代作家》出版。

1969 年，伦纳德·伍尔夫去世。

1972 年，罗杰·弗莱的《书信集》出版。

1975 年，《弗吉尼亚·伍尔夫书信集》开始出版，至 1980 年出齐，共六卷。

1976 年，弗吉尼亚·伍尔夫的回忆录《存在的瞬间》出版。

1977 年，《弗吉尼亚·伍尔夫日记》开始出版，至 1984 年出齐，共五卷。

　　　　弗吉尼亚·伍尔夫的随笔集《书和画像》出版。

1985 年，弗吉尼亚·伍尔夫的《短篇小说全集》出版。

1986 年，《弗吉尼亚·伍尔夫散文集》开始出版（至今共出六卷）。

1993 年，《文尼莎·贝尔书信选》出版。

附录二

俄罗斯文学影响与伍尔夫的
现代主义美学实验

　　作为英国现代小说理论的主要倡导者、意识流小说大师和伦敦"布鲁姆斯伯里团体"的核心人物，弗吉尼亚·伍尔夫在小说观念革新、意识流技巧探索及女性主义文学理论的建构等方面，均对 20 世纪西方乃至中国的文学发展产生了重要影响。学术界对其现代主义美学探索与艺术实验的渊源，包括"布鲁姆斯伯里团体"美学家与艺术评论家罗杰·弗莱、克莱夫·贝尔等的视觉艺术观与形式论的浸染，以及乔伊斯、普鲁斯特、亨利·詹姆斯等的影响均有较为深入的阐述，但却往往忽略了其艺术理念的发展、成型与俄罗斯文化之间的隐在关联。其实，对包括文学、音乐、舞蹈、绘画等在内的俄罗斯文艺精髓的亲近与热爱，贯串了作为批评家与作家的伍尔夫一生。分析俄罗斯文学影响之与伍尔夫现代主义美学实验之间的关联，不仅可以更为准确地理解伍尔夫美学理想与艺术追求的来龙去脉，亦可见出俄罗斯文化在英国现代主义文学生成与发展中的重要意义。

一

　　作为"一个真正的读书种子"，从父亲莱斯利·斯蒂芬爵士在海德公园门藏书室培养起来的读书习惯，须臾没有离开过伍尔夫。她的传记作家迈克尔·罗森塔尔写道："希腊作家，法国作家，俄国作家，英国作家，美国作家；小说，戏剧，诗歌；回忆录，传记，书信，还有历史——她统统贪心地阅读，提到了拉德纳和纽卡塞公爵夫人就像她写到乔治·爱略特和索福克勒斯一样得心应手。"① 伍尔夫本人也认为："如果我们是作家，那么，只要能够表达出我们所希望表达的东西，任何方法都是对的。"② 因此，由兼收并蓄而培养起来的对各国文学的深厚造诣成为伍尔夫推动艺术革新的基础，而俄罗斯小说则为其现代小说理念的形成和意识流艺术技巧的探索提供了丰厚的滋养。

在 20 世纪初英国的俄罗斯文化热中，女翻译家康斯坦丝·加内特对 19 世纪俄罗斯名家名作的翻译，为英国读者呈现了一幅迷人的俄罗斯文学图景。她的译本也成为伍尔夫亲近俄罗斯文学大师的基本中介。布兰达·R. 西尔弗整理的《弗吉尼亚·伍尔夫阅读笔记》告诉我们，仅在阅读笔记中，伍尔夫提及屠格涅夫之处即达 12 次之多，阅读作品广涉《罗亭》、《贵族之家》、《前夜》、《父与子》、《烟》、《处女地》、《春潮及其他故事》等多部；关于陀思妥耶夫斯基的《被侮辱与损害的》一著，笔记中至少也有三处提及；托尔斯泰的《安娜·卡列尼娜》、《战争与和平》等当然更是伍尔夫精心研读的对象。③ 对于上述三位作家还有契诃夫等，伍尔夫还在相关书评或随笔中有精彩论述，并在自己的批评实践、小说探索中或多或少留下了参照与借鉴的痕迹。正如她在《重读梅瑞迪斯》一文中所言："那些俄国人大有可能征服我们，因为他们似乎拥有一种全新的小说概念，而且是一种比我们的概念更大、更清醒和深刻得多的概念。那种概念允许人类生活——以其一切宽度和深度、以其每一个层次的感情和细腻的思想——流进他们的作品之中，而又并不歪曲个人的怪癖或者习性。"④ 概而言之，19 世纪俄罗斯小说为伍尔夫提供了两个方面的宝贵启示：一是揭示人物的灵魂，二是提出与思考人生的重大问题。而具体到每一位俄罗斯大师身上，伍尔夫的接受侧重又有所不同。

---

① 刘炳善：《维吉尼亚·伍尔夫的散文艺术》（《书和画像·译序》），见维吉尼亚·伍尔夫《书和画像》，刘炳善译，生活·读书·新知三联书店 1994 年版，第 8 页。

② 刘炳善：《维吉尼亚·伍尔夫的散文艺术》（《书和画像·译序》），第 10 页。

③ Brenda R. Silver, *Virginia Woolf's Reading Notebooks*, Princeton：Princeton University Press, 1983.

④ 弗吉尼亚·伍尔芙：《伍尔芙随笔全集》Ⅳ，王义国等译，中国社会科学出版社 2001 年版，第 1594 页。

二

屠格涅夫始终是伍尔夫最为尊崇的俄罗斯作家之一。她在关于屠格涅夫的评论中，反复强调了作家严肃认真的写作态度、均衡简约的结构布局与意味隽永的思想深度。她起码公开发表过三篇有关屠格涅夫的书评。在刊登于 1921 年 12 月 8 日的《泰晤士报文学副刊》、评论加内特夫人所译的《两个朋友》及《三次相遇》等作的《屠格涅夫掠影》中，伍尔夫认为作家"对感觉的把握非常出色；他把月光，茶炊旁的人们，歌声，花儿，还有花园的温暖——他把这一切融为一体，汇成含义隽永的一刻"①；在发表于 1927 年 4 月 2 日的《文学馆》、讨论阿夫拉姆·雅莫林斯基所著《屠格涅夫：其人、其艺术及其时代》的《胆小的巨人》中，针对雅氏传记对屠格涅夫的多处批评，伍尔夫指出"在英国人所接触到的俄国著名作家中，屠格涅夫受到的待遇也许是最不公正的"②，盛赞他"不愧为一位伟大的艺术家"，"是个最经济的作家，最明显的一个表现是他自己决不在书中占地方。他从不对人物加以评论，他只把他们呈现在读者面前"③。她还高度评价了《父与子》，认为屠格涅夫从容地探讨了一系列棘手的问题，比如父子关系、新秩序与旧世界的关系等，"其手法之优美婉转、涵盖面之宽广令我们英国的作家汗颜"，在作品"那清澈的表层下面是无底的深度；它的简约中包含了一个广大的世界"④。结合伍尔夫的小说处女作《远航》的写作耗时经年，至少七易其稿的艰难历程，以及作家呕心沥血创作《雅各的房间》、"生命三部曲"及《岁月》《罗杰·弗莱》等的事实，我们认为，屠格涅夫与伍尔夫在艺术完美的追求上是有高度共鸣的。

根据爱德华·比肖所著《弗吉尼亚·伍尔夫年谱》⑤，我们发现，

① 弗吉尼亚·伍尔芙：《伍尔芙随笔全集》Ⅳ，王义国等译，中国社会科学出版社 2001 年版，第 1934 页。
② 同上书，第 1935 页。
③ 同上书，第 1937 页。
④ 同上。
⑤ Edward Bishop, *A Virginia Woolf Chronology*, London：The MacMillan Press, 1989.

1933 年 4—10 月间，伍尔夫一直在潜心研究屠格涅夫，同年 12 月 14 日在《泰晤士报文学副刊》发表的题为《屠格涅夫的小说》的书评，更是对屠格涅夫的艺术作出了较为全面的论述。首先，伍尔夫高度评价了屠格涅夫不仅"公正地观察事实"，而且"破译事实"的才能，指出他的小说"蕴含了诸多对立物，在同一页上我们能够得到嘲讽与激情，诗意与平庸，自来水的嘀哒与夜莺的歌声"①。屠格涅夫的诗意、穿透生活表层的"深度"和"追问人生的意义"② 的特点，为伍尔夫的人生探索提供了启示，强化了女作家重形而上智性思辨的创作指向。无论是《达洛卫夫人》中女主人公对生命中"重要的瞬间"的顿悟，还是《到灯塔去》中拉姆齐夫人对灯塔之光与生命价值隐在关联的会心和画家莉丽·布里斯科的精神求索，以及《海浪》对六个主要人物生命内在发展线索的探寻，亦无一不贯串着对存在意义的追问。

其次，屠格涅夫小说"非个人化"的特征也启发了女作家的批评与创作。伍尔夫指出："他没有用狂热的个人的情绪使小说只能成为昙花一现、受地域限制的短命作品。开口讲话的人类并不是一个披着雷霆外衣的预言者，而是一个试图理解一切的先知先觉者。"③ 在她看来，屠格涅夫能够摆脱来自个人和文化的诸种偏见，所以既有"平衡"又有"深度"，而这种"平衡"与"深度"，也是伍尔夫本人追求的艺术品质。A. H. 邦德指出，童年时代的伍尔夫即已在圣艾维斯的花坛前体悟到个体生命与世界万物的交融，此后，"这一主题——即每一个体自身并不完全，而只是一个更为宏大的整体的组成部分——总是在她所有作品中不断出现"④。雷纳·韦勒克的《近代文学批评史 1750—1950》在论述"布卢姆斯伯里团体"的批评家时，围绕伍尔夫的《普通读者》《普通读者二集》《花岗石与彩虹》《船长的临终病榻等随笔》中大量有关作家作品的评论，亦认为她的评判都是基于对"生活与艺术之间的这种恰当平衡是否达到了，

---

① 弗吉尼亚·伍尔芙：《伍尔芙随笔全集》Ⅱ，王义国等译，中国社会科学出版社 2001 年版，第 865—866 页。

② 同上书，第 868 页。

③ 同上书，第 870 页。

④ Alma Halbert Bond, *Who Killed Virginia Woolf?* New York：Human Sciences Press Inc.，1989，p. 30.

是否有所偏废而失去平衡"① 这一问题的回答。

再次，伍尔夫还从小说应探测人性的深度、挖掘"内在真实"的观念出发，高度重视屠格涅夫"捕捉情感"的洞察力："屠格涅夫并不将作品视作不间断的事件流动，而将它们当成是从某个中心人物身上流露出的情感的连续过程。"② 认为"尽管屠格涅夫在叙事上有点缺憾，但他捕捉情感的耳朵却十分灵敏，虽然他用不连贯的对比物，或从人物身上游离开去转而描绘天空森林什么的，但他真实的洞察力却将一切紧抓在一处"③。我们知道，20 世纪 20—30 年代正是伍尔夫以《贝内特先生与布朗夫人》、《狭窄的艺术之桥》、《妇女与小说》等文为现代主义小说美学大声疾呼、同时创作出最优秀的意识流小说的时期。应该说，对屠格涅夫及其他俄罗斯作家洞视人性的感悟伴随着伍尔夫的艺术实验进程，并潜移默化地对她发生着影响。

三

如果说伍尔夫从屠格涅夫那里学习得更多的是其认真的创作态度、优美的散文文体与完美的结构形式，她从陀思妥耶夫斯基、托尔斯泰和契诃夫身上借鉴更多的是重视心灵的精神主义，以及对人生目的的严肃思考。

从时间上看，陀思妥耶夫斯基作品对伍尔夫产生的影响较之屠格涅夫可能更早，并更多体现在对其"内在真实"观的佐证与支持上。即便她后来不无偏心地在日记中写道："只要阅读过屠格涅夫的作品，你就无法再读陀思妥耶夫斯基的小说。"认为屠格涅夫对作品反复修改、精心推敲，"以便清除一切不必要的枝节，而把真理显露出来；陀思妥耶夫斯基却不分主次，认为一切都是重要的"④。但在伍尔夫与爱德华时代老作家贝内特展开文学论战，宣称 1910 年 12 月，"人性改变了"⑤ 不满"物质

---

① 雷纳·韦勒克：《近代文学批评史 1750—1950》，杨自伍译，上海译文出版社 2002 年版，第 125 页。

② 弗吉尼亚·伍尔芙：《伍尔芙随笔全集》Ⅱ，第 867 页。

③ 同上书，第 867—868 页。

④ Leonald Woolf ed, *A Writer's Diary*, New York: A Harvest/HBJ Book, 1954, p. 210.

⑤ 弗吉尼亚·伍尔夫：《贝内特先生与布朗夫人》，见《论小说与小说家》，瞿世镜译，上海译文出版社 2009 年版，第 291 页。

主义"（matiarialism），要求抓住"生活本身"（life itself）、揭示"真正的真实"（the true reality）、描述"真实世界的歌唱"（the singing of the real world），通过生命中"重要的瞬间"去显示世界"隐藏的模式"的时刻，陀思妥耶夫斯基小说表现人物内心黑暗的非凡才能却无疑为伍尔夫形成和确立自己的美学观提供了成功的范例和榜样。

伍尔夫发表于 1917 年 2 月 22 日《泰晤士报文学副刊》的《再论陀思妥耶夫斯基》一文开始的一段话，即侧面反映了陀氏小说当时在英国受欢迎的程度："曾几何时，他以一种奇异的力量悄然潜入我们的生活。如今，他的书可以在英国最不起眼的图书馆的架子上找到；它们已成为我们日常家居陈设中不可或缺的一部分，也成为我们日常思想的一部分，这是我们的幸运。"① 1917 年，伍尔夫发表了两篇有关陀氏的专论：《未成年的陀思妥耶夫斯基》和《再论陀思妥耶夫斯基》。在《再论陀思妥耶夫斯基》中，她评价了陀氏在创作《白痴》与《群魔》间隙写成的《永恒的丈夫》，指出它虽然无法也无须与他的巨著相比，却"同样具有一种非凡的力量"②。文中分析维尔切尼诺夫心理的一段话，很容易让我们联想到伍尔夫同年发表的实验小说《墙上的斑点》，以及 1919 年问世的著名论文《论现代小说》中关于"内在真实"及人物心理流动的论述："在故事中，当维尔切尼诺夫面对血迹斑斑的剃须刀陷入沉思之时，一系列纷繁复杂的念头乃是如信马由缰般纷至沓来，这情形就像我们日常平静的意识之湖中忽然掉进一件吓人的东西，意识中各种念头开始搅动翻腾起来一样。从蜂拥而至的众多事物中我们时而选择这个、时而撷取那个，如此把它们毫无逻辑地编织进我们的思绪中；由一个词生发出的联想可以绕一大圈，最后又跳回到我们原来思想的主线中，进入下一段继续前进，而整个过程还让人觉得必然如此、清晰无比。但如果过后我们想要回忆起这个过程，就会发现各段念头之间的联系已隐没。连接的一环已沉入黑暗，只有各个思想的要点浮现在记忆中，标出所走过的路线。"③ 在伍尔夫看来，俄罗斯作家中唯有陀思妥耶夫斯基一人能够重新构想出那些昙花一现、刹那间的复杂的精神状态，重新把握瞬息万变的思想之流，捕捉它时现时

---

① 弗吉尼亚·伍尔芙《伍尔芙随笔全集》IV，第 1943 页。
② 同上书，第 1944 页。
③ 同上书，第 1946 页。

隐、逝去的轨迹，还能描画出大脑意识之下那个阴暗而隐约中似有无数不明之物攒动着的地下世界、那个"欲望和冲动于黑暗中盲目驰骋的所在"①，并使其跃然纸上、在文字中定格。在伍尔夫看来，这些才是真实的生活。由此，其"内在生活"观在陀思妥耶夫斯基的小说中得到了有力的印证。

1919 年 10 月 23 日，伍尔夫再度在《泰晤士报文学副刊》发表题为《陀思妥耶夫斯基在克兰福》的书评，讨论了包括《舅舅的梦》、《鳄鱼》和《困境》等在内的陀氏诸多作品，赞扬它们为陀氏"天才的即兴创作"，表现出"恣意挥洒"的"狂放的想象力"②。1922 年 1 月 12 日，伍尔夫还为艾美·陀思妥耶夫斯基的《费奥多·陀思妥耶夫斯基》撰写了书评《女儿眼中的陀思妥耶夫斯基》。

如果说就陀氏而言，对于心灵的全神贯注更多与其深刻而矛盾的宗教情愫相关的话，他对伍尔夫的影响则在于对生命深度与复杂性的探测，以及普泛的存在意义的追寻。《论现代小说》中对"心理幽暗区域"意义的提出，《贝内特先生与布朗夫人》中对"人物的真实性"的理解，可以说部分来自于对陀氏小说的体悟与发挥。伍尔夫如此写道："如果我们想了解灵魂和内心，那末除了俄国小说之外，我们还能在什么别的地方找到能与它相比的深刻性呢？"③ 在《贝内特先生与布朗夫人》中，她进一步说："俄国作家的目光会穿透血肉之躯，把灵魂揭示出来——只有那个灵魂，在滑铁卢大街上徘徊游荡，向人生提出一些极其重大的问题。"④ 她以"直觉"来概括陀氏的天才，在对陀氏"释读最黑暗的心灵、最难懂的心史"⑤ 的沉醉与体味中，潜心进行着自己的意识流小说探索。不难发现，陀氏的《白痴》和伍尔夫于 1925 年出版的《达洛卫夫人》在深入挖掘人的精神生活与心理方面，存在诸多相似之处。梅思金公爵与退伍老兵赛普蒂默斯两人都经历了"物质感"的丧失，只剩下对于现实的扭曲意识。在与现实格格不入和自我外化于权力体制这一点上，赛普蒂默斯同样是一个不折不扣的"白痴"。此外，梅思金公爵和达洛卫夫人还都以旁观者的

① 弗吉尼亚·伍尔芙《伍尔芙随笔全集》IV，第 1946 页。
② 同上书，第 1950 页。
③ 弗吉尼亚·伍尔夫：《论现代小说》，见《论小说与小说家》，第 12 页。
④ 弗吉尼亚·伍尔夫：《贝内特先生与布朗夫人》，见《论小说与小说家》，第 297 页。
⑤ 弗吉尼亚·伍尔芙：《伍尔芙随笔全集》IV，第 1947 页。

身份，默默体验着孤独感。而作为 20 世纪现代主义潮流中自觉实践先锋美学的作家，伍尔夫又进一步将陀氏表现人物冥思、内心骚乱及日常生活在人物灵魂中的散射的技法推向了更其完美的地步。

四

《弗吉尼亚·伍尔夫年谱》中所记伍尔夫与托尔斯泰的因缘也颇为深厚：1917 年 2 月 1 日，伍尔夫在《泰晤士报文学副刊》发表了有关《〈哥萨克〉及其他故事》的书评《托尔斯泰的〈哥萨克〉》；1920 年 5 月，她和 S. S. 科特兰斯基（S. S. Koteliansky）合作译出了高尔基的《回忆列夫·托尔斯泰》（*Reminiscences of Leo Tolstoi*），同年在霍加斯出版社出版。当年 8 月 7 日，她还就该书发表了一篇题为《高尔基论托尔斯泰》的书评；1922 年，霍加斯出版社出版了《托尔斯泰夫人自传》；1923 年 4 月18 日与 25 日，她的《与托尔斯泰交谈：披露这位俄国伟人生平的日记》（"Talks with Tolstoi: Revealing Diary about the Life of the Great Russian"）一文先后发表于《卡塞尔周刊》。同年，霍加斯出版社又出版了保罗·伯尤科夫（Paul Biryukov）所著、S. S. 科特兰斯基和伍尔夫合作翻译的《托尔斯泰情书集，附托尔斯泰作品中自传因素的研究》（*Tolstoi's Love Letters*, *with a study of the Autobiographical Elements in Tolstoi's Work*）一书；1926 年 1 月，伍尔夫听过托尔斯泰女儿有关父母的一次演讲。同年 3 月24 日，日记中有读托尔斯泰《安娜·卡列尼娜》的记载；1929 年 1 月 8日的日记显示，她同时在读巴尔扎克与托尔斯泰的作品；1936 年，霍加斯出版社再度出版了路德维格·佩诺（Ludvig Perno）翻译的托尔斯泰《论社会主义》一书。伍尔夫曾经的密友、《奥兰多》中奥兰多的原型、女作家薇塔·萨克威尔－韦斯特之子奈吉尔·尼可森在为伍尔夫所作传记中的描述，也证实了伍尔夫积极了解俄罗斯文化、参与托尔斯泰著作翻译的努力："她积极学习俄文，并想要帮助山穆尔·寇特兰斯基著手翻译托尔斯泰的情书。"① 1937 年 2 月 14 日，伍尔夫还读了 A. 莫德（A. Maude）

---

① 奈吉尔·尼可森：《找不到出口的灵魂——吴尔芙的美丽与哀愁》，洪凌译，左岸文化事业有限公司 2002 年版，第 95 页。

翻译的《最后的挣扎：托尔斯泰伯爵日记 1910》（*The Final Struggle, Countess Tolstoy's Diary*，1910）。①

由上述史料看来，对托尔斯泰包括日记、情书、中长篇小说、政论、回忆录等文体在内的众多著作及相关传记资料的阅读贯串了伍尔夫自10—30 年代的生涯，而这也正是她自文学批评起步、以《远航》开始其文学远航、并奏响其最为华彩的人生乐章的时期。她还积极推动霍加斯出版社出版托尔斯泰的著作，并通过参与翻译这一途径缩短自己与俄罗斯文学的距离。因此，托尔斯泰的作品陪伴了伍尔夫作为一位现代小说美学探索者与意识流大师的成长，而伍尔夫心目中最伟大的俄国小说家亦是托尔斯泰。她的随笔告诉我们，她热爱并能如数家珍般地娓娓分析的托尔斯泰作品即有《哥萨克》、《战争与和平》、《安娜·卡列尼娜》、《家庭幸福》、《克莱采奏鸣曲》等多部。即便承认经过翻译，原作的精彩之处无疑受到了折损，伍尔夫还是觉得托尔斯泰使自己"被置于高山之巅，并且有一架望远镜送到了我们手中"②。

《俄国人的观点》是收入《普通读者》的一篇长文，集中表达了伍尔夫对契诃夫、陀思妥耶夫斯基和托尔斯泰的敬仰之情，并论及俄罗斯民族气质与文学风格和英国的差别。文中，她高度赞扬了托尔斯泰笔下人物执着的精神探索，认为"在他的著作的中心，总有一位奥列宁、皮埃尔或列文，他们已经取得了所有的人生经历，能够随心所欲地对付这个世界，但他们总是不停地问，甚至在他们享受生活的乐趣之时也要问：生活的意义是什么，我们人生的目的又应该是什么"③。在托尔斯泰笔下，不断进行道德审视、追求自我精神完善的自传性主人公贯串于其小说创作的始终；而在伍尔夫这里，自其文学处女航开始，具有作家一定自我色彩的人物如雷切尔（《远航》）、凯瑟琳（《夜与日》）、达洛卫夫人（《达洛卫夫人》）、莉丽（《到灯塔去》）、罗达与珍妮（《海浪》），甚至《岁月》中的埃莉诺亦可排成一个长长的系列，紧张地探索着生命与死亡、时间与空间、物质与精神、有限与无限、爱情与婚姻、历史与现实等重大命题。精神价值是托尔斯泰笔下优秀的贵族主人公的基本追求，也是构成伍尔夫小

---

① Edward Bishop, *A Virginia Woolf Chronology*, London：The MacMillan Press，1989.

② 弗吉尼亚·伍尔夫：《俄国人的观点》，见《论小说与小说家》，第247 页。

③ 同上书，第248 页。

说高贵的精神主义特征的底蕴。

五

　　和凯瑟琳·曼斯菲尔德一样，伍尔夫同样与契诃夫结下了不解之缘。曼斯菲尔德与伍尔夫一方面是文学上的竞争对手，另一方面又对彼此的才华惺惺相惜。对契诃夫的共同欣赏，也成为联结两位女作家的精神纽带之一。曼斯菲尔德不仅自己创作近于契诃夫风格的短篇小说，亦与伍尔夫分享亲近契诃夫的心得。1918 年 5 月 16 日，伍尔夫在《泰晤士报文学副刊》发表了关于契诃夫《〈妻子〉及其他故事》的书评《契诃夫的问题》，曼斯菲尔德对此十分欣赏。① 对于伍尔夫的《墙上的斑点》，曼斯菲尔德爱不释手，对《论现代小说》也深表赞许。② 1919 年 8 月 14 日，伍尔夫发表了关于契诃夫小说集《〈主教〉及其他故事》的另一篇书评《俄国背景》。1920 年，伍尔夫夫妇和 S. S. 科特兰斯基合译过契诃夫的作品，1921 年由霍加斯出版社出版。1923 年 8 月 10 日的日记表明，她又在阅读契诃夫。③ 除了专门的书评和翻译外，伍尔夫亦在《论现代小说》、《俄国人的观点》等文中一再论及契诃夫的小说，尤其推崇契诃夫淡化情节和设置开放式结局的小说艺术。

　　在《俄国背景》中伍尔夫写道，通过阅读契诃夫，"如今我们已认识到，没有结尾的故事也是故事；就是说，虽然它给人留下的是一种忧郁的印象，可能还有些疑惑的感觉，但它仍然为思想提供了一个立足点——它是一个实实在在的存在物，在我们的回味与思索中投下道道阴影"④。在《论现代小说》中，伍尔夫以契诃夫的短篇小说《古雪夫》为范例，论及现代小说在题材上的变化、细节处理上的特点、"侧重点"的不同、"不同形式的轮廓"以及"扑朔迷离、未下结论"的结局⑤；在《俄国人的

---

　　① 见 1918 年 5 月 29 日曼斯菲尔德致伍尔夫信。John Middleton Murry ed, *The Letters of Katherine Mansfield*, volume I, New York：Knopf, 1928, p. 183.

　　② 见 1919 年 4 月曼斯菲尔德致伍尔夫信。John Middleton Murry ed, *The Letters of Katherine Mansfield*, volume I, New York：Knopf, 1928, p. 227.

　　③ Edward Bishop, *A Virginia Woolf Chronology*, London：The MacMillan Press, 1989.

　　④ 弗吉尼亚·伍尔芙：《伍尔芙随笔全集》Ⅳ，第 1953 页。

　　⑤ 弗吉尼亚·伍尔夫：《论现代小说》，见《论小说与小说家》，第 11—12 页。

观点》中则进一步指出，契诃夫那种当初被人认为"漫不经心、毫无结论、充满烦琐细节的创作方法，现在看来却是出乎一种优雅细腻的独创性和极其讲究的艺术趣味"。结果，"当我们阅读这些完全没有结论的小故事之时，我们的眼界开阔了，我们的灵魂获得了一种令人惊奇的自由感"①。伍尔夫认为打破线性结构、淡化外在物质现实的罗列和并不提供一个武断而强加于读者的现成结论，都是符合现代生活的发展逻辑和小说形式革新的必然的。这些追求也都在她自己的小说创作中鲜明地体现了出来。

伍尔夫同样认为"灵魂"在契诃夫小说中扮演着举足轻重的角色，但又敏锐地指出了他与陀思妥耶夫斯基在表现"灵魂"方面的差异，认为"在契诃夫的作品中，灵魂是细腻微妙的，容易被无穷无尽的幽默和愠怒所左右"；而在陀氏那里，它"易患剧病和高热，……与理智关系甚微"②。在《俄国人的观点》中，她准确概括出了契诃夫、陀思妥耶夫斯基和托尔斯泰在个性、气质与文学表现上的差异性，表现出一位具有非凡的艺术直觉与纯正的艺术品味的批评家的洞察力。

此外，伍尔夫对契诃夫戏剧也情有独钟。1926 年 10 月 25 日和 1938 年 3 月 9 日，她两度观看了《三姐妹》的演出。1933 年 10 月 13 日，在看过《樱桃园》的演出后，还在给昆汀·贝尔的信中讨论是否可以将该剧移植到英国，用英文演出。③ 1937 年 2 月 16 日，她又观看了《万尼亚舅舅》的演出。④

以屠格涅夫、陀思妥耶夫斯基、托尔斯泰和契诃夫等为代表的 19 世纪俄罗斯文学不仅以其"单纯朴素、富于人性的品质"⑤ 和以"灵魂"为表现中心的特点赢得了伍尔夫的热爱和推崇，成为她理解与再现生活的经验底色，它同样构成了她对本国及其他国家的作家作品加以品评的参照。作为一位以文学批评开始步入文学之途的作家，伍尔夫在大量撰写批评随笔时，总是对俄罗斯作品信手拈来，似乎它们已成为她考察、评估批评对象艺术高下的不可或缺的坐标。

---

① 弗吉尼亚·伍尔夫：《俄国人的观点》，见《论小说与小说家》，第 243 页。
② 同上书，第 244 页。
③ Edward Bishop, *A Virginia Woolf Chronology*, London：The MacMillan Press, 1989, p. 160.
④ Edward Bishop, *A Virginia Woolf Chronology*, London：The MacMillan Press, 1989.
⑤ 弗吉尼亚·伍尔夫：《俄国人的观点》，见《论小说与小说家》，第 239 页．

　　收入《花岗岩与彩虹》的随笔《重读梅瑞迪斯》，即以俄罗斯作家为参照，精彩评述了英国作家乔治·梅瑞迪斯的小说特色与成就。梅瑞迪斯擅长人物心理刻画，其内心独白技巧亦为意识流小说之先导。J. H. E. 克里斯著有《乔治·梅瑞迪斯：他的作品和人格研究》一书。《重读梅瑞迪斯》即是伍尔夫发表于 1918 年 7 月 25 日《泰晤士报文学副刊》上的对该著的评论。评论 18 世纪英国作家斯泰恩的《感伤旅行》同样如此。在伍尔夫看来，这位《项狄传》与《感伤旅行》的作者正是以对内心世界的精细挖掘而与传统的游记作者区别了开来，并拥有了对于文学发展的先驱意义的："斯特恩把自己意识中的崎岖小路看得比通衢大道的旅行指南更重要，就这一点而言，他令人折服地接近我们的世纪。"[1] 而在评论美国作家亨利·詹姆斯的小说《梅茜所知道的》的《论心理小说家》中，伍尔夫在论析詹姆斯的心理描写艺术及给读者带来的阅读快感时，亦"很自然地转向普鲁斯特的作品"[2]，又"直接从普鲁斯特的世界走向陀思妥耶夫斯基的世界"[3]，灵动地穿梭于《追忆似水年华》与《群魔》特色的比较分析之中，呈现出詹姆斯、普鲁斯特与陀思妥耶夫斯基的不同特点。

　　而除了上述俄罗斯文学的影响之外，19 世纪末到 20 世纪早期，以俄罗斯芭蕾舞等为代表的俄罗斯艺术也受到英国知识界的极大关注，成为催生俄罗斯文化热的重要因素。彼时，白银时代的俄罗斯艺术在与西方各种思潮的撞击之下正以融入了本族传统和东方风情的特异风貌深刻影响了西方艺术的发展，特别是给急欲从保守的维多利亚传统中挣脱而出的英国吹来了一股强劲的清风，为以"布鲁姆斯伯里团体"为中心的伦敦现代主义的形成与发展起到了重要作用。伍尔夫美学思想的形成及其文本实验，亦是受到俄罗斯艺术文化的影响的。伊·斯特拉文斯基（Igor Stravinsky）作曲的芭蕾舞剧《火鸟》《春之祭》和《乡村婚礼》等，对伍尔夫的多部小说如《远航》《雅各的房间》《达罗卫夫人》《奥兰多》《海浪》《岁月》和《幕间》均有潜移默化的影响。[4] 结合 1909 年"俄罗斯芭蕾舞

---

　　① 弗吉尼亚·伍尔夫：《感伤旅行》，见王春元、钱中文主编《英国作家论文学》，生活·读书·新知三联书店 1985 年版，第 453 页。

　　② 弗吉尼亚·伍尔夫：《论心理小说家》，见《论小说与小说家》，第 268 页。

　　③ 同上书，第 271 页。

　　④ See "Her Quill Drawn from the Firebird: Virginia Woolf and the Russian Dancers", in Diane F. Gillespie ed, *The Multiple Muses of Virginia Woolf*, Columbia and London: University of Missouri Press, 1993, pp. 180 – 226.

团"开始在伦敦演出，米·拉里翁诺夫（Mikhai Larionov）和娜·贡恰洛娃（Natalya Goncharova）夫妇于 1910 年 12 月在莫斯科展出了具有浓郁立体画派特征及其变体光辐射主义（Radiantism）倾向的画作，以及 1912 年在伦敦举办了包括他们作品在内的第 2 次"后印象主义画展"① 等史实来看，将俄罗斯舞蹈、音乐与绘画艺术的影响列为理解伍尔夫作出 1910 年 12 月左右，"人性改变了"② 之论断的背景之一，或许也不无道理。

概而言之，19 世纪末 20 世纪初，特别是一战前后，英国作家迫切需要新的形式以表达复杂而多变的世界与个人体验。俄罗斯文学所呈现的独特俄罗斯性格、精神及其对人物灵魂的深刻洞察，对正在苦苦探索新的文学表现内涵与艺术手法，思虑"生活"本质的伍尔夫提供了启示，与她的现代美学观念相契合，成为滋养她现代小说理论的精神资源，以及她破除积弊，推进与革新现代英国小说艺术的重要参照；而俄罗斯艺术亦以不同凡响的技巧、韵律与激情，激发了作家的创新意识与创作冲动。当然，正如希腊神话中的缪斯由九位女神共同组成一样，伍尔夫的缪斯也包含着多元文化因素。她正是在包括本国、希腊及其他欧洲国家的文化传统，来自东方、包括古老中国的文明，以及呈现出东西方文化兼容特色的俄罗斯文学艺术的共同影响下，将现代主义小说艺术推向高峰的。

---

① 伦纳德·伍尔夫和罗杰·弗莱为此次画展的秘书。文尼莎·贝尔的画作也在展览之列。
② 弗吉尼亚·伍尔夫：《贝内特先生与布朗夫人》，见《论小说与小说家》，第 291 页。

附录三

伍尔夫美学探索背后的
俄罗斯艺术底蕴

　　作为意识流小说大师和伦敦"布鲁姆斯伯里团体"的核心人物，弗吉尼亚·伍尔夫的艺术探索深受"布鲁姆斯伯里团体"美学家与艺术评论家罗杰·弗莱、克莱夫·贝尔等的形式观的影响，以及乔伊斯、普鲁斯特、亨利·詹姆斯等的心理描写技巧的浸染，这一点已为学界所公认。然而，伍尔夫现代小说理念的成型与俄罗斯文艺之间的隐在关联却尚未获得应有的重视。其实，正如希腊神话中的缪斯由九位女神组成那样，伍尔夫的缪斯也包含多元文化因素，其中既有希腊、本国及其他欧洲国家传统的滋养，来自东方甚至中国文明的影响，亦有在地域与文化上兼容东西方特色的俄罗斯文学艺术的熏陶。分析俄罗斯艺术之与伍尔夫美学探索之间的关联，不仅可以准确地理解伍尔夫艺术追求的来龙去脉，亦可见出俄罗斯艺术在英国现代主义文学生成与发展中的重要意义。

一

　　19 世纪末到 20 世纪早期，和俄罗斯文学的风行一样，俄罗斯音乐、芭蕾、歌剧演出与绘画展览也受到英国知识界的极大关注，并直接催生了俄罗斯文化热的兴起。彼时，在与外来文化、尤其是西方各种先锋艺术思潮的撞击之下，俄罗斯艺术正在步入群星熠耀的白银时代。而在融入本土文化传统和浓郁的东方风情之后，俄罗斯艺术又以特异的风貌深刻影响了西方艺术的发展，特别是给急欲从保守的维多利亚传统中挣脱而出的英国吹来了一股强劲的清风，为以"布鲁姆斯伯里团体"为中心的伦敦现代主义的形成与发展起到了重要作用。伍尔夫美学思想的形成及其现代主义小说实验，亦受到了俄罗斯艺术文化的强有力影响。

　　19 世纪 90 年代后期到 20 世纪初，莫斯科大剧院和彼得堡的玛利亚剧院这两座俄罗斯最大的歌舞剧院，显示出追踪艺术发展潮流、努力提高艺术水准的趋向。在艺术革新者的努力下，俄罗斯芭蕾舞成为融舞蹈、音乐与绘画为一体，具有丰富的美学内涵和文化价值的艺术形式。两大剧院的不少舞蹈家后来均成为享有世界声誉的艺术家，为俄罗斯芭蕾走向世界作出了贡献。

　　在此过程中，俄罗斯芭蕾艺术大师兼经纪人谢尔盖·加吉列夫的成就尤显突出。20 世纪初叶，加吉列夫即集中了一批俄罗斯舞蹈家组建了"俄罗斯芭蕾舞团"。自 1909 年起，他在巴黎连续数年组织了名为"俄罗斯芭蕾舞演出季节"的活动①。自 1911 年起，这个"演出季节"被固定下来，并一直延续到"十月革命"之后。加吉列夫大胆起用了年轻的作曲家伊·斯特拉文斯基为芭蕾舞剧《火鸟》作曲。1910 年 6 月 25 日，《火鸟》在巴黎歌剧院首演，引起轰动。该剧由米哈伊尔·福金根据一个古老的俄罗斯传说改编而成，讲的是王子伊万猎获一只神奇的火鸟又放其归去。火鸟赠与王子一根闪光的羽毛为谢。王子发现 13 位少女在金苹果树下游戏，并爱上了其中一位。她们原是公主，被魔王囚禁而昼伏夜出。王子追随少女，被魔王发现，险变为石人。王子想起闪光的羽毛，在火鸟帮助下置魔王于死地，救出少女，并与心仪的公主成婚。斯特拉文斯基吸收了新世纪新音乐的元素，采用印象派音乐手法，使作品的魔幻氛围逼真动人；同时，他的作曲又因依然植根于俄罗斯音乐的深厚土壤而处处流溢出浓郁的民族风格。一夜之间，斯特拉文斯基声名鹊起。作曲家德彪西亦于演出结束后会见了斯特拉文斯基，表达了自己的欣赏之情。此后，《火鸟》作为"俄罗斯芭蕾舞团"的代表性剧目在欧洲各大都市常演不衰。它及其斯特拉文斯基为"演季"创作的三部芭蕾舞曲中的第二部《彼特鲁什卡》（1910）、第三部《春之祭》（1913）等，均以非同凡响的激情、韵律与活力而对整个 20 世纪的西方音乐、舞蹈与戏剧创作产生了深远影响。演季的开始亦标志着舞蹈作为高水准的文化娱乐活动中最具有现代性

_____

　　① 2009 年恰逢"俄罗斯芭蕾舞团"诞辰一百周年，欧洲各地和美国都举办了一系列的纪念展览。

的媒介，而开始取代瓦格纳式的传统浪漫主义歌剧。

二

俄罗斯音乐与芭蕾艺术不仅使凯瑟琳·曼斯菲尔德为之迷醉，也成为伍尔夫精神世界的重要内容。1909 年 6 月，加吉列夫芭蕾舞团在首席舞蹈家卡萨维娜（Karsavina）率领下在巴黎首演成功后，即赴伦敦大剧场（Coliseum）演出了 6 周。伍尔夫与莫瑞尔夫妇共同观赏了卡萨维娜美轮美奂的演出。1910 年 7 月，芭蕾舞团自巴黎再度回到伦敦大剧场演出，俄罗斯芭蕾开始成为伦敦知识分子热议的话题。1911 年，伦纳德·伍尔夫写道：人们蜂拥着"一夜又一夜……挤到考文垂花园，被一种新的艺术所迷醉"①。对这一盛事，居于伦敦文化艺术中心的伍尔夫和身为画家的姐姐范尼莎·贝尔自然不会无动于衷。1912 年，《火鸟》在伦敦首演，整个城市为之疯狂。伍尔夫和罗杰·弗莱一同观看了此剧。1913 年 6—7 月间，《春之祭》上演，伍尔夫再度兴致勃勃地前往观看。斯特拉文斯基以大胆的节奏与不和谐的和弦模拟了人类举行太阳神祭祀和节庆活动时质朴而强烈的激情，给伍尔夫留下了深刻的印象。

本来在友人萨克逊·锡德尼－特纳的影响下，伍尔夫更其欣赏瓦格纳的歌剧。据昆汀·贝尔的《伍尔夫传》，1909 年夏，伍尔夫还和弟弟艾德里安以及萨克逊专程来到德国的拜罗伊特（Bayreuth）② 欣赏瓦格纳的歌剧。③ 正是在这段时间内，伍尔夫亲身感受到了传统的歌剧形式与俄罗斯芭蕾艺术的对比。1913 年，伍尔夫夫妇在伦敦考文垂花园的皇家歌剧院再度欣赏了《尼伯龙根的指环》。但她接着发誓说自己再也不会听这玩意了："我的眼睛被擦伤了，我的耳朵被吵麻木了，我的大脑只是块浆状布丁——噢，那种噪音，那种热度，那过去曾一度使我为之倾倒的声嘶力竭

① See Evelyn Haller, "Her Quill Drawn from the Firebird: Virginia Woolf and the Russian Dancers", in Diane F. Gillespie ed, *The Multiple Muses of Virginia Woolf*, Columbia and London: University of Missouri Press, 1993, p. 187.

② 瓦格纳主义的圣地，定期举办"瓦格纳歌剧节"，尤以上演瓦格纳的《尼伯龙根的指环》著称。

③ 昆汀·贝尔：《伍尔夫传》，萧易译，江苏教育出版社 2005 年版，第 159 页注释 1。

的多愁善感，如今让我觉得无动于衷。"① 而俄罗斯芭蕾在《天方夜谭》
《火鸟》《彼特鲁什卡》《春之祭》《玫瑰花魂》《乡村婚礼》等剧目的演
出中所体现出来的那种忠实于时代的步履，对不断变化的追求与避免程式
化的单一美学风格的强调，生机勃勃的活力和热烈奔放的异国情调，都体
现出与现代主义美学理念的相通之处，亦与以马利涅蒂为代表的意大利未
来主义者强调刻画运动中的事物形态和运动中的人物形象，着力表现现代
生活"动"与"乱"的节奏的艺术主旨和弃旧图新的豪迈气势相合。所
以在 1910—1932 年间，马利涅蒂发表了一系列未来主义的宣言，全面否
定传统戏剧，认为追求真实性是"愚蠢行径"，主张"在舞台上展示我们
的智力从潜意识、捉摸不定的力量、纯抽象和纯想象中发掘出来的一
切"。他也才会以彻底的反传统姿态于 1914 年宣称"去他的瓦格纳的尸
体吧""这些玩意不再时髦了！"所以现代主义艺术探索是时代发展的必
然，它在各国文学中获得印证并彼此声援。罗兰·斯特龙伯格写道："要
是把从 1890 年到 1910 年间所有的美学'宣言'汇编成书，决不会少于
730 个。……它们的共同之处是激进的实验主义倾向：偏离传统的现实主
义，在抽象的形式或内心的幻象中寻找更深刻的现实。"② 而在这其中，
俄罗斯元素不仅为整个欧洲的艺术革新提供了支持，亦直接推动了英国现
代主义美学的发展："对于那些难以欣赏东正教礼拜圣歌和俄国流行音乐
的人来说，斯特拉文斯基放肆重复的乐句和强烈的节奏，似乎是对某种野
蛮原始的东西赤裸裸的暴露。对于那些习惯于欣赏在舞台上以渐渐隐没
的森林景象作为流畅均衡的芭蕾舞剧情发展的框架的人来说，令人惊异
的舞台背景和有棱角的健美的舞蹈设计震撼了观众，使他们有了一种舞
台动力学的新观念。恰恰就是佳吉烈夫的新芭蕾舞的题材，被视为对传
统西方贵族文化自诩的'高雅'和文雅及其许多民间传统的柔弱性质
的直接挑战。"③ 由此，伦敦逐渐成为具有现代特色的艺术的国际传播
中心之一。

---

① 昆汀·贝尔：《伍尔夫传》，第 214 页。

② 罗兰·斯特龙伯格：《西方现代思想史》，刘北成、赵国新译，中央编译出版社 2005 年
版，第 373—374 页。

③ 安德鲁·桑德斯：《牛津简明英国文学史》，谷启楠等译，人民文学出版社 2006 年版，
第 529 页。

三

　　1911 年，剑桥才子、诗人鲁帕特·布鲁克在观看了加吉烈夫芭蕾舞团在伦敦考文垂花园剧院举行的英王加冕庆典演出后，热情洋溢地写道："如果有什么东西能够挽救我们的文明，那就是他们，如果能让我成为一名芭蕾舞设计师，我愿放弃一切。"① 作为伍尔夫多年的朋友，布鲁克与"布鲁姆斯伯里团体"关系密切，并与伍尔夫的密友之一凯瑟琳·考克斯发生过恋情。死于一战战场后，他还与伍尔夫的哥哥托比一道，共同成为了伍尔夫小说《雅各的房间》中雅克的原型。布鲁克的热情，在当时伦敦知识分子中颇有代表性。

　　这一过程中，伍尔夫正在撰写批评随笔的同时逐步摸索艺术技巧，创作其小说处女作《远航》。《远航》中，伍尔夫以自身的经历为一定基础，表现了自幼丧母的女主人公雷切尔精神成长的过程。在南美度假区旅馆为苏珊和阿瑟举办的订婚舞会是伍尔夫浓墨重彩精心绘制的场景。已届中年的海伦·安布罗斯情不自禁地加入了旋转的人流，声称自己"可以一直跳下去"，评价周围的舞客"跳得多拘谨"，认为"他们更应该让自己放开！""应该尽情地跳跃、摇摆"② 。也许是她的这种对比让埃利奥特太太想到了热烈奔放的俄罗斯舞蹈，她马上问道："你见过那些神奇的俄国舞蹈家吗？"③ 跳舞使安布罗斯太太的美貌因脸上的红润和活力而越发显著，许多人的目光情不自禁地追随着她。到了下一个回合，小说更是以雷切尔即兴的钢琴演奏，使舞会的狂欢超出了原先的预期而直达天亮。她将奏鸣曲、小步舞曲、进行曲、颂歌和圣歌随手拈来，"大胆地改编着强弱的变化，简化节奏"，不仅使得"大厅里的所有人都或结对或单独地跳了起来"，而且颠覆了 19 世纪以来英国上流社会舞会应有的形式，打破了男女配跳的规矩。安布罗斯太太一把抓住向来矜持的艾伦小姐的胳膊"开始围着舞厅旋转起来"；自负的圣约翰·赫斯特跳起了"不可思议的"怪

---

① 转引自安德鲁·桑德斯《牛津简明英国文学史》，第 529 页。
② 弗吉尼亚·吴尔夫：《远航》，黄宜思译，人民文学出版社 2003 年版，第 178 页。
③ 同上。

异舞步；特伦斯·黑韦特"模仿一个印度的少女在酋长面前的妖娆梦幻般的舞姿"；一向严肃无趣的帕波先生将花样溜冰的动作融入了自己的舞步；庄重的瑟恩伯里太太舞起了自己记忆中的乡村舞蹈；而埃利奥特夫妇则驰骋舞池，无视他人的存在。① 对于大多数英国游客而言，这是一次让他们得以放下身段、抛开约束、放纵自我的难得机会。由此，欢快自由的俄罗斯式节奏与旋律在与刻板保守的英国舞蹈的对比中，凸显了自身的创造性力量。这一与《彼特鲁什卡》中的狂欢相呼应的场景，亦有力地表现了雷切尔摆脱正统文化压制而正视内心自由的小说主题。

1918 年、1919 年和 1921 年，莉迪娅·洛波可娃（Lydia Lopokova）作为加吉列夫芭蕾舞团的首席舞蹈家来到伦敦，在《奇异的玩具店》《仙女》和《睡美人》中翩翩起舞。"布鲁姆斯伯里团体"另一重要成员、经济学家梅纳德·凯恩斯很快成为她热情的崇拜者，并将之介绍给伍尔夫和文尼莎·贝尔。漂亮、活泼的洛波可娃很快成为"布鲁姆斯伯里"文化圈中一个具有浓郁异国风情的象征，优雅、美与艺术的化身。根据《伍尔夫传》，1923 年 9 月 11 日，在和梅纳德·凯恩斯、莉迪娅·洛波可娃在斯塔德兰相处之后，伍尔夫写道："我想留意莉迪娅，照她来描写 Rezia；而且确实留意到了一两件事儿。"② 莉迪娅不仅成为伍尔夫塑造《达洛卫夫人》中退伍老兵赛普蒂默斯的意大利妻子的原型之一，更在 1925 年与凯恩斯婚后，为布鲁姆斯伯里艺术的发展打开了另一扇门。

1927 年 10 月，伍尔夫开始了《奥兰多》的写作，并于一年后出版了这部以挚友维塔·萨克维尔－韦斯特为主人公原型的、具有传奇色彩的小说。第六章中，在想象奥兰多从伦敦返回乡间后迅速换装的摸样时，作家一定又忆及了洛波可娃的矫健舞姿："看奥兰多在不到三分钟的时间里脱下裙子，换上马裤呢马裤和皮夹克，人们会陶醉在运动的美感之中，彷佛鲁波科娃夫人在表演她那炉火纯青的艺术。"③ 1932 年，伍尔夫在致女友埃赛尔·史密斯的信中，再度论及她观看洛波可娃主演的芭蕾舞剧后的感受："我发现，它能够包含全世界所有的一切——一个像那样的小小的主

---

① 弗吉尼亚·吴尔夫：《远航》，黄宜思译，人民文学出版社 2003 年版，第 185 页。
② 昆汀·贝尔：《伍尔夫传》，萧易译，江苏教育出版社 2005 年版，第 296 页注释 1。
③ 弗吉尼亚·伍尔夫：《奥兰多》，林燕译，人民文学出版社 2003 年版，第 186 页。

题却能囊括整个世界，这是多么迷人啊！"① 1934 年，文尼莎·贝尔亦亲自为莉迪娅·洛波可娃的舞蹈设计布景，埃赛尔·史密斯为之提供音乐设计。至此我们看到，布鲁姆斯伯里的文学艺术家已经和俄罗斯舞蹈产生了水乳交融的关系。

而从对具体文本的影响来看，《火鸟》在伍尔夫《雅各的房间》《奥兰多》《海浪》和《幕间》中都留下了或隐或显的痕迹，而《春之祭》对《奥兰多》、《海浪》和《幕间》的影响也有迹可循。比如《海浪》作为伍尔夫挑战传统叙述模式、最具实验色彩的作品，不仅包含着作家对生命普遍命题的哲理思考，亦在形式上借鉴了芭蕾舞剧的音乐与结构形式。作品表现了珍妮、罗达、苏珊、伯纳德等六人由童年、成年直至老年和死亡的整个生命历程，基本上由他们在人生不同阶段的独白所构成。六人的独白分别具有独特的气质与姿态，仿佛舞台上六种风格各异的独舞，或六个声部奏响的不同曲调。而六种内心独白作为人性各个永恒的侧面所发出的声音，又在对比中组合起来，汇成人类总体的生命合唱，组合而为一个相互关联的有机整体。小说最后部分，伯纳德在想到自己朋友时的感触也证明了这一点："这是多么美妙复杂的一曲交响乐啊，包含着和谐音与不谐和音，包含着高音部和复杂的、时而低沉时而昂扬的低音部！每个人都在演奏他自己的曲调，用小提琴、长笛、小号、鼓或者随便什么其他的乐器。"② 而从具体人物来看，六人中的珍妮可说最近似于芭蕾舞台上那只神秘而美丽的火鸟。这位具有敏锐的肉体感受力、渴望生活与爱情的奔放女性，在伯纳德的想象中"在那棵树的上方闪烁着她的火光。她的样子像一朵皱巴巴的罂粟花，非常狂热，渴望着痛饮干燥的尘埃。……她胸有成竹地走来了。于是就有很多小小的火焰，蜿蜒散布在干燥土地的裂缝上面。她使那些柳树摇曳起舞"③。而当"一种美丽的、犹如传说中的幻影似的鸟儿、鱼或者边缘火红的云朵突然出现"④ 时，灵感又会电光火石般在伯纳德的眼前闪现。此外，《奥兰多》中直接出现了影响主人公命运的俄罗斯公主萨莎那任性多变、冷艳迷人的形象；《幕间》中亦表现出对俄

---

① Nigel Nicolson and Joanne Trautmann eds, *The Letters of Virginia Woolf*, Vol. Five (1932 – 1935), 1979, Harvest Books, 1979, p. 107.

② 弗吉尼亚·伍尔夫：《海浪》，曹元勇译，上海译文出版社 2009 年版，第 267 页。

③ 同上书，第 262 页。

④ 同上书，第 266 页。

罗斯文化的强烈兴趣。

伍尔夫还看过俄罗斯舞蹈家瓦·尼任斯基的精湛表演并留下了难忘的印象。尼任斯基 1911—1918 年间都在伦敦跳舞。伍尔夫的《岁月》在描写 1914 年的部分，同样使尼任斯基的名字进入了小说人物的对话，成为奇妙的俄罗斯芭蕾艺术的象征以及英国上流社会社交场合的重要话题：晚宴上，一位年轻姑娘询问小说主人公马丁·帕吉特上尉："你见没见过俄国舞蹈演员？"意犹未尽的姑娘甚至进一步"把手举到空中，姿势娇媚"地"惊呼道"："而且当他那么一跳的时候！""然后又落下来！"帕吉特上尉则附和道："对，尼任斯基就是奇妙无比，奇妙无比。"[1]

俄罗斯芭蕾舞剧除了在韵律、节奏、色彩、风格乃至形象塑造上与伍尔夫的小说艺术有着内在关联之外，其故事框架尤为重视女性人物的特点亦与伍尔夫的情感与价值取向存在一致性。如《天方夜谭》以一位女性通过讲述故事而自我拯救为框架；《火鸟》的核心形象火鸟也是一位女性，她拯救了一位王子的生命，从而使他再去救助他人成为可能。伍尔夫的小说作品更是多以敏锐、多思的女性为主人公。包括芭蕾舞在内的俄罗斯艺术还以与希腊艺术的紧密联系，为热爱希腊文化的伍尔夫提供了将古典与自身所处的时代连接起来的通道。而具有巧合意味的是，艺术家之间的惺惺相惜也在伍尔夫与斯特拉文斯基之间体现出来。如果说伍尔夫长期以来对斯特拉文斯基的芭蕾舞音乐情有独钟的话，事实上伍尔夫的肖像也一直悬挂在斯特拉文斯基的工作室内。而且 1941 年在伍尔夫辞世之后，作曲家还伤心地惋叹死去的不是独裁者希特勒而是这位天才的艺术家。[2]

四

俄罗斯绘画同样使伍尔夫受到濡染。1906 年，加吉列夫曾在巴黎组织过包括 700 幅绘画和众多雕塑作品在内的"俄罗斯绘画与雕塑 200 年"展。其间，伍尔夫姐妹曾旅行到巴黎。1912 年，第二次后印象派绘画展

---

　　[1]　弗吉尼亚·吴尔夫：《岁月》，蒲隆译，人民文学出版社 2003 年版，第 218 页。

　　[2]　Vera Stravinsky and Robert Craft, *Stravinsky in Pictures and Documents*, New York：Simon and Schuster, 1978, 556, 662n. 13.

在伦敦开幕，伍尔夫再度成为热情的赞助者。不仅伦纳德·伍尔夫和罗杰·弗莱担任了此次展览的秘书，文尼莎的作品也在展览之列。安德鲁·桑德斯写道："一九一二年第二次'后印象主义画家'画展把视觉形象的重组、对形式的再认识和马蒂斯、毕加索、布拉克、德兰的抽象作品介绍给伦敦公众。这次画展也包括一些英国模仿者如邓肯·格兰特、弗吉尼亚·伍尔夫的姐姐文尼莎·贝尔等人的有些平淡乏味的绘画作品，以及少量俄国艺术家的作品。"① 所述俄国艺术品即包括米·拉里翁诺夫（Mikhai Larionov）和娜·贡恰洛娃（Natalya Goncharova）夫妇的作品。作为早年受到法国印象派画家影响，后来又实践立体画派与"光辐射主义"（Radiantism）绘画技巧的俄罗斯先锋派美术团体"驴尾巴"的代表人物，拉里翁诺夫和贡恰洛娃先是于 1910 年 12 月在莫斯科展览其画作，其后又参加了 1912 年伦敦的画展。20—30 年代之间，贡恰洛娃还多次在伦敦举办画展。他们的画作将艺术与心理密切相连，表现出对人物灵魂的高度关注与技法上的创新。贡恰洛娃还是《乡村婚礼》的舞美设计。结合上述史实及 1909 年"俄罗斯芭蕾舞团"开始在伦敦演出后引起的轰动，我们将俄罗斯舞蹈、音乐与绘画艺术的影响列为理解伍尔夫作出 1910 年 12 月左右，"人性改变了"② 之著名论断的背景之一，或许也有一定依据。而《贝内特先生与布朗夫人》中对保守的扁平叙述与尝试掘取生活的深度两种艺术态度的对比，也有着俄罗斯艺术影响的底色。贡恰洛娃以简约的几何图形与抽象线条表现某种感觉和意念的倾向，更是与小说《到灯塔去》中女画家莉丽苦心构思、最后终于完成的那幅以拉姆齐夫人为中心的母子图中神秘的三角形构图存在着奇异的暗合之处。

综上，第一次世界大战前后，英国现代主义文学正处于酝酿与发展的重要时期，包括伍尔夫与曼斯菲尔德等在内的众多作家对维多利亚小说的传统形式感到不满，迫切需要新的形式来表达新时代的新体验。俄罗斯音乐、舞蹈与绘画艺术恰以兼容并包的精神文化特征与特异的表达方式开拓了他/她们的视野与思路，对其美学探索产生了潜移默化的影响。正如俄罗斯作家安·别雷不无自豪地说过的那样："俄罗斯是一片处女地，她既

---

① 安德鲁·桑德斯：《牛津简明英国文学史》，谷启楠等译，人民文学出版社 2006 年版，第 529 页。

② 弗吉尼亚·伍尔夫：《贝内特先生与布朗夫人》，见《论小说与小说家》，瞿世镜译，上海译文出版社 2009 年版，第 291 页。

不是东方，也不是西方，……但东西方在她身上交汇，在她身上、在她独特的命运中有着整个人类命运的象征。……这个民族负有调和东方与西方、为各民族间真正的兄弟情谊创造条件的使命。"① 这一"使命"与贡献同样体现在了伍尔夫的现代主义美学探索与实验中。对俄罗斯艺术的热爱贯串了伍尔夫的一生。它们和以屠格涅夫、陀思妥耶夫斯基、托尔斯泰和契诃夫等为代表的 19 世纪俄罗斯文学一起，成为伍尔夫"现代小说"理论与实践背后的俄罗斯文化底蕴。

① 转引自汪介之《东西方问题的考量在 20 世纪俄罗斯文学中的延伸与影响》，见《外国文学评论》2009 年第 2 期，第 216—217 页。

后　记

　　2010 年，我在完成了教育部课题《弗吉尼亚·伍尔夫汉译与接受史研究》之后，打算前往英国访学。适逢伍尔夫研究专家、《剑桥伍尔夫文学指南》一书的主编苏珊·塞勒斯教授（Prof. Susan Sellers）来函与我商讨她的长篇小说《文尼莎与弗吉尼亚》（Vanessa and Virginia）的中文翻译事宜。她盛邀我去她所任教的圣安德鲁斯大学（University of St. Andrews）英文学院。于是，盛夏时节，我来到了圣安德鲁斯这座幽静、明丽的大学城，开始了又一段访学生涯。

　　在苏珊的周到安排下，我不仅很快与英文学院的师生们建立起了联系与友情，亦快速适应了小城的生活。位于苏格兰东海岸的圣安德鲁斯距首府爱丁堡不远，历史上一直是苏格兰的宗教中心，并因是高尔夫球的发祥地而名闻遐迩。圣安德鲁斯大学则是一所始建于 1413 年、历史悠久程度仅次于牛津与剑桥、具有浓郁的贵族气息的名校，英国威廉王子夫妇的母校。小城从这一头的车站步行到另一端的大教堂遗址不超过 20 分钟，加之地处北欧的地理位置，秋去冬来，天黑得也越来越早。我的生活于是非常之有规律：清晨在海鸥的啼鸣声中醒来，在图书馆、办公室或是学院待上一天，然后要么在漫天云霞的陪伴下，要么就是踩着满地的积雪回家。英文学院在大学最漂亮的主楼内为我安排了独立的工作室，墙上挂的，正是伍尔夫的姐姐、画家文尼莎·贝尔于 1912 年为妹妹所画的一幅著名油画的复制品。每天都在伍尔夫沉静目光的注视下，翻译关于她与姐姐之间既是挚爱的手足、又是事业上的竞争对手的小说，深入 20 世纪英国著名的现代主义文学艺术团体"布鲁姆斯伯里文化圈"的内部、感受流溢于其间的浓浓的艺术氛围，于我而言不仅是一种冥冥中的缘分，亦带来了很多丰富的启示。

　　译事间隙，我会穿过楼下的四方草坪去图书馆。圣安德鲁斯大学的主图书馆查书十分方便。伍尔夫本人的小说、随笔、书信、日记，有关她的研究著述，还有与她相关的作家、艺术家们的著作等均集中在一处。于是，我得以从容而一架一架地浏览英文世界有关这位女作家的研究成果，对其研究史亦有了一个相对完整的把握，特别是还翻阅了她的丈夫伦纳德·伍尔夫、姐姐文尼莎·贝尔、姐夫克莱夫·贝尔、密友薇塔·萨克维尔-韦斯特、精神导师罗杰·弗莱等的著述与研究资料。一个复杂而又诗意葱茏的艺术世界在我的面前展开。以前的我，可说仅仅是对作家的作品有所了解，新的阅读则使我开始触摸女作家的艺术交往与精神脉搏，特别是她在"布鲁姆斯伯里文化圈"中的成长、与圈中人的密切关系与她的艺术理念、文学追求之间的内在关联。对苏珊小说的翻译则使我进一步深入到了伍尔夫复杂的心理世界。所以，读书、思考与翻译的同步进行，使我开始关注伍尔夫小说美学的生成背景，尤其是"布鲁姆斯伯里文化圈"中艺术家的视觉艺术理念与绘画实践对她产生的深刻影响。于是，我以"弗吉尼亚·伍尔夫小说美学与视觉艺术关系研究"为题，申报了2011年的国家社科基金项目并有幸获得了资助。可以说，这趟英国之行打开了我的伍尔夫研究视野，使我在对作家与她身边亲近的艺术家、艺术理论家们的精神交往的梳理中，找到了一条走近与阐释她的艺术世界的新的门径。所以在之后的三、四年时间内，我的学术兴奋点主要都集中在这一问题上。2014年，我的课题顺利结项，书稿《弗吉尼亚·伍尔夫小说美学与视觉艺术》有幸被中国社会科学出版社接纳出版。

在此过程中，还有一事必须提到的，是上海社会科学院瞿世镜老先生对我的关爱、帮助与指点。作为中国弗吉尼亚·伍尔夫翻译与研究的开拓者与标志性人物，瞿先生早在我出版了《20世纪文坛上的英伦百合：弗吉尼亚·伍尔夫在中国》一书后，便来函来电多有鼓励，之后亦一直在关注我的翻译与研究进展。特别令我感动的，是瞿先生将自己珍藏多年，当初曾节衣缩食从国外购得、或由国外同行朋友赠送的许多伍尔夫研究资料无偿地赠送给了我，表现出老一辈学者扶助后学的拳拳之心。这些资料对我的研究也提供了很大的帮助。我还清晰地记得数年前带着几位研究生去沪上拜访瞿先生，先生不仅请我们吃了大餐，还贴心地帮我们打包资料的情景。在带回这批资料时，我的心中也是沉甸甸的，深觉不能辜负了老先生的厚望。

现在，书稿即将面世，也将接受读者的批评与指点。本项目的部分先期成果，曾有幸在《外国文学评论》、《解放军外国语学院学报》、《南京师大学报》、《妇女研究论丛》等刊发表，我谨向上述期刊的主编与责任编辑深表谢意！书稿完成后，瞿世镜研究员，南京大学的王守仁教授，南京师范大学的汪介之教授、张杰教授、吕洪灵教授都细致审读了全稿，提出了宝贵的意见。瞿先生还不顾高龄，慨然作序，令我感动。最后，我还要感谢我的先生和女儿，在我于异域他乡的雪夜倍感孤独、思念南京的时候，给我提供了无比温暖的亲情与抚慰。

杨莉馨于滨江寓所

2015 年初春